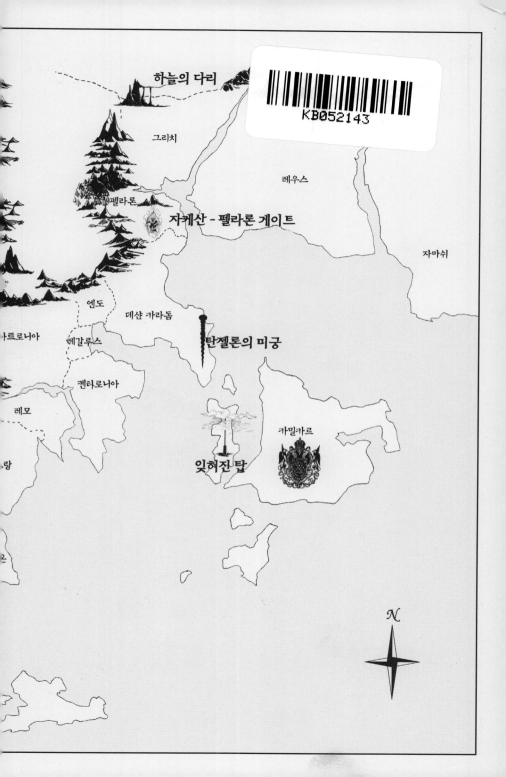

폴라리스
랩소디

4

이영도 판타지 장편소설

폴라리스 랩소디

4 새벽의 사수

황금가지

차례

제15장
불꽃의 밤

"뭐든 안다?"

"말 그대로요. 하리야 선장. 진짜 뭐든 안다는 겁니다."

"난 잘 이해가 안 되는데."

"말도 안 되는 소리 하지 말아요, 하리야 선장. 이걸 단순히 이해하는 건 정말 간단한 일입니다. 지금 당신이 말하는 건 상상이 잘 안 된다는 의미겠지요?"

"아, 그래. 맞아, 킬리 선장. 난 상상이 잘 안 되고 납득이 잘 안 돼."

"나도 그랬습니다. 그냥 이해만 해버렸지요. 하지만 그걸 납득하는 순간 깨달아버렸습니다. 다른 말 할 것 없고 그냥 시험해 보시죠. 그럼 내가 깨달은 것을 당신도 깨닫게 될 겁니다."

킬리 선장은 그렇게 말하며 몸을 휙 돌렸다. 그의 손가락이 가리키고 있는 곳에는 아침 햇살을 맞이하는 창문이 있었고 그 창문과 더불어 아침을 맞이하고 있는 벨로린이 있었다.

벨로린은 창턱에 걸터앉아 다림 시내를 내려다보고 있었다. 요즘 들어 거의 잠을 제대로 잘 수 없는 상황이 연속되는 바람에 하리야 선장은 약간 몽롱한 시선으로 벨로린의 뒷모습을 바라보고 있었다. '뭐든 안다라.' 킬리 선장은 하리야 선장의 그런 미적거리는 태도에 대해 사나운 시선으로 행동을 촉구했고 그래서 하리야는 산더미같이 쌓인 서류들 뒤에서 몸을 일으킬 수밖에 없었다. 넌더리난다는 표정으로 그 서류 뭉치들을 바라보며 하리야가 떠올린 생각은 매우 검소했다. 저 아이가 진짜 그런 능력이 있다면 이 따위 서류들을 보지 않아도 되겠군. 주님의 은총이야.

"벨로린."

벨로린은 천천히 고개를 돌렸다. 그녀의 까무잡잡한 얼굴은 언제나처럼 무표정했다.

"킬리 선장이 재미있는 이야기를 하더군. 그의 말에 의하면 넌 살아 있는 백과사전이고, 게다가 매순간 갱신되는 백과사전이라는 의미가 되는데, 그게 정말인가?"

벨로린은 고개를 가로저었다.

"나는 벨로린이야."

하리야는 킬리를 돌아보았고, 그의 동료의 얼굴에서 당황을 발견하지는 못했기에 다시 포기하는 심정으로 벨로린에게 질문했다.

"그렇다면 질문 하나 하지. 괜찮다면 지금 우리들을 향해 오고 있을 사트로니아군의 숫자를 좀 말해 주겠니? 그들을 숙박시킬 계획을 짜느라 머리가 지끈거릴 정도……"

"바스톨 엔도 장군을 포함해서 422명. 그 중 64명은 중상을 입고 있어. 그러니 숙박 시설에 대해 고민하기보다는 의사들을 준비시켜 두는 데 신경 쓰는 편이 낫겠군."

하리야는 잠시 멈칫했고, 그러고는 빙그레 웃었다. 그러나 조금 후 그의 얼굴은 다시 딱딱하게 굳었다. 조바심을 참지 못한 킬리가 고개를 끄덕이며 끼여들었다.

"물론 그녀가 농담을 하고 있는 것이 아닙니다."

하리야는 다시 미심쩍은 어투로 질문했다.

"그들이 어디까지 오고 있지?"

"10마일 정도. 조금 전 출발했어. 그러니 오전 내에 도착할 것 같군."

벨로린은 다림 외곽 10마일 밖에서 일어난 일을 마치 눈으로 본 것처럼 태평하게 말했다. 그리고 킬리는 하리야의 당황한 얼굴을 볼 수 있다는 점에 즐거워했다. 더군다나 하리야는 킬리 선장과 돌탄 선장이 이미 시도해 봤던 일들을 시작함으로써 그를 더욱 즐겁게 만들었다.

"페가서스호의 화약 잔유량은?"

"327자루. 많이도 실어놨군. 다림 시내에 대한 엄포용인가?"

"페가서스호의 항해일지 첫페이지에 적혀 있는 글은?"

"아에드 인 마이오렘 델 글로인."

"내가 처음으로 성전을 가지게 된 건 몇 살 때지?"

"태어나자마자." 하리야 선장은 안도하는 표정으로 고개를 가로저었다. 하지만 그 안도는 너무 빨랐다. "아니, 고개 젓지 마. 기억 못하겠지만 너를 처음 본 네 어머니가 네 가슴 위에 자신의 성전을 놓아주며 그것은 네것이라고 말했지. 물론 널 맡아 기른 이모가 그걸 팔아치우곤 말을 안해 줘서 모르겠지만. 네가 어릴 때부터 그토록 애타게 성전을 가지고 싶어한 것은 신앙 때문이라기보다는 그 기억하지도 못하는 트라우마 때문이지."

하리야는 어이가 없는 얼굴로 더듬거렸다.

"그건, 그건 잘 만들어진 거짓말일 수도…… 그런데 이모라고?"

"이모야. 어머니라고 주장할 건가? 마음속으론 아니라는 거 알고 있었잖아."

"……고모일 거라 생각했어. 마치 아버지 같은 기분을 느끼게 해줬거든. 이모였었나."

하리야는 서 있기 힘든 기분을 느꼈다. 그는 천천히 걸어가 벨로린의 맞은편에 걸터앉았다. 그리고 그 광경을 바라보면서 킬리는 이미 알고 있었던 사실에 대해 놀라는 희귀한 체험을 하고 있었다. 벨로린의 능력은 그런 종류의 것이었다. 어떤 것인지 알고 있지만, 그럼에도 불구하고 상대를 경악하게 만드는 것.

"정말 '무엇이든' 아는 것이군?"

"글쎄. 그 '무엇이든'이라는 말은 정의될 수 없는 말들의 챔피언급 아닐까."

"그런데…… 넌 킬리의 편을 들겠다고 했다고? 그럼 넌 그가 원하는 것은 뭐든 들어준다는 말인가?"

이제는 하리야도 킬리가 느꼈던 경악을 느끼고 있었다. 어쩌면 남부의 이 작은 신생국은 가치의 분배에 투쟁이 개입된 이래로 대륙이 한번도 가져보지 못한 무기를 가지게 된 것인지도 모른다. 더군다나 대부분의 신무기라는 것이 그저 약간 더 개선된 구식 무기에 지나지 않는 것에 비해 볼 때 그들이 쥐게 된 것은 그런 것이 있을 수 있다는 생각조차 불가능한, 말 그대로의 신무기였다. 물론 예전에도 그런 신무기는 있었다. 등자가 그랬고 대포가 그랬다. 그것은 전쟁의 역사를 바꿔놓은 종류의 신무기였다. 하지만 그런 것들은 곧 적들도 소유하게 되므로 제한된 시간밖에는 그 우수성을 발휘할 수 없다. 하지만 이 무기는 특별한 보안 수단 없이도 밀정들이 설계도를 훔쳐낼 염려는 없는 무기인 것이다…….

벨로린은 고개를 끄덕였다. "물론 그가 원하는 것은 들어줄 거야."

"맙소사, 킬리 선장. 자네 저게 무슨 뜻인지 알겠나!?"

하리야는 거의 혼수 상태에 빠져 외쳤다. 그리고 킬리 역시 흥분을 감추지 못한 채 대답했다.

"물론 알지요. 너무 심심해서 죽을 것 같은 오후, 우리들이 심심함을 이기지 못해 통일 제국이나 만들어보자고 나서게 될 경우 우리를 가리켜 미쳤다고 할 자는 아무도 없다는 의미요!"

율리아나 공주는 약간 멍한 얼굴을 한 채 창 밖을 내다보고 있었다.

빗방울은 가늘어지고 있었다. 하지만 하늘을 가득 메우고 있는 먹구름과 수평선 쪽의 물빛을 본 율리아나 공주는 며칠째 라트라인을 괴롭히고 있던 태풍이 지나가려면 한참 멀었다는 것을 잘 알 수 있었다. 노잡이였던 오스발이나 머메이드인 이루미나, 그리고 서 슈마허의 의견도 마찬가지였다. 율리아나는 서글픈 듯한 얼굴로 창을 바라보며 혼자말하듯이 말했다.

"태풍아, 제발 사라져줘."

똑바른 자세로 의자에 앉아 있던 오스발은 그 말에 고개를 약간 돌렸다. 공주가 불러서 온 것이지만, 율리아나 공주는 그저 그를 앉혀둔 채 그녀 자신은 창 밖만을 바라보고 있었다. 오스발은 몸을 일으키며 말했다.

"하명하실 것이……"

"앉아요, 발."

오스발은 다시 의자에 앉았다. 율리아나는 몸을 돌려 벽에 등을 기댄 채 그를 바라보았다. 마치 추운 것처럼 두 팔을 감싸쥔 채 오스발을 보던 율리아나는 약간 멍한 얼굴 그대로 말했다.

"태풍 좀 치워주겠어요?"

"명령이십니까?"

율리아나 공주는 가볍게 웃었다.

"하아. 똑똑하네요. 그런 불가능한 명령이나 내리는 멍청한 주인으로 만드는군요. 멍청한 데다가 심술만 많아서 말도 안 되는 명령이나 내리는 주인과 착하고 똑똑한 노예 이야기는 나도 많이 읽었어요."

"아니, 그럴 의도는 추호도 없었습니다. 공주님."

"됐어요. 발. ……나 어쩌면 좋을까요."

율리아나 공주는 갑자기 손을 들어 얼굴을 가렸다. 오스발은 어찌해야 좋을지 모르겠다는 얼굴로 사방을 둘러보았지만 공주가 말하던 이야기와는 달리 착하고 똑똑한 노예를 돕기 위한 두꺼비나 요정, 개똥지빠귀 등이 나타나지는 않았다. 율리아나는 두 손으로 얼굴을 가린 채 말했다.

"고백하자면 나 지금 무서워요."

"공주님."

"빨리 떠나고 싶어요. 간사하지요? 언니를 만났다고 좋아하던 것이 얼마나 되었다고. 그런데 저 밖에 키 드레이번이 있다고 생각하니 이곳이 끔찍하게만 보여요. 저 태풍은 혹 내가 도망치지 못하게 하려고 세실리아가 불러낸 거 아닐까요? 그리고 보니 왜 세실리아는 키 드레이번과 함께 있는 거죠? 키 드레이번은 왜 이곳까지 나를 따라다니는 거죠?"

"전부 모르겠습니다라고밖에 대답할 수 없군요."

"묻는 게 아니에요. 난…… 정말 무서워서……"

"그러신가요."

얼굴을 가리고 있던 율리아나는 갑자기 손가락을 쫙 펼쳤다. 그리고 오스발은 그 펼쳐진 손가락들 사이에서 공주의 웃는 얼굴을 발견했다.

"좀 잘난 척해 봐요."

오스발은 말없이 미소만 지었다. 율리아나 공주는 두 손을 내려 엉덩이 뒤로 보내곤 입술을 살짝 내밀어보였다.

"눈치 챘더라도 좀 속아줄 수 있는 거 아니에요. 이만큼 유도했으면 그 정성이 갸륵하잖아요."

"죄송합니다."

"기회를 줘도 영웅이 못 되는 바보군요. 나 삐질래요."

"어떻게 사과드리면 될까요."

"필요없어요. 그런 차분하고 순진하고 무력한 얼굴을 하고 있는 주제에 말이야, 걸핏하면 사람을 구해 주고. 미노 만에서도 그랬고 다림에서도 그랬고 여기서도. 흐응. 너무하다고 생각하지 않아요? 게다가 고마운 마음에 좀 우쭐해할 수 있게 해주려고 해도 눈치 다 채니 맥빠지잖아요. 제발 좀 그만둬줬으면 싶을 때까지 목숨까지 걸어가며 패트런 흉내를 내는 남자들 사이에서…… 흐음. 당신을 우월하다고 불러야 될까요, 모자라다고 불러야 될까요?"

"패트런이라고요?"

"더 위대하고 더 강인하고 더 지혜로우면서도 워낙 잘 나셨기 때문에 더 모자라고 더 어리석고 더 미력한 여성을 멸시하지 않고 감히 자신의 허리를 굽히는 고귀한 남성. 여성의 올바른 보호자, 지도자, 주인. 하, 하, 하아!"

"아, 네."

"흐음. 그래도 난 그게 귀엽다고 생각해요. 그렇잖으면 당신에게 그런 걸 시켜볼 리가 없죠. 그런데 내 주위에는 그런 귀여운 남자가 별로 없군요. 당신도 그렇고, 키 드레이번도 그렇고, 우리 에름 후작님도 그렇고. 우리 에름 후작님이 잘난 신사라서 불쌍한 우리 언니를 보호하고 있는 것이 아니라는 건 당신이 설명해 줬죠? 온통 이상한 남자들뿐이

16

야. 신사인 척하고 기사인 척하는, 좀 정상적인 남자가 보고 싶은데요."

오스발은 웃음 띤 얼굴로 조심스럽게 말했다.

"서 슈마허처럼 말씀이십니까?"

"음. 한 명은 있군요. 다행이다. 난 괴물 남자들 사이에 포위되어 있는 건 아니었어."

율리아나는 여전히 벽에 등을 기댄 채 천장을 올려다보았다.

"발. 뭐 그렇다고 내가 거짓말을 한 건 아니에요. 정말 무서우니까. 빨리 떠나고 싶어하는 건 맞아요. 만약 지금 내 앞에 근사한 악마 신사분이 나타나서 태풍을 치워주는 대신 영혼을 내놓으라고 말하면 당신 영혼 내주고 그렇게 할지도 몰라요."

오스발은 잠시 신음을 흘리고 나서 말했다.

"아, 예. 당연히 그러시겠지요. 후작님께서도 태풍만 좀 잠잠해지면 당장 배를 출항시키겠다고 말씀하셨으니 걱정하지 않으셔도 될 겁니다."

웃으며 고개를 끄덕이던 공주는 곧 웃음기를 지웠다. 그러곤 조심스럽게 질문했다.

"진짜로…… 말해 봐요. 응? 솔직하게. 나, 정말 그렇게 보호 본능을 자극하지 못하는 여자인가요?"

그러나 오스발은 흔들림 없는 얼굴로 대답했다. "유도하시는 거죠?"

"에에에—엑!"

공주의 해괴한 비명에 놀란 것은 오스발뿐만이 아니었다. 문밖에 와서 노크하려던 서 슈마허는 공주의 비명(?)이 들리자마자 온몸으로 문짝에 충돌을 감행했다. 콰—광! 문은 거의 박살날 듯 열렸고 슈마허는

방바닥을 한번 구른 다음 검을 뽑아들며 외쳤다.

"무슨 일입니까!"

율리아나는 멍하니 슈마허를 바라보다가 한숨을 내쉬며 그가 알아들을 수 없는 말을 했다. "정상적인 남자는 저래서 위험하다니까." 그리고 공주는 곧 방을 가로질러 걸어가 사방을 경계하고 있는 서 슈마허의 볼에 키스했다.

"카밀카르의 공주를 위협하던 가증스러운 문짝을 토벌한 그대의 공로를 칭송하겠어요, 서 슈마허."

"감사합니다! ……예?"

슈마허가 자신이 광대의 역할을 맡고 있음을 깨닫는 데는 얼마 걸리지 않았다. 얼굴을 붉히며 일어난 서 슈마허는 자신이 찾아온 이유를 댔다.

"이렇듯 무례하게 들어온 것을 용서해 주십시오. 에름 후작님께서 전갈을 보내셨습니다. 키 드레이번을 체포했으니 와서 확인해 달라고 하시더군요."

오스발은 깜짝 놀랐고, 그리고 공주가 시큰둥한 얼굴을 하고 있는 것에 더 놀랐다. 율리아나 공주는 고개만 조금 갸웃하며 질문했다.

"누군데요?"

"예?"

"확인은 키 드레이번의 얼굴을 알고 있는 당신도 할 수 있는 문제고 우리 자상한 후작님은 그런 확인은 나보단 당신에게 부탁할 분이니 그 사람이 진짜 키 드레이번일 리는 없는 것이고 그러니까 나는 묻는 거예요, 누군데요?"

서 슈마허는 감탄했다.

"공주님의 영민하심은 저로 하여금 매일같이 공주님을 찬양하게끔 하시는군요."

"별말씀을. 누군데요?"

슈마허의 얼굴이 갑자기 일그러졌다. 오스발과 율리아나가 어리둥절한 표정으로 바라보는 가운데 서 슈마허는 씹어 뱉듯이 말했다.

"라이온입니다."

라이온은…… 검은 코트를 걸치고 길다란 롱 소드를 차고 팔짱을 단단히 끼고 얼굴을 잔뜩 찌푸린 채 라트라인의 대로를 돌아다니다가, 치안헌병과 눈이 마주치자 급히 도망갔으며, 그를 뒤따라오던 치안헌병이 빗길에 미끄러져 넘어지자 그 역시 덩달아 넘어졌다고 한다. 율리아나는 한숨을 쉬었다.

"잡혀오겠다는 것이군요. 그냥 찾아오지 그랬어요?"

라이온은 싱글거리며 대답했다.

"사랑하는 공주님. 제가 카밀궁의 정문에 서서 내 이름을 밝히고 들여보내 달라고 말했다면 경비병들이 뭐라고 했겠습니까?"

"이런 미친놈, 저리 꺼져! 등으로 말했겠죠."

"아아, 놀라운 사랑의 힘. 공주님의 입으로 흘러나오니 그 폭언도 밀어처럼 들리는군요."

라이온은 밧줄로 단단히 결박당한 채 취조실 바닥에 무릎 꿇려 있었지만 그런 자신의 상태에 대해서 별 신경 쓰지 않는 듯했다. 그리고 공주의 뒤편에 시립하고 있던 서 슈마허가 함대라도 능히 움직일 만한 콧바람을 뿜어대며 씩씩거리고 있는 것에도 크게 괘념치 않고 있었다. 하지만 그런 살벌한 분위기에 신경 쓰지 않는 것은 율리아나 공주 역시 마찬가지여서 공주는 '나 사랑해요? 훗. 가서 줄서요' 등의 시시덕거림을 꺼내놓음으로써 서 슈마허와 카밀궁 경비병들이 조성하려 애쓰던 엄숙 장엄 살벌한 분위기를 꽤나 혼탁하게 만들어놓았다. 결국 참지 못한 에름 후작이 조심스럽게 헛기침을 했다.

"공주님의 말씀을 놓고 보건대, 그대는 키 드레이번의 전언을 전하기 위해 일부러 잡혀왔다는 말인가?"

"그렇습니다. 후작님."

"웃기는 작자로군. 살아 돌아갈 수 없을지도 모른다는 생각은 해본 적이 없나?"

"죽음은 양해를 구하지 않고 찾아오는 불청객이지만, 기실 우리는 태어날 때부터 그 친구의 방문 예고를 받은 셈이죠."

"금언 같은 말은 듣기에 좋을지 몰라도 사실을 전달하는 데는 크게 도움되지 않네, 라이온 군. 이렇듯 직접 찾아온 이유가 있겠지? 이제 다른 사람들을 밖으로 내보내라는 말이라도 할 건가?"

"예. 공주님과 저만 남겨주십시오. 돌아오시면 우리는 가시버시가 되어 있을 겁니다…… 아, 하하, 하하하. 슈마허. 그 칼 도로 집어넣지 않겠나?"

서 슈마허는 라이온의 생명 활동을 정지시키고야 말겠다는 의지를 상당한 폭언을 통해 표출해 대며 발광하고 있었다. 그래서 취조를 경비하고 있던 카밀궁 경비병들은 그의 팔다리를 붙잡은 채 밖으로 끌고 나가야 했다. 율리아나는 라이온을 물끄러미 바라보다가 말했다.

"나한테 키 드레이번의 말을 가지고 온 건가요?"

라이온은 빙긋 웃으며 고개를 가로저었다.

"공주님의 기대를 저버리는 것, 참 가슴 아픕니다만 사실 저는 후작님에게 용무가 있습니다."

"나에게?"

에름 후작은 고개를 갸웃하며 공주를 바라보았고, 공주는 어깨를 으쓱이며 몸을 일으켰다. 그녀는 밖으로 나가기 전 에름 후작의 귓가로 입을 가져가 속삭였다. "키 드레이번은 침착하게 돌아버린 작자예요. 후작님." 말을 끝낸 율리아나는 취조실 바깥으로 나갔고 밖에서 씩씩거리며 벽을 두드리고 있던 서 슈마허는 공주의 모습에 안도의 한숨을 내쉬었다.

공주가 밖으로 나가자 에름 후작은 다시 라이온을 노려보았다.

하지만 그는 잠시 동안은 라이온에게 의식을 집중시킬 수 없었다. 조금 전 그의 귓가로 그 입술을 가져왔던 여인은 세기의 신부였던 것이다. 에름 후작은 아직까지도 코끝을 맴도는 공주의 향기에 매혹되었고, 그런 자신에게 쓸쓸한 조소를 보내었다. 어쨌든 그와 성직자 사이에는 한 가지 공통점이 있는 것이다.

짧은, 흔적조차 희미한 탈선은 끝났다. 에름 후작은 라이온을 똑바로 바라보며 말했다.

"완전한 둘만의 대화를 원하나?"

아직까지 취조실에 남아 있던 경비병들을 가리키는 말이었다. 라이온은 잠시 후작의 성실해 뵈는 얼굴을 보곤 웃음을 떠올렸다.

"죄송합니다만, 왜 셋째가 아닌 둘째를 선택하신 건지 물어봐도 되겠습니까? 진짜 바보짓 같은데요."

에름 후작은 약간 당황했다. 설마 나의 설렘을 눈치 채기라도 한 건가?

"그건 그대가 관여할 일이 아닌 것 같은데. 설마 그게 키 드레이번의 전언인가?"

"아, 이건 또다른 제 동료가 물어보라고 하던 질문입니다. 괜찮으시다면 말씀해 주시겠습니까?"

"사랑하기에."

"하하. 셋째 공주님에겐 사랑할 만한 구석이 없었습니까?"

"놀라운 미모와 교양을 가지시고 총명하시기까지 하지만, 사랑은 느끼지 못했다."

에름 후작의 조용한 대답을 들으며 라이온의 얼굴이 약간 부드러워졌다.

"솔직한 대답인 것 같군요. 전 후작님의 성실함을 들어왔습니다만, 키 드레이번의 질문을 말씀드리기 전에 확인해 보고 싶었습니다."

"해적에게 인품을 평가당하는 것도 재미있는 경험이군. 그래, 이제 그의 전언을 전할 수 있겠나?"

"둘만의 대화를 원합니다. 하지만 절 믿기 어려우실 테니, 원하신다면 경비병을 둔 상태에서 필담을 나눠도 좋습니다. 제 팔 하나만 풀어주시면 되니까요."

"합리적인 제안인 듯하군."

종이와 우필, 잉크 등이 준비되었다. 라이온은 오른팔만 남겨둔 상태에서 의자에 단단히 묶였고 에름 후작은 테이블 반대편에 앉았다. 그리고 경비병들은 모두 뒤로 돈 채 테이블 주위를 둘러쌌다. 라이온은 오른팔을 몇 번 움직여보곤 종이 위에 빠르게 글을 썼다. 그리고 에름 후작은 당황해 버렸다. 라이온이 쓰고 있는 것은 페이노가 아니었다.

그것은 엘핀이었다.

에름 후작은 이제 해적에게 교양까지 평가당해야 하나 하는 심정이 되었다. '오, 주님. 가혹하시군요.' 물론 그도 엘핀을 그럭저럭 독해할 수는 있었다. 하지만 지금 라이온이 쓰는 것처럼 빠르게 써내려갈 정도의 자신은 없었다. 에름 후작은 의심스러움이 가득한 눈으로 라이온을 바라보았다. '도대체 뭐하는 친구지?' 그때 라이온이 필기를 마치고 종이를 앞쪽으로 밀어보냈다.

후작은 그것을 읽기에 앞서 라이온을 바라보며 말했다.

"자넨…… 자네 정체가 뭐지?"

"제 이름은 아실 테니 이름을 묻는 것은 아니군요. 그럼 후작님이 말하는 정체란 직업입니까, 인격입니까, 출생지입니까, 경험입니까, 부모의 이름입니까, 꿈입니까, 아니면 그 꿈을 위해 걷고 있는 길입니까?"

라이온이 대답할 마음이 없다고 판단한 후작은 종이를 내려다보며 한숨을 쉬었다. 경비병들을 뒤돌아서게 할 필요는 없었군. 에름 후작은 호흡을 가다듬고 천천히 독해를 시작했다.

'키 드레이번은 공주의 노예인 오스발을 원합니다. 후작님께서 오스발을 내어주신다면 키 드레이번은 후작님께 감사하며 후사할 것입니다.'

에름 후작은 이번엔 그 내용에 당황했다. 그는 라이온의 얼굴을 노려보았지만 라이온은 그저 싱글거리며 대답을 기다리고 있었다. 할 수 없이 에름 후작은 우필로 자신의 의문을 표시하기로 했다. (그리고, 쓴다기보다 그린다에 가까운 자신의 필기에 한심해하며 라이온의 얼굴은 쳐다보지 않았다.)

'오스발을 원한다고? 이유가 뭐지?'

'그건 후작님이 알 필요가 없는 일입니다. 노예 한 명의 일이잖습니까.'

'비록 노예라 하나 그것은 공주의 재산이다. 게다가 키 드레이번은 제국의 공적 1호. 난 제국의 무엇이든 그에게 내어줄 생각이 없다.'

'후사가 무엇을 의미하는지 알고 싶지 않습니까?'

솔직히 궁금했다. 그리고 에름은 성실한 인물이었다. 자기 자신에게도.

'키 드레이번이 내게 줄 수 있는 것이 뭔가?'

'그 자신.'

후작은 경악했지만 라이온은 계속 써내려갔다.

'서 레빌의 일로 후작님은 레모와의 관계가 악화되겠지요. 그리고 굳이 그 일이 아니라도 후작님 정도라면 지금이 전란의 시기, 광풍의 시대임을 알아볼 정도의 안목은 있을 겁니다. 저 강력한 사트로니아가 참으로 수치스럽게 패배했고 페인 제국은 한가로운 심정으로 빌려줬던—그렇게밖에 말할 수 없겠지요—제국 기사단장 브라도 경을 잃고 망연해하고 있습니다. 그리고 다벨은 그 위대한 승리들을 통해 과거의 사트로니아도 엄두를 내지 못했던 진짜 소제국으로의 길을 착착 밟아가고 있습니다. 후작님이 야심가와 기회주의자들과 같은 열에 서고 싶지 않더라도, 그들로부터 자신을 지키기 위해 야심가와 기회주의자가 되어야 하는 시대죠. 이 상황에서……'

라이온은 잠시 우필을 멈추곤 싱긋 웃었다. 그러곤 남은 말을 단숨에 써내려갔다.

'라트랑 해군사령관 키 드레이번은 어떻습니까.'

라이온은 다시 종이를 밀어보냈지만 에름 후작은 잠깐 동안 우필을 쥘 생각도 하지 못한 채 라이온의 얼굴을 쏘아보았다. 라이온은 재촉하는 표정으로 손가락을 테이블 표면에 딱딱 부딪혔고 그래서 에름 후작은 일단 처음 떠오른 질문을 적었다.

'그렇다면, 키 드레이번은 나에게 자신을 팔겠다는 거냐?'

라이온은 고개를 끄덕였다.

'노예 한 명에?'

라이온의 고개가 또다시 위아래로 움직였다. 그리고 에름 후작은 우필을 내려놓은 채 이 전대미문의 상품에 대해 고민하기 시작했다.

쏴아아아…… 거센 빗발이 내리고 있었다.

라트라인 시내의 길과 골목마다 쌓여 있던 먼지와 오물들은 며칠째 계속되는 비에 깨끗이 씻겨나갔고 처음 만들어졌을 때처럼 새하얀 포석들 위로 빗방울들이 무수한 동그라미를 겹쳐 쌓았다.

세실리아는 어느 건물의 처마 밑에서 눈살을 조금 찌푸린 채 비를 긋고 있었다. 가끔 처마 끝에서 영글진 커다란 물방울이 떨어져 그녀의 어깨를 적셨고 그때마다 어깨를 조금씩 움츠렸지만 전체적으로 별 움직임 없는 모습이었다. 그녀의 치맛자락 옆에는 커다란 꾸러미 같은 것이 놓여 있었다. 그녀 앞으로 몇 명의 사람들이 다급하게 뛰어가고 있었지만 세실은 홀로 정물인 듯 가만히 흐린 하늘을 바라보며 서 있었다.

빗발이 약간 가늘어졌다.

세실은 옆에 내려놓았던 꾸러미를 들어올리곤 잠깐 동그란 물결로 뒤덮인 길을 바라보았다. 뭔가 용기를 끌어내어야 될 것 같다고도 생각되고, 동시에 그냥 멈춰 서 있고 싶기도 했다. 하지만 세실리아는 꾸러미를 끌어안고는 빗줄기 사이로 발을 내디뎠다.

찰박거리는 물소리. 세실은 다시 눈살을 찡그리며 걸음을 재촉했다. 하지만 이미 많이 젖어 있던 치맛자락은 걸음을 내디딜 때마다 다리에 감겨왔고 내처 달리다간 치마에 걸려 넘어지기라도 할 지경인지라 그리 빠른 걸음은 못 되었다. 세실은 고개를 푹 숙여 가슴에 안은 꾸러미에 얼굴을 묻듯이 한 채 걸어갔다.

잠시 후 세실은 주점의 문을 열고 들어섰다.

홀 안에는 사람들로 가득 차 있었다. 이렇게 비가 내리는 날 선원들이 갈 수 있는 곳은 거기서 거기다. 그래서 세실은 홀딱 젖은 채 무례하게 바라보는 선원들 사이로 걸어가야 했다. 예상대로 장난기 어린 목소리가 날아왔다.

"이봐, 아가씨. 누구 가슴에 불을 지르려고 그런 모습으로 돌아다니는 거지?"

세실은 그냥 웃어주고는 계단을 올라갔다. 그러나 계단을 중간쯤 올라갔던 세실은 다시 몸을 돌려 홀로 내려왔다. 그러고는 그녀에게 농을 던졌던 사내를 찾았다. 사내는 패거리와 무슨 저질스러운 농담을 나누며 웃고 있어서 그녀를 보진 못했다.

세실은 호흡을 가라앉힌 다음 사내의 뒤통수를 노려보며 입 속으로 조용히 몇 마디를 중얼거렸다. 그리고 세실은 살짝 웃으며 다시 계단을 올라갔다.

방문은 잠겨 있었다. 세실은 꾸러미를 안은 채 열쇠를 꺼내느라 잠시 낑낑거리다가 가까스로 문을 열고 방 안으로 들어섰다. 침대 하나와 의자 하나, 수납용 큰 상자 등과 함께 의자에 앉아 있는 키의 모습이 눈에 들어왔다. 꼬아올린 다리 위에 복수를 올려놓은 키는 오른손에 쥔 손수건으로 복수의 검신을 정성스럽게 닦고 있었다. 세실이 방을 가로질러 상자 위에 꾸러미를 내려놓을 때까지 키는 고개를 들지 않았다. 세실은 투덜거리며 수건을 집어들어 머리를 닦았다. 그녀가 머리를 다 닦을 때까지도 키는 여전히 하던 일만 계속하고 있었다.

세실은 머리에 수건을 얹어둔 채 말했다.

"숫돌을 쓰는 걸 본 적이 없는 것 같군. 워낙 잘난 검이라서 갈 필요가 없나 보지?"

키는 아무 대답도 하지 않았다. 세실은 투덜거리며 창가에 있는 침대에 걸터앉았다. 침대는 의자와 마주보는 자리에 있었고 그래서 자연히 그녀의 얼굴은 키의 시선과 교차하는 각도에 오게 되었다.

세실은 그 자세로 가만히 키를 쳐다보았다.

한참의 시간이 흘렀다.

키는 복수를 집어던졌다.

앉은 채 던진 것임에도 불구하고 엄청난 기세로 날아간 복수는 세실의 얼굴 옆을 지나 벽에 꽂혔다. 콱! 새파랗게 질린 세실은 뒤로 물러나다가 벽에 등을 부딪혔다. 더 이상 물러날 데가 없게 된 세실은 고개를 돌려 벽에 꽂혀 있는 복수를 보았고 그것이 거의 검신 중간까지 꽂혀 있는 모습에 생침을 삼켰다. 틀림없이 칼 끝은 여관 밖으로 나가 있으리라. 세실의 머리 위에 얹혀져 있던 수건이 스르륵 흘러내렸다. 세실은 덜덜 떨리는 고개를 다시 돌려 키를 바라보았다.

키는 복수를 던졌던 왼손을 천천히 내리며 말했다.

"뭐냐?"

"미, 미안하지만 그, 그, 그거 내가, 내가 하고 싶은 마, 말인데?"

키는 허리를 튕겨 의자에서 일어났다. 세실은 걸어오는 키를 보면서도 꼼짝도 못한 채 가만히 앉아 있었다.

세실의 앞에 선 키는 복수의 칼자루를 쥐곤 그것을 끌어당겼다.

벽에 기대어 앉아 있던 세실에겐 여관 전체가 흔들리는 것이 아닌가 싶은 진동이 전해져 왔다. 횟가루가 떨어져내리고 회반죽 벽 속에 있는 나무들이 비명을 질렀다. 잠시 후 키는 자신의 손으로 돌아온 복수를 쥐고 다시 의자로 돌아갔다. 멍하니 그 뒷모습을 바라보고 있던 세실은 복수의 검신 끝 부분이 실제로 젖어 있는 것을 보았다. 의자에 도로 앉은 키는 다시 손수건을 들어 복수를 닦으며 말했다.

"하고 싶은 말이 뭐냐, 세실."

빨리 말하지 않으면 다시 복수가 날아올 것 같다는 위기 의식이 세실의 온몸을 훑고 지나갔다.

"나 돌아왔다고."

"그 나이가 되도록 무의미한 인사에 대한 갈망을 가지고 있을 것 같지는 않은데."

"철이 덜 들어서."

"집어치워."

"집어치울 건 너야. 날 죽일 생각이었어?"

키는 아무 대답 없이 경멸스러워하는 눈빛으로 세실을 보았다. 그리고 세실은 그것이 훌륭한 대답임을 깨달을 수 있었다. 그 시선을 말로 바꿔보면 이렇게 될 것이다. '죽일 생각이었으면 벽을 맞추진 않는다.'

세실은 조심스럽게 한숨을 내쉰 다음 말했다.

"퍽이나 점잖은 방식으로 주의를 촉구하는군. 좋아, 내가 말하고 싶은 것은 이거야. 진짜 널 라트랑 후작에게 팔 거야?"

"라이온이 목숨을 걸고 카밀궁으로 잡혀간 것은 농담이나 전하기 위해서는 아니다."

"판다는 말이지. 오스발 한 명에? 그것도 그저 그를 죽이기 위해?"

"확인인가, 질문인가."

"그래, 좋아. 실력만 놓고 본다면 넌 우수한 장수감이긴 하지. 적어도 바다에선 최고일걸. 널 잡은 사람이 아무도 없으니까. 그래, 좋다구. 순수하게 실제적인 것만 본다면 이건 말이 안 될 것도 없는 상황이야. 하지만…… 사지 않을 거야, 젠장. 아무리 좋은 거래라도, 에름 후작은 바보가 아냐. 제국의 공적 제1호와 손을 잡는다면 그 역시 제국의 공적이 되는 것이고……"

"이름을 바꾸면 돼."

세실은 눈을 껌뻑거리며 키를 바라보았다. 당황 때문에 질문은 약간 늦게 나왔다.

"뭐라고?"

"네 말대로 후작은 바보가 아니다. 내 이름을 바꾸면 돼."

"……얼굴은?"

"흉터를 몇 개 만들거나, 아니면 오닉스의 예를 따르면 된다."

키는 이보다 단순명쾌할 수는 없다는 듯이 척척 대답했다. 세실은 그 광경을 상상했다. 키 드레이번, 제국의 공적 제1호 키 드레이번이 흉터의 잭이나 마스크 쓴 빌이 되어 라트랑의 해군을 지휘한다고? 세실은 참을 수 없는 기분을 느꼈다.

"그게 말이 되냐! 넌 제국의 공적 제1호야!"

"그런데?"

"빌어먹을, 이름을 버린다고? 제국의 공적 제1호를 버린다고?! 그렇겐 못해. 말도 안 되는 소리 하지 마. 악명이긴 하지만, 아니, 악명이니까 더욱더 못 버려! 사람이 선한 명성보다 더 버리기 힘든 건 사실 악명이라고. 네가, 네가 정말 그걸 버릴 수 있어? 모든 사람을 벌벌 떨게 만드는 그 짜릿한 이름을 버릴 수 있냐고!"

키는 쥐고 있던 복수를 한 바퀴 돌렸다.

어느새 상체를 불쑥 내밀고 있던 세실은 흠칫하며 뒤로 물러났다. 하지만 키는 한 바퀴 돌린 복수를 거꾸로 들어 칼집에 꽂아넣고는 그것을 침대에 던졌다. 자신의 옆에 떨어지는 복수를 보던 세실은 키가 지나가듯이 던진 말에 소름 끼치는 기분을 느꼈다. "칼을 쥐고 있다간 죽이고 말겠군."

키는 세실을 똑바로 바라보았다. 하지만 그의 무거운 시선이 세실의 파랗게 질린 얼굴 위에 초점이 맞아 있는 것 같지는 않았다. 키는 두 무릎 위에 팔꿈치를 얹고 그저 허공을 향해 말했다.

"테리얼레이드로 돌아가라."

세실은 아무 말 없이 키를 바라보았다. 키는 앞의 말에 덧붙이는 말인지 새로 꺼내는 말인지 잘 구분되지 않는 태도로 말했다.

"나는, 그러고 싶지 않다."

"그러고 싶지 않다니? 무슨 말이야?"

"너를 죽이고 싶지 않다."

세실은 키의 눈동자를 똑바로 바라보았다. 눈은 마음의 창이라고들한다. 그리고 잠시 후 세실은 키에게는 마음이 없다는 가설과 그 말이잘못되었다는 가설 중 하나를 놓고 택일해야 하는 처지에 빠졌다. 그녀의 마음속에서 상념은 상념을 뒤덮기보다는 더 많은 상념을 불러일으키고 있었고, 세실은 그 속에서 길을 잃고 꽤 긴 시간을 침묵했다.

그리고 세실은 키의 손을 바라보며 말했다.

"내 눈앞에서 그 손이 죽여 넘긴 사람들의 숫자가 얼만지나 알고 그 따위 소릴 하는 거야? 여자는 죽이지 않는다 따위의 말을 하는 건 더욱 아닐 텐데. 내가 알기로도 넌……"

"여자든 젖먹이든 노인이든 몸값을 내지 못하는 자는 모두 노예로 팔거나 상어에게 던져주거나 배에 태운 채 불을 질렀다. 됐나?"

세실은 다시 입술을 깨물었다.

키는 오른손을 들어 앞머리를 쓸어넘겼다. 하지만 원래도 짧은 머리가 아니었는 데다가 방랑자의 생활 동안 주체 못할 정도로 길어져 있었기에 그 머릿카락은 다시 흘러내려 그의 얼굴을 가렸다.

축축한 빗소리가 서늘하고 휑뎅그렁한 방 안을 채우고 있었다.

"그런데 왜 난 죽이고 싶지 않지? 이건 퍽이나 웃기는 대비가 되는데. 저 무가치한 오스발을 죽이기 위해 남해 최강의 선단이든 대해적의 자존심이든 제국의 공적 제1호의 이름이든 아낌없이 포기하는 너와…… 나를 죽이고 싶어하지 않는 너는…… 어째 한 사람인 것 같지가 않군."

"그런가."

"왜, 나는, 아니지?"

"말하고 싶지 않다."

"왜, 나는, 아니지?"

"닥쳐."

"왜, 나는, 아니지?"

"내가 줄 수 없는 죽음을 원하니까, 빌어먹을!"

두 사람이 자아내는 침묵의 천으로 빗소리가 조용히 스며들었다.

"그게 무슨 말인지 설명해 줄 수 있나? 난 네게 죽여달라고 부탁한 적은 없어."

"그럼 네가 나에게 부탁하는 것은 뭐냐?"

"그건……"

세실은 말을 멈춘 채 잠시 멍한 시선으로 키를 바라보았다. 그리고 그런 자신에 대해 슬픔을 느꼈다.

"그건 나도 말할 수 없어. 그게 뭔지를 모르니까. 내가 찾고 있는 것은, 아직 찾지 못했기 때문에 뭔지 알 수 없는 그런 것이란 말이야. 그걸 하나뿐인 진리라고 말하는 사람도 있고 최후의 답이라고 말하는 사람도 있어. 신이라고 말하는 사람도 있고 제일원인이라고 말하는 사람도 있지. 하지만 난……"

세실은 말을 멈추고 키를 바라보았다. 하지만 키는 빗소리를 등진 채 조용히 그녀의 말을 기다리고 있었다.

"혼자 듣는 봄밤의 빗소리 사이로 들려오는 것이라고 하겠어."

키의 눈꺼풀이 조금 꿈틀거렸다. 하지만 세실은 그것을 보지 못한 채 계속 말했다.

"9 다음에 10이, 99 다음에 100이 오게 하는 그 엄청난 힘이라고 하겠어. 더 이상의 '왜'가 필요해지지 않는 최초의 '그래서'라고 하겠어. 불꽃의 무게만한 마음의 무게로 가장 무거운 우주를 지탱하게 하는 지지점이라고 하겠어. 사람이 볼 수 있는 가장 먼 것을 바로 그 눈동자 앞의 눈꺼풀 속에 감추어놓은 자라고 하겠어. 하늘과 땅을 최초로 열어버린 그 무신경함이라고 하겠어. 어느 날 느닷없이 기억나는 모든 주소를 향

34

해 너 지금 살아 있냐고 묻는 편지를 쓰고 싶어지게 만드는 기분이라고 하겠어."

세실의 가슴이 크게 부풀어올랐다. 그리고 그녀는 긴 한숨을 내쉬며 말했다.

"그러지 않아도 좋을 때와 장소에서도 나를 끝없이 안타깝게 만드는 것이라고 하겠어."

"안타까움이 끝나면?"

"뭐?"

"너는 몇 살인가."

세실은 아랫입술을 깨물며 키를 바라보았다. 하지만 키의 얼굴은 태반이 넘게 머리카락에 가려 있어 어떤 표정을 찾아내기는 어려웠다.

"왜 묻는 거야? 내 나이가 왜 궁금하지?"

"네 나이는 궁금하지 않아. 그러나 네가 정상적인 죽음을 연기한 채 살고 있다는 것은 확실할 것이다. 맞나?"

"마법사에겐 이게 정상이야."

"빌어먹을. 네가 나를 통해 찾고 싶어하는 그것을 찾은 다음엔 어쩔 건가?"

"죽을 거야."

자신도 모르는 사이에 대답해 버린 세실은 멍한 눈으로 키를 바라보았다. 키는 차가운 얼굴 그대로 말없이 세실을 보고 있었다. 세실은 당황하여 손을 내저었다.

"그, 그게 아냐. 난, 그걸 찾기 위해 삶을 연장시킨 것이지, 죽기 위해 그걸 찾고 있는 건 아냐!"

"내겐 똑같아 보인다. 어쨌든 넌 네가 원하는 것을 찾고 나면 죽을 것이고, 그렇다면 그건 죽여달라고 말하는 것이다."

"제기랄, 그런 엉터리 논법이 어디 있어……"

말 끝을 흐리던 세실은 패배감 속에 고개를 떨구었다. 키는 세실의 이마를 향해 차분하게 말했다.

"너는 네가 찾는 것의 의미를 뒤집어놓았다."

"뭐라고?"

"너는 찾고 있다고 말했지. 그럼 넌 네가 찾고 있는 것과 분리되어 있다는 의미로군. 정말 분리되어 있는지는 모르겠지만 그렇다 치고, 그렇다면 넌 분리된 그것과의 합일을 통해 완전성으로 회귀하겠다는 것이겠군? 그렇다면 그것은 삶의 논리고 존재의 의미다. 하지만 넌 네 속에서 그것을 뒤집어 죽음의 논리로, 부재의 의미로 바꿔놓았다."

고개를 떨구고 있었기 때문에 세실의 소스라치게 놀라는 표정은 키에게 보이지 않았을 것이다. 하지만 키는 잘 안다는 듯이 말했다.

"테리얼레이드로 돌아가라. 집을 떠나는 행위는 이미 절반쯤 죽음을 의미하는 것이었겠지. 그리고 나머지 절반은 내게서 찾아내려는 생각이 겠지. 하지만 나는 널 죽이지 않겠다. 너는 삶의 근원적 의미를 원하지만, 살기 위해서가 아니라 죽기 위해서 그것을 원한다. 그리고 난 누군가의 죽음의 원인이 되어주는 일엔 익숙하지만 이유가 되어주는 일은 취급하지 않아. 더군다나 그렇게 자가당착적인 의미 같은 것은 줄 방법도 없다."

세실은 소매 안에서 팔에 소름이 돋는 것을 느꼈다. 키 드레이번은 자가당착이라는 말만큼 그녀를 슬프게, 혹은 공포에 젖게 만드는 말도 드물다는 사실을 알지는 못했을 것이다.

그때 갑자기 거세어진 빗방울이 창문을 때렸다. 후드드득! 그 순간 세실의 뇌리에 어떤 이름이 떠올랐다.

"오스발을 죽인 다음엔 어쩔 거지?"

말을 하며 고개를 들어올렸던 세실은 속으로 쾌재를 올렸다.

키의 얼굴은 끔찍하게 일그러져 있었다. 단지 오스발의 이름이 거론되었을 뿐인데도. 세실은 그 이유 없는 분노에 잠깐 놀랐고, 다음 순간 크게 안도하고 있었다. 그리고 그 순간 그녀가 느낀 승리감은 그대로 역투사되어 이번엔 키로 하여금 패배감을 느끼게 만들고 있었다. 세실이 입을 열었을 때 그 목소리에는 장난기마저 서려 있었다.

"너도 마찬가지군?"

"제길, 같지 않아."

"똑같아. 떼쓰지 마. 거의 성공할 뻔했다는 건 인정하지. 하하하!"

키는 벌떡 일어났고 덕분에 의자가 와라락 소리를 내며 쓰러졌다. 하지만 세실은 이번엔 아무런 공포도 느끼지 않았다. 오히려 그제서야 그녀는 그녀가 보낸 세월에서 체득한 희극적 관조 의식을 되찾았고 그래서 웃음 가득한 얼굴로 키를 바라보았다.

"역시 내 눈이 정확했어. 너도 찾고 있어."

"난 찾고 있지 않아. 그런 것은 존재하지 않……"

"천만에. 왜 그런지 모르겠고 내가 이해할 수 있는 합리적인 설명을 찾아낼 수 있을지도 미심쩍지만, 관 속에 몸을 누이기 위한 기나긴 도정으로서의 생이라는 것을 인정해 버리지 못하는 나처럼, 너에게도 그냥 놔두고 그 존재를 인정해 버리지 못하는 것이 있어. 오스발이 바로 그지. 그리고 그가 네 안타까움이지."

"안타까움 따위……"

"시끄러워. 할머니 앞에서 재롱부리면 귀염밖에 받을 게 없어. 거의 넘어갈 뻔했군."

세실은 득의만면한 표정으로 키를 바라보았다. 놀랍게도 키는 그 시선을 피했다. 그 작은 동작이 세실에게는 근 20년 이내에 한번도 느껴 보지 못한 승리감을 선사했다. 남해가 생겨난 이래 최고의 바람을 불러내었을 때도 그녀가 이런 기분을 느끼진 못했다.

"항상 남자 보는 눈이 엉망인 나였지만, 이번엔 정확했어. 워낙 이상한 선택이어서 나조차 긴가민가했지만 이젠 확실해. 넌 찾아낼 거야."

"제멋대로…… 떠들긴."

그리고 세실은 실제로 키가 뭐라고 말하건 말건 제멋대로 떠들었다.

"그리고 넌 옆에서 따라다니던 이 늙은 여자로 하여금 어깨 너머로 그것을 슬쩍 훔쳐볼 수 있을 정도의 기회는 주겠지. 넌 도망칠 수 없어."

키는 이를 드러낸 표정으로 더 물러났고, 그러다가 아예 몸을 돌렸다. 세실은 쾌활하게 말했다.

"어디 가니?"

키는 아무 대답도 하지 않은 채 문 손잡이를 잡았다. 그러나 세실은 여유 있게 추리해 내었다.

"겉옷 없이 나가는 거니 아래에서 술이나 한잔 할 생각인 모양이군. 참, 내려가거든 좀 이상한 모습 보게 될 텐데 너무 놀라진 마."

문을 반쯤 열고 있던 키는 그 자리에서 멈춘 채 말했다.

"이상한 모습?"

"테이블 아래에서 왈왈거리며 다리로 자기 귀 뒤를 긁기 위해 애쓰고 있는 녀석이 있을 거야."

키는 이맛살을 찌푸린 채 세실을 바라보다가 그냥 방문을 닫고 나왔다. 그러곤 홀에서 세실이 말한 대로의 어처구니없는 광경을 보곤 얼굴 전체를 일그러뜨렸다.

하리야 선장은 가까스로 평상시의 목소리를 낼 수 있었다. "어서 오십시오." 그리고 그가 평상시의 목소리를 내고 있다고 생각하는 건 그 혼자뿐이었다. 사실 하리야는 동정심이 물씬 배어나는 어조로 말하고 있었다.

보통의 장수라도 이런 모습을 하고 있다면 동정심을 불러일으키지 않을 수 없을 것이다. 하물며 바스톨 엔도 장군이다. 이 위대한 이의 이토록 초라한 모습은 보는 이를 연민에 젖어들게 만들고 있었다. 장군의 남루한 옷차림 위로는 점점이 핏자국이 새겨져 있었고 망가진 갑옷은 적의 칼은커녕 사람들의 무례한 시선도 막아내지 못하고 있었다. 그리고 장군이 타고 있는 것은 말인지 나귀인지 언뜻 구분이 가지 않을 정도로 비루해 있었다.

그러나 그 엄격한 시선만은, 관까지 가지고 갈 것이 분명한 죽지 않는 눈빛만은 깨어진 투구 아래에 선연했다. 하리야 선장은 그 눈을 향해 말했다.

"우리는 동맹입니다. 집으로 돌아오셨다고 생각하십시오."

바스톨 엔도 장군은 조용히 웃었다. 그리고 그는 가벼운 어조로, 그러나 결코 가볍지 않은 질문을 던졌다.

"아직도 동맹입니까?"

"물론입니다."

"여기도 볼지악 전투의 이야기가 전해졌을 텐데요."

하리야는 긴 설명으로 상대방의 휴식—지금은 그 무엇보다 필요한—을 뺏을 필요는 없다고 판단했다.

"폴라리스는 신생국입니다. 사람으로 친다면 청년이겠지요. 그래서…… 아직 약속의 무거움을 알고 시류에 영합하는 재주는 없다고 생각해 두십시오."

바스톨 장군은 감사히 고개를 끄덕였다. 그리고 그의 뒤편에 서 있던 가일즈 부관은 얼굴을 새빨갛게 물들이며 망토 아래에서 쥐고 있던 칼자루를 슬그머니 놓았다.

'그 해적들의 소굴'로 돌아갈 필요는 없다는 것이 오늘 아침까지의 가일즈 부관의 주장이었다. 그래서 그는 하리야 선장이 직접 마중을 나왔음에도 불구하고 오히려 의혹을 더 증폭시키고 있었다. 그의 의혹이 틀렸다고만 말할 수는 어렵다. 패배한 무사가 환영받지 못함은 당연하고 게다가 신생국 폴라리스는 필요에 의해, 혹은 바스톨 장군의 압력에 의해 사트로니아와 동맹을 맺었을 뿐이다. 따라서 다벨이 대승을 거둔 지금, 폴라리스로서는 동맹이랍시고 찾아온 바스톨 장군과 사트로니아의 패잔병들의, 도대체 어깨 위에 달린 것이 머리 비슷하게 생긴 혹이 아닌가 의심되는(역시 가일즈 부관의 표현이다) 행동에 대해 푸짐한 몽둥이 찜질로 대답해 준 다음 그들을 잘 포장하여 다벨에 바치는 것이 오히려 당연한 수순일 것이다.

하지만 하리야 선장은 그를 따라온 사람들을 선도하게 한 다음 홀로 바스톨 장군의 옆에 섰다. 신뢰감을 표현하는 최상의 제스처라 할 것이다. 그래서 가일즈 부관 이하 사트로니아군은 안도한 표정으로 그 뒤를 따랐다.

하리야 선장은 바스톨 장군과 나란히 걸으며 이야기를 나눴지만 볼지악 전투에 대해서는 한마디도 꺼내지 않았다. 장군 역시 볼지악 전투라는 말은 한번 꺼내었을 뿐 다른 것만 이야기했다. 바스톨 장군은 눈앞으로 다가오는 공사터를 보며 탄복하듯 말했다.

"근사한 성이 되겠군요."

돌탄 선장의 감독 하에 이루어지고 있는 다림 외성을 말하는 것이었다. 하리야 선장은 빙긋 웃었다.

"장군님께서 축성술에도 조예가 있으신 줄은 미처 몰랐습니다."

"만만찮은 공사가 되겠는데…… 좀 그런 질문인지도 모르겠습니다만 어디서 자금을 대었습니까? 성을 짓는 것은 신생국에 매우 필요한 일임은 당연합니다만 이렇게 빨리 건축을 시작했다는 것은 정말 놀랄 일이군요."

하리야는 약간 묘한 미소를 지으며 말했다.

"장군님에게 눈 가리고 아웅하는 짓을 해봐야 웃기는 일이겠죠. 예.
우리는 제국 최고의 해적이었습니다. 현금화하지도 못한 채 쌓아두었던
보화들이 가득합니다. 그 중에는 펠라론이 되사들이려 결정했을 경우
퓨아리스 4세 성하를 빚더미 위에 앉혀드릴 수 있을 정도의 보물들도
있습니다."

나는 악당입니다라는 말도 이토록 솔직하게 말한다면 그것은 차
라리 매력적이다. 그들의 뒤에서 듣고 있던 가일즈 부관마저도 성유물
(relique)을 가득 쌓아두었다는 말에 오히려 감탄해 버렸을 정도였으니
까. (물론 조금 후에는 그런 자신에 대한 죄의식을 느끼곤 황급히 성호를
그었다.) 그러나 바스톨 장군은 좀 다른 종류의 감탄을 느꼈다. 장군은
조심스럽게 농담으로 위장한 질문을 던져보았다.

"그러고 보니 '신부님'이라는 별명이 붙은 당신과는 좀 어울리지 않
는 것 같은 기분이군요."

"무슨 말씀을. 어떤 신부가 그런 해적질을 하겠습니까."

바스톨 장군은 하리야의 옆얼굴을 훔쳐보았지만 그의 얼굴에서 죄의
식 비슷한 것을 발견하지는 못했다. '이 자의 신앙은 참 신비한 데가 있
군.' 바스톨 장군의 감상이었다. 그가 보기에 하리야 선장은 신앙인인
척하는 군주들이나 귀족과는 달리 진짜 신앙을 가지고 있는 듯했다. 하
지만 그런 그가 하는 행동은 그런 군주들과 유사해 보였다. 성유물도
그저 현금화될 수 있는 보물 정도로 판단하고 있는 그의 모습에서 그것

에 대한 존경이나 숭배의 모습은 찾기 어려웠다. 그렇다면 그의 신앙과 그의 행동은 어떻게 연결되는 것일까. 그때 하리야 선장이 지나가듯 말했다.

"참. 저희들이 페인 제국을 수렁으로 몰고 갈 추문을 일으킬 수 있는 보물도 가지고 있다는 것은 모르시죠? 저희들은 칼소 황태자의 비망록도 가지고 있습니다. 들어보셨는지 모르겠습니다만 그분은 자신이 관계했던 여인을 모두 기록해 두었죠. 참 이해 안 가는 열정으로 말입니다……"

바스톨 장군과 가일즈 부관은 동시에 웃음을 터뜨렸다. 칼소 황태자는 200년 전의 바람둥이였으니 추문 어쩌고 하는 건 완전 농담이다. 그 원본이 공개되어 봤자 귀족가들이 타격을 입기보다는 정사보다 야사를 더 좋아하는 일부 역사가들을 미치게 만들 뿐일 것이다. 하리야 선장은 그렇듯 시종일관 밝은 태도를 유지하여 사트로니아군으로 하여금 패잔병이라기보다는 오히려 개선군 같은 착각을 일으키게끔 도와주었다.

하지만 바스톨 장군은 아무런 착각도 느끼지 않고 있었다. 다른 병사들이 긴장을 풀고 서로 이야기를 나누는 모습을 확인한 장군은 하리야에게 살짝 다가서며 나직이 속삭였다.

"나는 그 청년이 청년다운 심장은 가지고 있을지 몰라도 그 목 위로는 노회한 노인의 머리를 가지고 있다는 것을 압니다. 무엇을 바라는 겁니까?"

"좀 성급하시지 않습니까?"

"나도 이런 이야기는 좀더 그럴 듯한 곳에서 서로의 지적 수준을 경쟁하는 식의 단어들 써가며 나누고 싶소. 하지만 저들에게 해가 되는 일이라면? 직설적으로 말해 주시오. 바라는 게 뭡니까?"

"저 사람들에게 해될 일은 없습니다. 내가 바라는 건 저들이 평안히 사트로니아에 있는 그들의 가족에게 돌아가는 것입니다."

바스톨 장군은 그 말을 생각해 보았다. 그리고 빠르게 말했다.

"나는?"

하리야 선장은 빙긋 웃으며 품속으로 손을 집어넣었다. 바스톨 장군은 하리야 선장이 꺼낸 서신의 봉인에 찍혀 있는 문장을 보고 약간 움찔했다. 흑사자의 문장이었다. 하지만 하리야는 서신을 건네는 대신 그것을 손에 든 채 말했다.

"당신은 이곳에 남아주셨으면 합니다."

"어째서?"

하리야는 잠시 호흡을 골랐다.

그는 그가 지금 꺼내려는 말의 무게를 잘 알고 있었고 그래서 하리야는 그것이 얼마나 많은 사람들을 불행하게 만들 것인지도 잘 알고 있었다. 그리고 그를 더욱 안타깝게 만드는 것은, 다른 선택도 얼마든지 있을 수 있다는 점이다. 하지만 역사의 이 시점에서 하리야는 그것을 선택했다. 미망일지도 모른다는 의심이 있지 않았다면 거짓말이리라. 하리야는 행동에 수반될 괴로움을 인정하고 그것을 정면 돌파하기로 결정했지만, 그럼에도 불구하고 그 말을 꺼내기 전에 고통을 느꼈다.

그리고 하리야는 그 역사적인 발언을, 세계사의 분수령이 될 말을 지나가는 농담처럼 말하고 말았다.

"우리와 함께 싸웁시다."

바스톨 장군이 받아든 것은 하드루스 대통령의 명령서였다. 절묘한 서신이었다. 그것은 '나 사트로니아 대통령 길버트 하드루스는 사트로니아 의회 전원의 만장일치에 의해 귀하의 연임이 결정되었음을 알려드립니다. 따라서 귀하는 의회의 요구를 성실히 받아들여 신성한 책무에 매진해 주시기 바랍니다'는 내용의, 발신 날짜가 없는 서신이었다.

연임이라는 말에 주목해야 한다. 그 말에 따른다면 바스톨 장군은 계속해서 '팔라레온 해방군'의 사령관이다. 하지만 팔라레온 해방군의 사령관은 두 가지 점에서 성립 불가능한 자리다. 첫째, 팔라레온은 이미 해방되었다. 따라서 팔라레온 해방군이라는 것은 어불성설이 된다. 하지만 볼지악 전투에서 사트로니아군과 록소나군이 치명적인 패배를 당한 이상 팔라레온은 조만간 다시 다벨의 수중에 돌아갈 것이다. 그리고 그 시점에서 바스톨 장군은 대통령의 서신에 날짜를 적어넣은 다음 다시 '팔라레온 해방군 사령관'이 될 수 있을 것이다. 날짜가 적혀 있지 않은 것은 그 때문이다. 바스톨 장군은 그 정도로 이해했다.

그러나 두 번째 난점은 정말 해결하기 어려웠다. 장군은 힘빠진 목소리로 말했다.

"어디서 팔라레온 해방군을 만들어내라는 걸까요."

"폴라리스죠."

하리야는 간단히 대답했다. 바스톨 장군은 하리야를 바라보다가 다시 서신을 들여다보았다. 그리고 그제서야 그 서신의 본래 의미를 깨달았다. 그는 1인 군대가 되는 것이다. 그는 팔라레온 해방군의 지휘자이자 유일한 구성원이 된다. 그리고 그 상태에서 동맹국 폴라리스와 더불어 휘리 노이에스와 싸우는 것이다. 그리고 그 상황을 눈에 보이는 대로 말한다면—.

"대통령께서는 나를 폴라리스에 팔았군요."

바스톨 장군은 록소나에 대출되었던 서 브라도처럼 폴라리스에 대출되는 것이다. 하리야는 빙긋 웃으며 또다른 서신을 꺼내었다.

"이제 이해하셨을 테니 이것을 보시죠."

그것은 아무런 문장이 없는 편지였다. 바스톨 장군은 서신을 펼치자마자 그것이 앞의 편지와 같은 필체로 씌어졌음을 알 수 있었다. 하드루스 대통령이 보낸 밀서였다.

'단도직입적으로 말씀드리겠습니다. 나는 당장은 더 이상의 군대를 보내드릴 수가 없습니다. 라트랑과 레모가 이상한 긴장 상태를 만들어 내고 있기 때문입니다. 거기에 대해서는 하리야 선장에게 물어보십시오. 하지만 간략히 말씀드리자면, 레모는 록소나가 호되게 당하고 있는 상황을 이용하여 라트랑을 잡아먹을 생각을 했던 모양입니다. 좀 졸렬한 방법인데, 그들은 라트랑 내부에 쿠데타를 일으켜볼 생각을 했나 봅니다. 그 우직한 대포공들이 그런 생각을 했다는 데 대해 나는 약간의 놀라움마저 느낍니다. 하지만 그 순간 정말 놀라운 일이 발생했습니다. 대드래곤 라오코네스가 라트랑의 하늘에 나타났습니다.'

"라오코네스?"

바스톨 장군은 숨막히는 투로 하리야 선장을 쳐다보았고 하리야는 차분히 고개를 끄덕였다. 장군은 놀란 가슴을 진정시키며 다시 서신을 읽어내렸다.

'라오코네스의 출현은 라트랑의 쿠데타 세력들을 겁에 질리게 했고, 그래서 그들은 자진해서 쿠데타를 포기했습니다. 에름 후작은 그들의 배후에 레모가 있다는 사실을 알아내었고 그래서 현재 레모와 라트랑은 서로 국경에 병력을 집중시키며 긴장 상황을 만들어내고 있습니다. 따라서 나는 남은 병력을 모두 서진시켜 놓고 그들을 예의주시하고 있습니다. 그래서, 죄송합니다만 장군께 보내드릴 병력이 없습니다.'

죄송하다고? 병력이 있다 해도 받기 민망하오, 대통령. 그 많은 장병을 장사 치른 패장의 죄를 물어주셔야죠. 바스톨 장군은 쓴 것을 삼키는 표정으로 서신을 계속 읽었다.

'상황을 정리하겠습니다. 팔라레온과 다케온, 록소나는 초토화되었고 전술했듯이 라트랑과 레모는 서로를 향해 으르릉거리느라 다벨에 대한 공동 전선을 구성할 수 없게 되었습니다. 휘리 노이에스는 무주공산에 풀려난 맹수가 된 셈입니다. 이 상황에서 현재 휘리 노이에스에 대항하여 싸우거나, 하다못해 그들을 견제할 수 있는 유일한 군사 집단은 하나뿐입니다. 마치 이렇게 될 줄 미리 알았다는 듯이 그런 놀라운 위치와 시간에 그들이 나라를 세웠다는 사실에 대해 난 신의 섭리까지도 느낍니다. 그게 아니라면 저 대사의 선견지명일 수도 있겠군요.'

장군은 편지를 읽다 말고 고개를 끄덕였다.

'어떻게든 페인 제국을 움직여보려 애쓰겠습니다. 황제께서 그 제후국을 제국의 공적으로 지적하는 드문 예를 만드는 한이 있어도. 황제 폐하께서도 서 브라도의 죽음에 충격을 받은 상태이니만큼 가능성은 있을 겁니다. 그러나 제국을 움직이는 것은 결코 쉬운 일이 아닐 겁니다. 하지만 폴라리스는 그 점에서도 다릅니다. 폴라리스는 그들의 국경 바로 바깥에 초강대국이 생겨버리는 것을 원하지 않음을 분명히 했습니다.'

장군은 하리야를 흘끔 돌아보며 서신에 손가락을 가져갔다. 하리야는 장군의 손가락이 머무는 부분을 보고는 고개를 끄덕였다.

"예. 왕자의 땅이 하나가 된다면 그건 크기만으로도 레우스를 능가하는 대국이 됩니다. 그러나 레우스가 황야와 고원 등으로 이루어진 불모지가 대부분임을 놓고 본다면 그것은 레우스보다 몇 배나 더 큰 초강대국입니다. 왕이 태어난다는 말이 괜히 생겨난 것은 아니었습니다. 그리고 저는 하드루스 대통령에게 우리들의 울타리 밖에 그런 것이 생겨나는 모습은 꿈에라도 보고 싶지 않다고 말했습니다."

'따라서 나는 장군께 부탁드립니다. 그들에게 장군의 힘을 빌려주십시오. 내가 이곳의 상황을 정리하거나 제국을 움직일 수 있게 될 때까지만이라도. 나는 아무래도 장군에게 죄를 너무 많이 짓는 것 같습니다.'

바스톨 장군은 어느새 가슴 한구석이 따스해지는 것을 느꼈다. 누가 죄를 말하는가. 패장에게 다시 기회를 주는 내용으로 이 서신은 예절의 극치라 할 것이다.

하지만 하리야 선장은 그 서신의 다른 면에 감동한 듯했다.

"솔직히 그 서신에 놀랐습니다. 이런 전란의 시기에 장군님과 같은 인물을 놓치고 싶어하는, 하다못해 그런 위험이라도 있는 일을 저지르고 싶은 자는 아무도 없을 겁니다. 그런데 사트로니아는 배포 좋게도 장군님을 우리에게 넘기는군요. 물론 장군께서 시시한 유혹에 빠질 인물은 아니지요. 나라 하나도 쾌척하신 분을 유혹할 방법이 뭔지 모르겠습니다. 하지만 그래도 사람 일은 모르는 것이죠. 이것을 하드루스 대통령의 배짱으로 이해해야 할까요, 아니면 두 분 사이의 신뢰라고 이해해야겠습니까?"

바스톨 장군은 빙긋 웃었다.

"공정함이라고 보아주시오."

"공정함?"

"이 성실한 젊은이는, 내가 그들에게 보낸 엔도에 대한 보답으로 나에게 늘그막의 마지막 기회를 주는 거요. 자유로운 상태에서 해보고 싶은 일을 마음대로 해보라고 하는 거지요."

하리야는 그 말에 대해 잠깐 생각해 보았다.

"하시고 싶은 일이 뭡니까?"

한참 후, 노장군은 힘없이 대답했다.

"아직은 잘 모르겠소."

하리야는 그 대답에 약간 당혹했다. 그는 당연히 노장군이 휘리 노이에스에 대한 복수의 대열에 합류할 것이라고 믿었다. 하지만 바스톨 장군은 힘없이 고개를 가로저었을 뿐이다. 하리야는 장군의 옆얼굴을 바라보며 어쩔 수 없는 의심을 느꼈다. 그 처참한 패배가 이 불굴의 노장군에게 상처를 준 것일까? 한번 시작된 의심은 끝을 모르고 이어졌다. 당연한 일 아닌가. 40년 동안의 라이벌을 절명시킨 상대에 대해 겁을 먹는 것은 용기 없음이라고 치부할 수만은 없다. 어쨌든 바스톨 장군은 앞으로 가질 수 있는 명예보다 잃어버릴 과거의 명예가 더 많은 늙은 장수다…….

"알겠습니다. 지금은 피로하실 테니 대답은 천천히 듣겠습니다."

뜨거운 미풍이 스며드는 포플러는 여름 매미들의 연주회장으로 바뀌어 있었다.

쓰르르르…… 같은 매미가 아니라면 사랑하기 힘든 소리지만, 어쨌든 충분한 박력은 있다. 이 무더운 여름의 오전을 가로지르는 소리로서는 충분히 시원하다. 휘리는 그 사실을 인정했다. 그리고 그의 옆에 서 있던 소년 역시 그 사실을 인정하는 듯했다. 그래서 그들은 교회 앞 돌계단 난간에 나란히 걸터앉은 채 눈을 감고 그 소리에 집중하고 있었다.

한가롭고 여유 있는 모습들이었다. 물론 그들에게서 약간 떨어진 곳에는 살벌한 눈을 한 소년의 호위병들이 표준보다 약간 큰 모기라도 나타나면 당장 검을 뽑겠다는 기세로 서 있기는 했지만.

휘리는 눈을 뜨며 말했다.

"시원하군요. 공작님."

"그렇소. 서 휘리."

미사를 끝낸 두 사람은 교회 앞 포플러길에서 들려오는 매미 소리를 듣자마자 별 의견 교환도 없이 그대로 난간에 걸터앉았다. 그러나 사실 그들 중 매미 소리에 취하며 망중한을 즐기고 싶어하는 쪽은 아무도 없었다. 휘리는 차분히 기다렸다. 소년에게는 무언가 말하고 싶은 것이 있을 것이다. 적당한 때와 장소를 찾지 못해 당황해하는 소년을 위해 휘리는 일부러 이 장소에 멈춰 앉은 것이다.

과연 소년은 지나가는 말처럼—그렇게 들리도록 무진 애를 썼고, 그리고 실패했다—더듬더듬 말들을 꺼내어놓았다. 휘리는 조용히 웃었다.

팔라레온과 다케온에서 이룩한 자신의 업적을 구출하는 일은 럼파이어 가문의 형제 기사들에게 일임한 채, 휘리는 다벨의 수도 이레다벨에서 더 골치 아픈 업적에 도전하고 있었다. 그는 공작 암살이라는 '어처구니없는 의혹'에 맞서 자신의 무죄를 증명해야 했던 것이다. 그것은 대단한 노력이 필요한 일은 아니었지만, 그럼에도 불구하고 현장이 아닌 다른 곳에선 하기 힘든 일이었기에 휘리는 이곳에서 기다리고 있었다. 기다리는 동안 대답은 준비되어 있었고, 휘리는 부드러운 미소를 머금은 채 대답할 수 있었다.

"그건 대단한 명예로군요, 로드."

"명예라고 했소, 서 휘리?"

현재의 나이의 세 배는 더 먹어야 나이 대신 연륜이라는 말을 사용할 수 있게 될 소년은 미심쩍은 표정으로 말했다. 소년의 이름은 발랑스 메르데린. 다벨 공국의 하나뿐인 지배자이며 휘리 노이에스의 주군이다. 휘리는 그의 주군을 향해 자신 만만하게 말했다.

"부친을 암살한 자들이 저를 위험 인물로 지적하고 있다는 의미잖습니까? 그들이 메르데린 가의 다른 명망 있는 가신들 대신 저를 지적해서 그들의 죄를 뒤집어씌운다는 것은, 그 어처구니없음을 차치한다면 어쨌든 꽤나 명예로운 일이군요."

발랑스는 자신도 이미 휘리의 농담을 이해하고 있었다는 식의 표정을 지으려 애쓰면서 웃었다.

"아, 그대는 다벨의 기사잖소. 그러니 저 배덕한 자들이 그대를 두려워하는 것은 당연하겠지. 게다가 그대는 아버님께서 살해당한 그 비탄스러운 밤, 나와 어머니를 보호함으로써 저들의 원한을 사지 않았소."

"그들을 약올려 주려고 그랬던 것은 아닙니다. 그것은 신하 된 자의 당연한 도리입니다. 그리고…… 동시에 제겐 은혜 갚음의 유일한 수단이었습니다."

"은혜 갚음?"

"선친이 아니었다면 저는 8군단장이나 '서'라는 호칭은커녕 아직도 푼돈에 허리를 굽신거리는 가수 노릇을 하고 있었을 겁니다. 도저히 갚을 길이 없는 엄청난 은혜를 입었지만, 전 그 분을 지켜드리지 못했습니다. 그 자리에서 자결하는 것은 단순한 선택이었습니다. 하지만 그럼 영영 그분의 은혜를 갚을 길이 없었습니다. 그래서 전 욕된 목숨을 잇기로 했고, 이제 그 목숨을 그 분의 가족들에게 바쳐 그분께 갚지 못했던 은혜를 갚고자 합니다."

"서 휘리……"

발랑스 공작은 친밀감이 가득한 눈으로 휘리를 보았지만 휘리는 눈을 내리깔며 말했다.

"저는 선친께 입은 은혜를 갚을 것입니다. 저를 비방하는 자들은 그 단순한 이치도 모르는 무지한 자들이지요. 저를 믿어주시겠습니까?"

"당연한 일이오. 아버님께서 경을 믿었듯이 나 역시 경을 믿겠소."

"제게 기회를 주셔서 감사합니다. 생각하기조차 두렵습니다. 만일 저들의 허언이 공작님으로 하여금 잘못된 판단을 내리게 하였다면……전 이제 영영 갚을 길이 없었던 은혜를 갚을 수 있게 되었군요. 공작님께서 저를 믿어주시겠다고 말씀하셨으니, 저 또한 선친을 섬겼던 것처럼 공작님을 섬기겠습니다."

"내 허언을 용서하시오. 서 휘리. 난 그들의 말을 진짜 믿었던 것은 아니오."

"감사합니다. 이제 그만 돌아가시겠습니까? 호위병들이 초조해하고 있군요."

"경은?"

"전 일이 있습니다. 아시겠지만 근래에 공작님의 영토가 된 땅들에 대한 재편 작업이 있지요."

발랑스는 다시 감동하고 자책했다. '내가 왜 그 황당한 말을 믿었던가! 휘리는 군단 하나만을 이끌고 떠나서 다벨의 영토를 확장시킨 영웅 아닌가.' 발랑스는 수고하길 바란다는 말을 남기곤 휘리에게 뭔가 선물이라도 해야겠다는 생각을 하며 호위병들과 함께 궁전으로 떠났다.

그 뒷모습을 물끄러미 바라보고 있던 휘리는 자신의 말을 묶어둔 곳으로 걸어갔다. 그때 포플러 뒤에서 한 사내의 목소리가 들려왔다.

"그럼 언젠가 그 아이도 죽일 겁니까?"

멈춰 선 휘리는 포플러 뒤에 기대어 서 있던 사내를 바라보았다.

"무슨 말인가, 남작."

"선친을 섬겼던 것처럼 그 아이를 섬기겠다고 하지 않았습니까, 자작님."

"글쎄. 그 말에 특별한 의미를 담아서 말했던 것은 아니다. 아이 어르기용이지, 바탈리언 남작. 하지만 자네처럼 학식 있는 자라면 어린 권력자는 때론 성인 권력자보다 더 골치 아픈 존재라는 것쯤은 알겠지."

바탈리언 남작은 포플러에 뒷머리를 기댄 채 나뭇가지들을 바라보고 있을 뿐 아무 대답도 하지 않았다. 휘리는 잠시 멈춰 서서 이 우필을 버린 연대기 작가를 바라보았다.

'당신을 쓰고 싶어져서입니다.' 자신이 휘리를 찾아온 이유를 남작은 이렇게 설명했다. 하지만 휘리는 그가 무엇인가를 쓰는 모습을 본 적이 없었다. 아니, 글을 쓰는 모습은 많이 보았다. 어쨌든 남작은 노이에스 가의 첫 번째 가신이며, 그의 명령에 따라 정복지 재편 사업의 업무를 담당하고 있었으므로 다벨 정청에서 서류 작업을 하는 그의 모습은 이미 익숙한 것이다.

휘리가 더 신뢰하고 자기 사람으로 여기는 사람들은 8군단의 장수들이었지만 그들은 아직까진 메르데린 가의 가신으로 남아 있다. 그들은 어린 로드 메르데린의 부하들인 것이다. 하지만 바탈리언 남작은 처음부터 노이에스 가의 가신이 될 것을 맹세하며 찾아왔다. 휘리는 이해하기 어려웠다. 남작은 문객 중의 문객이었다. 주로 수사학적인 용도로 많이 쓰이게 되었지만 어쨌든 객(客)이라는 말에는 원래 그가 언제나 손님이며 무엇의 편도 들지 않고 제3자의 위치를 지킨다는 의미가 담겨 있다. 게다가 그는 참여 없는 관찰을 말하곤 하던 연대기 작가였다. 그런 남작의 과거 행적에서 휘리 노이에스의 가신이 되어야 하는 이유는 찾기 어려웠다. 물론 그 자신은 휘리를 쓰겠다고 이유를 밝혔지만, 아무것도 쓰고 있지 않은 것이다.

"자네는 나를 도덕적으로 비난하기 위해 찾아온 건가?"

"말씀드렸듯이 저는 자작님께 봉사하기 위해 찾아온 겁니다. 무례했다면 용서해 주시죠."

"여기까지 찾아온 이유는 뭐지?"

"명령하셨던 점에서 의아한 것이 있어 찾아온 것입니다."

"가면서 이야기하지. 자네 말도 거기 있겠지?"

휘리와 바탈리언 남작은 교회의 마구간을 향해 걸어갔다. 남작은 용건을 간략히 정리해서 말했다.

"말씀하신 새로운 토지법은 대충 정리되었습니다. 서 소팔라와 서 소사라의 작업이 끝나는 대로 곧장 적용시킬 수 있습니다."

"정말 빠르군! 시간이 많이 걸릴 거라 예상하고 그들이 싸움을 끝내기도 전에 착수시킨 것인데 벌써 끝났단 말인가?"

"빠른 이유가 있습니다. 그 진의를 깨달았기 때문이지요. 그리고 제가 묻고 싶은 것도 그것입니다."

"뭔가, 남작?"

"말씀하신 것 중 가장 중요한 내용들은 세 가지더군요. 인구수 2만 명에 맞춰 관구를 설정한다. 이들에게 무상 몰수한 토지를 무상 분배한다. 그리고 그들에게 토지대 대신 병역의 의무를 지게 한다. 제가 이해하기로 나머지 것들은 이것에 비하면 부차적인 것이었습니다. 자작님께서 원하시는 것은 둔전병입니까?"

휘리는 빙긋 웃었다.

"역시 날카롭군."

"……시대 착오도 이 정도면 이만저만 엄청난 것이 아닙니다, 자작님. 둔전병 제도라니오. 인간적으로도 너무 가혹할 뿐만 아니라 제국법에 정면 도전하는 제도입니다. 게다가 경제를 완전히 말살시키는 제도입니다."

"전 국토에서 그러는 것은 아니잖나."

"물론 정복지에서 실시하겠다고 하셨지만 그렇다고 해서……"

"하지만 그 방법이 아니면 당장 20만 군사를 만들어낼 방법이 없어."

바탈리언 남작은 잠시 숨이 막히는 기분을 느꼈다. 휘리가 20만이라는 말을 꺼내자 아주 당연한 질문이 떠올랐고, 그와 동시에 아주 당연한 대답도 떠올랐기 때문이다.

질문 : 그 엄청난 병력을 어디 쓰실 생각입니까?

대답 : 페인 제국과 싸운다.

물론 고대의 황제들은 수십만의 대군을 거느리기도 했다. 아달탄 2세만 해도 70만의 제국군을 동원하여 펠라론을 포위하는 퍽이나 인상적인 시위를 하기도 했으며, 그리고 그 시위를 통해 교회로 하여금 '속계의 제왕은 황제 일인'이라는 새로운 관념을 받아들이게 만들었다. 하지만 그 거대한 병력은 아달탄 대왕이 페인 제국을 건국하기 위해 만들어낸 병력이었고, 싸울 상대가 없는 상황에서 그토록 많은 병력은 국고에 천문학적인 부담을 주는 낭비일 뿐이기 때문에 후대의 황제들은 그 병력을 착실히 줄여나갔다. 그리고 1,000년의 세월이 지난 후, 제국군의 전체 병력은 22만 정도에 불과하며 그들은 모두 20년 동안 복무하는 직업병이었다. 현대에 들어 전쟁은 직업적인 병사들(직업병이나 용병)에 의해 수행되는 것이다.

페인 제국과 같은 거대한 제국도 그런 것이다. 하물며 다른 제후국들의 병력이란 고대의 황제들이 휘두르던 군사력에 비하면 보잘것없는 수준이다. 다벨의 총 군사력만 하여도 엄청난 전쟁들을 치렀다곤 하지만 어쨌든 현재 3만 명 정도에 불과하다. 그나마도 사트로니아군에 억류되었던 포로들이 돌아왔기 때문이며 볼지악 전투 당시 다벨의 전체 병력은 고작 1만여 명뿐이었다.

따라서 페인 제국은 22만의 군사로도 제후국들로 하여금 제국의 종주권을 인정시킬 수 있는 충분한 군사력을 가진 셈이다. 제후국들로서는 의무병 제도가 아닌 어떤 방법으로도 그런 대군은 만들어낼 수 없다. 하지만, 거꾸로 의무병 제도를 이용하면 감히 상상할 수도 없는 대군을 조성하는 것도 불가능하지 않다. 그리고 의무병 제도 중 가장 가혹한 것이라면 단연 둔전병 제도다.

그리고 휘리는 둔전병 제도를 이용하여 단숨에 현재의 다벨 병력의 7배에 달하는 엄청난 군사력을 만들어내겠다고 말하는 것이다. 바탈리언 남작은 입술을 적신 다음 조심스럽게 질문했다.

"자작님께서는 방패를 타시려는 겁니까?"

질문을 꺼낸 다음에야 남작은 자신이 꺼낸 질문이 얼마나 엄청난 것인지를 똑똑히 이해했고, 그래서 소름이 돋는 기분을 느꼈다. 그러나 휘리의 대답은 의외였다. 휘리는 그 엄청난 질문에 너무도 어울리지 않는 심드렁한 태도로 말했다.

"글쎄."

"예?"

"그런 게 필요해질지도 모르지. 하지만 어쩌면 자네가 말했던 그 아이가 방패를 타게 될 수도 있지. 아무려면 어떤가."

바탈리언 남작은 어처구니가 없다는 얼굴로 휘리를 바라보았다. 세상의 모든 일을 '아무려면 어때'라고 말할 수 있는 일과 그렇게 말할 수 없는 일로 나눌 수 있다면 지금 그들이 나누고 있는 일은 절대적으로 후자에 속한다. 따라서 휘리는 저토록이나 무신경하게 말해서는 안 된다. 바탈리언 남작은 거의 분노에 가까운 경악을 느꼈고 그래서 뭐라 말하려 했다. 하지만 그때 교회의 허드렛일꾼이 그들의 말을 가져오고 있었기 때문에 남작은 더 이상 이야기를 할 수 없었다. 휘리는 경쾌한 동작으로 말에 올랐고 남작은 답답한 심정을 삭히며 등자에 발을 얹었다. 말을 출발시키기 직전, 휘리는 갑자기 웃으며 말했다.

"그것도 재미있는 일 아닐까?"

"뭐라고 하셨습니까?"

"자기 아들을 방패에 태우면 죽은 프란체스코도 날 용서해 줄지 모르잖아. 하하하."

바탈리언 남작은 더 이상 참을 수 없었다.

"노이에스 자작! 도대체 지금 무슨 말을, 그럼 공작은 왜 죽인 겁니까?"

"공작 말인가?"

"예!"

"당연히 서 브라도를 죽인 나를 보호하기 위해서지. 자네 바보인가?"

휘리는 짤막하게 대답하고는 말을 출발시켰다. 하지만 바탈리언 남작은 말을 출발시킬 생각도 하지 못한 채 멍하니 휘리의 등을 바라보았다.

'서 브라도를 죽인 나를 보호'한다…… 남작은 소스라치는 기분을 느꼈다. 휘리가 일개 장수로 있을 때라면 다벨은 서 브라도 살해의 죄를 묻는 페인 제국으로부터 휘리 노이에스를 보호하기 힘들었을 것이다. 물론 서 브라도는 전사한 것이지만 힘이 있는 자는 억지를 부릴 수 있는 것이다. 그리고 일개 장수인 휘리는 페인 제국의 외교적 공격 앞에 무력할 가능성이 높다. 하지만 휘리가 다벨의 제일 권력자로 있다면 억지를 부리기 힘들다. 휘리를 공격하는 것이 곧 다벨 자체를 공격하는 것이 되기 때문이다. 그리고 실제로 휘리는 지금 다벨의 제일 권력자다. 바스톨 장군이 깨끗이 청소해 준 덕분에 휘리는 다벨 내의 유일한 군사력을 가진 자가 되어 있고, 게다가 그것은 최강의 군사력이자 가장 사랑받는 군사력(이 둘을 동시에 획득하는 것이 얼마나 어려운가)이다.

'그럼 당신은' 남작은 멀어져 가는 휘리의 등을 보며 속으로 말했다. '다벨이 자신과 같은 우수한 장수를 잃지 않게 하기 위해서 손에 피를 묻힌 것이란 말이오?'

율리아나 공주는 에름 후작이 예상했던 대답을 했다.

"거절이에요."

오스발은 약간 난처해하는 얼굴이 되었지만 에름 후작은 고개를 끄덕였다. 그리고 후작은 세상 물정을 모르는 여동생을 바라보는 것 같은 표정을 지으려 애쓰며 말했다. "하지만 공주님……" 그러나 곧 에름 후작은 자신의 표정을 바꿔야 했다.

"그런 자상한 얼굴, 룸 언니는 좋아할지 몰라도 저에겐 사용하지 마세요, 후작님. 유혹당할 것 같으니까. 제가 소녀다운 감수성으로 요런 반대를 하는 거라고 생각하시나 보죠? 미안해요. 사실 이건 후작님을 위해서예요."

"예?"

"그런 제안을 했다는 것 자체가 그 자의 쥐 파먹은 치즈 같은 두뇌 구조를 증명하고 있잖아요, 후작님. 그 남자 돌았어요. 실력이 대단할 거라는 건 부정하지 않겠어요. 제국의 공적 제1호가 운만 가지고 되는 것은 아닐 테니까. 하지만 그런 미친 자에게 라트랑의 군권을 맡기시겠다는 건가요? 말도 안 돼요."

"……제안을 꺼낸 자의 정신 상태를 의심하게끔 하는, 퍽 이해하기 어려운 제안이긴 합니다."

"돌았다니까요. 늑대를 물리치기 위해 사자를 끌어들이는 것은 사람들을 걱정시키는 일이지만 그게 미친 사자라면 사람들은 너무 어이가 없어 웃어버릴 거예요. 아, 미안해요. 후작님을 비웃는다는 뜻은 아니에요."

에름 후작은 헛웃음을 지었다.

"비웃어도 할말이 없겠군요. 제가 잠시 정신이 나갔나 봅니다."

"이해해요. 좋은 장수를 탐내는 군주의 마음. 게다가 근래에 험한 일을 당하셨으니 더욱 그러시겠지요."

에름 후작은 의자 등받이에 몸을 기대며 두 다리를 죽 뻗었다.

에름 후작이 그렇게 일부러 긴장을 푸는 모습을 보며 율리아나는 약간의 안타까움을 느꼈다. 성실한 자는 고독한 법이며, 지배자 또한 그러하다. 따라서 성실한 지배자가 얼마나 고독할지는 상상할 수조차 없다. 더군다나 그의 반려는 그의 고독을 덜어주기는커녕 안타까움을 더해 줄 뿐이며, 불꽃이 되어 그의 차가운 노년에 온기를 뿌려줄 자녀 또한 기대할 수 없다. 율리아나는 갑작스레 말했다.

"후작님은 강한 분이세요."

"예? 무슨 말씀인지."

"아 뭐, 별거 아니에요." 율리아나는 입이 찢어져도 우리 언니 때문에 힘드시죠? 라는 말을 또 꺼낼 수는 없다고 생각했다. "노스윈드를 수하로 받아들일 정도의 배짱이 있으시잖아요."

"이런. 병 주고 약 준다고 하던가요. 조금 전엔 그걸 멍청한 짓이라 질타하시더니 이젠 배짱 있는 일이라 하시는군요. 제가 너무 풀죽은 얼굴을 했던가요?"

후작은 푸근한 미소를 지었고 율리아나는 얼굴을 살짝 붉혔다. 후작은 의자에서 일어났다.

"좋은 말씀 감사합니다. 아마도 공주님께서는 저보다는 언니를 위해서 그런 조언을 주셨겠지요? 그 라이온은, 원칙적으로는 체포해야겠지만 그래도 사절이라면 사절이니 그냥 돌려보내겠습니다. 괜찮을까요?"

"물론 안 되죠."

"예? 아, 저 사절은 보호되어야 하는 겁니다만."

"그를 체포하라는 게 아니에요. 키의 제안을 승락한다고 말하세요."

에름 후작은 어리둥절한 표정으로 율리아나를 바라보았다. 그러나 곧 후작은 공주의 말을 이해했다. 후작은 감탄했다는 듯이 웃었다.

"아아. 알겠습니다. 그럼, 쉬십시오."

그리고 후작은 오스발을 향해 쾌활하게 말했다.

"잘됐군, 오스발. 그러니 그렇게 다 죽어가는 얼굴 하고 있을 필요 없네. 영민하신 주인님을 모시고 있는 건 자네의 행운이군."

"저 또한 그렇게 생각합니다."

에름 후작은 공주에게 정중히 인사한 다음 방을 나갔다. 문이 닫히고 나서 율리아나는 오스발을 돌아보았고 오스발은 어깨를 움츠려 보였다.

"감사합니다."

"뭐가? 주인이 노예를 보호하는 건 당연하지요. 당신은 내 것이라고요. 게다가 난 후작님에게 거짓말을 한 것도 아니에요. 그런 미친 작자가 우리 언니 근처에라도 온다고 생각하면……."

율리아나는 갑자기 말꼬리를 흐렸다. 율리아나는 약간 꺼림칙해하는 눈으로 오스발을 보았고 오스발은 별 표정 없이 그녀를 마주보고 있었다. 하지만 율리아나는 그녀를 바라보고 있는 오스발의 입술 끝이 약간 올라가 있는 것을 잘 볼 수 있었다. 율리아나는 입술을 비죽거리며 말했다.

"뭐예요, 그 웃음은?"

"예? 아, 별 의미는 없습니다."

"응? 뭔가 야릇한 뉘앙스가 있는 대답이군요. 뭐지요?"

율리아나는 의자에서 벌떡 일어나 오스발을 똑바로 바라보았다. 오스발은 다시 어깨를 움츠리며 고개를 가로저었다.

"아니, 그냥 제 생각에……"

율리아나는 앞으로 한 발자국 걸어갔고 오스발은 주춤 뒤로 물러났다.

"생각에, 뭐죠?"

"그, 그러니까 별로 대단찮은 것인데……"

율리아나는 두 걸음을 빠르게 걸었고 그와 동시에 오스발 역시 뒤로 두 걸음 물러났다.

"대단찮은데, 뭐죠?"

"아뇨. 이것은 단지……어?"

오스발은 자신이 벽에 부딪혔음을 깨달았다. 그는 난처한 표정으로 옆으로 움직였지만 율리아나 역시 재빨리 그와 같은 방향으로 움직였다. 오스발은 곤혹스럽게 미소 지은 다음 반대쪽으로 움직였지만 공주 역시 빠른 동작으로 그렇게 했다. 제자리에 멈춰 선 오스발은 그만 울 것 같은 얼굴로 공주를 내려다보았다. 공주는 씨익 웃었다.

"히이. 가뒀다. 자, 뭐죠?"

"……정말 에름 후작님을 위해 그렇게 말씀하신 겁니까?"

"아니요."

공주는 간략하게 말한 다음 킥킥 웃으며 뒤로 한 걸음 물러났다. 그러곤 고개를 숙여 바닥을 내려다보며 혼자말처럼 말했다.

"나 참 못됐어요."

오스발은 벽에 기댄 채 말했다.

"키 선장님은 말씀대로 하실 분이죠."

"그래요. 미쳤으니까요. 정상적인 사람이라면 그건 속임수이거나 계교겠지요. 하지만 그 미친 자는 정말 말 그대로 할 것 같아요. 난 이렇게 생각하는 나 자신을 믿을 수 없었어요. 그런데 당신에게도 그렇게 느껴지나 보군요. 발."

"그렇습니다. 그래서 드리는 말씀인데, 원하신다면 그렇게 하십시오."

"싫어요!"

공주는 거칠게 고개를 가로저었고 그래서 풀어내렸던 머리가 크게 물결쳤다. 공주는 흐트러진 머릿결 사이로 큰 눈을 빛내며 오스발을 노려보았지만 오스발은 그 눈빛을 담담하게 받아내었다.

"저는 공주님의 노예입니다. 공주님께서 후작님께 바다가 만들어낸 최고의 장수를 선물하고 싶으시다면……"

"당신 도대체 왜 그래요?"

"예?"

"그러고 싶어요? 당신을 키 드레이번에게 보내면 키는 당신을 죽일 거예요. 죽고 싶은 건가요?"

"아니오. 하지만 저는 노예입니다."

공주는 다시 오스발의 가슴 앞으로 바짝 당겨섰다. 그러곤 자신의 노예를 올려다보며 간구하듯 질문했다.

"그 언덕 위에서 키에게 했던 말을 그대로 나에게도 할 건가요? 죽이겠다면 막을 방법이 없으니 살고 싶다는 말 따위는 무의미하다? 그래서 안한다?"

"예…… 사실이 그렇잖습니까."

"당신이 영원한 피동태로 남기로 서원한 기사쯤 되나요? 왜 당신은 다른 사람들처럼 세상의 모든 것이 나를 위해 움직이며 그렇지 않은 것들은 모두 쳐부숴야 마땅할 존재라는 비이성적이고 불합리한 생각을 가지고 있지 않는 거지요?"

"비이성적이고 불합리한 생각을…… 가져야 합니까?"

"다른 사람들은 가지고 있단 말이에요!"

"죄송합니다. 제가 모자라서 그런가 봅니다."

율리아나의 손이 올라왔다.

그녀의 손이 오스발의 셔츠 자락을 잡아챘다. 버티려면 얼마든지 그럴 수 있겠지만, 오스발은 공주에게 멱살이 잡힌 채 천천히 허리를 숙였다. 공주는 자신의 얼굴 바로 앞쪽까지 끌고 온 오스발의 얼굴을 향해 나직이 말했다.

"그래서 그렇게 자유로운 건가요?"

"네?"

"그래서 그렇게 자유로운 거냐고 물었어요."

"공주님. 저는 노예입니다. 자유와는 가장 먼 거리에 있습니다."

"거리는 창조지요. 그렇군요. 그래서 그렇게 자유로운 것이군요."

"글쎄요. 잘 모르겠습니다."

"당신은 악당이군요."

오스발은 멋적게 웃었다. 율리아나는 그 미소의 구조를 모조리 분석해 내겠다는 듯이 오스발의 얼굴을 뜯어보며 말했다.

"몇 번씩이나 목숨을 구해 준 그 친절한 모습에 속을 뻔했어. 당신은 생각해 낼 수 있는 최고 최악의 악당이군요."

"무슨 말씀인지 잘 모르겠습니다." 오스발은 빙그레 웃으며 고개를 가로저었다. 공주에게 멱살이 잡혀 있는지라 약간 어려운 동작이었다. "어쨌든, 제가 공주님의 마음에 들지 않으신다면 공주님께서는 저를 키 선장님에게 보내어 그분으로 하여금 저를 처벌토록 하실 수 있겠군요."

"싫어요, 안할래요."

"왜지요?"

공주는 오스발의 옷을 놓아주며 뒤로 돌았다. 그러고는 몸을 돌린 채 말했다.

"난 악당을 좋아하거든요."

법황청 비서관 그레이엄은 서신을 건네기 전부터 이미 희미한 미소를 짓고 있었다. 그래서 퓨아리스 4세는 그레이엄이 서신을 이미 뜯어봤음을 알아차렸다. 그레이엄은 공손한 태도로 서신을 내밀며 말했다.

"데샨 카라돔의 로스왈로가 두 통의 서신을 보내어왔습니다, 성하."

"그래서 뜯어본 것이군?"

"예? 아, 용서하십시오. 하지만……"

"괜찮아. 나라도 마법사가 보낸 서신이라면 다른 사람에게 먼저 열어 봐 달라고 부탁했겠지. 자네가 살아 있는 것을 보니 그 서신은 사람을 잡아먹거나 하지는 않는 모양이군. 무슨 내용인데 그렇게 웃고 있나?"

그레이엄은 짐짓 점잖은 어투로 말했다.

"평소 그가 표시해 온 성하에 대한 존경과 우정의 이름으로 제발 부탁하니, 라오코네스와의 대화 내용을 좀 적어보내 달라는 내용입니다. 그 생김새, 비행 방식, 속도, 목소리, 단어 선택 방식, 하다못해 발자국이 남아 있다면 그것의 석고 모형까지도 갖고 싶다는 내용입니다. 성하께서 번거롭다고 여기신다면 인터뷰와 조사를 위해 마법사 몇 명을 파견할 수도 있다고 하더군요. 그리고 목격자들의 증언을 토대로 정황도를 그릴 화가도 파견하겠답니다. 물론 데샨 카라돔에서 모든 체제비와 경비를 제공하는 조건으로."

그레이엄의 얼굴에 떠올랐던 미소가 퓨아리스 4세의 얼굴 위에도 떠올랐다. 그 강대한 마법의 수호자, 제일해석자가 '감히' 법황에게 허리를 굽히며 부탁하는 것이다. 법황은 플로라를 돌아보며 말했다.

"나는 언제나 그 늙고 거만한 고집쟁이의 콧대를 꺾어주고 싶다고 생각했지. 이번으로 두 번째인가? 이번에도 내 힘으로 한 것은 아니지만 어쨌든 기분좋은 일인데."

플로라는 살짝 웃었지만 그레이엄은 고개를 갸웃했다.

"두 번째라니오? 무슨 말씀입니까, 성하?"

"그 늙은 친구는 내가 리포밍된 싱잉 플로라를 가지고 있다는 것을 알게 되었을 때도 비슷한 서신을 보냈지."

"아하, 그렇습니까."

"그래도 그땐 내가 로데인 백작이었던 시절이니까 좀 나았겠지. 하지만 법황에게 애걸하기는 정말 싫었을 텐데. 그 친구에 대한 내 평가를 약간 좋은 방향으로 수정시켜도 될 것 같군. 그 자의 천칭에서 자존심은 언제나 지식욕보다 높이 올라가나 봐."

"학자다운 태도입니다. 물론 당사자 앞에서 그렇게 말했다간 무슨 변을 당할지 모르지만."

법황은 다시 웃었다. 마법의 수호자이자 제일해석자 로스왈로는 학자라고 불리는 것을 끔찍하게 싫어한다. '마법 앞에서는 재고, 달고, 나누고, 붙인 다음 모든 것을 알았다는 듯이 고개를 끄덕이는 태도는 절대 용납되지 않는다'는 것이 로스왈로의 평소 지론이며, 그래서 견실한 학자들로부터 엄청난 비웃음을 사고 있기도 하다. 어쨌든 저런 주장을 통해 로스왈로는 자신을 스콜라가 아닌 아티스트로 이해해 주길 바라고 있다. 그가 무어라고 떠들든 보통 사람들은 마법의 작용에 대해 이해할 수도 없다는 사실을 완전히 무시한 채.

"호의적인 답신을 보내주도록. 다만 추기경들이 가만있지 않을 테니 마법사를 보내겠다는 것은 안 돼. 질문 사항을 정리해서 보내라고 하면…… 그 친구나 그 친구의 제자들을 충분히 미치게 만들 수 있겠지."

그레이엄은 한숨을 내쉬었다.

"자칫하면 우리들이 미칠 수도 있습니다. 수레에 실어 보낼 수도 있으니까요."

법황은 껄껄 웃으며 다음 서신에 눈을 보냈다. 그레이엄은 그 서신을 앞으로 내밀었다.

"두 번째 서신은 충분히 짧습니다. 직접 읽어보시죠."

법황은 고개를 갸웃한 다음 로스왈로의 인장이 찍혀 있는 서신을 펼쳤다. 그가 익히 잘 아는 악필로 짤막한 내용이 적혀 있었다. 인사말도 없이 곧장 본론으로 들어가는, 서신이라기보다 무슨 쪽지에 가까운 내용이었다.

'귀하의 까마귀들에 대해 오해한 점 사과하겠습니다. 아울러 우리는 그가 방패를 타고 싶어할지도 모른다는 점을 직시해야 합니다. 최악의 사태를 예상하고 준비하는 대책만이 충분한 대책이니까요. 따라서 나는 귀하와 더불어 그에 대한 충분한 논의를 해보고 싶습니다.'

"이게 무슨 말이야? 방패에 탄다니. 무슨 썰매 탄다는 이야기인가?"

법황 퓨아리스 4세는 약간 어리둥절한 표정으로 그의 비서관을 바라보았다. 그리고 그레이엄 비서관은 아버지의 방패를 몰래 꺼내어 눈밭에서 타고 놀았을 어린 법황을 생각하며 살짝 미소를 지었다. 로데인 백작은 눈이 많이 내리는 그리치 출신이었다.

"그건 황제가 된다는 뜻입니다."

"뭐?"

"고대 관습입니다. 아주 옛날, 전장에서 병사들이 장군에 대한 존경심을 표시하고 싶을 때 장군을 방패 위에 태운 다음 들어올렸지요. 거기서 유래한 것으로 고대에는 황제 즉위식이 그러했습니다. 그래서 반란을 일으킨 변방의 장군들이나 대립 황제 등은 흔히 휘하의 병사들에 의해 방패에 태워지곤 했습니다. 하지만 1,000년 동안 안정된 황가가 계속되다 보니 이젠 그런 관습 같은 것은 까맣게 잊혀지고…… 역사에 관심 있는 사람들이나 옛노래를 배우는 음유시인들에게나 이해되는 말이 되었습니다. 아, 물론 제국마저 위태롭게 만든 하이낙스가 있습니다만 그는 장군 같은 것은 아니므로 그런 풍습을 이용하진 않았지요. 이용했다면 오히려 꼴불견이었을 겁니다."

그레이엄의 설명을 들으며 법황의 얼굴이 사납게 일그러지고 있었다. 법황은 다시 서신을 내려다보며 혼자말처럼 말했다.

"그렇다면 뭔가, 이 서신은. 그가 황제가 되고 싶어할지도 모른다는 점을 직시해야 한다…… 로스왈로가 말하는 그가 누구지? 흐음. 나는 이런 엉망진창인 서신을 가리키는 신조어를 알고 있지. 자네도 알고 있겠지, 그레이엄?"

그레이엄은 고개를 끄덕였다.

"휘리의 서신 같다고들 하지요."

"그럼 정리해 보면 이렇게 되나. 휘리는 황제가 되고 싶어할지도 모른다. 젠장! 이 자식, 왕자의 땅에 대해 알고 있나 보군. 마법사 주제에 그런 이야기는 어떻게 알고 있는 거지?"

"그럼 까마귀라는 것은 바이올 기사단을 가리키는 것이겠군요. 성하께선 이런 사태를 예상하셨기에 바이올 기사단을 서품하길 고집하신 겁니까?"

"이렇게 안 되길 바랐지. 서 브라도와 바스톨 장군이 한 전투에서 깨져나가리라고 누가 상상이나 했겠나. 만약의 만약을 위한 일이었는데…… 젠장."

퓨아리스 4세는 다시 로스왈로의 편지를 노려보았다.

로스왈로는 바이올 기사단에 대해 처음부터 언짢은 반응을 보여왔었다. 그들로서는 펠라론이 자기 무장을 한다고 생각하는 것이 당연하다. 그러나 휘리 노이에스가 서 브라도와 바스톨 장군을 물리쳐 당분간 그를 견제할 세력을 찾아보기 힘들어진 지금—물론 페인 제국은 언제나 제3자다. 객관성은 제국에게 있어 통치 철학이라기보다 차라리 본능에 가깝다—로스왈로는 그제서야 법황이 고집스럽게 바이올 기사단을 발족시키려 드는 진의를 깨달았을 것이다.

퓨아리스 4세는 씁쓸한 미소를 지었다. 아마도 이 고집 세고 자존심 센 자는 '귀하의 까마귀들에 대해 오해한 점 사과' 어쩌고 하는 문구를 쓰며 손을 덜덜 떨고 있었을지도 모른다. 자기가 멍청했다는 것을 시인하는 것을 좋아하는 사람은 없겠지만 마법의 제일해석자가 그렇게 하는 것은 여간 대단한 일이 아니다.

"그럼 이 짤막한 쪽이 그의 본론이군. 공조 체계? 정말 휘리의 서신이군."

"예?"

"무슨 말인지 알아들을 수 없다는 의미가 아니라…… 그 놀라운 내용이 마치 휘리의 서신 같다고 말한 거야. 이 자는 지금 펠라론과 데샨 카라돔의 공조를 제안하고 있어. 진짜 지식인이든 지식인인 척하는 녀석이든 모두 놀랄 말이잖은가."

"놀랄 일이긴 합니다. 교회와 마법계가 손을 잡는다는 것은 렉시놀 공의회 이후 처음 일어나는 일이니까요."

미리 서신을 읽었기에 그레이엄은 경악하지는 않았다. 대신 차분히 고개를 끄덕였다. 그래서 그 순간 두 사람들은 다른 사람들이 기겁할 이야기를 차분하게 나누고 있다는, 약간 덜 고상한 기쁨을 맛보며 즐거워했다.

마법사들은 교회로부터 인정받아야만 합법 마법사로서 활동을 할 수 있다. 교회로부터 허가받지 못한 마법사는 불법 마법사로 간주되며 이단과 마찬가지로 처벌된다. 물론 원칙이 그렇다는 말이다. 마법사를 처벌하는 것이 쉬운 일은 아니다. 하지만 원칙은 원칙이고 따라서 마법사들은 그런 원칙을 탐탁찮게 생각한다. 마법이라는 것은 자신의 인생 전체를 걸다시피 해야 얻을 수 있는 힘이며, 따라서 그런 힘을 마법에 대해서는 아무것도 모르는 자에게 허락받아야만 쓸 수 있다는 것은 결코 유쾌한 상황은 아니다. 그리고 마법사들을 이런 분통 터지는 상황 속에 집어넣은 자가 바로 펠라론 1,700년의 역사에서도 손꼽히는 정치가인 '푸른 장미의 법황' 라우스 3세다.

라우스 3세 주도하에 개최된 렉시놀 공의회의 포고문을 요약해 보면 다음과 같다. '마법은 특별히 증명할 필요 없이 글을 잘 쓴다거나 검을 잘 쓴다는 것 이상의 어떤 재능이며, 따라서 주님이 특별한 사람에게 마법이라는 이 희귀한 재능을 허락한 것은 주님의 적극적 의지 표현으로 해석해야 한다. 따라서 법황은 악마의 사역인 마법과 주님의 의지 표현인 마법을 구분할 무한하고 유일하고 모든 것에 우선하는 책임과 권리와 능력을 가지고 있다……' 한마디로 마법은 주님의 특별 보너스이며 따라서 신의 대리인인 법황에게 허락받고 쓰라는 말이다. 마법사들은 으르렁거리고 가르랑거리고 꽥꽥거렸지만, 전부 속으로 내지른 비명일 뿐이었다.

게다가 노회한 정치가였던 라우스 3세는 마법사들이 즐거워할 수 있는 계기를 만들어주는 것도 잊지 않았다. '세상의 어떤 직업인이 법황의 보증 아래 일하겠는가.' 참으로 멋진 한마디라 하지 않을 수 없다. 평생이라는 시간을 어느 한 점에 집중시킨 사람들이 대개 그러하듯 마법사들은 어찌 보면 순박한 사람이다. '마법사는 세상의 모든 직업들 중 법황의 보증을 받는 유일한 직업'이라는 한마디에 감격한 마법사들은 스스로를 규제하기 시작했다. 교회의 허가를 받지 않는 자신의 동료들을 자기 스스로 백안시했던 것이다. 그리고 모든 사람들이 마찬가지겠지만 자신을 이해해 줄 수 있는 유일한 사람들에게서 백안시당하며 버틸 수 있는 사람은 마법사들 중에도 드물다. 그들은 헐레벌떡 교회로 달려가서는 마법이라고는 조금도 모르는 신부에게서 '당신은 정당한 마법사임'이라는 인증서를 받아들고는 희희낙락했다. 참으로 어이가 없어 측은하기까지 한 장면이 아닐 수 없었다.

자신들이 노련한 법황에게 당했다는 것을 마법사들이 알아차리는 데는 얼마 걸리지 않았다. 그들은 입에 게거품을 문 채 눈에 들어오는 모든 사람을 뿔두꺼비와 핑크빛 토끼와 다리 여덟 달린—길이가 모두 다른—테이블로 바꾸는 난동을 부렸지만 그것은 가십거리에 목마른 사람들을 열광시켰을 뿐이다.

"마법사 골드버그가 윈필드 백작을 말로 바꿨다더군."

"흐음. 늘상 그러고 싶어하더니, 백작 부인은 드디어 남편에게 고삐를 채울 수 있게 되었군. 말채찍이나 하나 선물할까."(이 친구는 틀림없이 윈필드 백작에게 아내를 뺏겼던 작자일 것이다.)

공의회의 결정은 공의회로만 뒤집을 수 있다. 그리고 마법사들에게는 공의회 개최권이 당연히 없다. 좌절은 과거의 결정에 대한 긍정이 되었고 그들은 교회가 가지고 있는 마법사 인증권을 뺏거나 무효화시키는 대신 자신을 납득시킬 수밖에 없었다. '그래. 맘에 들진 않지만 그건 옳은 일이야.' 물론 마법사들이 아닌 사람에겐 그것은 진짜 옳은 일이다. 교회가 마법이라는 무시무시한 힘에 대한 견제를 맡고 나서는 것이므로. 그 이후로 펠라론과 데샨 카라돔은 자신을 향해 으르렁거리는 상대방을 개탄스러워해야 했다.

그것이 펠라론과 데샨 카라돔의 관계였다. 어떻게 보면 불가해한 관계이기도 하다. 데샨 카라돔은 어쨌든 자신이 법황의 인정을 받는 마법사의 집단이라는 것에 자부심을 가지고 있으며 펠라론 또한 데샨 카라돔의 마법사들을 인정해 줄 수 있는 것은 자신뿐이라는 데에 자부심을 가지고 있다. 서로가 서로의 자부심의 원인이라는 것은 한 둥지 속의 새들처럼 오손도손 살아갈 수 있는 좋은 근거다. 하지만 바꿔 말한다면 이들의 둥지는 철창이고 펠라론과 데샨 카라돔은 각자 맹수 조련사와 맹수라 할 수 있다. 데샨 카라돔은 자신들에게 채찍을 휘둘러대는 펠라론이 마음에 들지 않으며, 펠라론은 단단히 휘어잡지 않으면 자기 팔을 뜯어먹을 맹수로서 데샨 카라돔을 규정하고 있다.

따라서 로스왈로의 서신은 맹수가 맹수 조련사에게 점잖게 제안하는 것이다. '힘을 합쳐보면 어떻겠습니까.' 참으로 놀랄 만한 일이 아닐 수 없다. 하지만 법황은 차분한 태도로 서신을 도로 접어 책상 위에 내려놓은 다음 플로라를 돌아보았다.

플로라는 가운을 얌전히 여민 모습으로 앉아 햇살을 쬐고 있었다. 법황은 햇살을 머금어 에메랄드처럼 빛나는 그녀의 녹색 머릿결을 바라보며 지나가는 말처럼 말했다.

"보상일까, 수호일까?"

그레이엄은 고개를 갸웃했다. 법황은 플로라를 보면서 그레이엄에게 말했다.

"그들은 그들의 일원이 대륙에 저지른 일에 대해 사과하고 보상하려는 것일까? 아니면 그가 성취한 업적에 한낱 무인 따위가 도전하게 내버려둘 수는 없다는 심보인 것일까?"

그레이엄은 얕은 신음을 흘렸다.

"그럴 수도…… 있겠군요. 어쨌든 하이낙스의 일에 대해 고소하게 생각하는 자가 있다면 데샨 카라돔뿐일 테니. 그리고 보상…… 어쩌면 둘 다일지도 모르겠습니다."

법황은 고개를 끄덕였다.

"그레이엄. 이유를 알아내야 돼. 나는 로스왈로가 왜 휘리 노이에스에 대해 걱정하는지 알고 싶다. 그 젊은 친구가 욱일승천의 기세를 떨치고 있다는 것만으로는 그 고상한 마법사들이 우려하는 이유로서는 약간 부족해. 그걸 알아내봐. 하지만 그들의 제안 자체는 일단 환영받는다고 느끼게 해줘. 실제로 환영하고 싶은 제안이니까. 그러니 법황은 입에서 군침을 뚝뚝 떨어뜨리며 그 제안을 환영하고 있다고 느끼게 해줘."

"알겠습니다, 성하."

그레이엄은 정중히 인사한 다음 집무실을 나갔다.

법황은 플로라에게 다가갔다. 플로라는 아무 말 없이 창문에서 떨어지는 햇살만을 바라보고 있었다. 플로라의 등뒤에 선 법황은 그녀의 어깨에 손을 얹었다. 마치 옷을 받아주는 자세 같았다.

"가운 벗어도 돼, 플로라. 그레이엄은 나갔으니까."

플로라는 손을 들어올렸다. 하지만 가운을 벗는 대신 그 손을 더 높이 들어 어깨에 얹힌 법황의 손을 살짝 밀어내었다.

"아니오. 괜찮습니다, 성하."

법황은 밀려난 자신의 손을 내려다보다가 다시 플로라의 머릿결을 바라보았다. 손을 어찌해야 좋을지 모르겠다는 듯이 허둥거리던 법황은 어깨를 으쓱인 다음 그것을 바지 주머니에 꽂았다. 그리고 법황은 그 자세로 가만히 서 있었다.

집무실의 발코니를 통해 미풍이 불어왔다. 나부끼는 얇은 커튼 자락은 집무실 바닥에 희미한 그림자들로 물결쳤다. 커튼을 간지럽히던 미풍은 그대로 대야에 발을 담그고 있는 둘에게로 다가섰다. 순간 의자에 앉아 있는 플로라의 머릿결이 살짝 떠올랐고 퓨아리스 4세는 배를 간지럽히는 그 머릿결의 느낌에 아찔한 기분을 느끼며 눈을 감았다.

"궁금해……"

플로라는 고개를 약간 돌려 어깨 너머로 법황을 바라보았다. 법황은 눈을 감은 채 말했다.

"질문 하나 할까, 플로라."

"예. 성하."

"에름 후작에 대해 어떻게 생각해?"

"라트랑의 에름 후작 말씀입니까?"

"그래. 안을 수 없는 아내를 사랑하는 남자 말이야. 아내를 '꽃처럼 바라보기만 하는' 남자."

"······글쎄요. 성하."

"어떻게 그럴 수 있을까······ 나는 궁금해."

플로라는 미세한 아픔 같은 것을 느끼며 다시 앞쪽을 바라보았다. 법황은 플로라가 앉아 있는 의자의 등받이를 짚으며 고개를 푹 숙였다.

"빌어먹을 퓨아리스 3세. 날 거세시키면서 그 영감쟁이는 쾌감을 느꼈을걸."

"그렇지 않습니다, 성하. 그 분은 교회의 우두머리로 성하보다 더 나은 이가 없음을 알고······"

"내버려두면 무슨 짓을 저지를지 모르니 법황으로 만들어 꼼짝달싹 못하게 만든 거지. 죽음까지 뛰어넘어서 말이야. 만약 휘리 노이에스가 좀더 나은 출생을 가졌더라면, 그래서 일찍부터 퓨아리스 3세의 눈에 들었다면 지금 펠라론과 모든 교회를 다스리는 자는 그가 되었을지도 모르지."

"어떻게 그런 무서운 말씀을······"

"틀리나? 고소하게 생각하고 있지 않아?"

플로라는 잠시 침묵한 다음, 고개를 뒤로 젖혔다.

등받이를 짚은 채 고개를 떨구고 있던 법황과 등받이에 머리를 기댄 플로라의 눈이 서로 마주쳤다. 늘어진 머릿결 사이로 그늘진 법황의 얼굴은 어두웠다. 반대로 햇살을 정면으로 받고 있는 플로라의 얼굴은 빛 속에 떠오르는 빛처럼 보였다. 법황은 훤히 드러난 그 이마와 콧날, 그리고 봉긋한 입술을 차례로 내려다보았다가 다시 시선을 천천히 끌어올렸다. 법황의 시선은 플로라의 눈에서 멈췄다.

그 초록빛 눈동자는 깊고 고요했다.

"성하."

법황은 대답 대신 그의 손등에 늘어진 플로라의 머리카락을 손가락 사이에 끼웠다. 법황의 손가락들 사이로 녹색 머리카락들이 사락거리며 미끄러졌다.

"제가 성하를 리포밍시킨 것 같군요."

플로라의 머리카락 속을 헤엄치던 법황의 손가락이 멈췄다. "무슨 말이지?"

"성하는 좋은 분이세요."

"보통 남자들이 여자에게 가장 듣고 싶지 않은 말이지, 그거."

"그래도 좋은 분이신걸요. 성하. 그리고 그것이 제가 좋아하는 성하의 본래 모습이죠."

"본래 모습? 내 본래 모습이 뭔데?"

"성하는 지키고, 보호하고, 이어가는 분입니다."

"내가? 그레이엄이 들으면 어처구니없어할 말이군. 그는 내 손에 의해 파괴되고, 부서지고, 결딴난 집무실 기물들에 대한 대하 서사시를 쓸 수 있을걸.”

법황은 어이없다는 투로 말했지만 플로라는 아무 대답도 하지 않았다. 대신 플로라는 오른손을 들어올렸다. 그녀의 손은 자신의 머리카락들 사이에 잠겨 있는 법황의 손을 찾아낸 다음 그것을 움켜쥐었다.

“일부러 그러시는 거지요. 나는 비뚤어진 아이야, 라고 주장하는 소년처럼.”

“으윽. 그러니까 지금 네 말은 내가 철이 덜 들었다는 말이군, 그래?”

플로라는 법황의 손을 자신의 볼로 가져갔다. 법황은 움찔했지만 플로라는 그 손을 꼭 쥔 채 그 손등에 자신의 볼을 비비며 부드럽게 웃었다.

“예.”

법황의 얼굴이 붉어졌다. 그가 뭔가 말하려 입술을 달싹거릴 때 플로라가 조용히 속삭였다.

“저 때문이죠. 정말 미안해요, 네스탄.”

퓨아리스 4세, 속명 네스탄 로데인 백작은 아무 말 없이 플로라의 속눈썹을 내려다보았다.

“네스탄. 당신은 정말 좋은 분이에요. 그러니 자신의 장점을 인정하고 그것을 포기하지 말아요. 괜히 반항아인 척하지 마세요. 괜히 하이닉스에게 질투심을 느끼는 척하지 마세요. 당신은 보호하고 가꾸는 것을 더 좋아하시는 선량한 사람입니다.”

“나는 보호자 같은 것도 아니고 썩 선량하지도 않아.”

“그럼 왜 휘리 노이에스를 싫어하시지요?”

법황은 다시 말을 잃었다. 플로라는 법황의 손등에서 그의 맥박을 느끼며 말했다.

"네스탄. 당신이 저를 얻기 위해 일부러 반항아인 척, 규칙의 파괴자인 척, 대범한 척한 거, 정말 고맙게 생각해요. 인간이 아닌 저, 통념이 용납하지 않는 저를 원하신다면 당신 스스로가 통념의 적이 되어야 했을 테니까요. 정말 고마워요. 하지만 그건 제가 좋아하는 당신의 모습이 아니에요. 선대 법황께서 적절한 시간에 당신을 교회의 수호자로 만드신 거, 전 정말 감사하고 싶어요. 당신 말로는…… 거세당하셨다고요? 글쎄요. 속으로 안도의 한숨을 쉰 것은 바로 당신이 아닐까 생각되는데요."

"내가?"

"제멋대로 부는 바람이 아닌 아름다운 나무가 될 수 있으셨으니까."

"아름다운 나무라."

"네스탄. 당신은 나무가 되어 대지에 그늘을 드리워야 하실 분이죠. 저 믿을 수 없는 바람의 꿈을 꾸지 마세요. 모든 것을 파괴하고, 부수고, 결딴내는 휘리를 증오하시는 당신이 진짜 당신이에요. 그리고…… 용서하세요. 바람에 의해 태어난 어떤 꽃에 소중한 그늘을 드리우고 가만히 보호하시는 당신이 진짜 당신다워요."

법황은 가까스로 웃었다.

"그 꽃을 꺾어 가지는 대신?"

"예."

"넌 그 바람을 잊을 수 없나, 플로라?"

"예. 용서하시길."

법황은 길고 느린 한숨을 내쉬었다.

"잊으라는 쪽이 잘못되었겠지. 너에게 모습을 준 사람을 어떻게 잊겠나."

"전 당신의 사랑을 받을 자격이 없어요. 고집스럽고 어리석은 꽃이라서. 성하, 성하께서도 내버려두면 당신의 사랑을 받을 자격이 없는 꽃을 위해 무엇이든 부수고 파괴해 버릴 바람이 될 당신을…… 법황으로 만드신 선대 법황의 뜻을 아시죠?"

"아는 것 같아. 그 교활한 노인은 나보다 더 나를 잘 아는 척한다는 점에서 너와 막상막하야."

플로라는 방긋 웃었다. "용서하세요."

"용서는 무슨."

"아니, 앞뒤 안 맞는 말을 할 저를 용서해 달라고 미리 부탁드리는 거예요."

"응?"

플로라의 왼손이 올라왔다. 그리고 그녀의 오른손도 법황의 손을 내버려둔 채 올라왔다. 그 손들은 법황의 목 뒤에서 서로 만나 얽혔다. 법황은 당혹한 얼굴로 플로라를 내려다보았지만 플로라는 웃음띤 얼굴 그대로였다.

"성하께서는 부활의 법황 퓨아리스 4세가 되셔야 해요. 저도 그 모습을 더 좋아할 테고요. 하지만, 마지막으로 한번만 더 하이낙스가 되어주시겠어요?"

그리고 플로라는 눈을 감았다.

"아직도 바람의 꿈을 꾸는 꽃을 위로해 주시지 않으시겠어요?"

법황은 낭패한 기분과 당혹감을 느끼며, 자신이 무슨 일을 하는지도 잘 모른 채, 약간 절망적인 아찔함까지 느끼며, 고개를 차츰 숙였다.

각도가 좀 이상했지만, 어쨌든 키스는 할 수 있었다…….

카밀궁의 외벽에 오렌지빛 황혼이 떨어지고 있었다.

일반적으로 경비병들의 긴장이 가장 느슨해지는 시각이다. 하지만 카밀궁 앞에 서 있던 경비병들은 툭 치면 쇳소리가 나지 않을까 싶을 정도로 긴장해 있었다. 그들은 이 시각에 찾아올 누군가에 대한 언질을 미리 들었던 것이다. 그래서 황적색으로 물든 대로를 응시하는 그들의 눈에서는 숨길 수 없는 열광과 공포가 동시에 스며나오고 있었다. 그때 그들 중 한 명이 숨막히는 목소리로 속삭였다.

'오, 온다!'

카밀궁 경비병들의 눈이 일제히 움직였다.

대로 저편으로부터 카밀궁을 향해 똑바로 걸어오고 있는 세 사람이 있었다. 한 남자와 그의 뒤를 따라 걸어오는 남자와 여자. 경비병들의 눈은 모두 선두에서 걸어오고 있는 키 큰 남자에게 집중되었다. 아직 이른 시간에 이미 밤을 걸치고 걸어오는 것 같은 키 큰 남자의 얼굴은 거칠게 나부끼는 긴 머릿결에 가려 잘 보이지 않았다. 하지만 경비병들은 그 남자의 코트 자락 사이로 비죽이 튀어나온 장검 자루를 보며 마른

침을 삼켰다.

그들 중 하나가 부리나케 안으로 뛰어들어갔다. 숨이 턱에 닿도록 달려간 경비병은 곧 정원 안쪽에서 기다리고 있는 사람들에게 도달했다. 경비병은 빠르게 말했다.

"왔습니다!"

"얼마나?"

"세 명입니다, 후작님."

"……맙소사, 율리아나 공주의 말이 옳았어. 정말 미친 작자로군."

에름 후작은 길게 한숨을 내쉬었다. 고개를 돌린 후작은 본관 쪽을 바라보았다. 햇살을 받고 있는 본관의 유리창들은 황금빛으로 반짝이고 있었고 그래서 후작은 그 뒤쪽을 볼 수 없었다. 하지만 후작은 2층 가운데쯤의 창문을 향해 고개를 살짝 끄덕였다.

본관 2층의 방 안에서는 율리아나 공주가 언니의 손을 꼭 붙잡고 있었다. 이루미나 후작 부인은 당장에라도 기절할 것 같은 창백한 얼굴을 한 채, 하지만 꼿꼿이 서서 정원을 내려다보고 있었다. 그러나 그녀가 입을 열었을 때 그 목소리는 격하게 떨리고 있었다.

"유리, 나 심장이 터질 것 같아. 왜 후작님은 직접 나가신 거지?"

"그래야 키 드레이번이 의심하지 않을 테잖아."

"그렇긴 하겠지만, 나 정말 무서워. 이해가 안 돼. 반란군들이 카밀궁으로 쳐들어왔을 때도 이렇게 떨리지는 않았는데. 키 드레이번이라는 자는 정말 대단하네. 한번도 본 적이 없는 여자를 이렇게 겁에 질리게 만들다니."

율리아나는 진심으로 고개를 끄덕였다. "대단하지." 그리고 율리아나는 짐짓 밝은 어조로 말했다.

"걱정 마. 아무 일도 없을 거야. 아무리 남해의 제왕이라고 해도 겨우 세 명이서 어떻게 하겠어?"

"그래. 아무 일 없겠지? 응? 무슨 일이 생기면 나……" 이루미나는 더 이상 말을 꺼내지 않았다. 율리아나는 언니의 허리를 꼭 끌어안은 채 정원을 내려다보았다.

그리고 그때 카밀궁의 정문 경비병들 사이에서는 이루미나와 비슷한 증세가 만연하고 있었다. 경비병들은 온몸을 떨면서 코앞까지 걸어와 멈춰 선 검은 옷의 남자를 바라보고 있었다. 검은 옷의 남자는 약간 짜증스러워하는 눈빛으로 경비병들을 노려보았고 그래서 경비병들과 함께 정문에 서 있던 경비대장은 눈 가리고 아웅하는 질문을 던졌다.

"누구십니까."

"키 드레이번이다. 라트랑 후작 에름과 약속이 있는데."

"……진짜 키 드레이번이오?"

경비대장은 도저히 믿을 수가 없었다. 이런 어린애도 속아넘어가지 않을 수법에 제국의 공적 제1호가 걸려들 리는 없다는 것이 그의 절대적인 믿음이었다. 따라서 지금 카밀궁의 정문 앞에 서 있는 검은 옷의 남자는 퓨아리스 4세이거나 아자르 황제이거나 우리 주님일 수는 있어도 절대로 키 드레이번일 리는 없다…….

"죽여도 되는 경비병이 있다면 말해 주겠나. 그에게 내 검을 잠시 쥐게 해주겠다."

경비병들의 얼굴이 파랗게 질려버렸고 그들 중 평소 그들의 경비대장에게 밉보였던 자들의 얼굴은 아예 시커멓게 변했다. '내가 내 손으로 내 목을 찌르고 죽게 되다니!' '이럴 줄 알았으면 그때 돈 꿔준 거 안 갚아도 된다고 말할걸!' 그들이 지나온 나날의 과오에 대해 다채로운―그러나 별로 고상하지는 않은―후회를 하는 가운데 경비대장은 떨떠름하게 말했다.

"됐소. 안내하겠으니 따라오시오…… 키드레이번."

경비대장은 키 드레이번을 마치 한 단어인 것처럼 말하며 몸을 돌렸다. 순간적으로 목 뒤가 선뜩해지는 기분을 느낀 경비대장은 곧 몸을 돌린 것을 후회했다. 하지만 뒤를 돌아볼 수야 없는 노릇이고, 그래서 경비대장은 약간 큰 걸음걸이로 걸어갔다. 키와 라이온, 그리고 세실은 경비병들의 시선을 한몸에 받으며 카밀궁의 정문을 들어섰다.

네 사람의 모습이 정원 안쪽으로 충분히 멀어진 순간 경비병들은 빠르게 움직였다. 그들은 재빨리 정문을 닫고 그것을 걸어 잠갔다. 라이온은 등뒤를 흘끔 돌아보고는 말했다.

"이거 보쇼. 왜 문은 잠그는 거요?"

경비대장은 뒤도 돌아보지 않은 채 말했다.

"폐문 시각이오. 일몰이잖소? 당신들 때문에 지금까지 문 열어놓고 기다린 거요."

"아아. 난 또 우리를 가두려는 건 줄 알고."

라이온은 빙그레 웃으며 그렇게 말했고 경비대장은 심장이 바람 쐬러 몸 밖으로 나와 있는 것 같은 착각을 느꼈다. 하지만 키는 아무런 말이 없었고 세실 역시 아무 말 없이 기계적인 동작으로 계속 걸어갔다.

잠시 후 키는 정원 중앙에 서서 기다리고 있는 일군의 사람들을 발견했다. 키는 걸음을 멈췄지만 경비대장은 성큼성큼 걸어갔다. 아니, 이제는 거의 달리는 것 같은 걸음이었다.

"후작님. 키 드레이번을 데리고 왔습니다."

보고를 마친 경비대장은 옆으로 물러났다. 에름 후작은 옆을 흘끔 보았고 그의 옆에 서 있던 서 슈마허는 이를 부드득 갈았다. "맞습니다." 그리고 그때 라이온 역시 키 드레이번에게 속삭였다. "에름 후작입니다."

에름 후작은 키를 향해 살짝 목례하며 말했다.

"어서 오시오, 키 드레이번. 만나게 되어 영광입니다."

"반갑습니다. 에름 후작. 오스발은 어디 있소?"

이야기를 나누기엔 약간 긴 거리였지만 에름 후작은 더 이상 다가서지 않았고 그것은 키 일행 역시 마찬가지였다. 그래서 둘은 약 30피트 정도의 거리를 둔 채 목소리를 약간 높여 말하고 있었다.

"먼저 당신의 신사다운 행동을 칭송하게 해주시오. 키 드레이번. 나 같으면 무서워서라도 절대 이렇게 찾아오진 못했을 텐데. 솔직히 용기인지 만용인지 구분할 수가 없군요."

키 드레이번은 메마른 시선으로 후작을 바라보다가 짧게 말했다.

"오스발을 보여주시오."

"미안하지만 그럴 수가 없소."

"어째서."

"아자르 황제 폐하의 충실한 종복인 나 라트랑 후작 에름은 제국의 공적 제1호인 당신을 체포할 것이기 때문이오."

언니의 허리를 꼭 끌어안고 있던 율리아나는 고개를 돌려 방 구석을 바라보았다.

오스발이 그곳에 서 있었다. 석양 무렵이라 방 안은 어두웠고 그래서 율리아나는 오스발의 얼굴을 제대로 볼 수는 없었다. 하지만 오스발은 차분한 태도로 아무 말도 하지 않은 채 명령을 기다리는 노예의 모습으로 서 있었다. 율리아나는 그에게 미소를 지어주었지만 그가 자신의 미소를 보았는지는 확신할 수 없었다. 그래서 율리아나는 언니의 허리를 더욱 힘주어 끌어안으며 이루미나의 어깨에 머리를 기대었다.

에름 후작이 손을 들어올림과 동시에 정원수 곳곳에 숨어 있던 병사들이 달려나왔다. 그리고 그의 주위에 서 있던 서 슈마허와 경비병들도 재빨리 후작의 앞쪽을 가렸다. 슈마허는 검을 뽑아들었지만 다른 병사들은 무기 대신 성전을 꺼내어들었다.

키는 주위를 죽 둘러보았다. 30여 명은 족히 넘을 것 같은 많은 수였다. 군데군데 석궁을 든 병사들도 보였다. 그들은 키 일행의 주위를 삼엄하게 둘러싸고 있었고 개보다 더 작은 것이 아닌 바에는 절대로 빠져나갈 틈이 보이지 않았다. 주위를 한 바퀴 둘러본 키는 다시 전방을 바라보았다.

에름 후작은 경비병들의 어깨 뒤에서 고개를 가로저었다.

"당신은 정말 정신이 이상한 자였군. 제국의 공적 제1호를 이렇게 체포했다고 말하면 황제 폐하께서도 믿지 않으실 것 같소. 보통은 속여넘긴 데 대한 미안함을 느껴야겠지만 솔직히 지금 난 너무 어이가 없어서 미안하지도 않아요."

키는 핏 웃었다.

"당신은 바보군. 에름 후작. 이런 시대에 나 같은 자의 가치를 몰라보는 자는 바보랄 수밖에."

에름 후작 역시 조용히 웃으며 고개를 가로저었다.

"그런 의심이 있었소. 하지만 이젠 없어졌지. 아무리 실력이 출중하다 해도 당신 같은 정신나간 자를 다루고 싶어하는 군주는 아무도 없을 거요."

"그렇다면 내 제안은 거부당한 것인가?"

"……말해 뭣하겠는가."

"알았다. 당신을 섬기지 않겠어."

주위를 둘러싸고 있던 병사들 사이에서도 저런 미친놈 어쩌고 하는 잡담들이 새어나왔다. 하지만 키는 그런 수런거림에 아무런 신경도 쓰지 않은 채 고개를 돌렸다. 그곳엔 세실이 굳은 얼굴을 한 채 서 있었다. 그 모습을 보던 에름 후작은 고개를 가로저었다.

"그녀가 마법사임은 공주에게 들어 알고 있소. 키 드레이번."

에름 후작의 옆에 서 있던 경비병들은 무기 대신 뽑아든 성전에서 미리 표시해 둔 페이지를 열었다. 그리고 동시에 나직한 목소리로 봉독을 시작했다.

"잊혀져 기억되고, 사라져 나타나며, 시작되지 않은 끝이고, 끝나지 않을 시작이신 내 주여……"

하지만 키는 성전을 읽는 경비병들에게는 아무 신경도 쓰지 않은 채 세실을 바라보았다. 그리고 세실은 고개를 조금 끄덕였다.

"겨우…… 안 놓쳤다. 제길, 두 번은 못하겠군. 지금?"

"지금."

다음 순간 세실은 손을 높이 들어올렸다. 그러곤 박명을 향해 손가락을 튕겼다. 따—악! 마치 그녀의 손가락 튕기는 소리가 신호가 된 것처럼 그 순간 해가 저물었다. 그리고 그와 동시에 키의 앞쪽에 거대한 물체가 나타났다.

장전된 작렬포가 1마일의 거리를 순간 이동하여 키의 앞쪽에 나타났다.

본관 2층에서 바라보고 있던 율리아나는 하마터면 언니의 허리를 꺾어놓을 뻔했다. "자, 작렬포다!" 그녀의 눈에는 라이온이 품속에서 꺼내 어드는 막대기의 모습도 익숙했다. 라이온은 그 막대기를 움켜쥐고는 그 아래쪽의 끈을 확 잡아당겼고 그러자 막대기 끝으로부터 2피트 길이의 불꽃이 솟아올랐다. 급속히 어둠이 내리깔리고 있는 카밀궁의 정원에서 라이온은 마치 불의 검을 든 것처럼 보였다.

라이온은 그 불꽃을 그대로 포신을 향해 휘둘렀다. 아슬아슬한 순간에 불꽃은 멈췄고 라이온은 매서운 눈으로 전방을 주시했다.

"움직이지 마! 이것은 단심이다. 바로 발사된다!"

에름 후작은 질린 얼굴로 신음처럼 말했다. "그건……" 라이온은 사납게 웃었다.

"소개드리겠습니다. 레모에서 날아온 이 미인의 이름은 작렬포! 너무 화끈하다는 게 죄가 된다면 참 죄 많은 여인이지요. 수줍어하시지 말고 앞으로 나와서 이 아가씨의 인사를 받으시죠. 그 뒤에 숨어 계신다고 해서 이 미녀의 뜨거운 사랑을 피하실 수는 없습니다!"

서 슈마허는 이제는 익숙해졌으나 아직도 고통스러운 속 뒤집히는 감각에 신음했다. "주여, 왜 저를 내시면서 저 미친놈도 세상에 내신 겁니까……!" 서 슈마허가 라이온의 두뇌 구조의 결함에 대해 모든 관심을 기울이는 동안 에름 후작은 좀 다른 것에 관심을 쏟고 있었다.

"어떻게? 성전을 봉독하고 있었는데?"

세실은 쾌활하게 웃었다.

"그 구절은 물론 마법으로부터 신도들을 보호하지요, 후작님."

후작은 어리둥절한 표정이 되었다. 그러나 곧 세실의 말을 이해했다.

"우리가 아니라…… 그 대포에 마법을 쓴 것이니까?"

"정답입니다! 젠장. 내가 여기까지 걸어오면서 이 대포의 위치를 놓치지 않으려고 얼마나 곤욕을 치러야 했는지는 주님만이 아실걸. 어쨌든 성공했지요."

그때 두 명의 동료들이 야기하고 있던 유쾌한 분위기에도 불구하고 묵묵히 서 있던 키가 입을 열었다. 그러나 에름 후작이나 경비병들을 향한 것은 아니었다.

"오스바—알!"

벽력 같은 고함. 에름 후작과 다른 사람들은 메아리가 들려오지 않는다는 것이 퍽 이상하게 생각되었다. 키는 본관을 향해 맹수의 포효처럼 외쳤다.

"나와라! 나오지 않는다면 발사하겠다! 그러면 후작 부인은 남편을 입관시키기에 앞서 복잡한 조각 맞추기를 해야 할 것이다!"

이루미나는 그 끔찍한 말에 거의 실신할 지경이었다. 그녀의 다리에 힘이 빠져나갔고 그래서 율리아나는 하마터면 언니와 함께 방바닥에 나뒹굴 뻔했다. 오스발이 재빨리 다가와 이루미나를 부축했다.

"괜찮으십니까?"

그때 바닥에 주저앉으려 들던 이루미나는 오스발과 율리아나를 놀라게 했다. 이루미나는 무서운 힘으로 오스발의 멱살을 부여잡은 것이다. 물살을 가르는 머메이드의 강인한 힘에 절박함이 더해지자 후작 부인은 건장한 노예인 오스발을 거의 휘두를 정도의 기세를 보였다. 숨이 막혀 켁켁거리는 오스발을 향해 후작 부인은 비명처럼 외쳤다.

"나가!"

"마, 마, 마님. 모, 목을 노…… 컥!"

"나가! 네 미친 주인에게로 돌아가, 당장!"

"언니, 언니! 가만 좀 있어봐, 룸 언니!"

율리아나까지 매달렸지만 이루미나는 꼼짝도 하지 않았다. 이루미나는 아예 자신이 직접 오스발을 끌고 나가겠다는 결심을 한 것 같았다.

이루미나는 오스발의 멱살을 붙잡은 채 방문 쪽을 향해 걸어갔다. 버티려면 버틸 수도 있겠지만 오스발은 그 순간 그야말로 노예였고, 그래서 이루미나는 아무런 어려움도 없이 방문에 도달했다. 참다 못한 율리아나는 기성을 올렸다.

"정신 좀 차려, 언니! 그렇게 무턱대고 나가면 후작님이 더 위험해!"

후작 부인의 발걸음이 멈췄다. 이루미나는 제자리에 서서, 그러나 아직 오스발의 셔츠 자락을 움켜쥐고 있는 손은 그대로 둔 채 율리아나를 바라보았다. '그럼 어떡하라고?' 언니의 울부짖는 듯한 시선을 보던 율리아나는 재빨리 몸을 돌려 창문을 열어젖혔다.

"키―드레이버―언!"

키의 고개가 독수리나 매의 그것처럼 홱 올라갔다. 그리고 그의 시선을 받은 순간 율리아나는 자신이 저 남자를 진짜 지독하게 싫어한다는 것을 알게 되었다. '주님. 천사들의 작업장에서 제조 불량 벼락이 많이 발생한다면 제가 그것들을 투기할 곳을 알려드릴 수 있어요.' 율리아나는 가까스로 호흡을 진정시키고서 외쳤다.

"오, 오스발을 내보내면, 어, 어떻게 할 거예요?"

율리아나의 질문을 받은 키는 관계된 모든 사람들이 대충이나마 짐작하고 있던 일, 그러나 아직 확인되지 않았던 사실을 공표했다.

"내보내! 네가 알 바 아니다!"

키는 이로써 그의 추적행이 전부 율리아나 카밀카르가 아닌 오스발을 향해 집중된 것임을 자신과 다른 모든 사람들 앞에 분명히 했다. 그는 오스발을 위해 뭍에 올랐고, 오스발을 위해 다림을 정복했고, 오스발을 위해 전란의 대륙 한가운데를 돌파한 것이다. 무의식적으로 알고 있었던 것이지만, 그리고 알면서도 지금껏 같이 걸어왔던 것이지만 라이온과 세실은 순간적으로 씁쓸해지는 기분을 느꼈다. 그리고 율리아나 역시 씁쓸한 기분으로 말했다.

"흐음. 오스발에 대한 당신 애정엔 내가 끼여들 자리가 없었던 것이군요. 좋아요, 흥분하지 말고 이야기하죠. 오스발을 내보내면, 죽일 건가요?"

"물론."

오스발의 멱살을 움켜쥐고 있던 이루미나 후작 부인의 손아귀에 힘이 빠져나갔다.

후작 부인은 멍한 눈을 들어 오스발을 바라보았고 오스발은 조용히 미소 지었다. 어둑어둑한 방 안에서 그 미소는 퍽이나 신비로워 보였다. 후작 부인은 뭐라 말할 수 없이 복잡한 얼굴이 되어 오스발을 바라보았다. 그리고 창가에서는 입술을 깨문 채 키를 내려다보던 율리아나가 힘겹게 말했다.

"……그 다음엔 어쩔 거죠? 후작님은?"

"내 일을 마친 다음 나와 동행해야 한다. 라트라인 교외에서 풀어주겠다."

"그걸 어, 어떻게 믿어요?"

"믿어. 에름 후작 따위 별로 죽이고 싶은 생각도 없다." 듣고 있던 사람들 전부로 하여금 가치관의 심한 혼란을 일으키게끔 하는 말을 한 다음, 키는 짤막하게 덧붙였다. "그러니, 바다의 공주에게 돌려주겠다."

어둑어둑한 방 안에서 이루미나는 여전히 커다래진 눈으로 오스발의 얼굴을 바라보고 있었다. 조금 전까지 그의 미소를 비춰주던 빛도 이젠 많이 약해졌고 그래서 후작 부인은 짙게 그늘진 오스발의 얼굴에서 미묘한 표정 같은 것을 찾기 어려웠다. 그래서 이루미나는 목이 마른 듯한 목소리로 힘겹게 말했다.

"당신?"

"후작님을 모셔오겠습니다. 마님."

옅은 어둠 속에서 들려온 오스발의 목소리는 차분했다. 이루미나는 두 손으로 입을 가리며 탄성 같기도 하고 비명 같기도 한 이상한 신음을 흘렸다. 오스발은 후작 부인에게 정중히 목례한 다음 고개를 돌려 율리아나 공주를 바라보았다.

율리아나는 창가에 기대어 검푸른 하늘을 배경으로 아름다운 그림자가 되어 서 있었다. 그녀의 손은 치맛자락을 비틀어 뜯어낼 정도로 꽉 움켜쥐고 있었다.

"내려가도 되겠습니까, 주인님?"

"가, 갈 거예요?" 질문을 말하자마자 율리아나는 그 질문을 꺼낸 자신에 대해 고통스러울 정도의 증오를 느꼈다. 가지 않으면 어쩌겠는가. 마치 그 자신이 선택했다는 식의 대답을 요구하는 이 가증스러운 책임 전가…… 하지만 오스발은 그 모든 것을 설명하는 대신 침착하게 말했다.

"예."

"나, 난 엉터리 주인이에요. 지켜주겠다고, 도와주겠다고 말로만…… 말로만…… 이건, 이건 말도 안 돼요. 한 사람을 살리려고 다른 사람이 죽는 건……"

이루미나가 분노의 외침을 토하지 않은 것은 참으로 칭찬받을 만한 자기 절제였다. 그녀도 별 번뇌 없는 얼굴로 죽음의 길을 가겠다고 말하는 오스발에게서 뭐라 말할 수 없는 이상한 느낌을 받고 있었기 때문이다. 희생 정신이나 충성심 같은 것으로 오해될 가능성이 충분하지만, 아니, 그렇게 생각하는 것이 가장 납득하기 쉬운 방식이겠지만, 후작 부인은 오스발이 희생 정신이나 율리아나에 대한 충성심으로 그렇게 하는 것으로 생각되지는 않았다. 이상한 일이었다.

그때 오스발이 고개를 끄덕였다.

"내려가겠습니다."

안녕히 계십시오. 그 동안 즐거웠습니다. 이제 죽지만 그래도 주인님께 도움되어 드릴 수 있어 행복합니다……는 따라다니지 않았다. 오스발은 그저 '내려가겠습니다'라고만 말하고는 몸을 돌렸다. 그래서인지 이루미나 역시 정말 고마워, 너의 희생 잊지 않으마, 너는 라트랑의 은인이자 후작님과 나의 은인이다…… 등의 말을 하진 못했다. 그녀가 그런 말을 해야 한다고 생각한 것은 오스발이 이미 문을 닫고 나간 뒤의 일이었다.

이루미나는 잠깐 멍한 시선으로 닫힌 문을 바라보다가 몸을 돌렸다. 율리아나에게 걸어간 이루미나는 동생을 조심스럽게 보듬었다. 율리아나는 마치 쇳덩어리처럼 뻣뻣했고, 게다가 끊임없이 떨고 있었다. 이루미나는 동생을 힘주어 끌어안으며 조심스럽게 말했다.

"유리."

"미친 선장과 미친 노예……"

"응?"

율리아나는 다시 말하는 대신 조용히 울음을 터뜨렸다. 이루미나는 동생을 달래려는 듯이 꼭 끌어안았지만, 그녀 자신도 이미 눈물을 흘리고 있었다.

문을 닫고 나온 오스발은 잠시 제자리에 선 채 한숨을 흘렸다. 그러나 그 한숨은 어떤 애틋한 심정의 토로나 세상의 부조리함에 고통받는 자아에 대한 위안 같은 것은 아니었다. 그의 한숨은 마치 휑한 빈 벽을 채우는 그림이나 쓸쓸한 방을 장식하는 꽃병 같았다. 아무런 감정 없이 그냥 적절했다.

그리고 오스발은 차분히 계단을 걸어내려갔다.

층계참을 지나 중앙홀, 그리고 현관에 이를 때까지 오스발의 발걸음은 정확했고 리듬감 있게 계속되고 있었다. 문 앞에서 오스발은 다시 멈춰 섰다. 그는 고개를 약간 갸웃한 채 마치 자신이 왜 멈춰 섰는가를 생각해 보는 듯이 문을 바라보며 한 10여 초 정도의 시간을 보냈다. 그리고 오스발은 고개를 끄덕였다. 그는 문을 밀었고 다음 순간 어둠이 깔린 카밀궁의 정원에 나와 있었다.

키 드레이번의 눈이 불을 뿜었다.

그를 바라보고 있던 에를 후작은 짧은 순간 저 대해적을 상대해야 했던 바다 사나이들에게 존경심을 느꼈다. '맙소사, 바다의 형제들이여. 당신들의 시련은 너무 가혹했군요.' 작렬포 때문에 이미 그런 상태에 있긴 했지만, 카밀궁의 경비병들은 이제 정신적으로도 압박감을 느꼈다. 키는 활활 타오르는 눈빛으로 정문을 응시하며 손으로는 복수를 뽑아 들었다.

복수의 화려한 검신이 드러나자 세실은 언짢은 기분을 느꼈다. 성전이 마법으로부터 사람을 보호하는 것이라면 복수는 마법장 자체를 무력화시킨다. 그리고 무수한 창검이 겨냥하고 있는 가운데였기 때문에 마법장이 위축되자 그녀는 벌거벗고 있는 것보다 더 불안했다. 하지만 키의 얼굴을 훔쳐본 세실은 그거 다시 꽂는 것이 어떻겠냐는 말은 꺼낼 수 없겠다고 생각했다. 그래서 세실은 이곳에 마법사는 그녀 하나뿐이고 따라서 다른 사람들은 그녀가 무력한 상태임을 알 리가 없다는 사실에 만족하기로 했다.

키는 정문을 향해 짧게 말했다. "이리 와, 오스발."

오스발은 가벼운 걸음으로 계단을 걸어내려왔다. 그리고 오스발은 멈춰 서서는 갑자기 생각났다는 듯이 말했다.

"저라는 것을 어떻게 아십니까, 선장님?"

오스발의 질문은 이렇게 어두운데 저를 어떻게 알아보시냐는 것이었다.

"네놈의 그 지긋지긋한 모습은 내 눈에 붙어 있는 귀신들보다 더 잘 보인다."

"그러신가요?"

"그래. 이리 와!"

오스발은 고개를 끄덕이고는 다시 걸음을 뗐다. 느릿한 걸음이었다. 키는 이를 부드득 갈며 그 모습을 응시했다.

"빌어먹을 자식, 빨리 오지 못해!"

오스발은 걸음의 속도를 조금 높였다. 하지만 아직도 빠르다고 말할 정도는 아니었다. 키는 참을 수 없다는 듯이 앞으로 걸어나가려는 몸짓을 보였고 그래서 세실은 기겁하며 그의 팔을 붙잡았다.

"젠장, 조금만 기다려! 네 눈엔 오스발과 귀신만 보이고 저 경비병들은 안 보이냐?"

물론 보였기 때문에 키는 제자리에 멈춰 섰다. 하지만 그의 얼굴은 거의 고통스러운 듯이 일그러지고 있었고 숨소리는 격해지고 있었다. 그때 오스발이 다시 멈춰 섰다. 키는 미칠 것 같은 분노로 외쳤다.

"개놈의 자식, 왜 멈추는 거냐!"

라이온이 조심스럽게 말했다. "저, 선장님?"

"빨리 오란 말이다! 뒈지기 싫다는 거냐? 오호라, 그래? 그런 거냐?" 키의 목소리가 갑자기 밝아졌다. "주둥아리를 열어 말해! 그런 거냐? 죽기 싫다는 거냐?!"

라이온이 울 것 같은 목소리로 말했다. "선장님?"

"오스발! 말을 해! 왜 멈춰 선 거냐고!"

라이온이 찢어지는 목소리로 말했다. "선장님!"

"닥쳐, 라이온! 끼여들지 마, 응?"

그제서야 라이온을 노려본 키는 잠시 눈을 껌뻑거리며 혼란스러워했다. 라이온은 엉거주춤한 모습으로 서 있었고 그의 손에 들려 있던 막대기는 힘없이 떨리고 있었다.

그리고 그 데샨 카라돔제 신호탄의 불꽃은 사라지고 없었다.

"불이 꺼졌나……?"

"예. 이거, 아마 연료가 다된 모양인데요……"

"수명이 그렇게 긴 게 아니었나 보군……"

에름 후작은 얼굴 위에 소규모 지진이 일어난 것 같은 감각 속에 고통스러워했고 당연하게도 그런 고통을 느끼는 사람은 그뿐만은 아니었다. 본관 2층에서 펑펑 울며 정원을 내려다보던 자매들은 이제 공포 때문이 아니라 거의 치명적인 황당함 때문에 서로를 끌어안아야 했다. 그리고 서 슈마허는 아예 넋을 잃은 얼굴로 '그렇군. 불이 꺼졌단 말이지. 음. 연료가 다되어서 말이지. 수명이 다됐다고? 하아' 등의 헛소리를 마치 성전을 봉독하듯이 중얼거리고 있었다.

그때 멀리 떨어져 있던 오스발이 조심스럽게 질문했다.

"저, 선장님. 죄송합니다만 가고 싶지가 않아졌는데요. 그래서 말인데……"

오스발은 문득 그가 인지할 수 있는 세계 전체가 자신을 집중하고 있음을 깨달았다. 그래서 그는 거의 기어들어가는 목소리로 말했다.

"안 가면 안 될까요?"

마치 그 말이 신호가 된 것처럼 모든 사람들이 동시에 외치기 시작했다.

"꼼짝 마라, 키 드레이번!" "잡았다! 자, 잠깐!" "나는 마법사다! 모두들 꼼짝 마! 불을 만들겠노라!" "저 마녀를 잡아!" "칵! 마법사다!" "마법사 세실리아 만세! ……그런데 뭐 하십니까?" "이봐, 키. 내가 이렇게 외치면 복수를 꽂아야 될 거 아냐?" "너는 이 상황에서 칼을 꽂으라고 말하는 건가." "칼 꽂지 마!" "죽음은 양해를 구하지 않고 찾아오는……" "닥쳐, 라이온!"

그리고 세 사람은 죽을 힘을 다해 정원수들을 향해 내빼기 시작했다.

격심한 혼란에 빠져 있던 경비병들은 약간 대응이 늦었고 그래서 키와 라이온이 각자 한 명씩의 경비병들을 베어 넘기고서 포위망을 빠져나가고 나서야 씩씩하게 외쳤다.

"잡아라!"

그러나 포위망을 빠져나오자마자 키와 라이온은 다시 뒤로 돌았다. 둘 다 똑같은 생각을 떠올렸기 때문이다.

"세실! 마법을 쓸 수 있는 거리까지 도망쳐라!"

그리고 키와 라이온은 놀라운 기량으로 검을 흩뿌리며 다가오는 창날을 물리쳤다. 물론 현실적으로 서른 개나 되는 창검을 피할 방법은 없겠지만, 다행히도 처음에 방향을 제대로 잡았다. 이미 어둠은 정원을 뒤덮고 있었고 라이온이 들고 있던 불막대기도 꺼진 상황에서 조명은 어디에도 없었다. 그래서 경비병들은 정원수들의 그늘과 어둠을 이용하여 움직이는 키와 라이온을 제대로 추적하지 못했다. 상대를 찌르기에 앞서 너 누구냐고 물어봐야 하는 상황이었던 것이다. 하지만 키와 라이온은 30대 2라는 확률에 모든 것을 맡긴 채 움직이는 것은 전부 찔러대며 도망쳤다.

그때 또 한 명의 경비병을 쓰러뜨리던 키는 경비병들의 뒤쪽으로 서슈마허가 후작과 오스발을 보호하며 본관으로 도망치는 모습을 보았다. 불가능한 일이었다. 볼 수 있을 리가 없다. 키가 으르렁거리며 본관 쪽을 향해 달려나가려 할 때였다.

"파괴 속에 구현된 생성의 모순, 다시 파괴로 돌린다. 화염!"

세실의 낭랑한 목소리에 이어 카밀궁의 정원 한구석에서 엄청난 화염이 분출되었다.

화염은 조금 전 경비병들이 닫았던 대문에 부딪혔다. 본관을 들어서려던 후작은 화염과 폭음에 고개를 돌렸고 그가 발견한 모습에 헛바람을 삼켰다. 쇠창살로 만들어진 대문이 우그러지며 부서져나갔고 양쪽의 문설주가 무너져내렸다. 대문 쪽을 향해 달려가던 경비병들도 그 엄청난 광경에 발걸음을 멈췄고 그 중 특히 자기 보호 본능이 투철한 자들은 아예 땅에 엎드린 모습이었다. 에름 후작은 힘없이 웃으며 오스발에게 질문했다.

"맙소사, 오스발! 왜 말해 주지 않았나?"

"예? 뭘 말씀이십니까?"

"저 마법사가 여자로 부활한 하이낙스라는 사실 말이야."

물론 오스발 역시 에름 후작과 마찬가지로 세실이 노스윈드 함대에 30노트라는 경이적인 속도를 부여한 전력의 소유자라는 것은 알지 못했기에 그냥 어깨를 움츠릴 수밖에 없었다. 그리고 정원수들 사이에 몸을 숨기고 있던 키 역시 세실리아의 업적에 놀라고 있었다. 다만 그의 경우엔 세실리아의 어리석음(?)에 놀라고 있었다는 점이 좀 달랐지만.

"이 멍청한 마법사! 누가 문 열라고 했나! 작렬포에 불을 질러, 세실리아! 폭파시키라고!"

키의 악쓰는 소리를 들은 순간 서 슈마허와 에름 후작, 그리고 오스발은 신분의 차이도 뛰어넘어 인간이 공유하는 생명에의 의지로 동시에 본관 안으로 몸을 날렸다. "우와아아악!"

그러나 세실은 키의 외침에 대해 호응하지는 않았다.

"잡소리 치우고 뛰어와! 달아나야 해!"

그리고 키 역시 세실의 외침엔 부응하지 않았다. 왠지 손발이 지독하게 안 맞는 일행인 듯하다. 키는 세실의 외침대로 파괴된 대문을 향해 달려가는 대신 본관을 향해 달려갔고 그래서 세실은 험상궂기 이를 데 없는 표정으로 욕설을 퍼붓기 시작했다.

대문 쪽에서 일어난 화재는 정원에 빛을 뿌렸고 그래서 정원 곳곳에서 절망적인 숨바꼭질을 하던 경비병들은 검은 코트 자락을 흩뿌리며 커다란 까마귀처럼 달려오는 키의 모습을 똑똑히 확인했다.

"미친놈!"

경비병들은 사납게 외치며 정원을 가로질러 키의 앞쪽에 나타났다. 거침없이 달리던 키는 앞쪽을 가로막는 스무 명 남짓한 병사들을 보고는 멈춰 설 수밖에 없었다. 경비병들은 창을 나란히 한 채 확실한 대형을 짰고 그래서 키는 뚫을 방법이 없음을 깨달았다. 그때 키는 자신이 작렬포의 옆에 서 있음을 깨달았다. 키는 작렬포를 한번 내려다보고, 그리고 자신의 손에 쥐어져 있는 복수를 보았다. 그리고 다시 앞쪽에 대형을 짠 병사들을 바라보았다. 키의 얼굴에 냉혹한 미소가 흘렀다.

"비켜!"

그리고 키는 복수를 휘둘렀다. 콱! 복수는 작렬포의 포신 위에 부딪혀 멈췄고 병사들은 어이없는 얼굴로 그 모습을 보았다. 그리고 그들 중에는 '저 정신나간 녀석, 대포를 인질로 삼는 건가?'라는 기발한 발상을 하는 병사들도 있었다. 그러나 키가 복수의 칼날을 똑바로 세운 채 포신을 훑듯이 복수를 움직이기 시작하자 병사들의 얼굴에서 핏기가 가셨다.

카―드드드득!

회전 숫돌이나 해낼 수 있는 일을 키는 팔힘으로 해내고 있었다. 포신의 표면을 따라 움직이는 복수 위로 불꽃이 세차게 튀어올랐다. 물론 복수의 앞쪽엔 심지가 있었다. 경비병들은 목놓아 비명을 지르며 자신들이 조류라고 주장하기 시작했고 사방으로 몸을 날리는 그들의 사이를 뚫으며 작렬포가 화염을 뿜었다.

콰광―쾅!

홀 안에서 숨을 돌리고 있던 슈마허와 에름 후작, 그리고 오스발은 정문이 박살나며 불어온 폭압에 휴지 조각처럼 튕겨나갔다. 에름 후작은 등 전체로 폭발을 받아 홀 기둥에 부딪혔고 오스발은 이층으로 올라가는 중앙 계단 중턱에 처박혔다. 그런 대로 갑옷을 걸치고 있었기에 그 중 덜 다친 슈마허는 가까스로 몸을 일으켜 뒤를 돌아보았다.

문짝은 형체도 없이 사라져 있었고 양쪽 기둥은 상당 부분 무너져 있었다. 상인방에서는 파편과 먼지가 쏟아져내리고 있었고 정원 쪽을 향해 있던 창문들에서는 불고문을 당하는 커튼들이 애처롭게 몸을 뒤틀고 있었다. 슈마허는 작렬포의 가공할 위력에 황당한 기분마저 느꼈다. 그때 무너진 정문 쪽에 검고 거대한 그림자가 나타났다.

키는 불티가 흩날리는 정문을 뚫고 홀 안으로 들어섰다.

서 슈마허는 검을 짚으며 가까스로 상체를 일으켰지만 그것이 한계였다. 키는 제자리에 멈춰 서서는 홀 안을 쭉 둘러보았다. 그때 이층 계단 쪽으로부터 두 여인이 뛰어내려왔다. 율리아나와 이루미나였다.

정신없이 달려내려오던 율리아나는 정문 쪽에 서 있는 키를 본 순간 계단참에 멈춰 서고 말았다. 하지만 이루미나는 한번도 멈춰 서지 않은 채 계단을 구를 듯이 달려내려왔다. 슈마허는 그 모습을 보며 힘들게 말했다.

"안 됩니다, 공주님. 내려오시지…… 꽥!"

슈마허는 품위 저조한 비명을 내지르며 홀바닥에 턱을 부딪힐 수밖에 없었다. 그도 그럴 것이, 이루미나 후작 부인은 슈마허 경이 의지하고 있던 롱 소드를 냉큼 빼앗았던 것이다. 후작 부인은 남편이 나동그라져 있는 기둥까지 내처 달린 다음 그 앞을 막고 서서 롱 소드를 내밀었다.

"가까이 오지 마─앗!"

어쨌든 키는 신사라는 평을 듣긴 어려울 것이다. 후작 부인의 말이 끝나자마자 다시 걷기 시작했기 때문이다. 이루미나는 똑바로 서서 롱 소드를 앞으로 죽 내밀어 정확히 키의 목을 겨냥했다. 사나운 눈빛에, 흔들림 없는 기세였지만, 죽기 딱 좋은 자세였다. 쓰러져 있던 에름 후작은 알아들을 수 없는 괴성을 지르며 몸을 일으키려 했지만─"이루……미나, 저리 비켜요! 도……망쳐요!"—그러나 불가능한 일이었다. 키는 비웃음조차 짓지 않은 채 걸어왔다.

그리고 키는 후작 부인의 앞쪽을 지나쳤다.

꼭 부부는 일심동체 어쩌고 하는 말이 아니더라도 그때 후작 부처가 거의 비슷한 정도의 모멸감을 느낀 것은 쉽게 설명될 수 있을 것이다. 에름과 이루미나가 멍한 시선으로 바라보고 있었지만 키는 한번 훔쳐보지도 않은 채 마치 그들이 존재하지 않는 것처럼 지나쳤다. 그리고 키의 거침없는 발걸음 앞쪽에는 중앙 계단이 있었다.

계단 중간엔 오스발이 나동그라져 있었고 그 위쪽의 층계참에는 율리아나가 서 있었다.

율리아나는 홀을 가로질러 걸어오는 키를 내려다보았다. 그리고 그녀는 턱을 더 끌어당겨 그녀의 발 아래에 쓰러져 있는 오스발을 보았다. 웬지 모든 것이 순식간에 단순해지는 기분이 들었다. 그리고 그것은 키의 힘이었다. 키는 모든 것을 단순화시키고 간략화시켰다. 키는 어떤 사태에 존재하는 국면들, 시점들, 가능성들을 제한시키고 하나만을 통해 치닫게 하고 있었다. 키는 이제 오스발을 죽일 것이다. 폭압에 노출된 오스발은 도망칠 수도 없는 모습으로 꿈틀거리고 있었고 에름 후작이나 슈마허 등도 그를 도와줄 수 없다. 그리고 조금 전 보여졌듯이 후작 부인은 후작을 지킬 뿐 오스발을 도와줘야 할 의무나 필요는 그녀에게 없다. 키가 다 '삭제'해 버린 것이다. 그리고 키는 오스발을 죽이고 바다로 돌아갈 것이다. 이제 육지의 다른 사람들은 더 이상 심해로부터 불어닥친 폭력이나 불안을 선물받을 필요는 없다…….

그런데, 하나가 남아 있다.

율리아나는 계단을 뛰듯이 내려가 오스발의 앞을 가로막았다.

키는 홀 가운데서 멈춰서 그녀를 올려다보았다. 그의 작렬하는 눈동자를 피하기 위해 율리아나 공주는 고개를 옆으로 조금 꼬아내렸다. 하지만 옆으로 조금 들어올려진 그녀의 팔이나 꼿꼿한 자세 등은 한 점 흐트러짐도 없었다.

"뭐냐."

"하나가 남아 있어요, 키 드레이번."

키는 공주의 말을 이해할 수 없어 미간을 찌푸렸다. 그리고 공주도 어떻게 설명할 말이 없었기에 그냥 입을 다물었다. 당황하면 입이 급해지는 공주를 아는 모든 사람들에게 그것은 참으로 놀라운 일이었다.

"비켜라."

그때 공주가 고개를 들어올렸다. 그녀는 키의 눈을 똑바로 바라보았다. 잠시 후 그녀는 희미하게 웃었다.

"미안해요, 하지만……"

키는 고개를 약간 갸웃한 채 율리아나를 올려다보았다. 율리아나는 여전히 멋쩍은 듯하기도 하고 즐거운 듯하기도 한 묘한 미소를 지은 채 그를 내려다보고 있었다. 키는 고개를 가로저으며 첫 번째 계단에 발을 얹었고 그 모습을 본 슈마허는 숨막히는 비명을 질렀다. 그때였다.

"라이온!"

정원 쪽에서 세실의 날카로운 비명이 들려왔다. 키는 흠칫하며 고개를 돌렸다. 그가 다시 계단을 올려다보았을 때 율리아나는 이미 오스발의 겨드랑이를 거머안은 채 그를 질질 끌듯이 하며 이층으로 올라가고 있었다. 키는 이를 드러내며 다시 한 계단을 올라갔다.

"라이온! 괜찮아? 가까이 오지 마! 튀겨버릴 거야! 가까이 오지 말라고!"

키는 다시 멈춰 섰다. 그러나 율리아나는 숨이 턱턱 막히는 호흡 소리를 내면서도 계속해서 오스발을 끌어올리고 있었다. 키는 귀신 같은 얼굴로 율리아나를 노려보았다. 그리고 키는 몸을 돌려 날듯이 뛰어내렸다. 홀을 순식간에 가로지른 키는 후작 부인에게 달려들었다.

"오지 마!"

후작 부인은 검을 내밀었지만 키는 그것을 왼손 손등으로 쳐내며 오른손에 쥔 복수는 한 바퀴 돌렸다. 다음 순간 후작 부인은 비명도 지르지 못한 채 쓰러졌다. 복수의 칼자루로 후작 부인의 복부를 찌른 키는 다시 복수를 한 바퀴 돌리며 왼손으로 후작의 멱살을 붙잡아 끌어올렸다. 그리고 후작을 가슴 앞에 틀어쥔 채 그의 목에 복수를 겨눴다. 질풍같은 속도로 그 모든 동작을 해낸 키는 곧 에름 후작을 인질로 삼은 채 정원을 향해 달려나가고 있었다. 비틀거리며 일어난 슈마허는 후작 부인을 향해 걸어갔다. 그때 바깥에서 키의 고함이 들려왔다.

"모두 물러나! 세실! 라이온은?"

"서, 석궁에 맞았어. 빨리 치료해야 해!"

"……제길. 모두들 비켜! 거기 그 놈! 그리고 옆의 놈! 그 남자를 부축해라. 허튼 수작하면 에름 후작은 죽는다! 세실리아! 밖에 있던 말들을 끌고 와!"

잠시 후 바깥으로부터 말발굽 소리가 요란하게 들려왔다. 슈마허는 후작 부인을 부축했지만 호된 충격을 받은 후작 부인은 아직 정신을 차리지 못했다. 그때 불타는 정문으로 경비대장이 뛰어들었다. 경비대장은 슈마허의 품에 안겨 있는 이루미나를 보자마자 비명을 올렸다.

"마님!"

"괜찮소. 혼절하신 것뿐이니까. 그런데 후작님은?"

"예? 호, 혼절하셨다고요? 아, 다행입니다. 다행입니다!"

"여보시오, 경비대장…… 후작님은!"

"예? 아, 예. 그 해적놈들에게 끌려갔습니다. 경비대원들로 하여금 추적하게 했습니다만."

"……알았소. 일단 후작 부인을 안으로 모십시다. 그리고 나도 추적을……"

허탈한 표정으로 고개를 돌리던 서 슈마허의 눈이 중앙 계단의 층계참에 이르렀고, 그곳에서 그는 자신과 비슷한 모습을 하고 있는 사람을 발견했다. 오스발을 끌어안고 있는 율리아나 공주가 넋빠진 얼굴을 한 채 서 슈마허의 품에 안겨 있는 그녀의 언니를 바라보고 있었다.

밤바다로부터 불어오는 바람엔 남국의 따스함이 스며 있었다.

바스톨 장군은 창턱에 팔을 괸 채 창 밖을 바라보고 있었다. 겹쳐 놓인 어둠들 사이사이로 부는 바람엔 바다 내음이 진하게 배어 있었고 배들의 갑판 위에서 빛나는 랜턴들이 수면에 길게 선을 긋고 있었다. 먼 거리이긴 했지만 장군은 늦게까지 작업중인 그 배들이 모두 사트로니아 군함들임을 알고 있었다. 비록 그 승객의 숫자는 꽤나 줄어 있었지만 머나먼 귀국길을 앞두고 준비할 것은 많았다.

내일이면 그들의 귀국이 시작될 것이다. 따라서 바스톨 장군은 오늘 밤 안에 자신의 거취를 결정해야 했다. 물론 하드루스 대통령은 그에게 폴라리스와 함께 싸울 것을 권했다. 이것은 어떻게든 좋은 의미로 해석해야 하는 말이다. 현재 사트로니아에겐 다벨을 견제할 병력이 없는 이상 그 일을 맡겠다고 나선 폴라리스에 바스톨 장군을 파견하는 것은 적절한 조처다. 록소나에 서 브라도를 빌려주었던 페인 제국과 똑같다.

그리고 바로 그 유사성이 노장군의 마음을 무겁게 만들고 있었다.

"서 브라도처럼 될까 겁난다는 거슈?"

"솔직히 그렇습니다. 두캉가 선장. 우습지요?"

"원 별말씀을. 뱃놈들은 그런 거 더 많이 따집니다. 그리고 이 나이쯤 되면 육감이라는 거, 무시 못하지요."

바다사자호의 노선장 두캉가 '빅' 노보는 웃으며 술잔을 들어올렸다. 바스톨 장군은 함께 잔을 들어올린 다음 가볍게 부딪혔다. 노장군과 노선장은 동시에 술잔을 비웠다.

두캉가 선장은 술병을 들어 다시 두 술잔에 술을 채우며 말했다.

"안됐다고 생각합니다, 장군."

"친구들이 세상 버리는 모습에도 익숙해졌다고 생각되는 나이이긴 합니다. 하지만 서 브라도는 좀더 각별하군요." 바스톨 장군은 갑자기

묘한 미소를 지었다. "우습군요. 그가 살아 있을 때라면 난 이런 말 못했을 겁니다."

"라이벌이라는 것이 그렇죠. 서로를 무시하려고 애쓰지만 가장 신경이 많이 쓰이고, 가장 인정받고 싶은 사람이지만 절대로 자기가 먼저 인정해 주긴 싫고. 껄껄."

"말씀하신 대로입니다. 선장."

"그래, 아무래도 내키지 않습니까?"

바스톨 장군은 술잔으로 손을 뻗었다. 하지만 그것을 들어 입가로 가져가는 대신 술잔을 만지작거렸다. 그가 입을 열었을 때 그것은 두캉가 선장의 질문에 대한 대답이 아니었다.

"어떤 기분이십니까, 두캉가 선장? 그 나이에 제2의 인생을 시작한다는 것은?"

"예? 아아, 죽을 노릇이오. 좋은 젊은이들을 만나지 못했다면 이런 짓 꿈도 못 꿨을 겁니다. 늙은 해적 두캉가가 건국 영웅이라. 남해의 뱃놈들 중 귀가 제대로 뚫린 놈이라면 모두 데굴데굴 구를 이야기입니다."

"스스로를 비하하실 필요야 없겠지요."

"허헛. 비하하는 것이 아닙니다. 320파운드의 몸무게에 반장님인 늙다리 해적이 살아남기는 어렵죠."

"눈이 그렇게 안 좋으십니까? 그런 것 같지는 않은데요."

"뱃놈에겐 눈이 중요하거든요. 그리고 나는 뱃놈 기준으론 반장님이오."

"그렇겠군요."

"어쨌든 오래전에 남해의 어느 바다 밑에서 백골이 되어 뒹굴고 있어야 당연한 내가 아직껏 살아 있는 건 노스윈드에 빌붙었기 때문이지요. 껄껄껄. 내가 내려야 했던 결정 중에 가장 잘 내린 결정이었다고 생각합니다. 그리고, 나를 받아들이기로 한 키 선장의 결정이 그의 최악의 결정일 수도 있다는 점은 모른 척하는 거지요. 어쨌든 덕택에 이 잘난 선장들에게 얹혀서 건국이니 뭐니 하는 일까지 하고 있지요. 늙은이는 결국 젊은이들에게 닻을 주고 돛을 사는 거 아니겠소이까."

"닻을 주고 돛을 산다? 뱃사람들의 말입니까?"

"그렇지요. 뭐, 깊은 데서 퍼올린 경험을 건네주고 앞으로 나아갈 추력을 얻는다, 정도의 말입니다."

"멋진 말이군요. 나도 그렇게 생각하고 싶을 때가 있습니다. 내겐 젊은 길버트 하드루스 대통령이 있지요. 하지만…… 글쎄요. 그는 공화제에 의해 선출된 대통령입니다. 좋은 젊은이이긴 하지만, 나 같은 구식 장수에게 공화제라는 건 왠지 매력적이지가 못하군요. 그 젊은이를 섬기는 건지 그 체제를 섬기는 건지 헷갈릴 때가 많아서. 아, 듣기로 해적들은 공화주의자라고 하던데, 맞습니까?"

두캉가 선장은 코밑을 쓱 문지른 다음 실쭉 웃었다.

"공화주의자? 흐음. 뭐 따지고 보면 공화주의자이긴 하지요. 바다 위에서 선장은 언제든 '불신임'될 수 있지요. 꽁꽁 묶여 상어밥으로 던져진다는 말이오. 그리고 '캐스팅 보트'를 쥔 조타수라는 놈도 있고. 선장은 앞갑판의 의견이 팽팽히 맞서고 있으면, 그러니까 예를 들어 저녁으로 스튜를 먹을 것인지 푸딩을 먹을 것인지에 대하여 격론이 벌어지고 있으면 조타수에게 맡겨버리면 되지요. 그러면 조타수는 주먹을 동원하든 발길질을 동원하든 해서 그놈들에게 '흑빵과 묽은 수프'라는 메뉴를 관철시키지요. 그러고 보니 야당의 총수인 갑판장이라는 놈도 있군. 이놈이야말로 진짜 타고난 야당 총수감이요. 말 몇 마디나 손짓 한 번으로 여당인 고급 선원들을 길길이 날뛰게 만들 수 있으니까. 그 점에서, 자유호의 갑판장이었던 라이온 군은 하늘이 낸 갑판장 재목이라고밖에 볼 수 없소이다……"

바스톨 장군은 껄껄 웃으며 두캉가 선장이 해학적으로 들려주는 갑판 위의 역학 관계를 열심히 청취했다. 두캉가 선장은 한참 동안 실없는 농담으로 노장군을 웃긴 다음 크게 트림을 하며 술병을 들어올렸다.

"끄으윽—. 이거 술도 다 떨어졌군. 그만 작파해야겠소이다."

"그러시지요."

두캉가 선장은 빈 술병을 내려놓으며 입맛을 몇 번 다셨다. 그러곤 진지한 얼굴로 말했다.

"대답하기 싫으신 듯하지만 그래도 확인해야 해서 그러니 무례를 용서하시구려. 그래, 아무래도 생각이 동하지 않습니까?"

바스톨 장군은 무거운 어조로 말했다.

"왠지 나 대신 그가 죽은 거라는 생각을 피하기 어렵군요. 그리고 이 다음은 그렇게 대신 죽어줄 사람 같은 것은 남지 않았다는 생각도 들고. 아무래도 볼지악 전투에서 내가 건진 전리품은 두더지굴에 머리를 박는 재주뿐인 듯합니다."

"그럼 참 미안하게 되었는데……"

"예?"

두캉가 선장은 실쭉 웃었고 그 웃음에는 왠지 장난기 같은 것이 섞여 있었다.

"하리야 선장의 정보통에 의하면." 벨로린이 말해 준 것이다. 그리고 7인 평의회는 아직은 그녀에 대한 것을 비밀로 하고 있었다. "팔라레온 수복을 위해 남진한 다벨 8군단이 오늘 오후 담시나까지 이르렀소. 서소사라 아시지요? 그가 지휘하고 있지요."

바스톨 장군의 얼굴이 급격하게 굳었다.

"압니다. 그런데, 그의 형인 서 소팔라가 아니고요?"

"그는 7군단을 이끌고 록소나로 갔습니다. 다케온에 주둔중이던 8군단 분견대와 합류하여 록소나를 두드릴 생각인가 보오. 그리고 8군단 역시 팔라레온의 정벌이 끝나면 록소나로 갈 것이고. 어쨌든 우리에게 관련된 이야기부터 하십시다. 그 정보통은 이렇게 말해 줬소. 서 소사라의 8군단이 투란을 지나 담시나까지 내려온 것은 팔라레온을 탈환함과 동시에 여흥거리 삼아 폴라리스도 정벌해 버리기 위해서이지만, 그렇다고 해서 그가 전투를 일으키고 싶어하는 것은 아니라고 하더군요. 그는 빨리 형을 도와주러 록소나로 가고 싶어하오. 그래서 그는 싸우는 대신 우리가 납득하기 쉬운 조건을 내세울 듯합니다."

"납득하기 쉬운 조건?"

"다벨에 대한 충성과 조공을 약속하라고 강요할 거요. 그리고 그 약속의 대가로 바스톨 엔도 장군과 사트로니아군의 잔존병, 그리고 그들의 선박과 물자 전부 내놓으라고. 아직 그 친구의 서신이 도착한 것은 아니지만 워낙이 확실한 정보통이라서 충분히 믿을 수 있소. 그래서 하리야 선장은 대답할 말도 다 생각해 뒀지요."

"뭐라고 말입니까?"

"우리는 사트로니아의 동맹이고 따라서 그들을 보호하리라. 그리고 더 이상 가까이 다가오면 당신네들의 안전을 보장할 수 없다. 바스톨 장군은 볼지악 전투의 복수를 하기 위해 눈을 뒤집고 설치고 있으며, 우린 당신네들의 뜻보다는 그의 뒤집힌 눈을 존중할 가능성이 높다……"

"이런, 두캉가 선장!"

"하하! 미안합니다, 미안해요. 그게 싫으시면, 아마도 서 소사라의 서신은 내일 오후에나 도착할 테니까 내일 아침에 당장 출발하십시오."

바스톨 장군은 방바닥이 꺼져라 한숨을 내쉬었다.

"그걸 말이라고 하는 거요? 나 몰라라 하고 도망치라고?"

"그래도 상관없습니다. 그럼 하리야 선장은 대신 이런 답신을 보낼 테니까요. 그대가 지적하는 사람들을 내어주고 싶지만 이미 수평선이 그들을 삼킨 지 오래다. 그리고 충성과 조공의 문제는, 우리로선 중요한 일이니 한번 진지하게 의논해 보자."

"의논이오?"

"그리고 하리야는 아흔아홉 눈이 모두 감길 때까지 진지하게 의논해 볼 결심이오."

"……확실히 노인의 머리를 얹고 있군. 그렇게 아무것도 약속하지 않고 시간을 끈다고 해서 뭐 얻을 것이 있습니까?"

"가깝게는 수비 태세 확립, 멀게는 당신네 대통령이 페인 제국을 움직여주길 바라는 거지요."

두캉가는 벨로린의 말을 떠올렸다. 벨로린은 아자르 황제가 서 브라도의 죽음에 대해 격한 분노를 느끼고 있는 것은 확실하지만, 그렇다고 해서 무력으로 다벨을 어떻게 할 결심을 세운 것은 아니라고 했다. 황제는 어디까지나 황제답게 외교적인 압박을 시도할 생각이었다. 22만의 제국군을 몰아 다벨을 점령하는 것은 간단한 일이지만 그 병력은 북방에서 제국을 향해 으르렁거리고 있는 혼 족이나 서쪽 야만인들을 수비하는 병력이다. 또한 아자르 황제는 제국이 그 제후국을 치는 것이 얼마나 많은 문제를 남길 것인가도 고려하지 않을 수 없다.

그리고 라미는 휘리 노이에스가 다섯 번째의 검이 확실시되는 이상 아자르 황제가 외교적인 압박만 가지고 그를 무릎꿇릴 수 있을지 심히 의심스럽다고 말했다. 그리고 선장들도 그녀의 말에 동의했다. 휘리 노이에스는 현재 다벨에 있어서 구국의 영웅이자 실질적인 제일 권력자였다. 따라서 다벨 내부에서 그를 견제할 수 있는 세력을 발견하는 것은 불가능할 것이다. 따라서 외부에서 찾아야 하는데, 현재 그들을 견제할 수 있는—혹은 그런 미약한 가능성이라도 가지고 있는—군사력을 가진 곳은 하나뿐이다.

"우리를 잡아다 바치는 것이 훨씬 편하지 않소?"

"라미가 있소이다. 아시겠지만 그녀는 처음부터 폴라리스를 다벨 견제용으로 생각하고 있었지요. 그리고 우리도 싫습니다."

"왜지요?"

두캉가는 잠시 비어버린 술병을 바라보다가 입맛을 다시며 말했다.

"우리는 이 나라를 키 드레이번에게 줄 겁니다. 휘리 노이에스가 아니라."

"……당신들에게 노스윈드는 도대체 어떤 존재요?"

두캉가 선장은 실쭉 웃을 뿐 그 질문에는 대답하지 않았다. 대신 두캉가는 자리에서 일어났다.

"전할 말은 끝이오. 내일 오후까지 우리들을 찾아오지 않는다면, 하리야는 당신이 저 배를 타고 사트로니아로 돌아간 것으로 알 거요. 그리고 아까 말했던 대로의 회답을 보낼 테지요. 부담감은 가지지 말아요, 장군. 하고 싶은 대로 하십시오."

그리고 두캉가는 가볍게 목례한 다음 방을 나갔다. 다시 자리에 앉은 바스톨 장군은 테이블 위를 바라보다가 술병이 다 비었다는 데서 아쉬움을 느껴야 했다.

그 무렵, 담시나에 설영되어 있던 8군단의 진지에서는 사령관 대행인 서 소사라가 한가한 태도로 백부장들에게 말하고 있었다.

"남해 최고의 해적들이 만든 나라라고 신경 쓸 것은 없어. 실상은 바스톨 장군이 만든 교두보 아닌가."

"물론 그렇습니다만 키 드레이번의 이름은 만만찮군요."

서 소사라는 사람이 약한 존재라는 것을 용서하지 못하는 성격은 아니었다. 그래서 그의 부하들이 키 드레이번이라는 이름에서 전율을 느끼는 데서도 분노하지는 않았다. 다만 그는 다른 의문을 느꼈다.

"휘리 노이에스라는 이름보다 더 무서운가?"

백부장들 중 문학적 재능이 있어 뵈는 백부장 하나가 조심스럽게 말했다.

"신비감의 문제입니다. 바다 저편이라는 것은, 어쨌든 뭔가 불길하고 무서운 느낌을 주게 마련이잖습니까. 친구를 태운 배가 떠납니다. 그리고 아무것도 돌아오지 않는 거죠. 그러면 남은 사람들은 키 드레이번이 그 배를 침몰시켰구나 하고 생각할 수밖에 없습니다. 하지만 확실한 것은 아무것도 없고, 그래서 마냥 무서울 뿐입니다."

서 소사라는 씩 웃으며 고개를 끄덕였다.

"멋진 묘사군. 좋다고. 어차피 싸울 것은 아니니 상관없겠지. 그 해적 놈들에게 겁을 주는 것이 목적이니까. 하지만 우리 쪽이 먼저 겁을 먹고 있는 대서야 어디 말이 되는가."

관록이 녹록치 않을 백부장들도 젊은 상관의 이 지적엔 면구스러워할 수밖에 없었다. 그리고 서 소사라의 옆자리에 앉아 있던 서 기리우의 경우엔 콧김을 씩씩 뿜어대고 있었다. 원래 서 기리우는 서 소팔라와 함께 록소나로 가고 싶어했지만 그가 죽은 서 브라도 대신 록소나 기병들에게 복수할 생각임을 잘 아는 휘리는 서 기리우의 탄원을 일축한 다음 서 켈커를 서 소팔라와 함께 보내었다. 그래서 서 기리우는 이곳으로 올 수밖에 없었다.

그 서 기리우가 테이블을 땅 내려쳤다. 놀라서 바라보는 서 소사라와 백부장들을 향해 서 기리우는 거칠게 말했다.

"한판 싸움을 걸어 그 보잘것없는 놈들이 교수대에 매달리려고 작정하고 육지에 올라온 해적 이상이 못 됨을 보여줍시다, 사령관! 맡겨만 주신다면 폴라리스인지 뭔지 하는 나라의 건국년도를 곧 멸망년도로 바꿔놓겠습니다!"

서 소사라는 쾌활하게 말했다.

"놀라운 기백이야. 서 기리우. 하지만 일부러 진흙밭에서 뒹굴 필요야 없지 않겠나. 해적이라니, 싸울 가치도 없어. 아, 그리고 난 사령관이 아니라 사령관 대행이지. 8군단의 사령관은 휘리 노이에스 자작님이지."

서 소사라는 그렇게 서 기리우를 진정시킨 다음 백부장들을 향해 말했다.

"싸움이 목적이 아닌 만큼 전술 따위야 없는 것이고, 그러니 자네들이 해야 할 일은 하나밖에 남지 않았어. 병사들에게 계속 자신감을 불어넣어 줘야 해. 그러니 자네들부터 기 좀 펴라고. 우리가 어떤 부대인가. 하팔 장군도, 마왕 빌레스도, 바스톨 장군도, 그리고 서 브라도마저도 그 앞에선 지리멸렬해야 했던 다벨 8군단이다. 자, 나가서 병사들 가슴에 바람 좀 불어넣으라고."

서 소사라는 그렇게 작전회의를 마쳤다. 서 기리우와 다른 백부장들은 사령관 대행에게 인사를 한 다음 물러났다. 막사 바깥까지 그들을 배웅한 서 소사라는 잠시 그 자리에 선 채 밤하늘을 바라보았다.

자칭 타칭 남해의 제왕이었던 노스윈드 해적들로서는 자존심 상하는 일이었겠지만, 그 순간 림파이어 가문의 젊은 기사 서 소사라의 머릿속에는 폴라리스나 노스윈드 해적들에 대한 고려 같은 것은 별로 없었다. 어차피 명분이나 의리 따위는 모를 해적이니 순순히 바스톨 장군을 바치고 조공을 약속할 것이 뻔하다는 것이 그의—별로 나무라기도 힘든—판단이었다. 키 드레이번의 이름은 말 그대로 신비감뿐이라는 것, 그리고 그것은 실력에 부딪히면 산산이 박살날 신기루라는 흔들림 없는 자신감 또한 소사라에겐 충분했다. 그래서 그는 한가로운 심정으로 밤바람을 쐬며, 록소나로 향하고 있을 그의 형에 대한 생각을 하고 있었다. 그 외에도 그가 고려할 만한 거창한—해적 무리에 대한 일보다는 훨씬—것들은 충분했다. 교황이 서품할 바이올 기사단에 대한 일이라든지 페인 제국의 반응, 레모와 라트랑의 긴장 상태…….

바람이 불었다.

서 소사라의 머릿결을 흐트러뜨린 바람은 병사들이 진영 곳곳에 피워둔 화톳불에서 불티를 퍼올려 검은 밤하늘에 흩뿌렸다. 바람을 가늠한 소사라 경은 그것이 북풍임을 깨달았다.

'노스윈드?'

소사라는 피식 웃었다. 북풍에 의해 일어나는 불꽃들을 바라보던 소사라는 고개를 가로저었다.

'그 작은 불꽃으로 다가오는 밤을 어찌할 수는 없다.'

서 소사라는 북풍을 비웃으며 다시 막사 안으로 들어갔다. 그의 등 뒤에서는 불꽃의 밤이 계속되고 있었다.

제16장
새벽의 사수

세실리아는 밀짚모자를 약간 추어올리며 고개를 갸웃거렸다.

"수영 못한다는 게 진짜예요?"

"그렇습니다. 세실리아 양."

"그럼 후작님은 아내랑 물 속에서 같이 놀지도 못하겠군. 좀 배워보지 그랬어요?"

낚싯대를 드리우고 있던 에름 후작은 머쓱한 얼굴로 고개를 가로저었다.

"그게 참 어렵더군요. 몇 번 시도는 해봤는데, 물만 실컷 먹었습니다. 아무래도 나는 수영치인가 봅니다."

그렇게 말하며 에름 후작은 어깨를 으쓱였다. 피식 웃던 세실은 갑자기 후작의 등을 미는 시늉을 했다. 물론 후작은 자지러지는 모습으로 난간에 매달렸고 그래서 하마터면 낚싯대를 놓칠 뻔했다.

에름 후작을 생사의 기로에 몰아넣고 즐거워하던 세실은 다시 자신의 낚싯대에 시선을 돌렸다. 하지만 찌는 꼼짝도 하지 않고 있었고 낚시는 전반적으로 따분했다. 세실은 크게 하품한 다음 자신의 낚싯대를 거둬올렸다.

"나 아무래도 낚시와는 소질이 안 맞네요. 그러니 저녁 거리는 일류 낚시꾼인 후작님에게 일임하죠."

"예? 일류 낚시꾼이라니오?"

"낚시꾼들 허풍대로 '사람 키만한' 것을 낚아올렸잖아요. 머메이드."

에름 후작은 쓴웃음을 지었다. 세실은 몸을 돌려 선창의 물탱크 해치를 연 다음 물 한 바가지를 퍼 마시다가 후작을 흘끔 돌아보았다. 후작은 고개를 가로저으며 웃었다.

"또? 당신은 물을 무척 많이 마시는군요."

"날씨가 이렇게 덥잖아요."

물론 후작은 세실이 필요하다면 얼마든지 물탱크를 채울 비를 불러올 것이라는 점을 알고 있었기에 고참 선원이 신참에게 하는 식의 조언—물을 아낄 줄 모르는 놈은 뱃사람 자격이 없다는 등의—은 더 이상 하지 않았다. 수영은 못하지만 훌륭한 보트 조종사인 후작으로선 충분히 그럴 자격이 있겠지만.

세실은 해치를 닫고는 선창을 가로질러 고물 쪽으로 걸어갔다. 그들이 타고 있는 것은 돛 하나짜리 스쿠너였기 때문에 어디로 가든 그렇게 많이 움직일 필요는 없었고, 그래서 세실은 곧 키의 옆에 섰다. 키는 키에 기대어 앉은 채 배 뒤쪽을 쳐다보고 있었다.

세실은 목소리를 낮춰 말했다.

"흠. 후작은 확실히 수영 못해. 그러니까 도망칠까 봐 걱정할 필요는 없어." 그리고 세실은 승강구 쪽을 흘끔 쳐다보며 말했다. "라이온은 좀 어때?"

"잠들었다."

세실은 고개를 조금 끄덕이다가 고물의 뱃전에 걸터앉았다.

여름의 태양은 수면 위에 무수히 되튀겨 건현에 복잡한 무늬를 만들어내고 있었다. 키가 배를 정지시키고 세실과 에름 후작에게 낚시를 하도록 명령할 만큼 바람 한 점 없는 조용한 오후였다. 돛은 축 늘어진 채 갑판 위에 고정된 그림자를 만들고 있었고 사방은 뜨겁고 고요하고 멀어지고 있었다.

세실은 키를 흘끔 쳐다보며 말했다.

"좀 늦은 감은 있지만 물어야겠군. 그때 왜 그랬지?"

"뭐."

"라이온을 구하러 도로 나온 거 말이야. 감동이라면 감동이지만 네가 그러니 좀 이상하다."

키는 아무 말도 하지 않았다. 그리고 키가 그럴 것이라 짐작했던 세실은 계속 말했다.

"그때는 당연한 것처럼 생각돼서 넘어갔던 거지만, 항해하다 보니 잡생각할 때가 많고, 그래서 그때 일 생각해 보게 되었어. 이상하단 말이야. 너도 이웃사람의 선과 자기 선을 사이좋게 나눠쓰는 사람이니? 아니라고 봤는데. 더군다나 후작에게 들었는데……"

세실은 의도적으로 고개를 돌려 먼 수평선을 바라보았다.

"오스발도 내버려두고 나왔다며?"

키는 여전히 키에 상체를 얹은 모습으로 노곤한 듯이 바다를 바라보았다. 세실리아는 이 배에서 가장 먼저 말라 죽는 사람이 있으면 그건 바로 자신일 테고 틀림없이 대답에 목말라 죽을 거라고 생각하며 툴툴거렸다.

"게다가 우린 도대체 어디로 가는 거야? 난 태양이나 별을 보는 재주는 없다고. 에름 후작은 북동쪽일 거라고 짐작했지만 관측기기를 못 쓰니 자세히는 모르겠다고 하더군."

키는 지금까지와 똑같은 방법으로 대답했고 세실은 또다시 대답을 받지 못할 질문을 던졌다.

"그리고 왜 라이온이 다쳤는데 우린 배를 타야 하는 거지?"

그날밤, 카밀궁을 빠져나온 키는 아무런 설명도 하지 않은 채 곧장 라트라인 상항(商港)으로 달려갔다. 그래서 세실과 에름 후작, 그리고 라이온과 그를 부축해야 했던 두 명의 경비병들도 그대로 그를 따라가야 했다. 부두에 도착한 키는 어둠 속을 매섭게 둘러보다가 한쪽 방향을 가리켰다.

"저 배에 탄다."

세실은 어이가 없어서 말했다. "네 거야?"

"조금 후엔."

세실은 할말이 없어졌다. 키는 해적인 것이다. 그래서 세실은 곧 벌어질 참극에 대해 두려워해야 했다. 그러나 갑판을 적시는 뜨거운 피와 물보라를 일으키며 바다로 떨어지는 시체…… 등의 활극은 일어나지 않았다. 갑판 위로 뛰어오른 키 드레이번은 멀뚱한 시선으로 바라보는 당직 선원들을 향해 조용히 말했다.

"나는 키 드레이번이다."

"노스윈드다!"

그리고 당직 선원들은 죽을 힘을 다해 뱃전 밖으로 몸을 날렸다. 풍덩! 말 한마디로 배를 점거한 키는 곧 경비병들로 하여금 라이온을 선실에 눕히도록 했다. 그 시점에서 세실은 약간 이해되지 않는 광경을 보게 되었다. 포로로 끌려온 에름 후작이 빙긋 웃으며 말했던 것이다.

"대해적답군요. 이렇게 어두운 밤인데도 라트라인 최고의 스쿠너를 한번에 알아보는군요."

"후작님. 왠지 이 상황을 좋아하시는 것 같군요?"

"물론 그렇지야 않습니다."

"그런데 왜?"

"이 배의 이름은 라이트버드. 서 레빌의 것이었습니다. 솔직히 이 배가 탐났죠."

에름 후작은 어쨌든 성실한 사람이었던 것이다. 그는 도망치려는 시도를 아끼지는 않았지만 키 드레이번의 빈틈없는 감시나 정체 모를 신비한 마법사에게서 도망치는 것이 불가능하다는 것을 부정하지도 않았다. 라이트버드호가 부두를 떠나자마자 키는 두 경비병들을 뱃전에 서게 한 다음 '앞으로 일보'를 명령했다.

그리고 라이트버드는 쾌속 항해 끝에 그날 자정 무렵에 이미 라트라인의 시야에서 벗어나 있었다. 그러나 그날 이후로 닷새 동안의 항해에서 세실이 알아낸 것은 하나뿐이었다. 라이트버드호를 고른 키의 안목은 정말 정확했다. 라이트버드호의 쾌속에 감탄하는 세실에게 에름 후작은 선박명 바로 아래에 있는 3L의 서명을 보여주었다. 그리고 후작은 곧 한숨을 쉬어야 했다. 세실은 이게 뭐냐는 투로 그를 돌아보았기 때문이다.

"로드니 라일름 리드클리프. 고명한 선박 설계자입니다. 카밀카르의 스톰라이더호, 필마온 기사단의 지브라호, 그리고 노스윈드 함대의 질풍호도 그 분의 작품이죠."

"아하?"

그리고 그것이 세실이 알아낸 유일한 사실이었다. 키는 배에 오르고부터는 거의 말을 하지 않았다. 세실이 설마하는 심정으로 관찰해 본 어느 날엔가 키는 하루 종일 한마디도 하지 않기도 했다. 그는 돛을 조절하고 키에 매달려 배를 움직이는 일엔 열심이었고, 그리고 그런 필요에 의해서는 가끔 입을 열었지만, 동료 선원들에게 왜 다친 라이온을 곧장 배에 태웠는지, 그리고 이 배는 어디로 향하는지에 대해서는 아무 말도 하지 않았다. 혹여나 폴라리스로 돌아가는 것인가 했던 세실의 추측은 에름 후작의 설명 때문에 포기되어져야 했다. 라이트버드호는 폴라리스의 정반대인 북동쪽을 향하고 있었다.

"지금까지 닷새 동안이나 아무 말 못하고 있었던 건 네가 화가 잔뜩 나 있을 것 같아서였어. 라이온 때문에 오스발을 잡지 못했으니까. 그런데 생각해 보니 그게 아니더란 말이야. 오스발을 처리하는 대신 라이온을 구출하기로 결정한 건 네 판단이었어. 그거 지이이인짜 이상하더라? 그러니까 다시 이런 게 떠올랐어."

세실은 젊은이의 모습을 유지하고 있었고 어떤 고상한 사람들이 곤혹스럽게 고개를 가로젓든 말든 형태는 어느 정도 그 성격을 규정하는 법이다. 그래서 세실은 자신이 젊은이의 성격도 유지하고 있다고 믿어왔다. 하지만 지금 키와 나누고 있는 것은 청력까지 시원찮아진 노인들이 나누는 '대화'와 마찬가지였다. 상대방이 대답하든 대답하지 않든 자기 말만 계속하는 것. 그런 처지에 대해 한숨을 내쉬며, 세실은 계속 말했다.

"그날 아침, 그러니까 다림 떠나올 때 말이야. 라이온이 이상한 말을 했지. 받아야 할 것이 있다고 했지? 너 라이온에게 뭐 빚진 거 있어?"

"이 배는 레갈루스로 간다."

세실은 흠칫하며 키를 쳐다보았다. 키는 키에 팔꿈치를 기대고 오른쪽 뺨을 받친 모습으로 세실을 바라보고 있었다.

"레갈루스?"

"응."

"왜?"

"새벽의 눈을 찌르기 위해."

"……새벽에 무슨 원한이 있기에? 아, 그보다 먼저 그 새벽 양, 새벽 군? 그 친구의 눈동자 색깔이 뭔지부터 좀 말해 주겠어?"

농담하듯 말하던 세실은 당황해야 했다. 키는 별 표정의 변화도 없이 대답했다.

"심홍색."

"응?"

"그 눈동자는 심홍색이다."

세실은 키를 쳐다보며 고개를 갸웃했다. 그러고는 키가 꼬박꼬박 대답하는 드문 기회에 항상 그러했듯이 장난기로 눈을 번쩍이기 시작했다. 그러나 그녀가 뭔가 황당한 질문을 꺼낼 틈은 없었다. 키는 갑자기 고개를 돌리고는 고물 뒤편의 수평선을 바라보았다.

"세실리아. 바람을 준비해라."

"쳇. 마치 요리사에게 '건포도 케이크를 준비해라'라고 말하는 것 같은 투군. 뭔데? 따라잡았어?"

질문을 던졌지만 세실은 대답을 기다리지 않고 키가 바라보는 방향을 쳐다보았다.

수평선을 뚫고 돛대들이 솟아올랐다. 바람 한 점 없는 날이었기에 그 배가 노를 이용하여 움직이고 있음은 당연했다. 지난 닷새 동안 그들을 추적하던 라트랑 해군의 롱갤리어스 이루미나호였다. 고개를 돌린 세실은 키가 어느새 돛대 쪽으로 움직였음을 발견했다. 키는 돛줄을 움켜잡으며 이물 쪽에 앉아 있던 후작에게 말했다.

"후작. 키를 잡아라."

에름 후작은 낚싯대를 챙겨들며 의아한 얼굴로 말했다.

"나에게 키를 맡기려는 거요? 지난 닷새 동안엔 한번도……"

"당신이 헤엄 못 친다는 것이 확실해졌으니까. 그렇다면 바다로 뛰어들 생각은 못하겠지."

"그건 맞소." 에름 후작은 순순히 시인했다. "하지만 그래도 나에게 키를 맡기는 건 위험할 텐데. 내가 암초로 배를 몰아가면 어쩔 거요?"

"당신이 자부심을 가지고 있기를 바랄밖에."

에름 후작은 피식 웃으며 일어났다. 그러곤 그때까지 두 남자의 대화를 들으며 고개를 갸웃거리던 세실에게 걸어와서는 정중하게 말했다.

"비켜주시겠습니까?"

세실이 물러나자 에름 후작은 손가락을 몇 번 꺾은 다음 키에 연결되어 있던 조정 막대를 단단히 움켜쥐었다. 의심스러운 눈빛으로 후작을 바라보던 세실을 향해 키가 약간 짜증스러워하는 목소리로 말했다.

"세실, 바람!"

아무리 생각해 봐도 저건 요리사, 디저트! 라고 외치는 투야. 쳇. 마법사를 존경할 줄 모르고 마법을 경외스러워할 줄도 모르는 녀석 같으니라고. 세실은 속으로 투덜거리며 뒷갑판 가운데에 똑바로 섰다. 그리고 지난 닷새 동안 그들 뒤편으로 이루미나호가 나타났을 때마다 했던 일을 시작했다.

바다에서는 소리가 잘 퍼져나간다. 그리고 마법사들에게는 마법장이 쉽게 확장되는 곳이기도 하다. 잠시 정신을 집중시킨 세실은 곧 1마일 반 저편에 있는 이루미나호가 느껴질 정도로 마법장을 확장시킬 수 있었다.

망망대해 위에 설정된 직경 3마일 가량의 거대한 마법장 속에서 세실은 흐름을 만들기 시작했다. 아홉 척의 중무장 전함에 30노트의 속도를 부여했던 마법사는 세야의 아카나가 없어도 스쿠너 한 대쯤은 손쉽게 움직일 수 있는 것이다. 그리고 바로 그런 일이 일어나기 시작했다.

라이트버드호의 고물 쪽으로부터 강력한 순풍이 불기 시작했다.

"제기랄, 또냐?"

라트랑 해군 소속 이루미나호의 선장 스리우드는 노여움을 참지 못해 선교 난간을 후려쳤다. 선장의 품격에 어울리는 행동은 아니었겠지만 그의 심정을 잘 이해하는 이루미나호의 고급 선원들은 그 선장의 품위 없음을 탓하지는 않았다.

벌써 네 번째 일어난 일이었다. 바람 한 점 없던 해역, 혹은 심한 역풍이 불고 있던 해역에서 느닷없이 순풍이 분다. 처음 두 번까지는 우연으로 치부했지만 이제 그들은 더 이상 그런 주장을 할 수 없게 되었다. 수용하기 힘든 일이었지만, 그들이 추적하고 있는 배의 여마법사는 순풍이나 식수용 스콜(그제 정오 무렵, 스콜이 내릴 턱이 없는 위도상에서 만난 비를, 스리우드 선장은 소나기라고 우겼다. 하지만 그것은 누가 봐도 스콜이었다)을 제맘대로 불러낼 수 있었다.

물론 라이트버드에 부는 순풍은 그 뒤를 따르는 이루미나호에도 똑같이 순풍으로 작용한다. 바람이 공기의 흐름인 이상 일정 지역의 공기가 앞쪽으로 이동한다면 그 뒤쪽의 공기 또한 따라 움직이게 마련이며, 그래서 세실이 만들어내는 바람은 이루미나호에도 똑같이 유리하게 작용하고 있었다. 하지만 이루미나호는 무거운 롱 갤리어스이며 이루미나호가 아니더라도 라트랑에서 가장 빠른 스쿠너를 따라잡을 배는 드물다. 스리우드 선장은 세 번째 순풍에서, 그러니까 바로 어제 오전 돛과 노를 병행하여 따라잡는다는 과감한 계획을 세웠으나 그가 얻은 성과는 노잡이들 사이에서 폭동의 전조를 이끌어낸 것뿐이었다.

"우리에게 필요한 것이 뭔지 알았어. 3L의 서명이 있는 배가 있어야해!"

스리우드 선장은 이를 갈며 말했다. 그러나 그의 일항사이며 그 회의주의로 라트랑 선단에서 드높은 명성을 얻고 있는 도노반 일항사가 고개를 가로저었다.

"그런 배가 있다 해도 따라잡을 수 있을지 의문입니다."

"뭐라고? 왜!"

"저건 키 드레이번이 조종하고 있는 배입니다. 그를 비난할 말은 많겠지만 그의 뱃사람으로서의 자질이 고만고만하다고 말하기는 어렵지 않을까요."

일항사의 유들유들한 얼굴을 노려보던 스리우드 선장은 나직하게 말했다.

"도노반 일항사."

"예, 선장님."

"자네가 거짓말쟁이라고 말하긴 어렵겠지만 그 외엔 퍼부어줄 말이아주 많아. 자네가 욕설에 굶주린 것이 아니라면, 우리 주님의 이름으로부탁하니 부디 닥쳐주게."

남부럽지 않은 분별력의 소유자 도노반 일항사는 입을 다물었다. 스리우드 선장은 갑판장을 향해 짧게 외쳤다.

"횡범 모두 펼쳐! 그리고 노잡이들은 좀 쉬라고 그래! 저 괘씸한 마법사의 소행을 반가워할 녀석들은 그놈들뿐일 것 같군."

과연 무풍 때문에 오전 내내 노를 저어야 했던 노예들은 퍽이나 기뻐했다. 갑판 아래쪽으로부터 들려오는 숨죽인 웃음 소리와 낮은 환호를 들은 스리우드 선장은 치통에 시달리는 것 같은 신음을 내며 전방을 주시했다. 그리고 그는 그의 배가 그 이름을 딴 어떤 귀부인에 대해 마음속으로 거듭거듭 사죄했다.

"저놈들 도대체 목적지가 어디지? 저런 작은 배로 오랫동안은……"

그때 회의주의와 분별력은 충분할지 몰라도 기억력은 그다지 좋은 편이 아닌 도노반 일항사가 선장의 경고를 잊은 채 태연히 대답하고 말았다.

"목적지가 어딘지 몰라도 저 얼빠진 마법사가 있는 한 상당히 장기간 동안 항해할 수 있을 겁니다. 식수는 하늘에서 마음대로 끌어내리고 스쿠너에 4명밖에 안 탔으니 식량도 남아돌 테지요. 물론 낚시로 보충할 수도 있을 테고. 그리고 키 드레이번은 태풍이나 암초에 배를 들이박지도 않을 테니, 내키는 대로 얼마든지 오랫동안 항해할 수 있을 겁니다. 위험한 것은 오히려 우리 쪽이 아닐까요?"

이루미나호는 급한 추적을 위해 항해 준비를 제대로 마치지 못한 상태로 출동해야 했다. 군함은 어차피 적하량이 적고 승선원은 너무 많다. 따라서 도노반 일항사의 우려는 절대로 피해망상이 아니다.

다만 이 경우 그는 약간의 피해망상을 가지는 편이 좋았을 것이다. 꼬박꼬박 그의 말에 반론을 제기하는 일항사에 대한 아니꼬움을 참지 못한 스리우드 선장은 매우 야비한 복수를 결심했고, 그래서 도노반 일항사는 그날 오후 동안 그들의 남아 있는 보급품에 대한 '완벽한 목록'을 만들기 위해 못 하나하나까지 세어가며 지옥 같은 시간을 보내야 했다.

내리떨어지는 여름의 햇살 속에 테라스는 하얗게 불타고 있었다.

율리아나는 자신의 발 아래에 만들어지는 그림자의 예리함에 잠시 놀랐다. 그러나 그녀는 곧 고개를 들어 바다를 바라보았다. 그녀의 어깨 뒤에 서 있던 오스발은 나직이 말했다.

"공주님."

공주는 아무 말도 듣지 못한 것 같았다. 일체의 침입도 있을 수 없는 벽이 그녀 주위를 두르고 있는 것처럼 보였고, 그래서 오스발은 왠지 자신의 말이 그 벽에 부딪혀 튕기는 것 같은 기분을 느꼈다. 하지만 잠시 후 율리아나는 느릿하게 대답했다.

"룸 언니를 두고 갈 수는 없어요."

"전 후작 부인의 명으로 이곳에 왔습니다. 마님께서는 제게 공주님이 배에 타도록 설득하라고 하시더군요."

"안됐네요, 오스발. 어차피 설득은 못하겠지만 준비해 온 말이 있으면 해보겠어요?"

"아니오. 관두겠습니다."

오스발이 대답한 순간 율리아나는 몸을 휙 돌렸다. 그녀는 커다란 두 눈동자 가득 오스발을 담은 채 또박또박 말했다.

"역시, 말해 봐야 통하지도 않을 말은 무의미하니까 하지 않으시겠다?”

“예……”

“살고 싶어 해봐야 고귀한 라트랑 후작 대신 천한 노예 한 명이 살아
날 수 있는 것도 아니니 구태여 살아나려 애쓰지 않으시겠다? 살려달라
고 말해 봐야 미친 대해적이 살려줄 리 만무하니 말하지 않겠다?”

“예.”

율리아나는 고개를 떨구지 않기 위해 무진 애를 썼다. 그래서 율리아
나는, 비록 얼굴을 많이 붉히긴 했지만 어쨌든 오스발의 얼굴을 똑바로
쳐다보며 말할 수 있었다.

“이런 건 어때요?”

“무엇 말씀이십니까?”

“면천시켜 주고 나와 결혼해 달라고 요구하면 어쩌겠어요?”

오스발은 숨막히는 소리로 대답했다.

“예?”

“반복하긴 싫어요. 부끄러우니까. 못 알아들은 것도 아니잖아요. 생
각할 시간이 필요한가요? 기다리지요. 근사한 대답이 하고 싶은가요? 그
럴 필요 없어요.”

율리아나는 두 손을 입술 앞에서 깍지낀 다음 몸을 돌렸다. 그러곤
살짝 뒷걸음질쳤다. 그녀의 등이 오스발의 가슴에 닿았고 그녀는 오스
발에게 기댄 채 깍지낀 손 안에 입김을 불어넣는 것처럼 낮게 속삭였다.

“생각이 끝날 때까지 이렇게 기다리겠어요. 좋다면, 그냥 나를 안아
요.”

그리고 율리아나는 고개를 떨구며 눈을 감았다.

오스발은 어찌해야 좋을지 모르겠다는 듯이 공주를 내려다보았다. 공주가 입고 있는 얇은 블라우스와 바지는 그녀의 떨림을 숨김없이 그의 가슴에 전달하고 있었다. 그의 가슴과 배, 그리고 허벅지에 닿아 있는 공주의 뒷모습은 작고, 가냘프고, 부드러웠다.

오스발은 짧게 한숨을 쉬었다. 더운 날씨 때문에 머리카락을 묶어올리고 있었던 공주는 목 뒤에 닿는 그의 입김에 목을 떨었다. 그때 오스발의 두 손이 올라왔다. 그 손은 공주의 양 어깨를 부드럽게 쥐었다.

그리고 오스발은 공주를 살짝 밀어내듯이 하며 뒷걸음질쳤다.

율리아나는 등으로 닿아오던 오스발의 느낌이 사라졌음을 느꼈다. 그녀는 두 손을 천천히 내렸고, 그리고 눈을 떴다. 여름의 햇살은 수면 위에서 빛의 그물이 되어 파도치고 있었고, 테라스는 여전히 눈이 아플 정도로 새하얗다. 그리고 그 테라스 위에서 조금 전까지만 해도 오스발의 그림자와 겹쳐져 있던 그녀의 그림자는 이제 고독하게 홀로 서 있었다. 율리아나는 고개를 약간 비틀어 오스발의 그림자를 찾았다. 그 머리 부분은 그녀의 발뒤꿈치 조금 뒤쪽에 너무 선명해서 잘못 떨어진 얼룩처럼 고요히 누워 있었다.

율리아나는 그 그림자를 향해 말했다.

"거절인가요?"

그림자가 대답했다.

"예."

율리아나의 목이 더 돌아갔고 그 목을 따라 움직이듯 몸도 뒤로 돌

왔다. 그림자를 따라가던 율리아나의 시선은 곧 오스발의 발끝에 도달했고 율리아나는 그 위를 따라 천천히 시선을 옮겼다. 그리고 율리아나는 오스발의 얼굴을 똑바로 올려다보았다.

"세기의 신부로도 안 되는군요."

"배에 타시죠, 공주님."

"언젠가 말했죠. 레보스호는 키 드레이번에게 공격당했고 다림 역시 노스윈드 해적에게 공격당했고 팔라레온과 록소나, 다케온은 휘리 노이에스에게 공격당했어요. 휘리 노이에스를 그렇게 만든 것은 나였죠."

율리아나는 자신이 휘리를 언제 그렇게 만들었는지 설명하지 않았고 오스발 역시 설명을 요구하지는 않았다.

"그런데 이제 나는 내가 가장 사랑하던 언니로 하여금 그 남편을 잃게 했어요. 그건 다른 여자들이 잃어버린 남편과는 달라요. 그녀들의 불행도 불행이겠지만, 우리 언니는…… 세상에서 유일하게 언니를 사랑할수 있고 사랑해 준 남자를 잃은 거지요."

"우연의 일치들입니다. 죄의식을 느끼실 필요가……"

"지금 나 손에 닿는 모든 고민거리를 수집한 다음 거기에 '내 탓'이라는 꼬리표 붙여가며 피학적 즐거움을 느끼고 있는 건 아니에요, 발."

"예."

"난 그렇게 했어요. 그렇게 해왔다고요. 그런데……"

율리아나는 고개를 갸웃한 채 오스발의 얼굴을 올려다보았다. 해를 등지고 서 있는 오스발의 얼굴은 이 뜨거운 한낮에도 서늘한 그림자 속에 고요했다.

140

"그런데…… 왜 당신은? 왜 당신만은……?"

오스발은 아무 대답도 하지 않은 채 그의 주인을 내려다보았다.

공주는 크게 심호흡을 한 다음 몸을 돌렸다.

"돌아가서 전해요. 율리아나 카밀카르는 배에 타지 않고 라트랑에 남겠어요. 발도 로네스 경에겐 율리아나 공주가 기나긴 도피행에서 얻은 피로와 병 때문에 긴 항해를 감당할 수 없는 상태라는 답신을 보내도록. 물론 그녀는 육신의 고통에 더하여 그 지아비를 조속히 만나볼 수 없다는 슬픔 때문에 더욱 괴로워한다는 말을 적어보내는 편이 좋겠죠. 그리고 서 슈마허에겐…… 포도주 한 상자 구입하라고 하세요. 발도 로네스 경에게 보내는 서신 편에 같이 보내도록. 아직 뵙지 못한 나의 주인께, 라고 적어서."

그녀의 등뒤로부터 대답이 돌아왔다. "알겠습니다." 그리고 공주는 잠시 후 테라스에 홀로 남았음을 알게 되었다.

율리아나는 테라스 끝으로 걸어가 그 가장자리에 앉았다.

뜨겁게 달구어진 돌 위에 조심스럽게 앉은 공주는 발 아래에서 물결치는 바닷물을 내려다보았다. 테라스의 돌기둥들은 투명한 바닷물에 파르스름하게 녹아 흔들리고 있었고 가끔 물고기들이 이리저리 노닐고 있었다. 하지만 공주가 찾는 모습은 보이지 않았다. 율리아나는 오랜 시간 바닷물을 들여다보았고, 마침내 수면 위에 어린 그녀의 얼굴을 발견했다.

그리고 그 얼굴을 한껏 동정했다.

아침 새들의 비행은 아직 시작되지 않았고 밤의 냉기는 이슬 위에 보석으로 결빙되는 고요한 아침. 숲 사이를 휘감아도는 희뿌연 안개가 풀잎을 적시고 있었다.

안개 속에서 갑자기 나타난 말발굽이 풀잎을 쳐 이슬을 떨어뜨렸다. 이슬은 반짝거렸던 것만큼이나 빠르게 사라진다.

저벅저벅.

안개 사이로 들려오는 말발굽 소리는 씩씩하면서도 아련하다. 우윳빛의 장막 속에서 푸르스름한 그림자가 되어 움직이던 군단은 이윽고 숲 가장자리로 빠져나왔다. 안개는 아직도 그들의 발 근처를 휘감아 돌고 있었지만 움켜쥔 창과 방패는 이제 날카로운 빛을 뿜는다. 군단은 계속해서 안개를 헤치며 전진한다.

젖은 풀잎들이 어석거리는 소리를 내며 쓰러지고 비비적거리기를 한참, 안개 저편에서 웅장한 성벽이 떠올랐다.

짧고 빠른 신호가 오가고 나서 군단은 제자리에 멈춰 섰다. 포병들은 미리 약속된 위치로 대포를 이동시켰고 궁수들 역시 넓게 트인 자리에 서서 활시위를 만지작거렸다. 하지만 말에 올라탄 기사들은 제자리에 가만히 서서 성벽을 올려다보고 있었다. 기사들 중 한 명이 바이저를 들어올렸다.

기사는 성벽을 뚫어지게 바라보았다. 성벽은 충분히 웅장했지만 아직 건설중임을 잘 나타내고 있었다. 반쯤 쌓인 흙벽이나 기중기 등의 모습이 보였고 어떤 부분은 다른 곳의 절반도 되지 않을 높이였다. 그나마 완성된 곳은 성문이 있는 정면뿐이었고 그 위쪽으로는 펄럭이는 깃발들이 정연하게 꽂혀 있을 뿐 사람의 모습은 보이지 않는다.

기사는 깃발들을 유심히 바라보았다. 잠시 후 기사는 푸른 바탕에 포효하는 검은 사자의 모습이 새겨진 깃발을 발견했다. 기사, 서 소사라는 이맛살을 찌푸리며 말했다.

"흑사자기를 걸어놓고 있군."

서 소사라는 옆을 돌아보았다. 그와 말을 나란히 하고 서 있던 서 기리우 역시 성루 위에 게양된 흑사자기를 보고 있었다. 소사라 경의 시선을 느낀 서 기리우는 안장 옆에 매달아둔 활을 만지작거리며 말했다.

"사자의 심장을 꿰뚫을 수 있소."

"기대하지. 하지만 먼저 말은 해봐야겠지."

서 소사라는 다른 기사 한 명에게 눈짓을 보내었다. 기사는 들고 있던 창을 땅에 꽂고는 비어 있는 오른손을 위로 들어올린 채 앞으로 달려나갔다.

초원을 가로질러 달린 기사가 성벽 아래에 도달하자 드디어 성루 위에도 사람의 모습이 나타났다. 한 명뿐이었고, 키 큰 사내였다. 기사는 비어 있는 오른손을 한번 더 치켜올린 다음 성벽 위쪽을 향해 외쳤다.

"나는 다벨 육군 제8군단 사령관 대행 소사라 림파이어의 사절 랜달 쥬마다! 그리고 내게 부여된 권한으로 회담을 요구한다!"

키 큰 사내는 고개를 끄덕였다.

"폴라리스 평의회 의장 하리야 헌처크다. 회담에 동의한다. 용건은?"

"귀국으로 도주한 사트로니아 패잔병의 인도를 요구한다. 그리고 사트로니아 패잔병의 신병 인도가 이행된 상황에서 평화회담을 요구한다. 불응할 시에는 귀국 역시 다벨의 적으로 간주될 것임을 경고한다."

"그 요구는 마음에 들지 않는다. 서 랜달. 대신 내 조건을 말하지. 다벨에 억류된 사트로니아 포로 전원을 석방하고 현재 불법적으로 점거하고 있는 다벨 외 땅에서 다벨군 전부를 철수시켜라. 그리고 사트로니아와 팔라레온, 다케온, 록소나에 그들이 요구하는 액수의 전쟁 배상금을 지불하라. 그리고……"

어처구니없다는 표정으로 하리야를 올려다보고 있던 서 랜달은 버럭 화를 내었다.

"이 무엄한 놈! 그걸 말이라고 하는가!"

"아직 말이 끝나지 않았다. 서 랜달. 사절의 의무를 망각하지 않도록."

서 랜달은 격하게 씨근거렸지만 어쨌든 입을 다물었고 하리야는 옆을 흘끔 바라보았다. 흉벽 안쪽에 기대어 앉아 있던 사내가 하리야에게 노스윈드 함대식(혹은 오닉스식) 손짓을 보내었다.

'조금 더 시간을 끄십시오.'

하리야는 속으로 한숨을 쉰 다음 생각나는 대로 요구 조건들을 주워댔다.

"볼지악 자작 휘리 노이에스의 작위와 권한을 모두 박탈한 다음 폴라리스로 압송하라. 그리고 다벨이 그 이웃국가들에 저지른 죄에 대해 참회하는 의미에서 발랑스 공작은 펠라론으로 가서 법황께 고해 성사를 받고 죄사함을 받도록 하라. 우정으로써 팔라레온 해방군을 파견한 사트로니아의 높은 뜻을 기려 사트로니아에 전몰 위령비를 건설할 대금을 지불하라. 그리고 다벨 8군단이 팔라레온을 침입한 4월 37일을 공식 기념일로 제정하라. 매해 그 날이 오면 다벨 내 전 교회에서 무고하게 죽어간 팔라레온, 다케온, 록소나의 장병들에게 바치는 미사를 봉행하라. 매해 6월 33일, 즉 폴라리스의 건국일에는 귀국의 교회와 수도원에서 빈자와 병자와 과부와 고아들을 위한 특별 미사와 봉사 활동을……"

서 랜달은 더 이상 참을 수가 없었다.

"잠깐! 하리야 헌처크! 지금 그 말들을 요구 조건이라고 내세우는 건가? 회담을 고의로 파탄내려는 거라면 짤막하게 말햇!"

하리야는 머쓱한 미소를 지었다. 나 역시 이런 말도 안 되는 소리들은 적당히 끝내고 싶다네, 친구. 하리야는 다시 옆을 돌아보았다. 그때 드디어 그가 기다리던 손짓이 돌아왔다.

'계산 끝냈습니다!'

하리야는 안도의 한숨을 내쉬며 흉벽을 짚었다.

"알았다. 짧게 말하겠네, 서 랜달. 가서 이렇게 전하게."

"무슨 말을!"

"자네들이 배치해 둔 대포 주위에서 병사들을 치워라. 환영사절단을 보낼 테니."

서 랜달은 잠시 눈을 껌뻑이며 하리야를 올려다보았지만 하리야는 그저 웃기만 했다. 서 랜달은 고개를 갸웃거리며 말머리를 돌렸다.

다시 초원을 가로질러 달려간 서 랜달은 서 소사라 앞에 멈춰 섰다.

소사라는 서 랜달의 표정을 보며 의아한 듯이 질문했다.

"왜 그런 표정이지? 어떻게 되었나?"

"글쎄요. 회담에 응한 것은 평의회 의장인 하리야 헌처크였습니다. 제가 말한 요구 조건에 대해 말도 안 되는 소리를 한참 주워섬기다가 이렇게 말했습니다. 대포 주위에서 병사들을 치우라고……"

서 소사라와 서 기리우는 어리둥절한 표정으로 성벽을 바라보다가 다시 자신들의 대포를 바라보았다. 배치를 끝낸 8군단의 대포들은 성문을 향해 포구를 고정시키고 있었고 그 모습에서 위험해 보이는 것은 아무것도 없었다. 초원 너머 저 멀리 성벽 위에서 갑자기 대포들이 나타난 것도 아니었다. 서 기리우가 고개를 갸웃거리며 뭐라 말하려 한 순간, 서 소사라는 갑자기 하늘을 바라보았다.

"이게 무슨 소리지? 모두 조용히 해봐!"

서 기리우와 서 랜달, 그리고 주위의 다른 기사들이 모두 입을 다물었다. 그러자 낮고 날카로운 휘파람 소리 같은 것이 들려왔다.

휘리리리—.

순간 서 소사라의 얼굴이 하얗게 질렸다. 그는 목청껏 외쳤다.

"제기랄, 포병들! 모두 대포 주위에서……!"

서 소사라의 말은 중간쯤에서 얼어붙고 말았다.

숲에서 날아오르는 까마귀떼처럼 갑자기 성벽 저편의 하늘로부터 80개의 검은 점이 솟구쳐올랐다. 그리고 수백 개의 벼락이 한꺼번에 내리꽂히는 듯한 광포한 폭발음이 울려퍼졌다.

"쿠와앙쾅쾅!"

기사들과 다벨 병사들은 귀를 틀어막으며 비명을 질렀다. 충격음은 금속 투구 속에 있는 그들의 귀를 사정없이 유린했고 그들 중 일부는 투구를 벗어 팽개치다가 말 위에서 떨어졌다. 말들 역시 기겁하여 발길 질을 해대었기 때문이다. 고삐에 매달려 가까스로 낙마하지 않은 서 소사라는 재빨리 주위를 둘러보았다. 참담한 광경이었다. 정연하게 배열되어 있던 대포들은 모두 폭풍이 지나간 뒤의 숲의 나무들처럼 사방팔방으로 구르고 있었고 정통으로 명중당한 어떤 대포는 내부의 장약이 폭발하여 끔찍한 화염을 일으키고 있었다. 그 주위로는 피범벅이 된 포병들이 구겨진 쓰레기처럼 나뒹굴고 있었다.

소사라는 헐떡거리며 비명처럼 외쳤다.

"강철의…… 레이디!"

하리야는 숨막히는 목소리로 외쳤다. "주여!" 그러자 그의 옆에서 쾌활한 대답이 돌아왔다.

"하하! 그렇게 착각하실 수도 있겠지만, 전 주님이 아니라 그레고리올시다, 하리야 선장님!"

그랜드파더호의 포수장 그레고리는 이를 다 드러낸 큼직한 웃음을 짓고 있었다. 약간 불경스러운 말일 수도 있겠지만 이 엄청난 관측을 해낸 그레고리에겐 거만해질 수 있는 충분한 권리가 있을 것이다. 하리야는 더듬거리며 뭔가 치하의 말을 하려 했지만 그레고리는 어느새 깃발을 흔들고 있었다.

'초탄 명중! 그대로 쏴라!'에 해당하는 깃발 신호가 빠르게 허공을 갈랐고, 그러자 저 멀리 다림 만에 떠 있던 그랜드파더호와 그랜드머더호에서는 포수들의 환호가 울려퍼졌다. '네 단점은 너무 잘났다는 거야!'에 해당하는 환호들로 서로를 칭찬하며 포수들은 신속하게 재장전에 들어갔다. 그레고리가 지정한 대로의 장약이 투입되고 그레고리가 지정한 대로 사격각이 설정된 다음 심지에 불이 붙었다. 다림 앞바다에서 다시 80개의 불기둥이 날아올랐다.

성벽 위에서 망원경을 들고 다림 만을 바라보고 있던 두캉가 선장은 불기둥이 날아오른 순간부터 가슴이 오그라드는 기분을 느꼈다. 포환들은 다림 시가지 바로 위를 통과하고 있었고 그 중 어떤 것은 다림 교회의 높은 종탑에 부딪힐 것만 같았다. 하지만 80발의 포환들은 모두 짧으며 격렬한 여정을 무사히 마치고 성벽 위를 서둘러 지나갔다. 그러곤 초원 저편의 다벨군에 불벼락이 되어 떨어졌다.

"콰콰콰아앙콰!"

말들은 정신착란을 일으킬 듯 발광하고 있었고 병사들 역시 제정신이 아닌 상황에서 사방으로 달렸다. 다케온 공격 당시 대포가 모조리 파괴될 정도의 사격을 직접 펼쳐보였던 8군단도 이런 무지스러운 사격에는 얼이 빠졌다. 흙과 풀, 바위 등이 잿더미처럼 흩날렸고 그 틈틈이 사람과 말과 대포가 소용돌이쳤다.

두 번째 포격이 끝나자 정적이 찾아들었다. 서 소사라는 넋빠진 시선으로 주위를 둘러보았다.

단 2회, 총 160발의 포탄이 쏠고 지나가자 8군단의 대포 중 성한 것이 하나도 남지 않았다. 대포들은 모조리 우그러지거나 두 동강나거나 깨져버렸고 곳곳에서 폭발을 일으킨 장약들이 불쌍한 8군단병들을 박살내고 있었다. 소폭발이 일어날 때마다 새로운 화재가 일어나고 있었고 그래서 사격이 멈췄음에도 불구하고 다벨 진영은 전쟁터 같았다. 낙마한 서 기리우는 땅에 주저앉은 채 일어날 생각도 못하고 있었다. 그는 끊임없이 뭐라 중얼거리고 있었는데 아무래도 강철의 레이디를 모든 '땅과 바다'에서 사용 금지시키지 않은 퓨아리스 3세를 원망하고 있는 듯했다.

가까스로 정신을 추스른 서 소사라는 일단 부상병들을 빨리 운반하도록 명령했다. 불 속에 있는 화약들이 언제 폭발할지 알 수 없었기 때문에 당장 화재를 진압하기는 어려울 것 같았다. 백부장들 역시 혼이 나가버린 상태인지라 서 소사라는 직접 말을 달리며 명령을 외쳤다.

"불 주위에서 비켜! 부상병들을 빨리 옮겨라! 백부장들, 백부장들! 제기랄, 악마를 불러내어 네놈들을 튀겨줄 테다. 너희들은 8군단의 백부장이다! 정신들 차리지 못하나!"

고함을 지르고 주먹을 휘두르고 심지어 발길질까지 해대며 가까스로 지휘 체계를 복구한 서 소사라는 서 랜달을 찾았다. 서 랜달 역시 방금 귀신과의 딥키스를 마친 듯한 얼굴로 흐느적거리고 있었기에 서 소사라는 그의 이름을 몇 번씩 불러야 했다.

"서 랜달!"

"예, 예? 예."

"서 랜달! 가서 말해! 우리는 물러갈 테니 사격을 중지하라고. 빨리!"

"아, 아, 알겠습니다!"

서 랜달은 퍼뜩 정신이 든 듯 성벽을 향해 내달렸다. 록소나 기사들도 감탄할 만한 속도로 내달린 서 랜달은 초원 중간쯤에서 고래고래 고함 질렀다.

"멈추시오! 사격을 멈춰! 멈추라고!"

사격은 이미 중지되어 있었으므로 그것은 어떤 의지를 전달한다기보다는 서 랜달과 8군단 전체의 공포심을 표현하는 말이 되고 말았다. 그리고 공포심을 아낌없이 표출한 서 랜달은 기진맥진한 모습으로 성벽 아래에 멈춰 섰다. 하리야는 주의 깊게 느긋한 표정을 유지하며 성벽 아래를 내려다보았다.

"우리 환영사절단이 마음에 드셨는지, 서 랜달?"

등자에 발을 얹은 이래 최고 속도를 낸 데다가 고래고래 고함을 지르며 달려왔던 서 랜달은 숨이 가빠 곧장 대답하지는 못했다. 그는 제자리에서 씩씩거리며 하리야를 올려다보았고 하리야는 빙긋 웃었다.

"부족하면 좀더 보내줄 수도……"

"물러가겠소!"

"응? 뭐라고 했나?"

"물러가겠소! 그러니 쏘지 마시오! 이대로 물러가겠소!"

하리야는 그제야 웃음을 지운 다음 진지하게 말했다.

"잘 듣고 그대로 전해라, 서 랜달. 되도록 대포를 노려 쏘았지만 그래도 부상병들이 발생했고 그 점에 대해선 분명히 유감으로 생각한다. 따라서 부상병들을 옮길 시간을 주겠다. 그리고 위급한 환자가 있다면 우리 쪽 의료 시설에 수용해 줄 수도 있다. 포로 대우로 말이야. 하지만 지금 있는 위치에서 한 발자국이라도 더 앞으로 다가오면 이번엔 병사들을 노려 쏘겠다."

서 랜달은 그 광경을 상상하는 것만으로 진저리가 처지는 모양이었다. 하리야는 차분하게 말을 이었다.

"유예 시간은 모레 아침까지로 한다. 모레 아침 해가 떠오를 때까지 폴라리스 주위에서 완전히 사라져라. 그리고 다시는 오지 마라. 폴라리스 대 다벨의 회담이 필요없다고는 생각지 않지만 만일 그런 것을 하게 된다면 그 시간과 장소와 방식은 우리가 결정한다. 알겠나?"

서 랜달은 고개를 끄덕였다. 하리야는 다시 미소를 지었다.

"그럼 가보도록. 쏘지 않을 테니 마음놓고 부상병들을 옮겨라."

서 랜달은 황급히 돌아갔다. 그 떠나가는 뒷모습을 보던 하리야는 긴 한숨을 내쉬며 몸을 돌렸다. 그의 뒤편에 서 있던 두캉가 선장이 히죽 웃으며 말했다.

"저놈들 중에 뱃놈이 없다는 건 참 다행이었어."

하리야는 씩 웃었다. 아무리 그레고리의 관측이었다 하더라도 세 번째 사격은 위험했을 것이다. 터릿 갤리어스는 물 위에 떠 있는 배이며, 따라서 아무리 닻으로 고정시켜 두었다 하더라도 배 자체가 조금씩 움직이는 것은 어쩔 수 없다. 두캉가 선장은 코를 쓱 문지르며 입맛을 다셨다.

"쩝. 아무래도 대포를 노린 건 도박 아닐까, 하리야?"

"예?"

"병사놈들을 쐈어야 했던 거 같은데."

"그 말도 맞습니다만 병사들을 쐈으면 공포보다 분노가 더 커져서 달려들었을지도 모릅니다. 그랬다면 얼마나 골치 아팠겠습니까. 아직 완공되지도 않은 이 성에 대포를 쏘아대기라도 한다면……"

"하긴, 그렇군. 하지만 지금이라도 우리가 더 못 쏜다는 거 알아채면 어쩌지?"

"괜찮을 겁니다. 아까 그 기사의 얼굴 못 보셨지요? 익사한 시체보다 더 하얗게 질린 얼굴을 하고 있었습니다. 그 정도로 겁을 줬으니 눈치채지는 못할 겁니다."

"그렇다면 다행일세. 아, 참……"

"예?"

"축하하네!"

두캉가 선장은 큼직한 손을 위로 들어올렸고 하리야 선장은 공포어린 눈빛으로 그 손을 바라보았다. "두캉가 선장?" 허공을 가르며 내려쳐진 그 커다란 손바닥은 하리야의 어깨를 강타했다. 철썩! 속으로 비명을 삼키는 하리야를 향해 두캉가는 푸짐하게 웃어보였다.

"폴라리스 최초의 전쟁은 위대한 승리를 거뒀네! 축하받을 일이야. 잔치를 벌여야지? 무하하하!"

"전쟁…… 이오? 하하, 뭐 최초 포격 후 2분 만에 항복을 받아낸 것이니, 엄청나게 짧은 전쟁이군요."

그리고 하리야는 어깨를 쓸어만지며 성벽 위에 서 있던 또 다른 사

152

람을 쳐다보았다.

길이 잘 든 갑옷을 입고 침착하게 서 있던 노장군은 저 멀리 다벨군의 참혹한 모습을 바라보고 있었다. 하리야는 지금 그가 어떤 생각을 하고 있을지에 대해 궁금해하며, 동시에 그런 것을 궁금하게 여기는 자신을 창피스러워했다. 어쨌든 그들은 노장군에게 참담한 패배를 안겨주었던 8군단을 단 2분 만에 격퇴했던 것이다. 그때 하리야의 시선을 느낀 노장군이 고개를 돌렸다.

그들 곁에 남은 장군, 바스톨 엔도는 부드러운 미소를 지음으로써 하리야를 더욱 창피하게 만들었다.

"축하합니다. 하리야 선장."

이루미나는 고함을 지르지 않기 위해 최선을 다했다. 그녀의 노력은 성공했고, 그래서 후작 부인은 불 같은 노성 대신 차가운 경멸을 말할 수 있었다.

"당신에겐 우리나라의 최신예 군함과 300여 명의 정예 라트랑 해군이 있었어요. 스리우드 선장. 그런 당신이 고작 4명이 탄 스쿠너 한 대를 추적하지 못했다는 말을 내가 납득해야 하나요?"

스리우드 선장은 아무 말도 못한 채 머리를 조아렸다. 뱃일을 모르는 보통 여자들에게 듣는 핀잔이 아니다. 바다의 공주, 해양대국 카밀카르의 둘째 공주였던 이루미나에게 듣는 추상 같은 질책이었다. 하지만 바로 그랬기에 스리우드 선장은 약간의 억울함도 느꼈다. 바다의 공주라면 거대한 롱 갤리어스를 움직이는 것이 날렵한 스쿠너를 움직이는 것보다 훨씬 더 힘든 일이며, 더군다나 그 날렵한 스쿠너에 비바람을 내키는 대로 불러대는 마법사가 타고 있다면 추적은 거의 불가능한 일이 된다는 것쯤은 잘 알고 있을 것이다. 하지만 추적은커녕 제대로 접근도 못해 본 채 귀항을 결정해야 했던 스리우드 선장은 변명을 말할 염치가 없었다. 그리고 이루미나 역시 더 이상 그를 나무라진 않았다.

이루미나는 피로한 얼굴로 손을 내젓고는 벌떡 일어났다. 그리고 후작 부인은 가신들과 관리들이 뭐라 말하기도 전에 그대로 회의실을 나가버렸다. 덕분에 회의실 안에는 누가 더 불쌍해 보일 수 있는지 경쟁하는 듯한 모습의 라트랑 각료들만이 남게 되었다.

밖으로 나온 후작 부인을 본 시녀들이 재빨리 다가섰다. 복도에 선 채 잠시 호흡을 고르던 이루미나는 간단하게 말했다.

"율리아나는?"

"산책로에 계실 겁니다."

"오스발과 함께 나갔나?"

"아니오. 홀로 나가신 듯합니다."

"거기로 가자. 그런데 그러면 오스발은 어디 있는 거지?"

시녀들은 모르겠다는 듯이 고개를 가로저었다. 그러나 이루미나는 산책로 중간쯤에서 오스발이 어디 있는지 알게 되었다.

"오스발?"

산책로를 걸어가던 오스발은 고개를 돌렸고 등뒤에서 다가오는 후작 부인과 시녀들을 보고는 정중하게 허리를 굽혔다. 후작 부인은 인사를 받은 다음 질문했다.

"유리에게 가는 건가?"

"예, 마님."

"그 애가 불렀니?"

"아니오. 그냥……"

"그래? 그럼 같이 가자꾸나."

오스발은 다시 고개를 숙여보인 다음 이루미나의 시녀들 조금 뒤에서 걸었다. 후작 부인의 시녀들은 모두 예법을 익히기 위해(혹은 후작가를 드나드는 청년들 중에서 신랑감을 낚아올리기 위해) 후작가에 봉사하고 있는 양가의 규수들이거나 봉급을 받는 평민들이었으므로 노예인 자신은 그 뒤를 따라야 한다고 생각하는 듯했다. 사실 라트랑의 귀빈인 율리아나 공주의 노예인 그는 후작 부인의 사용인들보다 결코 낮은 위치는 아니었지만 이루미나는 그 모습을 잠깐 바라보았을 뿐 다시 발걸음을 뗐다.

해송들 사이로 구불구불하게 뻗은 산책로를 따라 걷자 곧 퍼걸러가 나타났다. 그리고 퍼걸러의 돌의자에는 멍한 표정으로 바다를 바라보고 있는 미녀가 있었다. 철없는 어린 시녀 한 둘이 그 모습에 작게 탄성을 질렀지만 곧 나이 많은 축들의 무시무시한 시선을 받고는 입을 다물었다. 율리아나는 사람의 기척을 느끼곤 천천히 고개를 돌렸다.

"룸 언니?"

이루미나는 고개를 살짝 끄덕이며 퍼걸러에 들어섰다. 그때 시녀들

뒤에 서 있던 오스발을 발견한 율리아나가 낮게 말했다.

"오스발? 어머, 잘됐네요."

이루미나와 시녀들의 시선이 전부 오스발을 향했다. 오스발은 공주를 향해 고개를 숙여보였고 율리아나는 느릿하게 말했다.

"내 방 책상 위에 서신들이 있어요. 서 슈마허에게 좀 갖다주겠어요? 서명해 달라고 가져온 건데 서명 끝내고 깜빡 잊었어요. 책상 위에 있는 편지 전부 가져다주면 돼요."

"알겠습니다, 공주님."

"돌아와서 보고할 필요는 없어요. 사이드 테이블에 디캔터 있으니까 그거나 마시면서 쉬고 있어요. 서 슈마허가 사온 것에서 내가 살짝 빼돌린 거죠. 나 마실 건 남겨둬야 해요?"

오스발은 소리 없이 웃은 다음 몸을 돌렸다. 그의 모습이 다시 산책로 저편으로 사라지자 이루미나는 돌의자에 앉았다. 그리고 그녀의 시녀들은 방해되지 않도록 조금 떨어진 위치에 섰다.

이루미나는 동생의 얼굴을 향해 희미하게 웃으며 말했다.

"노예야, 애인이야?"

"비슷한 거 아냐? 사랑하는 사람은 노예로 만들거나 노예가 되어줘야 된다던데."

"설마, 좋아하니?"

"왜 찾아왔어?"

이루미나는 동생의 얼굴을 똑바로 바라보았지만 율리아나는 고개를 돌려 송림 사이로 바다를 바라보고 있었다. 그래서 후작 부인은 동생의 옆얼굴을 향해 말해야 했다.

"이루미나호가 돌아왔어, 유리."

율리아나는 다시 언니를 돌아보았다. 돌탁자 너머로 손을 뻗은 율리
아나는 이루미나의 손을 꼭 쥐었다.

"못 잡았구나?"

"응. 그리고 내 가슴은 끔찍한 생각들로 넘치고 있어."

"끔찍한…… 생각이라니?"

"그 스리우드 선장의 배후에 누가 있을지 모른다, 후작은 없어지고
석녀인 후작 부인만 남았으니 이 기회에 라트랑을 접수하고픈 누군가
가. 그래서 그는 스리우드 선장으로 하여금 고의로 에름을 놓치게 했
다……"

언니의 처연한 얼굴을 보던 율리아나는 세차게 고개를 가로저었다.

"룸 언니는 석녀가 아냐. 아니, 세상 사람들이 모두 그렇게 말하더라
도 후작님은 분명히 아니라고 하실 거야. 왜 그런 말을 하는 거야? 그런
끔찍한 생각 하지 마. 스리우드 선장? 그래. 그 사람도 어쩔 수 없었을
거야. 키는 남해에서 둘째 가라면 서러워할 뱃사람이고 세실은 마법사
란 말이야. 게다가 그 배는 3L의 배라면서?"

"응."

"그러니까 못 잡은 거야. 그러니까 그런 무서운 상상은 하지 마. 응?"

율리아나는 의자에서 몸을 일으켰다. 이루미나의 옆에 앉은 공주는
언니의 허리를 꼭 끌어안으며 그 어깨에 머리를 기대었다.

"걱정하지 마. 키는 바보가 아니야. 그 자는 후작님의 가치를 무시해

버릴 사람이 아냐. 사람들을 인정해 줄 줄 아니까 친절하다고 해야 할까? 분명히 몸값을 요구할 거야. 그러니까 걱정하지 않아도 돼."

비록 대드래곤에게 던져줄 재물로서였지만 어쨌든 그녀는 키에 의해 가치 평가를 당해 본 경험이 있었고 그래서 공주는 자신의 말에 강한 확신을 가지고 있었다. 하지만 그 확신은 이루미나에게까지 전달되지는 못하는 듯했다. 이루미나는 약간씩 떨리는 목소리로 힘겹게 말했다.

"유리. 난 말이야, 내 눈으로 후작님을 보기 전까진 아무것도 믿을 수 없을 것 같아. 더군다나 노스윈드를 믿으라니…… 그건 정말 어려운 말이야."

"믿어도 돼."

"응?"

"키 드레이번은 믿어도 돼."

이루미나는 고개를 약간 기울였다. 하지만 그녀가 볼 수 있는 것은 동생의 소담스러운 머리카락뿐, 그 얼굴은 보이지 않는 각도에서 바다를 바라보고 있었다.

"그를 믿으라고? 네 말마따나 침착하게 돌아버린 제국의 공적 제1호를?"

"오늘 진 태양이 내일 아침 다시 떠오를 것을 믿고, 삶의 끝에서 반드시 죽음이 찾아올 것을 믿고, 돌바닥에 달걀을 던지면 깨질 것을 믿어?"

"뭐?"

"그걸 믿는다면, 키를 믿을 수 있을 거야."

강물 위에 떨어진 이즈러진 달 위로 물결이 조용히 흐른다.

어둠 속에서 갑자기 손 하나가 불쑥 나타난다. 어둠 속에서 나타난 손은 강물을 조심스럽게 떠올렸다. 덕분에 강물 위에 떨어져 있던 달이 조각조각 갈라졌다.

강가에 엎드려 물을 떠마시던 파킨슨 신부는 한쪽 무릎을 세우며 입가를 훔쳤다.

눈꺼풀을 두드리는 달빛을 느끼고 눈을 뜨는 것은 여행에 익숙해진 것 때문이기도 하려니와 마차 때문에 여행이 더 쉬워졌기 때문이기도 할 것이다. 미리온 산맥을 넘을 때까지만 해도 한밤중에 눈을 뜬다는 것은 상상도 할 수 없었을 것이다. 파킨슨 신부는 싱긋 웃으며 강물을 바라보았다.

그때 조금 떨어진 곳에서 약간 이상한 목소리가 들려왔다.

"어라, 신부님 당신. 그 강물 드셨소?"

"아, 데스필……!"

고개를 돌리던 파킨슨 신부는 갑자기 얼어붙고 말았다. 휘영청한 달빛은 바지춤을 추스르고 있는 데스필드의 모습을 잘 보여주고 있었다. 신부의 머릿속에 꽤 끔찍한 상상 하나가 영글었다. 파킨슨 신부는 황급히 강물을 돌아보았다가 데스필드를 쳐다보았고 데스필드는 머쓱하게 웃었다.

"그웨에에엑!"

잠시 후 데스필드는 파킨슨 신부의 등을 두드려주며 그건 장난이었 다고 고백했다. 본인이 왜 강물에 소변을 보겠느냐, 심심해서 해본 장난 이다라는 설명을 들으면서도 파킨슨 신부는 계속해서 침을 퉤퉤 뱉어서 데스필드를 행복하게 만들었다.

"이 자식아, 이런 장난이 재미있냐? 재미있어?"

"아, 사실은 재미있수."

"썩을 놈……!"

"그만 난리 피우고 똑바로 앉으쇼, 신부님 당신. 달빛이 그윽하지 않 소? 창피한 줄을 아셔야지."

파킨슨 신부는 으르렁거렸지만 그의 품성에서 단지 기분이 나쁘다는 이유로 남이 말하는 진실을 부정하는 부분은 없었다. 그래서 신부는 데 스필드의 말대로 향기로운 달빛임을 인정하며 편하게 앉았다. 데스필드 는 파이프를 꺼내어 담배를 쟀다.

부싯돌 부딪히는 소리가 몇 번 나고 나서 데스필드는 푸르스름한 밤 하늘로 담배 연기를 날려보내기 시작했다. 신부와 패스파인더는 잠시 강물 위로 달빛 흐르는 소리와 바람이 나뭇잎을 쓰다듬는 소리를 들으 며 조용히 앉아 있었다.

"그 안에는 정확히 뭐가 있소, 신부님 당신?"

파킨슨 신부는 데스필드를 돌아보았다. 데스필드는 파이프를 든 손 을 무릎 위에 던져놓고는 달빛을 바라보았다.

"펠라론 게이트 안쪽 말이오. 당신들이 말하는 것처럼 거긴 천당으 로 연결되어 있는 거요?"

"다른 사람들이 말하는 것처럼, 이라는 뜻이지? 그래. 사람들은 그렇게 말하지. 그래서 들어가면 다시는 나올 수 없다고도 말하고."

"천국에 들어갈 만한 당신이면 이 끔찍한 세상으로 돌아오고 싶어할리가 없고, 그럴 자격이 없는 당신이라면 감히 천국에 발을 들여놓은죄로 박살이 날 테니까. 그야 믿거나 말거나지만 확실한 것은 보통 당신들은 앞쪽의 위험보다는 뒤쪽의 위험을 더 무서워하더라는 점이오."

파킨슨 신부는 껄껄 웃었다.

"너도 그렇게 믿냐?"

"안 믿어. 당신들이 그렇게 말할 뿐이지 성직자 당신들은 그렇게 말하지 않거든."

"세상의 풍문은 믿을 게 못 되지."

"그래도 당신은 질문을 위해 그곳으로 가는 거 아니오. 그럼 역시 그곳은, 거기로?"

파킨슨 신부는 한쪽 무릎을 끌어당겨 그 위에 팔을 올렸다. 그러곤자신의 손등 너머 강물을 바라보았다. 그는 그 자세로 잠시 생각을 가다듬었다.

"그래. 어쩌면 너는 훨씬 쉽게 이해할 수 있을지 모르겠다. 넌 장소보다는 여정에 더 관심이 많은 패스파인더고, 그러니 장소라는 것의 속임수에서 자유로울지도 모르겠구나."

"무슨 말씀이슈?"

"천국은 보통 하나의 장소로 생각된다. 그곳이 하늘 너머에 있든 어디에 있든, 혹은 말로 표현할 수 없는 어떤 기기묘묘한 곳에 있든지 간에 보통 사람들은 그곳을 어떤 장소, 그러니까 우리 주님이 계시고 착한 천사들이 착한 이들과 함께 오손도손 사는 어떤 '곳'으로 생각하지."

"흐음. '곳'이라."

"하지만 그건 어떤 상황이라고 하는 것이 더 나을 것이다. 하지만 그 상황이라는 말도 부정확하긴 마찬가지다. 사람은 장소, 즉 존재의 기준점을 빼놓고 생각하는 것이 거의 불가능하기 때문에 사람이 사용하는 말에는 모두 '장소'의 뉘앙스가 강력하게 스며 있지. 참 어렵구나. 엘핀으로는 멋지게 표현된다고 들었다만 나는 엘핀을 잘 모른다. 하지만 이런 점을 생각해 보거라. 사람들은 왜 그런 장소를 생각하게 되었을까?"

"글쎄? 여기가 마음에 안 드니까 저기겠지."

파킨슨 신부는 놀란 얼굴로 데스필드를 바라보다가 탄성을 질렀다.

"정확하다! 놀랍구나. 패스파인더라서 그런 건가? 그래. 네 말대로 이 세상이 마음에 들지 않으니까 마음에 드는 세상, 즉 천국을 생각하는 거란다. 그렇다면 반대로 생각해 보자. 여기가 마음에 들면 저기로 가겠느냐?"

"아니겠지."

"여기를 사랑하면 저기를 떠올리겠느냐?"

"아니. 음? 잠깐. 그 느끼한 눈빛은 당신 말 속에 든 무엇을 건져내보라는 강압인 거요? 본인은 그런 귀찮은 것 싫으니까 그냥 말하쇼."

"……망할 놈. 좋다, 듣거라. 이곳을 사랑하면 다른 곳을 떠올릴 필요가 없다고 말했다. 그렇지? 그렇다면 이곳을 끝없이 사랑한다면 천국이 필요없다. 여기가 바로 천국이니까."

162

"어라?"

"그래. 너도 많이 들어본 것일 게다. 나의 원수 중의 원수이신 주여. 나의 고난에 고난을 선사하시는 주여. 들어봤지? 그게 이 세상이 주는 고통과 두려움에 지친 인간의 주님에 대한 원망인 성싶으냐? 아니다. 그것은 더 많이 사랑하지 못하는 인간의 경건한 자기 고백이다. 더 사랑하고, 더 사랑하고, 더 사랑해야 한다. 죄는 더 사랑하지 못하는 것이다. 악은 더 사랑하지 못하는 것이다!"

파킨슨 신부는 자신도 모르게 흥분하여 벌떡 일어났다. 문득 인기척을 느낀 데스필드는 뒤쪽을 흘끔 바라보았고 마차에서 나와 그들을 바라보고 있는 핸솔 추기경의 모습을 발견했다. 데스필드를 본 핸솔 추기경은 손가락을 입 앞에 세워보였다. 데스필드는 입을 다문 채 다시 파킨슨 신부를 돌아보았다.

하늘을 바라보고 있던 파킨슨 신부는 눈치 채지 못한 것 같았다. 그는 두 주먹을 불끈 쥔 채 별을 향해 설교하듯 말하고 있었다.

"천국은 어떤 장소가 아니다. 그토록 많은 성인들이 순교는 마다하지 않으면서도 자살은 하지 않은 이유가 뭐겠느냐? 왜 하루라도 빨리 천국으로 가버리지 않은 것이겠느냐? 천국은 가 닿는 어떤 곳이 아니기 때문이다. 공간에 의해 분리된 곳이 아니기 때문이다. 우리 주님이 세상에 지어놓으신 이 많은 것들을 봐라! 그 분은 우리들이 사랑할 수 있는 이토록 많은 것을 주셨다. 비록 이것의 주인은 따로 있을지언정 이것을 최초로 만드신 이의 뜻은 변할 수 없는 법이다. 이 모든 것을 한없이 사랑한다면, 그것이 바로 천국이다!"

"그럼…… 펠라론 게이트 너머엔 뭐가 있는 거요?"

"게이트의 너머는 바로 이곳일 것이다."

"뭐요?"

"정확히는 말할 수 없어. 하지만 게이트는 통과만 상징할 뿐이지 구분이 아닐 거야. 알겠느냐, 데스필드? 너에겐 목적지라든가 출발 장소 같은 것이 의미가 없지 않느냐. 보통 사람에게 있어서 길은 시작과 끝을 이어주는 것이기도 하지만 동시에 구분하는 것이기도 하다. 길의 이쪽은 시작이고 저쪽은 끝이라는 식으로. 하지만 너에겐 그런 구분이 없지? 마찬가지야. 펠라론 게이트 너머는 바로 이곳일 것이다."

"그럼 왜 들어가려는 거요?"

"인마! 그러면 너는 왜 패스 위에서만 사냐. 껄껄껄!"

데스필드는 싱긋 웃었다. 파킨슨 신부는 호흡을 고르며 나직하게 말했다.

"내가 찾는 것 또한 이곳에 있을 것이다. 난 그것을 확신한다. 하지만 그것을 찾기 위해서 나는 펠라론 게이트를 통과할 필요가 있을 게다. 그래서 나는 그곳으로 가는 거야."

데스필드는 고개를 끄덕이며 파이프를 비웠다. 그리고 파이프를 앞주머니에 집어넣으며 뒤쪽을 살짝 바라보았다. 핸솔 추기경의 모습은 다시 사라지고 없었고 그가 본 것은 닫히기 직전의 마차문뿐이었다. 그때 신부가 말했다.

"그래서 질문인데, 이제 펠라론이 얼마나 남았지?"

"글쎄. 넉넉잡고 닷새 안에는 도착할 거요."

"닷새? 그렇게 가깝나?"

"마차로 이동하니까 속도가 붙는 거잖수. 축하하오."

파킨슨 신부는 크게 감탄한 얼굴이 되었다. 그러곤 그 감탄을 주님께 바치기 위한다는 명목으로 무릎을 꿇고 기도를 하기 시작했다. 달빛 쏟아지는 가운데 경건히 기도를 올리고 있는 신부의 모습은 참신앙의 정화 같은 모습이었지만 데스필드는 기도를 드리고 있는 신부 옆에서 다리를 뻗고 맘 편하게 앉아 있는 것이 과연 옳은 일인가 하는 의문 같은 것은 떠올리지 않았다. 대신 데스필드는 손을 당겨 허리춤에 매달아둔 칼집을 만지작거렸다.

그 안에는 벌쳐에게 받은 스완 대거가 들어 있다. 칼날을 만져볼 수야 없기 때문에 데스필드는 칼집 위를 만지작거리며 생각에 빠져들었다. 벌쳐는 왜 신부를 도우라고 말했던 것일까.

느릿하게, 그의 머릿속으로 이것은 그가 받아들인 패스파인딩 중 가장 기묘하다는 자각이 떠올랐다. '펠라론 게이트로의 패스파인딩이라.' 그러나 데스필드는 세상의 움직임, 혹은 그것을 구성하고 있는 개인의 움직임들에 대해 심도 있게 고민해 본 적은 없었다. 분석력이 부족한 것은 아니지만, 본질적으로 귀찮은 일이라는 생각을 가지고 있기 때문이다. 그래서 그는 단숨에 분석되는 일이 아닌 경우엔 기본적으로 분석하지 않는다는 태도를 가지고 있었다. 벌쳐가 왜 그런 의뢰를 한 건지에 대해 고민해 보는 것은 분명히 단번에 분석되지 않는 일이었고, 그래서 데스필드는 그만 집어치우라는 기분이 되어 풀밭에 드러누웠다.

파킨슨 신부는 데스필드가 풀밭에 뒹굴든 어쨌든 아랑곳하지 않는다는 투로 계속 기도성을 웅얼거리고 있었다. 달빛 속에 듣는 그 나지막한 기도성은 왠지 데스필드에게 낯익은 듯하다는 기분을 느끼게 했다.

'도스 계곡, 싱잉 플로라.'

그리고 데스필드는 그 이름에서 파생되는 다른 이름도 떠올렸다. 그는 약간씩 졸면서 계속 생각했다.

'판데모니엄의 하이마스터. 노래의 불꽃 벨로린.'

다시 느릿하게, 데스필드는 판데모니엄의 하이마스터에 대한 생각을 하기 시작했다. 하지만 신부의 나직한 기도성 때문에 졸음은 끝없이 그를 유혹하고 있었다. 졸음의 파도 속에서 들락날락하고 있던 데스필드는 갑자기 불쾌한 상상을 떠올렸다.

'어떤 당신의 신에게로의 길을 방해하고 싶은 당신이 있다면?'

유혹자, 오도자, 대적(大敵)인 지옥의 지배자 당신들.

'벌쳐 당신은 신부 당신을 도우라고 말하며 스완 대거를 주었다.'

칼은 싸움이다. 싸움으로 신부를 도울 것.

'그렇다면 본인은 이 알량한 스완 대거 하나를 가지고 당신들을 막아야 하나?'

잠시 후 데스필드는 자신이 너무 황당한 상상을 한다고 생각했고, 그건 다 졸음 때문이라고 판단했다. 그래서 그는 머릿속에 떠오른 것 다 지워버리고 편하게 잠들었다. 어쨌든 악마에 맞서 구도자를 지키는 것은 천사나 성인들의 일이지 패스파인더의 일은 아닐 것이다.

해면 위로 안개가 느리게 꿈틀거리고 있었다.

높은 파수대 위에서 해면을 내려다보던 레갈로빈졸 항의 파수꾼은 미간을 찌푸렸다. 이런 날씨는 입출항하는 배에게도 좋지 않겠지만 그의 구미에도 맞지 않았다. 이런 날씨엔 그의 다리가 더욱 아파왔기 때문이다.

난간에 기댄 채 해면을 바라보던 파수꾼은 무겁게 몸을 돌려 어기적거리는 걸음걸이로 의자에 돌아갔다. 그의 앉는 동작은 1005년 이후로 한결같이 불안하고 위태롭다. 오른쪽 다리가 없기 때문이다.

아무도 그의 이름을 모른다. 단지 파수꾼이라고 불릴 뿐이며 그 이름 아닌 이름, 어떤 직업을 나타낼 뿐인 보통명사는 레갈로빈졸 항을 드나드는 뱃사람에겐 레갈로빈졸 항이라는 고유명사보다 더 익숙하다. 그는 원래 과묵한 선원이었고 다리를 잃은 후엔 더욱 과묵해졌다. 하지만 레갈로빈졸 항을 드나드는 고참 선원들은 항해의 역사가 시작된 이래 가장 복잡한 해난 사고에 대해 말하곤 한다. 그러나 그 이야기들이 통일된 모습을 가진 적은 한번도 없었다. 당사자가 한마디도 하지 않기 때문이다. 하지만 1005년 이래로 이야기는 계속되고 있었고, 거기엔 이레 밤낮의 폭풍우가 있었으며 갑판을 피로 물들인 반란이 있었고 통로를 가로막고 선 위대한 노예 칼잡이와 끊어진 닻줄과 고속 밀수선과 흑발 미녀 밀항자와 선장의 담배곽이 있었고 때에 따라선 아흔아홉 눈의 섬과 머메이드와 바닷속의 활화산도 등장하곤 했다…… 그리고 모두들 그

이야기를 좋아했다. 외다리 선원이 높은 파수대 위에 그의 닻을 내린 1005년 이후, 그의 이야기 또한 레갈로빈졸 항에 영원히 닻을 내린 듯했다.

의자에 앉은 파수꾼은 무거운 시선으로 자신의 오른쪽 다리, 정확하게 말하면 잘린 그루터기 같은 오른쪽 허벅지의 일부를 내려다보았다. 19년이 지났지만 아직도 이런 축축한 안개가 끼는 날엔 오른쪽 무릎의 관절염이 도지는 것 같은 착각을 느낀다. 그런 자신을 비웃던 파수꾼은 갑자기 졸음을 느꼈다.

파수꾼은 의자에 등을 기댄 채 눈을 지그시 내리감았다.

항구의 동태를 정확하게 보고 있어야 할 파수꾼의 책무에 비춰본다면 이것은 용서받지 못할 근무 태만일 테지만 이런 험악한 날씨에 움직일 배 같은 것은 없을 것이다. 또한 사람들은 늙은 고래잡이가 고래의 이동 경로를 육감으로 알듯이 19년 동안 한 자리에서 레갈로빈졸 항을 내려다보고 있던 늙은 파수꾼은 남해를 오가는 배들의 항로와 움직임 전부를 꿰뚫고 있다고도 말한다. 따라서 파수꾼은 눈을 감고 있어도 어떤 배가 들어오고 어떤 배가 나갈지를 안다는 것이다.

어쩌면 그 말이 사실일지도 모른다.

다음 순간 파수꾼은 갑자기 눈을 부릅뜨고는 불편한 몸이 허락하는 한도 내에서 가장 빠른 동작으로 일어났다. 난간까지는 목발도 필요 없는 거리다. 파수꾼의 왼발이 한번 펄쩍 움직이자 그는 이미 난간을 붙잡은 채 항구 바깥쪽을 바라보고 있었다.

늙은 파수꾼의 눈 주위에 가득한 주름이 더욱 깊어졌다. 안개는 늙은이의 백내장처럼 레갈로빈졸 항을 뒤덮고 있었고 항구의 건물들의 청회색 윤곽만이 고요히 서 있었다. 하지만 늙은 파수꾼의 귀에는 물소리가 들려오고 있었다.

거대한 손이 잡아 찢는 것처럼 외해 쪽에서부터 안개가 갈라졌다.

안개 저편으로 아침 햇빛을 받는 바다가 황금빛으로 반짝이고 있었다. 항구 안쪽의 어두운 바다와는 전혀 다른 바다처럼 보였다. 그리고 그 황금빛 바다의 첨병처럼 다가오는 배 한 척이 있었다. 배가 다가옴에 따라 안개는 좌우로 갈라지고 황금빛 바다도 점점 안쪽으로 확장되어 오고 있었다.

돛 하나짜리 스쿠너는 마치 대함대와도 같은 장중한 기세로 내항에 들어섰다.

그때쯤 항구 안쪽을 거닐고 있던 사람들이나 안개 때문에 대로 한가운데까지 호객을 나온 부두의 꽃들, 그리고 정박한 배 위에서 삭구를 손질하던 선원들 모두가 걸음을 멈추고 일손을 놓은 채 그 배를 바라보고 있었다. 배는 황금바람을 받으며 들어서는 듯했고 전설의 항해자들이나 도피중인 영웅들이 타고 다니던 배가 저러했던가 싶은 기상으로 당당하게 부두를 향해 다가오고 있었다. 선원들 중 일부는 의아한 시선으로 파수탑을 바라보았다. 그때 파수탑에서 굵직한 파수꾼의 고함이 들려왔다.

"라이트—버드호! 라이트—버드호가 입항한다!"

대다수의 선원들이 그 함명에 당황했다. 스쿠너 따위는 신경도 쓰지 않을 거함들을 몰고 다니는 바다 사나이들도 로드니 라일름 리드클리

프가 만든 이 유명한 스쿠너에 대해서는 알고 있었다. 멈춰 선 선원들은 서로를 쳐다보며 자신들이 들었던 함명을 확인했고 저 유명한 라트랑의 쾌속선이 왜 레갈로빈졸 항에 들어서는지에 대해 짤막하게 토의했다.

그러나 파수꾼의 소임을 마친 파수꾼은 그들과는 완전히 다른 감회를 느끼며 의자에 몸을 앉히고 있었다. 청회색 안개를 헤치며 나타난 황금배는 새로움과 탄생과 변화를 조용히 알리고 있었다. 파수꾼은 무거운 피로감과 해방감을 동시에 느끼며 조용히 눈을 감았다.

안개가 사라지며, 이제 19년 동안 계속되던 이야기도 끝나고 있었다.

새로운 이야기가 시작되는 것이다.

세실은 돛대에 기대어 서서 레갈로빈졸 항을 바라보고 있었다. 좌우로 갈라지는 안개의 장막 너머 아름다운 항구가 나타나자 세실은 짧게 탄성을 올렸다. 키를 잡고 있던 에름 후작은 짐짓 점잖은 체하며 말했다.

"뭐 라트라인보다 아름답지야 않지만……" 세실은 키득 웃었다. "멋진 항구죠?"

세실은 고개를 돌렸다. 그러곤 이 며칠 사이에 바뀐 후작의 모습에서 다시 즐거움을 느꼈다.

올이 굵은 머릿수건으로 훌륭한 머릿결을 감추고 선원 셔츠 한 장을 걸친 채 한손만으로 능수능란하게 키를 다루는 후작의 모습은 일국의 군주라기보다는 해묵은 보트 조종사였다. 아직까지도 애인 같은 아내와 살고 있어서 그럴까, 후작의 모습은 한 척의 보트를 몰고 사랑을 찾아 항구를 헤매는 청년처럼 보였다. 아마도 3년 전, 홀로 자신의 보트를 몰고 카밀카르의 엔보스 항 앞바다에 나타난 후작의 모습이 저러했을 것이다.

"흐음. 당신에겐 세상의 어떤 항구도 눈에 안 들어올 테니까. 그때 정말 그렇게 외쳤나요, 후작님?"

"예?"

"고독한 뱃사람, 이루미나 항에 이제 닻을 내리려 한다. 입항 허가를 원한다."

에름 후작은 미소 지으며 고개를 끄덕였다. 국가 정상의 그런 황당한 방문에 당황해서 급히 출동한 카밀카르 해군들은 아마 울지도 웃지도 못할 심정이었을 것이다. 그러나 그들 중에도 유쾌한 선장은 있었다. 그리고 그 선장은 그 순간 일국의 군주에게보다는 젊은 후배 뱃사람에게 말하듯이 말했다 한다. 세실은 그 선장의 말을 되풀이해 보았다.

"율리아나 항이 아닌가?"

에름 후작은 빙긋 웃고는 3년 전에 외쳤던 말을 반복했다.

"선장님. 벼락이 컴퍼스를 고장 내고 파도가 육분의를 앗아간다 하더라도 뱃사람은 돌아가야 할 항구의 이름을 혼동하지는 않습니다."

"이루미나 항이군."

"그렇습니다. 항만세로 내 영혼을 지불할까 하는데, 이루미나 항은 입항을 허락할까요?"

세실은 깔깔거리며 소녀처럼 웃었다. 물론 이루미나 항이 그 항만세에 만족하고 입항을 허가했음은 기왕의 사실이다. 세실은 다시 레갈로빈졸 항을 돌아보며 혼자말처럼 말했다.

"당신처럼 청혼하러 온 것은 아닐 테고, 그렇다면 키는 왜 이곳에 온 거지?"

"청혼하러 왔을 수도 있잖습니까?"

세실은 놀라서 고개를 돌렸다. 목소리가 들려온 곳은 승강구 쪽이었고 그곳에는 어깨에 키의 코트를 걸친 채 파리한 얼굴로 웃고 있는 라이온과 무표정한 얼굴로 그를 부축하고 있는 키 드레이번이 있었다.

세실은 한달음에 달려가 라이온을 부축하며 말했다.

"라이온! 살아났네?"

"내 방랑은 아직 끝나지 않았으니까요. 어떤 국면에선 끝났다고도 볼 수 있지만."

라이온의 이상한 대답은 세실을 당황하게 했다. 그러나 다음 순간 라이온은 세실과 에름 후작을 놀라게 만들었다. 라이온은 키와 세실의 부축을 조용히 뿌리치고는 이물을 향해 걸어갔다.

아직 힘없는 걸음걸이였지만 라이온은 이물까지 걸어갈 수 있었다. 세실은 키 드레이번을 돌아보았지만 키는 아무 표정도 없이 라이온의 뒷모습만 바라보고 있었다. 이물에 선 라이온은 뱃전에 한쪽 발을 올린 채 눈앞으로 다가오는 레갈로빈졸 항을 바라보았다.

라이온은 지나가는 말처럼 말했다.

"레갈로빈졸……"

그리고 라이온은 고개를 돌려 키를 바라보았다.

"선장님?"

키는 고개를 조금 끄덕였다. 라이온은 긴 한숨을 내쉬며 다시 정면을 바라보았고 키는 키를 쥐고 있는 에름 후작을 향해 말했다.

"부두 오른편으로."

"오른쪽? 군항으로 말이오?"

"그렇다."

"당신은 제국의 공적 제1호인데. 아무리 이곳이 레갈루스라도 위험할 거요."

"걱정하지 않아도 돼. 정선 신호가 오면 배를 멈춰라."

에름 후작은 의아한 얼굴이었지만 키의 명령대로 배를 움직였다.

라이트버드호는 매끄럽게 움직여 레갈로빈졸 항의 오른쪽 편, 즉 군함들과 레갈루스 해군사령부 건물이 보이는 라이온 만을 향해 움직였다. 그리고 그 순간 에름 후작은 그 만의 이름과 라이트버드호의 이물에 서 있는 사내의 이름이 똑같다는 사실을 떠올렸다.

그리고 레갈로빈졸 항에서 그 모습을 바라보던 사람들은 그 배에 제국의 공적 제1호가 타고 있으리라고는 생각도 못한 채 그저 이상하다고만 생각했다. 라이트버드는 유명한 배이긴 하지만 그것은 배 자체가 유명한 것이지 고위 인사가 타고 다닐 큰 군함은 아니었다. 당연히 상항으로 들어서야 할 배가 군항 쪽으로 들어가자 사람들은 어리둥절하여 서로를 쳐다보았다.

그러나 다음 순간 사람들은 라이온 만에서 네 척의 롱 갤리어스가 출동하는 모습에 경악을 금치 못했다.

네 척의 군함은 물살을 헤치며 빠르게 나아갔다. 이제 레갈로빈줄 항에서는 항구의 모든 시민들이 달려나와 앞바다에서 벌어지고 있는 일을 두려움과 의문으로 바라보고 있었다. 그들의 숨막힌 시야 가운데로 네 척의 레갈루스 군함들은 신경질적일 정도로 명확한 전투 대형을 유지하며 라이트버드호에 접근했다. 한 척의 비무장 스쿠너에 대한 반응으로선 거의 코믹하다고 말할 정도였다. 그리고 그것은 네 척의 군함에 타고 있는 레갈루스 수병들도 마찬가지였다. 엄격한 기율 때문에 불평을 말하지는 않았지만 그들은 왜 한 척의 스쿠너에 대해 이렇게 삼엄한 경계 태세를 취해야 되는지 이해하지 못했다.

그러나 레갈루스의 함장들은 긴장을 늦추지 못하고 있었다. 그들은 얼마 전 라트라인에서 일어난 에름 후작 납치 사건에 대해 알고 있었고, 그래서 눈앞의 라이트버드호에 키 드레이번이 타고 있다는 사실도 잘 알고 있었다.

그리고 그들은 또다른 사람이 그곳에 있다는 사실도 잘 알고 있었다.

군함 쪽에서 정선 신호가 올랐다. 에름 후작은 키의 도움을 받아 돛을 접었고 라이트버드는 네 척의 군함에 포위당한 채 조용히 멈춰 섰다. 에름 후작은 키의 거동에서 불안이 보이지 않는 것을 이해할 수 없었다. 물론 키와 레갈루스의 관계는 다른 나라들과의 관계보다는 조금 낫다고 할 수도 있다. 한때는 레갈루스의 사략함대를 지휘하기도 했던 키 드레이번이니까. 하지만 키는 레갈루스로부터 공여받은 터릿 갤리어스들을 돌려주지 않았고 레갈루스는 그에 대한 응징으로 키 드레이번에게 걸려 있는 현상금의 1/3인 2,000만 데리우스를 내놓았다. 어떻게 본다면 더 험악한 관계라고 할 수도 있다……. 그때 정면의 군함에서 외침이 들려왔다.

"본함은 메넨 산달 경의 지휘를 받는 레갈루스 해군 소속의 지크헤드다. 전방의 함선은 정체를 밝혀라."

에름 후작과 세실은 키를 바라보았지만 말문을 연 것은 뜻밖에도 이물에 서 있던 라이온이었다.

"나는 라이온 화이어하트 딜레도. 왕국 레갈루스의 왕자, 새벽의 사수다."

"뭐라고?"라고 외친 건 세실이었다. 에름 후작은 얼빠진 얼굴로 라이온의 등을 바라보며 중얼거렸다. "왕자? 그러면…… 그림자의 왕자?" 그러나 키는 두 사람의 경악은 아랑곳하지 않은 채 여전히 아무 말 없이 군함들을 바라보고 있었다.

전방의 지크헤드호에서 다시 목소리가 돌아왔다.

"돌아오셨습니까?"

"오래간만이군. 메넨 선장."

"들었지만, 확인하겠습니다. 새벽의 사수라고 말씀하셨습니까?"

"그렇다."

천천히 흘러가던 라이트버드호는 전방의 지크헤드호에 접근하고 있었다. 그래서 에름 후작은 지크헤드호에 타고 있는 메넨 선장의 얼굴을 확인할 수 있었다. 메넨 선장은 약간 슬픈 듯한, 그리고 그리움 같기도 한 표정을 지은 채 라이온을 바라보고 있었다. 하지만 그가 다시 입을 열었을 때 그의 목소리는 엄격한 군인의 목소리였다.

"알겠습니다. 예, 이해했습니다. 그런데, 동승하신 분들을 알려주시겠 습니까?"

라이온은 고개를 끄덕였다.

"갑판에 있는 사람이 전부다. 키를 잡고 계시는 신사분은 라트랑 후 작이신 에름 라트랑. 이 레이디는 테리얼레이드의 세실리아. 그리고 여기 이 자는……" 라이온은 키를 돌아보지 않은 채 말했다. "디 크레이번이 라고 한다."

세실은 이 두음전환에 살짝 실소했지만 에름 후작은 웃을 여유가 없 었다. 어차피 통하지도 않을 가명이라면 차라리 엉뚱한 이름이 나을 것 이다. 하지만 이런 두음전환은 분명히 상대를 욱박지르는 의미가 있다. 에름 후작은 강렬한 호기심으로 메넨 선장의 대답을 기다렸다.

메넨 선장은 약간의 시간이 지난 다음에 말했다.

"디 크레이번……입니까?"

"그렇다."

"알겠습니다. 왕국 레갈루스의 이름으로 환영합니다."

라이온은 메넨 선장에게 인사한 다음 키를 향해 몸을 돌렸다. 키는 길게 흩어진 머릿결 사이로 라이온을 쏘아보다가 말했다.

"이제, 꺼져라."

세실과 에름 후작은 다시 당황했지만 라이온은 벌쭉 웃었을 뿐이다.

키는 차갑게 말했다.

"나는 이만 돌아가겠다. 에름 후작에겐 충분한 자격이 있겠지."

에름 후작은 자신이 무슨 자격을 가지고 있는지 몰라 상심해야 했다. 하지만 라이온은 에름 후작의 자격을 설명하는 대신 팔을 약간 들어보였다. 그의 셔츠 자락이 벌어지며 붕대에 감긴 상체가 드러났다.

"이 상태로 말입니까?"

키는 험상궂은 얼굴을 한 채 라이온을 노려보았지만 라이온은 아랑곳하지 않고 불평을 계속했다.

"이 모양 이 꼴이 된 건 순전히 선장님 때문입니다. 절더러 이 상태로 새벽의 눈동자를 쏘라는 겁니까? 말이 안 되잖습니까."

"쏘긴 하겠다는 말이군."

"해고당했으니 저도 밥벌이할 궁리는 해야 될 것 아닙니까. 아, 그러고 보니 묻지 않았는데, 전 이제 해고당한 것 맞지요?"

"멍청한 놈. 다림에서 난 이미 자유호를 버렸다. 네 녀석이 멋대로 자유호를 떠나 나를 따라온 거니 너는 이미 오래전부터 자유호의 갑판장이 아니다."

"으윽, 그럼 그 동안 저는 뭐였지요?"

"귀찮은 짐. 몰랐나?"

라이온은 좌절하는 표정을 과장되게 지어보였다. 키는 부두 쪽에서 다가오는 예인선을 흘끔 바라보고는 다시 험악한 얼굴이 되었다. 세실과 에름 후작이 처신의 곤란함을 느끼며 안절부절 못하던 사이, 키는 짧게 한숨을 쉬고 말했다.

"네놈이 쏘고 나서 가겠다."

라이온의 얼굴이 환해졌고, 그래서 영문도 모르는 세실과 에름 후작 역시 세상이 공정하게 돌아가고 있다는 보장이라도 받은 사람처럼 즐거운 얼굴들이 되었다.

폴라리스 정부 청사에서 개최된 초청 설명회는 총체적 파국으로 치닫고 있었다. 그리고 그 소란의 한가운데서 하리야 선장은 우울한 얼굴을 한 채 천장을 쏘아보고 있었다.

다림 시내에 있는 각국 대표부들을 초청하여 다림 외성에서 벌어진 다벨 8군단과의 전투에 대해 설명하는 자리를 마련한 것은 지금 돌이켜 봐도 좋은 생각이었다. 그 설명회를 통해 폴라리스의 높아진 위상—그들은 무패의 다벨 8군단을 처음으로 혼쭐내 준 세력이었다—을 확립하고 지금껏 '수동적 상호 무시' 정도로 남아 있던 각국과 폴라리스의 관계를 정식 수교 관계로 발전시킨다는 것이 하리야의 계획이었다. 그리고 그 계획에 가장 열렬한 찬동을 보내는 것은 이제는 피난민 대피소 비슷하게 바뀐 팔라레온과 다케온의 대사관이었다. 팔라레온과 다케온의 구세력들은 종전에 흔히 사용되던 피난처인 테리얼레이드 대신 이제 폴라리스로 도망치고 있었다. 그리고 다벨의 승승장구에 대해 우려하고 걱정하던 다른 나라의 대표부들 또한 충분히 유쾌한 기분으로 하리야의 초청을 받아들였다.

사트로니아와의 동맹에 이어 신생국 폴라리스의 두 번째 외교적 쾌거가 될 수도 있었던 이 설명회는, 그러나 하리야가 도저히 예상할 수 없었던 난관에 봉착하고 말았다. 하리야는 그 설명회를 박살내 버릴 결심을 하고 참석한 인물이 있음을 알지 못했던 것이다. 더욱 나빴던 것은 그 인물이 다름아닌 '다림의 큰누님'이었다는 사실이다.

폴라 대사는 턱을 높이 치켜든 채 날카롭게 말했다.

"하아! 마치 길 가던 처녀를 덮쳐놓고서 그 죄는 바지 속의 그 놈에게 물으라고 말하는 투로군?"

또다시 폭소가 터져나왔다. 이제 각국 대표부원들이 전 노스윈드 함대의 선장들, 즉 뱃사람이 꿈꿀 수 있는 최악의 악몽들을 혼자서 요리하고 있는 폴라 대사의 모습에서 짓궂은 즐거움을 느끼고 있음이 분명해졌다. 또한 폴라 대사가 이 설명회를 박살내기 위해 선택한 방식이 설명회장을 웃음판으로 만들어버리는 것임도 분명해졌다.

킬리 선장은 엄격한 얼굴을 유지하려 애쓰며 폴라 대사를 향해 준엄하게 말했다.

"폴라 대사님. 부탁드립니다만 공식 석상에 어울리지 않는 어휘들은 좀 삼가주시기 바랍니다."

"내 어휘가 어쨌다고요, 청년?"

각국 대사들은 다시 환호를 보내었고 킬리는 더욱 수심 깊은 얼굴이 되었다. 폴라 대사는 불과 몇 달 전이었더라면, 그러니까 킬리 스타드가 아직 노스윈드 해적이었고 이곳이 그랜드머더호의 갑판이었더라면 그녀로선 죽었다 깨도 이렇게 대담하게 '청년' 어쩌고 할 배짱은 없었으리라는 것을 잘 알고 있었다. 그래서 폴라 대사는 킬리 선장에게 미안한 마음도 가지고 있었다. 하지만 그녀의 입에서 쏟아져나오는 말들은 그런 속마음과는 정반대로 험악하기 그지없었다.

"마치 키 드레이번이라는 이름은 들은 적도 없다는 듯한 태도는 집어치우지 않겠어요, 킬리 스타드? 눈 가리고 아웅하는 짓도 정도가 지나치면 모욕이 되니까. 당신네들의 키 드레이번이 라트랑에서 우리 국왕 전하의 사위이자 라트랑의 영주인 에름 라트랑 후작을 납치한 상황에서 당신들은 우리에게 정식 수교 관계를 요청하는 건가요? 이런 지독한 헛소리는 죽은 내 바깥 양반의 청혼 이후로 처음 듣는구먼!"

근엄한 외교관들은 다시 악동들처럼 폭소를 터뜨렸다. 더불어 같이 웃기는 했지만 설명회의 진행을 맡은 킬리 스타드로선 곤혹스럽기 그지 없는 말들이었다.

키 드레이번과 폴라리스와의 관계는 긍정하기도 어렵고 부정하기도 어려운 것이다. 키 드레이번과의 관계를 인정할 경우 폴라리스는 제국의 공적 제1호라는 무시무시한 이름도 공유해야 한다. 하지만 그렇다고 해서 키 드레이번과의 관계를 부정해 버리는 것 또한 선택하기 어렵다. 아직도 그에게 변함없는 충성을 보내고 있는 노스윈드 해적들—자유호의 식스 일항사가 대표적이다—을 자극할 위험은 접어두더라도 너무 속보이는 거짓말이라 오히려 역효과를 얻게 될 것이 분명하기 때문이다. 따라서 긍정도 부정도 할 수 없는 폴라리스로서는 키 드레이번에 대해 아예 언급하지 않을수록 편리하다.

그리고 오늘의 설명회의 중점 내용은 폴라리스가 8군단으로부터 얼어낸 승리였으므로 키의 이름이 거론될 하등의 필요가 없었다. 하지만 폴라 대사는 느닷없이—무례하다고 할 수 있을 것이다—라트랑에서 일어난 에름 후작 납치 사건을 들고 나와서 그들을 아찔하게 만들었다. 그리고 그녀는 끈질기게 키 드레이번의 이름을 거론하며 폴라리스가 내포하고 있는 약점을 계속 후벼대고 있었다.

킬리의 옆자리에 앉아 있던 하리야는 추리에 추리를 거듭해 보았지만 폴라 대사가 무엇 때문에 저러는 건지 짐작할 수가 없었다. 이 곤혹스럽기 그지없는 자리에서 그나마 하리야를 흡족하게 하는 것이 있다면, 킬리 스타드가 아직까지 차분한 얼굴을 유지함으로써 그를 내세우기로 했던 하리야의 결정이 옳았음을 보여주고 있는 것뿐이었다.

"폴라 대사님. 오늘의 이 자리는 다벨의 비이성적이고 몰염치한 일련의 침략 행위에 대해 폴라리스가 어떻게 생각하고 있는지를 설명드리고자 마련한 자리입니다. 물론 우리가 다벨에 대해 어떻게 생각하는지는 사트로니아와의 동맹 관계 수립을 통해 이미 표현되었고, 게다가 조금 전에 말씀드렸던 전투 결과를 통해 더욱 분명해졌으리라 생각됩니다. 이 시점에서 우리들은 각자 위대한 고국을 대표하시는 여러분들에게 이러한 폴라리스의 자세를 평가하고 모국을 위해 가장 훌륭한 결정을 내릴 수 있는 기회와 그 결정을 도울 정보를 제공하기 위해 이 자리를 마련했습니다. 대사님께서 말씀하시는 사건들은, 물론 관심이 가지 않는 것은 아니지만 오늘의 논제를 이탈하는 바가 매우 큰 것 같군요."

폴라 대사는 속으로 투덜거렸다. 젊은 남자는 때때로 젊은 여자보다 훨씬 더 매력적일 때가 있고, 킬리는 바로 그런 식의 부드러운 매력으로

청중을 다시 자신의 편으로 끌어들이려 하고 있었다. 그리고 폴라 대사는 그런 킬리를 상대하는 자신에게 불리한 점이 많음을 인정해야 했다. 자칫하면 심술궂은 할망구로 확정될 위험한 순간임을 잘 파악한 폴라 대사는 주의 깊게, 하지만 겉으론 여전히 쾌활하게 말했다.

"착한 청년이군요, 킬리 스타드. 내가 말하고 싶은 바를 정확하게 말해 주는군. 그래요, 난 바로 모국을 위한 중요한 결정을 하고 싶어서 질문하는 거예요. 여러분들이 앞으로도 계속 겉 다르고 속 다른 이중적인 모습을 보여준다면 내가 모국에 뭐라고 보고해야 할까요? 폴라리스는 매우 신뢰할 만한 우방이 될 수 있습니다, 게다가 그들은 우리 국민들의 존경을 얻지 못하는 지도자들을 납치해 주는 서비스도 제공해 줄 수 있을 듯합니다, 라고? 어쩌면 우리 국민들은 좋아할지도 모르겠지만 내 상관들은 그 말을 탐탁치 않아 할 것 같은데?"

또다시 웃음이 터졌다. 킬리 선장으로서는 외교관이 본국에, 혹은 본국의 관리들에게 가지는 복잡 미묘한 감정을 자극하는 이런 식의 재담은 절대 구사할 수 없을 것이다. 하지만 킬리는 주도권이 다시 폴라 대사에게 넘어갔다는 것 정도는 잘 알 수 있었다.

결국 킬리는 더 이상 회담을 진행할 수 없다고 판단했다. 원래 이 초청 설명회의 목적인 다벨군과의 전투에 대한 설명은 끝내었기 때문에 킬리는 서둘러 폐회를 선언했다. 그리고 킬리 선장은 대사들과 대사관 직원들을 재빨리 만찬회가 준비된 연회장으로 안내했다. 원래 하리야의 계획대로라면 각국 대표부로부터 폴라리스의 승리를 축하받고 아울러 새로운 우정의 시작을 다짐하는 자리가 되었어야 할 만찬회는, 결국 실컷 웃고 나서 배가 고파진 대표부원들이 배를 채우며 폴라 대사에게 쩔 쩔매던 노스윈드 선장들을 조롱하는 자리가 되고 말았다.

하지만 그들에게 즐거움을 안겨주었던 폴라 대사는 만찬회에 참석하지 못했다. 각국 대표부원들이 폴라 대사의 흉내를 내거나 하며 웃음을 터뜨리고 있던 시각, 폴라 대사는 그들 바로 머리 위의 2층에서 책상 너머의 하리야를 바라보며 겸연쩍게 웃고 있었다.

오른손으로 턱을 괸 채 폴라 대사를 물끄러미 바라보던 하리야는 한숨을 내쉬며 말했다.

"너무하셨습니다, 폴라 대사."

"너무했다고요?"

"뭔가 원하는 것이 있다면 좀더 조용한 방법으로 처리하실 수도 있잖습니까. 꼭 우리의 자랑스러운 첫 번째 승리를 온 대륙에 자랑하는 자리를 그렇게 망쳐놓아야 했습니까? 그것도 다름아닌 다벨 8군단에게 얻은 승리인 것을."

"그렇게 말하니 미안하긴 하군요. 하지만 내가 좀 떠들었기로 이 아래의 능구렁이들이." 의자에 앉아 있던 폴라 대사는 오른발 끝을 들어 바닥을 똑똑 두드렸다. "사실을 전달하는 소임을 망각하지는 않을 겁니다. 어쨌든 각국을 대표하는 자들이니까. 그들은 내가 그랬던 것처럼 당신들의 승리를 정확하게 자기네 나라로 전달할 테지요."

"그럴 테지요. 그렇지만 킬리 선장이 얼마나 당혹……"

"킬리는 좀 당해도 싸다는 게 다림 시내의 여자들의 생각이지요. 난 그들을 대신해서 킬리를 응징했고."

하리야는 어리둥절한 얼굴로 폴라 대사를 쳐다보았다. 폴라 대사는 빙그레 웃었다.

"하긴, 아무리 똑똑한 척하고 잘난 척해도 당신네들이 그런 쪽으로 무딘 것은 당연하겠지. 이봐요, 지금 당신네 노스윈드 선장들이 다림 시내의 처녀와 과부들의 겨냥을 한몸에 받고 있다는 거 모르시지?"

하리야는 가까스로 대답했다. "예?"

"흔히들 하는 말이 있지요. 좀 괜찮다 싶으면 다 옆에 주인이 있다고. 능력 있는 남자들은 꼭 다른 여자들의 차지가 되어 있다는 뜻이지. 그런데 여기 다림에는 능력 확실한 독신남이 한꺼번에 다섯이나 나타났단 말이에요. 해적이었으니 독신남이 확실하고 건국 영웅인 데다가 바다 사나이라서 닳아빠진 사교계 샌님들과는 비교도 안 되고. 그런 남자들이 한꺼번에 다섯이나 나타났으니 외로운 다림 여자들이 환호를 올리고 팔짝팔짝 뛰는 거야 당연하잖아요."

"왜…… 다섯입니까?"

"키 선장과 알버트 선장, 그리고 미안하지만 두캉가 선장이 빠지거든. 아, 혹시 두캉가 선장을 맘에 들어하는 할머니가 있을지도 모르지만."

하리야는 섬뜩한 상상을 떠올렸다. "그럼 오닉스 선장도……?"

"세상엔 남다른 취미를 가진 여자도 많고 약간 뻣뻣한 남자야 길들여서 쓰면 된다고 생각하는 여자들도 많거든."

"참으로 용감한 숙녀분들이군요."

하리야는 진심으로 그렇게 생각했다. 폴라 대사는 픗 웃으며 말을 이었다.

"그런데 킬리 선장은 조그맣고 새카만 여자아이에게 넘어감으로써 다림 여자들을 배신했단 말이야. 아, 그 여자들에겐 그렇게 보인다 이 말이죠. 그러니 다림 여자들이 분개하는 건 당연하지. 무슨 말인지 알겠어요?"

하리야는 곤혹스럽다는 듯이 고개를 가로저었고 폴라 대사는 큼직하게 웃었다. 하리야는 침착을 되찾아 말했다.

"반가운 소식(?) 감사합니다. 앞으로 몸가짐에 신경을 좀 써야겠군요. 아까 하던 이야기로 돌아가지요. 킬리 선장의 눈을 쑤신 거야 그런 이유가 있다 치고, 그렇다면 칼은 왜 뽑아든 겁니까? 아까 라트랑 대사의 얼굴 못 보셨지요? 어처구니없어하더군요. 실제로 일을 당한 건 자신인데 왜 당신이 나서냐는 듯한 얼굴이었습니다. 그 표정을 놓고 보건대 폴라 대사께서는 라트랑과의 의견 교환도 없이 이 일을 감행하신 것으로 추측됩니다만."

"그래요. 이건 내 단독 범죄지요."

하리야는 두 손 들었다는 제스처를 취해 보임으로써 폴라 대사를 즐겁게 한 다음 말했다.

"그렇다면 묻겠습니다. 카밀카르는 무엇을 원하는 거지요?"

"보이는 그대로 생각하시죠, 하리야 선장."

하리야는 책상 너머에 앉아 있는 폴라 대사를 똑바로 바라보았다. 그리고 폴라 대사 역시 희미한 미소를 지은 채 하리야의 시선을 받아내었다. 그 미소는 아무것도 설명하지 않는 미소였지만, 동시에 많은 것을 설명하고 있기도 했다.

하리야는 짧은 한숨을 쉬고 말했다.

"잘 알겠습니다. 폴라 대사님. 이만 가보셔도 좋습니다. 만찬회장으로 안내해 드릴까요?"

"혼자서 갈 수 있어요. 이 건물은 다림 총독부였던 시절부터 익숙하니까."

"알겠습니다."

하리야는 의자에서 일어났다. 그러고는 나무랄 데 없는 동작으로 폴라 대사를 문까지 배웅했다.

폴라 대사 역시 침착한 동작으로 문을 나섰다. 문을 나설 때까지 폴라 대사는 아무런 말도 하지 않았고 그래서 그들의 작별은 간단한 목례로 끝났다.

문을 닫고 나서 몸을 돌린 하리야는 자신의 의자에 앉아 있는 하얀 옷차림의 여인을 발견하고는 약간 당혹했다. 하지만 그녀가 라미라는 것을 알아차린 하리야는 별말 없이 돌아와 조금 전 폴라 대사가 앉아 있던 의자에 몸을 앉혔다.

"어떻게 들어온 겁니까?"

"발코니에 있었다. 너희들이 들어오기 전부터. 커튼 때문에 안 보였겠지."

하리야는 발코니 쪽을 본 다음 고개를 끄덕였다. 라미는 의자 등받이에 몸을 기대며 문 쪽을 흘끔 쳐다보았다.

"어떻게 생각하나?"

"벨로린에게 물어볼 필요도 없습니다. 그건 휘리 노이에스에게 보내는 신호였겠지요."

"흐음."

"그녀의 말대로 이 아래의 능구렁이들은 본 것을 정확하게 전달할 겁니다. 그리고 그 중 일부는 휘리 노이에스에게도 전달되겠지요. 카밀 카르의 라힘턴 3세는 휘리 노이에스에게 추파를, 아니 추파까지는 아니더라도 약간의 미소 정도는 보내두려고 결심한 겁니다. 당신네들의 골칫거리인 폴라리스는 우리 또한 싫어한다는 의사 표시인데, 의도가 심히 수상합니다. 만약 카밀카르가 필마온 기사단 대신 휘리 노이에스를 파트너로 삼을 작정을 한 거라면, 그리고 휘리가 그런 카밀카르의 의도를 받아들인다면 우린 앞뒤로 포위당하게 됩니다."

라미는 고개를 옆으로 약간 기울였다.

"하지만 그런 정도까지 생각한 거라고 본다면 너무 소극적인 제스처인데."

"그렇지요. 아직까지 결심은 못하고 있다는 반증일 겁니다. 아마도 라힘턴 3세는 율리아나 공주의 라트랑 잔류 결정 때문에 이런 발상을 한 것 같습니다."

"당장은 필마온과의 연계가 불가능해졌다는 사실을 깨닫자 휘리 노이에스를 떠올렸다 이 말인가?"

"예. 아마도 지금쯤 라힘턴 3세는 필마온과의 결합을 그대로 밀고 나가느냐, 아니면 신흥 세력이자 가시적 성과를 보이고 있는 휘리 노이에스를 선택하느냐를 놓고 저울질중일 겁니다."

"뒤쪽을 선택한다면?"

하리야는 못마땅해하는 기색이 역력한 얼굴로 말했다.

"율리아나 공주는 저 그린 나이트(green knight)의 신부가 될 테고 결혼식 피로연에서 돼지 대신 도살당하는 건 폴라리스가 되겠지요. 어쨌든 율리아나 공주는 실로 세기의 신부입니다. 그녀 자신이야 아무 생각 없겠지만 그녀 때문에 골치 아파지는 곳이 한두 나라가 아닙니다."

바탈리언 남작은 보고를 하기에 앞서 한참 동안 얼굴을 굳힌 채 손에 들린 계획서를 바라보았다. 몇 번이나 그것을 읽으려 들던 남작은, 그러나 결국 계획서를 테이블 위에 팽개치고는 휘리 노이에스의 얼굴을 향해 말했다.

"이 나라들은, 원하시는 대로 거대한 군인 농장으로 바뀌게 됩니다."

휘리는 빙긋 웃었다. 남작은 집어던진 계획서는 신경도 쓰지 않은 채 자신의 생각을 그대로 말했다.

"인구수 2만에 따라 설정된 관구에서 각 5,000명씩 충원되는 군인. 결국 남자들의 반이 군사화. 그리고 저는 40개 관구를 설정했습니다. 20만 대군이 만들어졌습니다. 일할 수 있는 남자들 전부가 병사화된 거죠. 그리고 급료 대신 무상분배된 전답들. 먹고 사는 것은 가족끼리 스스로 해결하고, 그 외의 모든 능력은 군사력에 쏟을 것. 경제도, 문화도, 술 한 잔도 필요없다. 먹고 사는 것만 해결하면 되니까. 빌어먹을 둔전병! 완성했습니다."

"경의를 표하네, 남작."

"받아들일 수 없습니다."

"왜지?"

"저는 계획을 완성했습니다. 그리고 계획뿐입니다. 저건 쓰레기입니다."

바탈리언 남작은 테이블에 던져둔 계획서를 손가락질하며 험악하게 말했다.

"저게 가능할 거라고 보십니까?"

"왜 불가능하지?"

"저는 40개 관구라고 했습니다. 2만 명씩이니, 결국 80만 명의 패전국 국민이죠. 그들이 저런 헛소리를 가만히 받아들일 것 같습니까? 저 제도의 비인간적이고 반도덕적인 면은 잠시 접어두지요. 저건 반란과 폭동을 억제하기 위한 더 많은 군사력이 있지 않고선 실행 불가능한 제도입니다."

"그렇겠지?"

휘리는 여전히 웃으며 바탈리언 남작이 팽개친 계획서를 끌어당겼다. 그러나 휘리는 계획서를 들어 읽는 대신 그 위에 손을 올려놓고는 손가락으로 톡톡 두드렸다. 잠시 대답을 기다리던 바탈리언 남작은 조바심을 참지 못했다.

"8군단이 끔찍하게 무서웠던 것은 사실입니다. 어쨌든 바스톨 장군을 도망치게 만들고 서 브라도를 전사하게 만든 병력이니까요. 하지만 그렇다 해도 일개 군단일 뿐입니다. 저 많은 사람들이 일개 군단을 그렇게까지 무서워하진 않을 겁니다. 더군다나 그들도 귀가 있으니 8군단이 폴라리스에서……"

휘리의 손가락이 멈췄다.

"그만, 남작."

바탈리언 남작은 자신이 약간 흥분했음을 깨닫고는 사과했다. 하지만 휘리는 바탈리언 남작의 사과를 들은 체 만 체하며 계속 침묵을 지켰다.

한참 동안 지루한 고요가 흐른 다음에야, 휘리는 한숨처럼 말했다.

"이상한 놈들이 이상한 곳에서 튀어나오는군."

"그러나 강력한 자들입니다. 어쨌든 바다에선 당할 자가 없었지요."

휘리는 다시 남작을 불편하게 만드는 침묵을 유지했다. 그리고 긴 침묵 끝에 어울리지 않는 짧은 말을 꺼냈다.

"그래. 진지하게 대해야겠군. 그들과 이야기 좀 해봐야겠어."

바탈리언 남작은 짧은 순간 휘리의 말을 폴라리스와의 화친을 추진한다는 말로 오인했다. 그러나 조금 후 남작은 휘리의 말이 무슨 의미인지 깨달았다. 그러고는 폴라리스에 대해 뭐라 말할 수 없는 복잡한 감정을 느꼈다. 그러나 그 감정의 주된 재료들은 아마도 동정심과 호기심인 것 같았다.

폴라리스는 휘리의 서신을 받게 된 것이다. 분명히 불쌍한 노릇이지만, 한번 8군단을 뜨끔하게 만들었던 그들이 휘리의 서신에 어떻게 대응할지 관찰하는 것은 흥미로운 일도 될 것이다.

계획서를 내려다보던 휘리는 다시 남작을 향해 말했다.

"자네의 계획서는 내가 보관하겠네."

"그건 불가능합니다, 자작님. 말도 안 되는……"

휘리는 엄한 얼굴로 말했다.

"그만하게, 남작. 1년 전 누군가가 자네에게 가수 휘리 노이에스가 왕자의 땅을 통일할 거라고 말했다면 자넨 뭐라고 대답했겠나?"

남작은 입을 다물었다. 휘리는 턱으로 남작에게 나가라는 신호를 보냈고 그래서 남작은 인사말 비슷한 것을 중얼거린 다음 방을 나섰다. 남작이 나가고 나서 휘리는 소파 등받이에 몸을 기대곤 테이블 위에 두 다리를 올렸다.

그리고 휘리는 천장을 향해 말했다.

"아버지, 혼 족을 다루는 너는 차라리 편하겠군요."

경어법이 엉망이 된 말을 중얼거리며 휘리는 피식 웃었다.

"그렇잖은가, 아버지? 나가서 죽으라고 말하면 감사하다고 말할 놈들을 다루는 건 얼마나 쉽겠나. 하지만 그건 재미가 없을 겁니다. 그렇지? 쉬우면 재미가 없는 법. 나는 더 어려운 것을 한다고…… 힘없는 여자나 찍어누르는 우라질 자식아."

호칭도 엉망이 되고 있었다.

"모든 바보들이 나를 비난해도 상관하지 않아요. 하지만 너는 그럴 수 없을걸. 나의 위대한 아버지여."

이윽고 휘리는 스스로의 말에 웃음을 터뜨렸다. 문득 아래쪽을 본 휘리는 바탈리언 남작의 계획서 위에 올려진 자신의 오른발을 발견했다. 휘리는 빙긋 웃으며 오른발을 치우곤 그것을 들어올렸다.

계획서는 훌륭했다. 여기에 '전후 정복지 재편 작업에 대한 견해서'

라는 단순한 제목을 붙인 것은 지나친 겸손이 아닌가 생각될 정도였다. 남작은 단순히 인구에 따라 선을 그은 것만이 아니었다. 군사 자신이 먹을 군량만을 생산하는 최악의 경제 파탄책임에도 불구하고 남작은 필요한 것과 필요해질 수 있는 것 전부에 대한 계획서를 만들어두었다. 거기에는 치안이 있었고 교통이 있었고 의료가 있었고 건설이 있었으며 추천될 수 있는 관구장들의 인명 목록까지도 있었다. 휘리는 감탄을 금할 수 없었다.

"만들 수 있다……"

20만의 군사는 만들 수 있다. 그리고 그것을 위해선 다른 모든 나라들과 마찬가지로 당장은 폴라리스를 건드리지 않는 것이 좋을 것이다. 휘리는 폴라리스가 있는 남쪽을 향해 한쪽 눈을 찡긋해 보였다. 그리고 하리야 선장이 들었더라면 환호를 올릴 말을 중얼거렸다.

"한동안 격조해야 할 것 같습니다. 친구들."

큼직한 돌로 이루어진 통로엔 먼지와 거미줄이 가득했다.

키 드레이번은 횃불을 든 채 앞만 보고 걸어갔다. 하지만 그의 옆에서 따라 걷고 있는 노인은 연신 기침을 하며 통로의 상태가 이런 것이 마치 자신의 책임이기라도 한 것처럼 미안해했다. 손수건을 결사적으로 입에 비벼대던 노인은 다시 크게 기침하며 말했다.

"에, 에취! 워낙 사람들이 다니지 않는 곳이다 보니…… 콜, 콜록! 이,

이 모양입니다. 선장."

노인은 키를 쳐다보았지만 키의 무표정한 얼굴은 노인의 말을 들은 것인지 아닌지 알 수가 없었다. 노인은 다시 기침을 몇 번 한 다음 조심스럽게 말을 꺼내었다.

"사람들을 좀 데리고 올 수 있으면 좋았겠지만, 그러면 아무래도 노출될 확률이 높으니까요."

"멉니까."

"예? 아, 그리 멀지 않습니다. 이제 곧이군요."

키는 짧게 고개를 끄덕였다. 노인은 뭐라고 입 속으로 중얼거린 다음 다시 손수건을 발작적으로 움켜쥐었다.

통로는 수레가 다닐 수 있을 만큼 큼직했고, 그래서 더 을씨년스러웠다. 그 적막한 공간 속에서 두 사람의 발자국 소리는 큼직하게 울렸다. 결국, 노인은 고요를 더 참지 못하고 입을 열었다.

"키 선장. 나에게야 이미 말했던 이유가 있지만, 당신의 이유는 뭡니까?"

"이유?"

"라이온 님을 돕는 이유 말입니다."

"알 거 없소."

"저, 혹시 옛날처럼 레갈루스의 사략선을 몰고 싶은 거라면……"

"이건 라이온과 나의 일일 뿐이고, 레갈루스에 대해서 나는 아무것도 바라는 것이 없소. 그리고 내가 바라는 것이 있다면 그건 내 손으로 움켜쥘 거요. 그러니 내게 다른 욕망이 있는 것인지, 그리고 만일 있다면 그것이 무엇인지 탐색해 보는 짓은 필요없소."

"……죄송합니다. 선장."

키는 아무 대답도 하지 않았다.

얼마쯤 걸었을까. 돌벽에 그림자를 던지며 걸어가던 두 사람 앞쪽에 벽이 나타났다. 벽 가운데는 커다란 나무문이 있었고 그것을 본 키는 다시 노인을 돌아보았다. 하지만 노인은 웃으며 말했다.

"잠겨 있지 않을 겁니다."

키는 고개를 갸웃하고는 횃불을 왼손에 바꿔 쥐었다. 그리고 오른손은 허리에 차고 있던 복수에 얹은 채 발로 문을 밀어보았다. 문은 뻑뻑했고 녹슨 경첩이 비명을 질렀지만 어쨌든 열렸다. 노인은 다시 웃으며 말했다.

"지키고 있는 사람도 없고 잠겨 있지도 않고. 레갈루스 국왕의 보물창고라기엔 너무 허술하죠?"

하지만 키는 아무런 대꾸 없이 열린 문 안으로 들어섰다.

노인은 미간을 약간 찡그린 다음 키를 따라 안쪽에 들어섰다.

문 안으로 들어온 키는 문 좌우에 붙어 있는 횃불걸이를 발견했다. 키는 그 안쪽에 들어 있는 홰에 불을 옮겨 붙였고 그러자 어둡던 공간이 갑자기 밝아졌다. 불빛이 늘어나서 그렇기도 하겠지만 그보다는 저 멀리 쌓여 있는 보물들 때문이었다.

노인은 탄성을 지르고는 지치지도 않은 것처럼 키에게 말을 걸었다.

"정말 대단하지요?"

키는 역시 대답하지 않았지만 노인은 그래도 벙실벙실 웃었다.

방 저편에는 무수한 금괴와 금화, 금붙이와 보석, 보물들이 무질서하게 쌓여 있었다. 레갈루스인들이 대해를 누비며 긁어모은 보물들인 것이다. 물론 칸셀보우궁에 있는 유명한 '아달탄의 보물', 즉 페인 제국 황제의 보물은 여덟 개의 방을 가득 메울 정도다. 하지만 이곳의 보물들은 그 예술적 가치, 혹은 희귀성 때문에 부피는 적더라도 그 값어치는 충분히 아달탄의 보물에 육박할 거라는 추측이 떠돈다. 그런 보물들이 어둠 속에서 떠올라 거대한 빛덩어리로 되태어나고 있는 광경은, 비록 나이 먹을 대로 먹은 노인이라도 그 가슴을 설레게 하기에는 충분했다.

하지만 키는 무표정한 얼굴로 방을 둘러보며 인상을 찌푸렸다.

방 안은 전체적으로 연못 비슷한 구조로 만들어져 있었다. 그들이 들어온 문쪽의 벽에는 3피트 폭의 바닥이 있었지만 그 외에는 모두 깊은 웅덩이였고 그 안에는 물이 가득 채워져 있었다. 그리고 보물이 쌓여 있는 곳은 물 저편의 일종의 섬 지대였다. 좌우를 둘러본 키는 횃불걸이가 좌우로 하나씩 더 있는 것을 보고는 거기에도 마저 불을 붙였다.

그리고 키는 손에 들고 있던 횃불을 물을 향해 던졌다. 그 모습을 본 노인이 깜짝 놀라서 외쳤다.

"아, 안 됩니다. 선장!"

횃불이 수면 바로 위까지 이르렀을 때였다.

"좌아—아아."

물이 갑자기 솟구쳤다. 오징어나 문어의 다리처럼 솟아오른 작은 물기둥은 키가 던진 횃불을 공중에서 잡아챘다. 물기둥은 정확하게 손잡이 부분을 휘어감았고, 그래서 불은 꺼지지 않았다.

키는 묵묵히 그 모습을 바라보았다.

그것은 극히 아름다운 모습이었다. 물기둥 위에서 타오르고 있는 불꽃은 유리 공예의 달인이 만들어낸 걸작품처럼 보였다. 아니, 유리 공예에는 비교할 수 없다. 딱딱한 유리와는 달리 물기둥은 끝없이 흐르고 있었고, 그래서 그 표면 위에서 뿜어져나오는 횃불의 반사광은 어떤 다이아몬드보다도 복잡한 빛을 만들어내고 있었다.

그때 물기둥이 뒤로 슬쩍 움직였다.

뒤로 물러나던 물기둥은 갑자기 튕겨지듯 앞으로 거세게 휘어졌다. 즉 횃불을 던졌다. 불티를 뿌리며 날아든 횃불은 정확히 키의 얼굴을 향하고 있었고 노인은 엉겁결에 눈을 감아버렸다.

비명은 들리지 않았다.

다시 눈을 뜬 노인은 한 손으로 횃불을 받아쥐어 들고 있는 키의 모습을 보았다. 노인이 안도의 한숨을 내쉬는 사이, 키는 얼굴 앞에서 잡아든 횃불을 옆으로 옮기며 혼자말처럼 말했다.

"진짜 스팻이군."

"그, 그렇습니다. 그런데 괜찮으십니까?"

"오래간만인데."

스팻은 수괴(water mass)의 일종이다. 수괴는 균일한 특징(염분, 온도, 밀도 등)을 가진 거대한 해수 덩어리를 의미하며, 바닷속을 이리저리 이동하며 해수의 움직임을 만들고 기상을 변화시키며 해양생물들에게 영향을 끼치기도 한다. 일례로 저염 수괴(염분이 극히 낮은 민물 수괴)가 쓸고 지나간 자리에서는 어폐류가 집단 폐사하는 경우도 있다.

스팻 또한 균일한 특성으로서 주위의 다른 물들과 구별된다는 점에서는 일반 수괴와 같다. 그러나 스팻의 특성은 그것이 살아 있다는 점이다. 즉 스팻은 바닷속을 이리저리 이동하는 살아 있는 물 덩어리인 것이며, 생명이란 무엇인가라는 질문에 가장 곤혹스러운 방법으로 도전해 오는 존재다. 드래곤을 동물계에 넣고 더 이상 신경 쓰지 않기로 했던 박물학자들은 스팻을 발견한 다음 새로운 계(kingdom)를 하나 만들어내어야 하는가 하는 갈등에 빠져버렸다. 하지만 그들은 동물계나 식물계와 달리 구성원이 하나인 왕국을 왕국이라 부를 수 있는지 알 수 없었다.

심해의 기기묘묘한 생물들, 아니 온 세상의 기기묘묘한 생물들 중에서도 가장 희한한 생명체를 바라보며 키는 눈살을 찌푸렸다. 해양학 입문을 저술하기도 했던 키 드레이번은 스팻에 대해 웬만큼은 알고 있었다. 하지만 노인은 이마를 닦으며 혼자말처럼 말했다.

"저 안에서 밖으로 나오지는 못합니다. 아마 마법으로 잡아둔 것일 겁니다. 조금 전에도 보셨지요? 제멋대로 움직일 수 있으니 이 위로 스르륵 올라오는 것쯤이야 일도 아닐 겁니다. 그런데 못 나오고 있어요. 그것은……"

"물론 마법이오. 그렇잖으면 어떻게 물 속에서 물을 잡아내었겠소. 그물? 그물눈 사이로 다 새어나갈 거요. 아주 큰 바가지로? 물고기도 바가지로는 잡지 못하는데 '물'을 어떻게 잡겠소. 당연히 마법으로 잡아서 마법으로 묶어둔 걸 겁니다."

"예, 예. 물론 그렇겠지요? 어쨌든 저 녀석이 저 안에서 침입자를 죽이는 역할을 하고 있습니다. 자세히는 모릅니다만 어쨌든 들어가기만 하면 시체가 되어 나온다고 합니다. 그러니까……"

"별로 어렵진 않겠지. 그냥 물 아래로 끌어내린 다음 침입자의 허파를 잠깐 구경하고 나오면 될 테니까. 힘도 별로 들지 않는 방법일 거요."

"아―! 맞습니다. 말씀하신 것 같은 방법이면 침입자는 선 채로 익사하겠군요. 예."

"그러면 왕은 어떻게 들락거립니까?"

대답한 것은 노인이 아니라 연못 속의 스팻이었다.

키의 질문이 떨어지자마자 물이 좌우로 갈라지며 연못 바닥이 드러났다. 그리고 키는 물 속에 있던 계단을 보았다. 그의 발 앞쪽에, 그리고 저편의 섬 지대에 하나씩이 있었다. 키는 피식 웃었다.

"그냥 걸어간다는 말이군."

키의 말이 끝나자마자 좌우에 만들어졌던 물벽이 그 안쪽으로 거칠게 쏟아져내렸다. 하얀 물보라가 피어오르고 잔물결이 거칠게 소용돌이치며 드러났던 바닥은 다시 사라졌다. 출렁거리는 스팻을 보던 노인은 키를 돌아보았다.

"자, 어쩌시겠습니까? 방법이 있다고 하셨지요?"

"우리가 원하는 것이 저쪽에 있는 것은 확실합니까?"

노인은 고개를 끄덕이다가 아예 손을 들어 섬 쪽을 가리켰다.

"저기, 저기 보입니까? 바로 저겁니다."

키는 노인이 가리켜보인 방향을 보고는 목표물을 확인했다. 그가 레갈루스 국왕의 보물창고에서 가지고 나가야 할 물건은 확실히 보물들 사이에 놓여 있었다.

키는 고개를 끄덕인 다음 복수를 뽑아들었다.

보물들이 이토록이나 쌓여 있는 곳이었지만 복수의 아름다움은 전혀 퇴색해 보이지 않았다. 오히려 복수의 차가운 검광 아래 보물들의 반사광이 사그라드는 것처럼 보였다. 키는 복수를 한번 옆으로 뿌린 다음 가볍게 돌려 잡았다.

어처구니없다는 표정으로 키를 바라보던 노인은 꺼내고 싶지 않았던 말을 꺼냈다.

"칼로 물을 베려는 겁니까?"

키는 노인의 말을 무시한 채 연못 가장자리로 걸어갔다. 스팽은 그야 말로 고요한 물처럼 조용히 출렁거리고 있을 뿐 아무 모습도 보이지 않았다. 키는 노인을 흘끔 바라보았다.

"뒤로 물러서시오. 아니, 문 밖으로 나가는 편이 좋을지도 모르겠군."

"저, 키 선장. 무슨 계획을 가지고 계신 겁니까? 정말 물과 싸우려는 겁니까?"

"나가시오."

노인은 다시 키의 눈을 들여다보았지만 그건 별로 유익한 행동은 아니었다. 노인은 질린 얼굴로 고개를 끄덕거린 다음 뒤로 물러났다. 문을 열기 직전, 노인의 등뒤에서 키 드레이번의 목소리가 들려왔다.

"라이온은 새벽의 눈동자를 찌를 수 있을 거요. 내가 그렇게 할 테니."

노인은 다시 키를 돌아보았지만 키는 이미 몸을 돌려 연못을 향해 서 있었다. 노인은 뭐라 중얼거리며 문을 열고 나왔다.

문이 닫혔다.

"유우우우리! 유우우우리!"

율리아나는 읽고 있던 책을 덮고는 감탄한 얼굴로 오스발을 돌아보았다.

"발? 밖에 저 소리 들려요? 꼭 내 이름 부르는 것 같네. 신기하죠? 깔깔깔!"

"……정말 부르고 계시는 겁니다. 공주님."

율리아나는 고개를 갸웃했다. 그러나 다음 순간 문이 요란한 소리를 내며 열리—기보다는 앞으로 쓰러졌다. 그리고 그 뒤쪽에는 황당한 얼굴로 쓰러진 문을 내려다보고 있는 이루미나가 있었다. 율리아나는 그 문짝을 박살낸 서 슈마허의 용맹분투에 대해 설명하려 했지만 이루미나는 그냥 자기 힘이 너무 센가 보다 생각하고는 그대로 문을 짓밟으며 방 안으로 뛰어들었다.

"유우우우리!"

"신은 우리를 굽어보고 계시는 거야! 라고 말하려는 거지?"

"맞아!"

"고마워, 알려줘서. 발? 신이 우릴 보고 있대요. 기뻐요……"

오스발은 그저 쓴웃음만 지어보였고 흥분에서 깨어나지 못했던 이루미나는 그제서야 자신의 손에 들고 있던 서신을 떠올렸다. 이루미나는 율리아나의 눈앞에서 그 서신을 흔들어대며 외쳤다.

"에름이 편지를 보냈어!"

율리아나는 펄쩍 뛰었다. 말 그대로 앉아 있던 소파에서 솟구치듯 몸을 일으킨 율리아나는 그제서야 진지한 얼굴로 언니의 손에 들려 있는 편지를 보았다. 그리고 잠시 후 자매 사이에는 매우 유쾌한 싸움이 벌어졌다.

"보여줘! 보여달라고! 이리 줘!"

"기다려, 읽어줄게. 나 한번 더 읽고 싶어졌어. 아니, 수십 수백 번이라도 읽을 거야. 기다리라고!"

이루미나는 편지를 든 손을 높이 들어올린 채 빙글빙글 돌았고 율리아나 역시 그 주위를 뱅글뱅글 돌면서 손을 내뻗었다. 한참 동안 그렇게 돌던 자매는 결국 부둥켜안은 채 비명을 올리며 소파에 쓰러졌고 문제의 편지는 이루미나의 손을 벗어나 나부끼듯 날아올랐다. 오스발은 허공을 나는 그 편지를 살짝 나꿔챘으나 곧 그런 행동을 후회했다. 두 자매는 여전히 소파에서 서로 부둥켜 안은 채 각자 한손을 내밀며 외쳤던 것이다.

"나 줘요!"

"이리 줘!"

"내가 주인이야!"

"내 남편 편지라고!"

오스발은 그만 울 것 같은 얼굴이 되었다. 그러나 다음 순간 기겁한 것은 두 자매 쪽이었다.

"저, 이건 서신이니까 반으로 찢으면…… 아마 안 되겠죠?"

"으악! 안 돼요!"

결국 사태는 이루미나가 서신을 읽고 율리아나가 오스발을 고문하는 선에서 마무리되었다. 아무래도 남편의 편지는 그 아내에게 소유권이 있을 것 같다는 오스발의 판단 때문이었다. 율리아나는 그 판단에 반대하지는 않았지만 대신 오스발의 어깨를 심하게 꼬집어준 다음에야 이루미나의 낭독을 들었다.

이루미나는 목소리를 몇 번 가다듬으며 율리아나를 반쯤 미치게 만든 다음에야 첫머리를 읽었다.

"나의 발라드, 나의 장미, 나의 보물에게."

"우에에에, 우에에에!"

"시끄러워, 유리. 부러우면 시집가라고."

이루미나는 얼굴을 붉히면서도 당당히 선포했고 율리아나는 왼팔을 눈앞에 들어올리곤 오른손 집게손가락으로 왼팔 위를 튕겨내는 시늉을 하며 외쳤다.

"이야압! 닭살 받아랏! 투투투투투!"

그리고 오스발은 언제쯤이면 본론을 들을 수 있을까 하는 고민에 잠겨들었다. 다행히도 역시 내용이 궁금했던 율리아나가 언니에게 빨리 다음을 읽을 것을 종용했다.

"나 때문에 걱정이 많았을 것으로 생각됩니다. 하지만 나는 몸 성히 잘 있습니다. 당신이 걱정해 준 덕분이 아닌가 싶습니다. 당신에게 키스를 보냅니다. 키 드레이번은 아무 말 하지 않았지만 그의 행동을 보건대 나를 인질이나 포로가 아닌 라이트버드호의 선장으로 취급하는 것 같았습니다. 그렇다면 그 자신은 제독이 되겠지요. 그와 함께 항해한 것은, 순수하게 항해의 측면만을 놓고 본다면 나쁘지 않은 경험이었습니다. 이루미나호로부터 보고를 받았을 테지만, 내 곁엔 바람을 자유로이 다루는 마법사가 있었고 노련한 뱃사람이 있었습니다. 걱정하고 있었을 당신에겐 미안하지만, 아무래도 나는 양심의 가책을 느끼지 않기 위해서 그것이 즐거운 항해였음을 고백해야 할 듯합니다. 당신이 기쁘셨다면 저도 기뻐요, 에름."

"……그거 본문에 없는 내용이지?"

"당연하지."

"닭살 받아랏! 투투투투투! 계속 읽어."

"별 어려움 없는 항해를 계속한 끝에 우리는 레갈루스에 이르렀습니다. 그 동안 나는 몇 번이나 내 처리에 대해 키 드레이번에게 물어보려 했습니다만 그는 좋은 대화 상대는 아니었습니다. 레갈루스를 향한다는 것도 가까스로 알아낸 일이었지요. 그럼에도 불구하고 내가 암담한 전망을 떠올리지 않은 것은 나를 대하는 그의 태도가 전적으로 무관심했기 때문입니다. 그럴 수밖에 없었겠지요. 그의 관심은 전부 라이온에게 쏠려 있었으니까요. 기억하죠? 그때 다친 그의 갑판장 말입니다. 아마도 율리아나 공주님이나 슈마허 경, 혹은 오스발이 그에 대해 설명해 주었으리라 생각됩니다. 하지만 그들도 내가 지금부터 적을 이야기, 이 기묘하고도 나를 몹시 놀라게 만든 이야기는 말해 주지 못했을 겁니다."

"무슨 이야기?"

"들어봐, 유리. 라이온이라 알려졌던 그 사내는 실은 라이온 화이어하트 딜레도, 그러니까 그림자의 왕자였습니다."

"그림자의 왕자! 라이온이?"

이루미나는 고개를 끄덕이고는 잠시 서신을 무릎 위에 내려놓으며 말했다.

"후작님은 자세히 적지는 않았어. 그림자의 왕자라는 것이 뭔데?"

그러나 율리아나는 언니에게 대답하는 대신 놀란 얼굴을 오스발에게로 돌렸다.

"발?"

"예? 어, 저는 모릅니다. 저야 노만 저었을 뿐이니까요."

"그랬군요. 그럼 두 사람 모두에게 설명해 줘야겠네. 음, 그러니까 그림자의 왕자라는 건 레갈루스의 세 번째 왕자를 가리키는 말이지."

"응? 아티모스 2세에겐 왕자가 없는데?"

"아, 아냐. 그러니까 선왕인 휀켈 5세의 세 번째 아들. 아티모스 2세의 막내동생이지."

"어, 휀켈 5세에겐 아들이 둘이었는데?"

"있어, 세 번째가. 정실이 아닌 부인에게서 얻은 아들."

"아아. 그런데 왜 그림자의 왕자라고?"

"어머니가 수녀원장이거든."

이루미나와 오스발은 놀란 눈으로 율리아나를 바라보았다. 율리아나는 약간 떨떠름한 얼굴로 설명을 계속했다.

"몹시 감추고 감춘 이야기라 아는 사람이 드물어. 어쨌든 레갈루스의 선왕이었던 휀켈 5세가…… 왕태자였던 시절 반란을 피해 도피하던 중 수녀와 관계해서 낳은 아이야. 휀켈 5세는 결국 왕위를 되찾았고 덕분에 그 수녀는 수녀원장까지 되었지. 그런데 이 여자가 또 대단해요. 신앙 고백서를 썼는데 거기서 그 이야기를 다 고백했거든. 물론 상대방을 익명으로 표시했지만 추리력의 기본은 상상력이고 상상력을 발휘하는데 있어 제약은 항상 적은 법이지. 똑똑한 사람들은 대충 눈치를 잡아버린 거야."

"아아, 그렇구나."

"하지만 그런 사람들도 그 둘 사이에서 태어난 아이가 누군지까지는 알아낼 수 없었어. 그 자의 정체는 왕실 가족 말고는 아무도 모르거든. 그래서 외교계에서는 그림자의 왕자라는 이름으로만 불렸어."

이루미나는 멍한 얼굴로 고개를 끄덕였다.

"그랬구나. 그래서 서신에 이런 말이 있었구나."

"이런 말? 어서 읽어봐!"

이루미나는 다시 서신을 들어올려 보다 진지해진 어투로 읽었다.

"그림자의 왕자가 왜 키 드레이번의 배를 타고 있었는지에 대해선 키 드레이번도 라이온도 말하지 않아서 잘 모르겠습니다. 하지만 내가 얻어들은 것을 종합해 보건대, 키 드레이번은 아무래도 라이온에게 어떤 빚이 있는 것처럼 행동하고 있습니다. 그리고 그것은 5년 전 키 드레이번이 레갈루스의 사략선 지휘자로 활동하던 시절에 생긴 일 같습니다. 그리고 나는 그 점에서 몇 가지를 추리해 볼 수 있을 것 같습니다. 5년 전은 현 레갈루스 국왕인 아티모스 2세가 휀켈 5세로부터 왕권을 이양

받던 때와 일치합니다. 아마도 왕위 교체의 과정에서 흔히들 일어나는 문제가 발생한 것이 아닌가 생각됩니다."

"피 청소?"

"그렇겠지 뭐. 계속 읽을게. 휀켈 5세가 형의 노여움을 받게 될 것이 분명한 그림자의 왕자를 도피시킨 것일 수도 있고, 아니면 그림자의 왕자가 자신의 영향력을 총동원하여 키 드레이번과 함께 도망쳤을 수도 있습니다. 누가 계획의 입안자이든 간에 내용은 대충 그렇게 된 것 같습니다. 그림자의 왕자는 자신을 적으로 여기게 될 것이 뻔한 아티모스 2세로부터 도망치기 위해 키 드레이번에게 어떤 은혜—아마도 터릿 갤리어스를 준 것이 아닐까 합니다—를 베풀어 함께 도망친 것일 겁니다. 어쩌면 이 점은 키 드레이번이 이후 터릿 갤리어스들을 돌려주지 않으면서까지 레갈루스와의 인연을 끊어버린 일과 연관이 있을지도 모르겠습니다."

율리아나는 손뼉을 치며 발을 굴렀다.

"화—아! 그럴 듯해! 후작님 말씀이 옳아. 그 사람이 왕자였구나."

율리아나는 그렇게 외친 다음 그가 기억하고 있는 라이온의 모습들을 떠올리기 시작했다. 라이온의 왕자다운 모습을 떠올림으로써 자신의 말에 신빙성을 부여해 보려던 공주의 노력은, 그러나 참담하게 실패하고 말았다. 공주는 눈을 깜빡거리다가 체념하듯 말했다.

"그런데 아무래도 안 믿어져. 당신은 믿을 수 있어요, 발?"

오스발은 빙그레 웃으며 고개를 가로저었다.

"공주님. 저는 공주님의 노예가 된 지도 얼마 되지 않았고 그 전엔 노만 저었습니다. 제가 높으신 분들이 어떠한지 어떻게 알아보겠습니까."

"음음. 그렇구나. 계속 읽어봐, 룸 언니."

"알았어. 그래서 나는 지금 라이온 화이어하트 딜레도의 손님 자격으로 레갈루스에 체류중입니다. 놀라지 마시길. 마법사 세실리아는 물론이거니와 키 드레이번 역시 손님의 자격입니다. 레갈루스인들이 한때 그들의 사략선을 몰기도 했던 키 드레이번을 몰라볼 리야 없지만 그들은 키 드레이번에게 아무 관심이 없는 것처럼 행동하고 있습니다. 그의 이복형이 기다리고 있는 고국으로 돌아온 것이니 라이온 또한 위험한 것이 당연하겠지만 레갈루스인들은 라이온 또한 정중하게 대하고 있습니다. 라이온이나 그의 동료들인 우리가 이렇듯 정중한 무관심으로 대해지는 것은 아마도 라이온이 어떤 특권 같은 것을 가지고 있기 때문인 것 같습니다. 그리고 그 특권은 그가 어떤 도전을 하기로 선포한 것 때문에 가지게 된 것 같습니다."

율리아나는 고개를 갸웃했다.

"도전?"

"그 도전이 정확하게 뭔지는 모르겠지만 상당히 중요한 것 같습니다. 나는 이곳에 도착하는 날 라이온이 자신을 '새벽의 사수'라고 표현하는 것을 들었습니다. 그리고 지나가다가 들은 말 중에 '아티모스 2세는 새벽의 눈을 쏘지 못했다'는 말 또한 있었습니다. 아마도 고전적인 시험 같은 것을 의미하는 것이 아닌가 조심스럽게 생각해 봅니다. 키 드레이번이 나를 이곳까지 데려온 것은, 물론 인질의 의미도 있겠지만 그보다는 라이온의 입회인, 혹은 후견인이라고 할까요? 어쨌든 그 비슷한 일을 해줄 것을 요구하기 위함인 것 같습니다. 나는 키 드레이번에게 내가 맡아야 할 역할에 위험이 있느냐고 물었고 그는 그런 것은 절대로 없다고 말했습니다. 그의 말을 믿는 것이 바보짓인지도 모르지만 나는 그가 나를 죽이고 싶었다면 항해 도중에 나를 바다에 던지기만 하면 되었을 것이라는 점을 간과할 수 없군요. 그래서 나는 그를 믿고 그의 요구를 받아들이기로 했습니다. 레갈루스인들이 바깥에 알리지 않은 비밀에 대한 호기심 때문이지요. 아마도 율리아나 공주님도 '새벽의 사수'가 무슨 말인지는 모르실 겁니다…… 모르니?"

율리아나는 절망적인 얼굴로 천장을 쏘아보고 있었지만 그녀의 지식들 중에 그것을 가리키는 말은 찾아내지 못한 듯했다. 율리아나는 두 손을 들어올린 채 울먹거렸다.

"후작님이 부러워 죽겠어. 잉잉잉."

"내일 그 시험인지 뭔지가 있는 것 같습니다. 나는 어떻게 행동해야 된다는 주의 같은 것은 받지 못했고, 그래서 약간 혼란스럽고 불안한 상태군요. 키 드레이번과 라이온도 어디로 갔는지 보이지 않습니다. 어쨌든 덕분에 나는 오늘 하루 당신에게 이 편지를 보낼 시간을 얻었습니다. 이 다음은 안 읽을래."

"응? 왜?"

이루미나는 뭔가 대답을 하려다가 빙긋 웃고는 그 서신을 들어올렸다. 그러고는 눈을 감은 채 서신에 입을 맞추었다. 멍한 표정으로 언니를 바라보던 율리아나는 그제서야 그 뒷부분의 내용들이 어떤 것들인지 짐작해 내었고, 곧 맹렬한 동작으로 팔을 휘둘렀다.

"이 소름 끼치는 잉꼬 부부들, 분노의 닭살을 받아라아아앗!"

"날더러 어쩌라는 건지 모르겠군요."

에름 후작은 처량한 얼굴로 말했다. 그를 응원하기 위해 나온 세실 역시—정확하게는 그녀 자신도 뭐가 어떻게 돌아가는 건지 몰라서 그냥 어정어정 따라나온 것이지만—잔뜩 화난 기세로 주위를 둘러보았다.

새벽 으스름이 깊게 드리워진 낭떠러지는 고요했다. 한밤중에 그와 그녀를 깨워 이곳까지 끌고 온 레갈루스인은 그들을 이곳에 세워둔 채 어딘가로 사라져버렸고 그래서 두 사람은 마치 막 부대 배치를 받은 신병이라도 된 것 같은 기분을 느끼며 잔뜩 주눅이 든 채 주위를 흘끔거렸다. 하지만 그들 주위에 있던 레갈루스인들은 황급히 이리저리 오가며 그들로서는 알 수 없는 여러 가지 준비에 열심이었고 그래서 에름 후작과 세실리아는 그들을 붙잡고 뭐가 어떻게 되어가는 거냐고 물어볼 만한 엄두를 낼 수 없었다. 에름 후작은 납치당한 이후 처음으로 차라리 키 드레이번을 그리워하게 되었지만 키의 모습 같은 것은 보이지 않았다.

여름이었지만 바닷바람이 불어오는 해안 절벽 위는 싸늘했다. 두 손을 신경질적으로 비비던 세실은 끝내 불평을 터뜨렸다.

"제기라알! 사람을 잠자리에서 끌어내리려면 준비나 다 끝내고 불러낼 것이지, 이게 도대체 무슨 처사람. 우리 그냥 돌아가 버릴까요, 후작님?"

"돌아가도 되는 것인지조차 모르잖습니까. 아무래도 누구든 붙잡고 물어봐야겠습니다."

에름 후작은 그렇게 말한 다음 주위를 둘러보았다. 그리고 사방을 오가는 레갈루스인들 중 그래도 한가해 보이는 사람, 그러니까 바닷바람을 피해 화톳불을 피우기 위해 고군분투하고 있는 사내 하나를 발견하고는 세실에게 손짓했다.

"세실리아 양, 마법사니까 저 친구를 도와줄 수 있죠?"

세실은 무슨 말인지 알겠다는 듯이 고개를 끄덕였다. 그리고 두 사람은 자못 여유로운 걸음걸이로 사내에게 다가섰다. 사내는 그때까지도 절망적일 정도의 시도를 반복하고 있었지만 불을 피우기는커녕 그 자신을 질식시킬 듯한 기세였다. 콜록거리던 사내는 두 사람을 발견했고 에름 후작은 그제서야 사내를 보게 되었다는 듯이 개탄스럽게 말했다.

"이런, 고생이 많으시군요. 좀 도와드릴까요?"

"예?"

사내는 무슨 말인지 모르겠다는 듯이 그들을 쳐다보았다. 에름 후작은 싹싹하게 웃었다.

"예. 잠시 옆으로 비켜서시겠습니까? 세실리아 양, 부탁합니다."

세실 역시 특별히 엄숙한 얼굴로 고개를 끄덕이고는 과장된 동작으로 손을 들어올렸다. 당황한 사내가 옆으로 비켜나자 세실은 대천사, 혹은 악마라도 소환하는 듯한 기세로 팔을 휘둘렀다.

"파괴 속에 구현된 생성의 모순, 다시 파괴로 돌린다. 화염!"

세실이 팔을 휘두른 순간 화로에서 수 피트나 되는 불기둥이 치솟았

다. 미리 알고 있었던 에름 후작도 당황하여 뒷걸음칠 정도였으니 사내
의 경악이야 말할 필요도 없다. 사내는 아예 엉덩방아를 찧었고 세실은
속으로 뜨끔했다. '이런. 너무 멋을 부렸나? 도망가버리면 어쩌지?' 그러
나 다행히도 사내는 의외로 대가 센 인물이었던 듯하다. 그는 벌떡 일어
나서는 '그건 별로 대단한 일이 아니고 내가 넘어진 건 저기 보이는 돌
멩이 때문'이라고 말하는 듯한 표정을 지어보였다.

"아, 고맙습니다. 마법사님."

세실은 속으로 실소하면서도 점잖게 말했다. "대수롭잖은 거니 신경
쓰지 않아도 돼." 그리고 세실은 에름 후작을 흘끔 바라보았고, 에름 후
작은 재빨리 말했다.

"여러분들이 꽤 고생하시는 것 같아서 도와드리고 싶습니다. 일에 비
해 사람은 얼마 오지 않은 것 같군요?"

"아, 아니요. 사실 일이랄 것이 별로 있습니까. 이 정도면 많이 온 거
지요."

"일이 얼마 없다고요?"

사내는 어리둥절한 얼굴이 되었다.

"예. 뭐 아무도 없어도 상관없잖습니까? 결국은 그 분 혼자서 하실 일
이니까요. 저나 다른 사람들 모두 괜히 흥분해서 이렇게 설치는 거지요."

"라이온 혼자서 하다니…… 그가 무슨 일을 하는데요?"

사내는 그제서야 에름 후작의 말뜻을 이해했다. 그는 당황한 기색이
역력한 얼굴로 말했다.

"아니, 모르십니까?"

"예. 저희들은 레갈루스인이 아니라서."

"아, 그렇긴 하지만 라이온님의 신원을 보장하실 분이라 모두 다 알고 그 일을 승낙하신 줄…… 그게 아닙니까?"

사실은 대해적에게 끌려와서 영문도 모르는 채 맡게 된 겁니다, 라고 말하는 대신 에름은 빙긋 웃었다.

"그 비슷한 말을 듣긴 했습니다만."

"이런! 정말 모르시는군요."

사내는 한탄스럽다는 듯이 말했다. 그리고 얼마 후 에름과 세실은 속으로 환호를 올렸다. 그들이 고른 사내는 충분하다 할 정도로 수다스러웠던 것이다.

"후작님께서는 이제 조금 후 레갈루스 선주연합의 대표단 앞에서 라이온 님의 신원을 보장해야 합니다. 그 일은 고명하고 신망 두터운 신사분이 해야 하는 일이지만 라이온 님이 레갈루스 내에서 그런 분을 어디구할 수 있겠습니까? 그 분은, 어…… 그러니까, 무슨 말인지 아시겠지요? 전하의 노여움을 살 수도 있는 일이니까요. 예, 저희들은 그래서 후작님이 오신 것으로 알았습니다."

에름 후작은 재빨리 머리를 굴려보았다. 전하의 노여움 어쩌고 했으니 라이온의 신원을 보장하는 것은 현재 레갈루스의 왕좌에 앉아 있는 아티모스 2세를 자극하는 일인 모양이다. 그렇다면 현재 그의 지배 하에 있는 레갈루스의 신사(?)들은 감히 그런 위험을 감수하면서까지 라이온을 도와줄 생각은 하지 못할 것이다. 하지만 외국인이자 일국의 영주인 자신은 아티모스 2세의 진노 같은 것에는 신경 쓰지 않아도 되니

얼마든지 라이온의 신원을 보장해 줄 수 있다. 그리고 아무리 깐깐한 심사관이라도 에름 후작이 고명하고 신망 두터운 신사가 아니라고는 말하기 어려울 것이다…… 후작은 그제서야 키가 말한 '자격'이 무슨 뜻인지 이해했다.

"예. 무슨 말인지 알겠습니다. 그런데 라이온은 도대체 이 절벽 위에서 무슨 일을 하게 되는 겁니까?"

"그것도 모르십니까? 하하, 이런 참. 난감하군요. 그 분은 새벽의 눈을 찌르실 겁니다."

얼마 전 키에게 이 말을 들었던 세실과 이 말을 처음 들은 에름 후작 모두 어리둥절한 얼굴이 되었다. 에름 후작은 이런 걸 물어보는 게 바보짓은 아닌가 하는 의심 속에 조심스럽게 질문했다.

"그 새벽의 눈이라는 건 뭡니까?"

"첫 번째 일출이죠."

이 황당한 대답에도 불구하고 에름 후작이나 세실은 사내가 심술궂은 재담꾼이라는 판정은 내리지 못했다. 사내는 너무나도 진지한 태도로 말하고 있었던 것이다. 그래서 에름 후작은 더욱 난처한 얼굴로 질문했다.

"저, 그럼 두 번째나 세 번째 일출 같은 것이…… 있을 수도 있습니까?"

"예? 세 번째야 없지요. 두 번입니다. 그리고 라이온님은 첫 번째 일출을 쏘실 테고요."

에름 후작은 멍한 얼굴로 레갈루스에서는 해가 두 번씩 뜨나 보다는 생각을 했고, 그런 자신을 향해 참 엉뚱한 생각도 잘한다는 비난을 보내었다. 하지만 세실은 보다 단도직입적으로 질문했다.

"해는 한 번씩 뜨는 거잖아?"

"물론입니다! 첫 번째 태양은 새벽의 사수가 떨어뜨리니까요."

어쩐지 제국 천년의 역사를 뛰어넘어 신화 시대로 돌아온 것 같다는 느낌을 받으며 세실과 에름 후작은 서로를 쳐다보았다. 세실은 정리해 볼 요량으로 조심스럽게 말했다.

"그러니까, 해는 원래 두 개씩 뜨는 건데, 그 중 첫 번째는 레갈루스의 새벽의 사수가 떨어뜨리므로, 우리는 다행스럽게도 하나의 태양이 빛나는 세상에서 살고 있다?"

"그렇지요!"

"참 고마운 일이군……"

사내는 잘 이해하니 즐겁다는 듯이 희희낙락했고 후작과 마법사는 덩달아 웃으면서도 머릿속이 더욱 혼란스러워지는 것을 느꼈다. 그러나 그들이 뭔가 다른 질문을 꺼내려고 할 때 저 멀리서 누군가가 사내를 불렀다. 사내는 그제서야 자신이 지나치게 오랫동안 수다를 떨었다는 것을 떠올리고는 두 사람에게 사과하며 총총히 떠나갔다.

사내가 사라지고 나서 에름 후작은 세실리아를 지그시 노려보았다. 세실은 그 시선에 대해 싱긋 웃다가, 탐탁찮아 하다가, 결국 신경질을 부렸다.

"나도 몰라요! 마법사라고 뭐든 다 아나? 데샨 카라돔의 그 풋내기가 말하듯이 마법사는 스콜라가 아니라 아티스트라고."

"그 풋내기? 로스왈로를 말씀하신 것 맞습니까?"

"그래요. 이제 후작님은 내가 꼬부랑 할머니로 보이겠지? 그거야 넘어가고, 어쨌든 내가 마법사라고 해서 모든 신비한 일과 기묘한 일들을 다 아는 건 아니란 말이에요."

에름 후작은 잠시 세실의 나이를 추리해 보다가 추리의 근거가 될 것이 부족함을 인정하고는 바다 쪽을 바라보며 말했다.

"무슨 의식이나 제례 같은 것이 남아 있는 것 아닐까요? 여러 개의 태양 이야기는 꽤 유명한 전설로 알고 있습니다만."

"이야기야 많지만 그런 의식 같은 것은 교회가 다 청소해서 야만인들 사이에나 남아 있는데?"

"그렇지요. 하지만 의외로 오랫동안 남아 있었던 곳도 있습니다. 성 바이올을 죽인 데샨 카라돔의 늙은이들 이야기도 그러하고…… 그리고 교회의 눈을 피하기 위해 비밀로 지켜온 것 아닐까요? 그러니까 우리 같은 외국인들은 잘 모르는 것 같습니다."

"그럴 듯한 추리군요. 흐음, 혼자 하는 의식이라는 건 좀 이상하지만. 아까 그 자는 라이온 혼자라도 상관없다고 했는데?"

"야만인들의 성인식 같은 것은 혼자서 치르기도 합니다. 아피르 족의 성인식이 그렇지요."

"성인식? 아, 아. 그렇구나. 혼자서 칼 한 자루만 달랑 들고. 그렇네요. 그럼 그건 일종의 성인식일까요?"

"보면 알게 되겠지요. 저기 라이온이 옵니다."

세실은 후작이 가리키는 방향을 바라보았다.

라이온은 횃불을 든 누군가의 인도를 받으며 절벽 위로 올라오고 있었다. 세실은 키가 어디 있는지를 찾아보았고 잠시 후 라이온의 조금 뒤쪽에서 걸어오고 있는 키의 모습을 약간 어렵게 찾아내었다. 온통 검정색 일색이라 어둠 속의 키는 잘 보이지 않았다.

라이온은 단출한 차림새를 하고 있었다. 뭔가 으리으리한 복장을 기대하고 있던 세실과 에름 후작 모두 허무한 듯 서로를 쳐다볼 정도였다. 절벽 위의 공터에 도달한 라이온은 두 사람에게 가볍게 눈인사를 보내었다. 두 사람은 뭐라 말하려 했지만 라이온은 그대로 둘을 지나쳐 절벽 끝으로 걸어갔다. 그러곤 낭떠러지 끝에 쭈그리고 앉아서 동쪽 하늘을 바라보았다. 그러고는 마치 이 절벽 위에 있는 사람들과 자신은 아무런 관련도 없고 모르는 사람이라는 것처럼 소외되었다. 절벽 위를 오가는 사람들 역시 절벽 끄트머리에 쭈그리고 앉아 있는 라이온에게 아무 신경도 쓰지 않았다.

세실과 에름 후작은 다시 고개를 갸웃거렸다. 그때 키 드레이번이 그들에게 다가왔다. 그러고는 아무 말 없이 그들 옆에 섰다. 세실은 발칵 화를 내었다.

"뭔가 자상하게 설명해 주고 비밀을 모든 이들과 공유해 볼 생각 없나?"

"뭐가 듣고 싶나."

기회다! 세실은 직감적으로 깨달을 수 있었다. 키가 고분고분해지는 시간인 것이다.

"라이온은 저기서 뭘 하게 되는 거지?"

"말해 줬다. 새벽의 눈동자를 찌른다."

"젠장, 새벽의 눈동자가 도대체 뭔데?"

"넌 뭔데?"

세실은 말문이 막히는 것을 느꼈다. 그녀가 '나는 세실'이라고 말한다면 키는 '그것은 새벽의 눈동자'라고 대답할 것이다. 옆에서 듣고 있던 에름 후작은 언젠가 라이온이 말했던 이 비슷한 재담을 떠올리며 싱긋 웃었다. 제 이름은 아실 테니 이름을 묻는 것은 아니군요. 그럼 후작님이 말하는 정체란…… 에름 후작은 살짝 손을 들어올려 키의 주의를 끌고서 말했다.

"위험은 없다고 했던 것 같습니다만."

"없어."

"나는 그렇게 생각하기 어렵소. 이런 걸 물어보고 싶은데, 만일 라이온이 이 일을 완수하고 나면 그에겐 무슨 일이 일어나는 겁니까?"

"왕이 되겠지. 레갈루스의."

세실은 눈을 동그랗게 뜬 채 키를 바라보았다. 하지만 에름 후작은 고개를 조금 끄덕였을 뿐이다.

"대충 짐작했던 바와 비슷하군요. 나는 그림자의 왕자가 그저 자신이 그 아버지의 아들임을 공인받는 것 정도였기를 간절히 바랐습니다만, 그 정도라면 당신의 정체를 덮어주던 그 선장의 행동이나 기타 다른 것들이 설명되지 않았지요. 그것은 분명히 '왕이 될 가능성이 있는 자'에 대한 예우들이었습니다. 그런데도 위험하지 않다는 겁니까?"

"당신을 건드리진 않을 거다. 지금 라트랑에서는 당신이 어디 있는지 알고 있고, 아티모스 2세는 얼간이가 아니므로."

"난 내 이야기를 묻는 것이 아니오. 내 한 몸 빼낼 정도의 요량은 발휘할 수 있을 것 같소. 아티모스 2세는 작렬포와 복수검을 휘둘러대지는 않으니까." 에름 후작은 스스로의 말에 쓴웃음을 지으며 말을 이었다. "하지만 당신이나 저기 라이온은 몹시 위험할 텐데."

"네가 신경 쓰지 않아도 돼."

"……솔직히 말해 두겠소. 만약 내가 예상하고 있는 상황이 온다면, 난 당신들을 돕지는 않을 거요. 그리고 필요한 경우 나 역시 당신에게 끌려온 포로라고 외칠 용의도 있소."

키는 싱긋 웃었다.

"도와달라고 요청한 적 없어. 그리고 나는 말했다. 바다의 공주에게 너를 돌려보내 주겠다고."

키는 한 호흡쯤 쉰 다음 단정하듯이 말했다.

"그러니, 너는 라트랑으로 돌아가야 한다."

에름 후작은 조용히 키를 바라보았지만 키는 고개를 돌려 라이온의 뒷모습을 바라보았다. 어느새 하늘은 회청색으로 물들어가고 있었고 밤새 날카롭던 파도 소리는 조심스럽게 뭉개지고 있었다. 밤의 마지막 헐떡임 같은 부드러운 바람이 부는 가운데 새벽은 멜바골의 활에 그 너울을 던지고 있었다.

차가운, 부드러운, 고요한.

내리막길 저편이 소란스러워졌다.

고개를 돌린 세실은 꽤 많은 수의 불빛이 올라오고 있음을 발견했다.

세실은 키를 홀끔 돌아보았지만 키는 여전히 라이온의 등만 바라보고 있었다. 세실은 투덜거리며 에름 후작의 팔을 쳤고 고개를 돌린 후작은 세실이 본 것을 보게 되었다.

"누가 오는 걸까요, 후작님?"

"알 수 없지요. 하지만 중요한 사람인 것 같군요. 일하던 사람들이 모두 일손을 놓고 저기를 보고 있는데요."

세실은 에름 후작의 말이 맞다는 것을 확인했다. 낭떠러지 위의 공터에 있던 사람들 전부가 바쁘게 오가던 그 동작들을 멈춘 채 조심스러워하는 모습으로 저 아래쪽을 보고 있었다. 하지만 라이온은 여전히 어두운 바다만 바라보고 있었고 키 역시 그런 라이온만 바라보고 있었다. 그래서 세실과 에름 후작은 시선을 어떻게 처리해야 할지 짧게 고민했다. 결국 두 사람은 거의 동시에 똑같은 결정을 내렸고, 방관자 혹은 국외자의 역할을 연기하기 시작했다.

그러나 그 연기는 오래 갈 수 없었다. 불빛들이 다가옴에 따라 노성 또한 들려왔기 때문이다.

"준비중이군! 정말 하겠다는 건가!"

세실과 에름 후작은 결국 관심 어린 시선으로 고함이 들려온 쪽을 바라보았다. 그곳에는 화려한 모피 코트를 걸친 사내가 씩씩거리며 걸어오고 있었고 그 뒤로는 잘 무장한 병사들이 다급하게 따라오고 있었다. 그의 머리에 얹힌 금고리를 본 세실은 그것이 약식 왕관일 거라 판단하고는 에름 후작을 쳐다보았다. 후작은 고개를 끄덕였다.

"아티모스 2세입니다. 첨언하자면, 제가 여태까지 본 그의 얼굴 중 가장 끔찍한 얼굴을 하고 있군요."

아티모스 2세는 공터 위에 도착하자마자 깃털을 곤두세운 수탉처럼 주위를 휙휙 둘러보았다. 그리고 에름 후작과 세실은 어느샌가 구색이 맞추어진 공터의 모습을 보고선 무엇을 준비중인지 알아차릴 수 있었다.

그것은 잔치 준비였다. 바람이 잘 통하는 곳에 마련된 것은 아무리 보아도 요리장이었고 그 주위엔 요리사로 보이는 사람도 몇몇 서 있었다. 상석으로 보이는 테이블이 마련되어 있었고 그 앞쪽으로는 넓고 평평한 돌들이 가지런히 준비되어 있었다. 아마도 상석에 앉을 처지가 못 되는 이들을 위한 자리인 듯했다. 그러나 무엇인지 알 수 없는 것들도 준비되어 있었다. 특히나 절벽 가까운 곳에 만들어진 통나무 구조물이 인상적이었다. 세실은 그것이 연단 비슷하다고 생각했지만 곧 자신의 생각을 철회했다. 연단이라기엔 너무 컸거니와 우선 방향이 반대쪽이었다. 그 연단에 올라가서 연설하는 사람은 갈매기와 구름을 향해 연설해야 할 것이다.

그때 다시 아티모스 2세의 노성이 터졌다.

"내게 감히 이럴 수 있단 말인가, 군나르! 네가 왕을!"

아티모스 2세의 노성이 향하고 있는 곳에는 볼품없이 생긴 노인이 서 있었다. 왜소한 체구는 원래부터 그런 것이 아니라 세월 때문에 오그라든 모습이었고 머리카락은 듬성듬성한 것이 차라리 완전히 벗겨진 것만 못한 모습으로 나풀거리고 있었다. 배 앞에 모아쥔 두 손은 작은 지팡이를 짚고 있었고 이곳까지 온 것을 보면 그럭저럭 강단은 남아 있는 듯했지만 불쌍하게도 숨소리를 심하게 내고 있었다. 하지만 에름 후작은 그 이름에 눈을 빛냈다. 그리고 키보다는 훨씬 친절한 그는 세실을 위해 나지막이 속삭였다.

"처음 봅니다만, 아마도 레갈루스 선주연합의 회장인 군나르 파헤드리스일 겁니다. 상당히 입지전적인 인물이지요. 재미있는 구경을 위해서라면 우리는 국왕보다는 저 노인을 주목해야 할 겁니다."

"실력자인가요? 참주?"

"그 정도는 아닙니다. 하지만 레갈루스는 뱃사람들의 나라입니다. 국왕보다 선주연합 회장의 기침 소리가 더 높은 것은 당연합니다. 사실 저 노인이 나서서 행동하지 않는 것은, 평민 출신이라는 점 외에도 그가 뱃사람 출신이기 때문이기도 할 겁니다. 레갈루스 뱃사람."

세실은 고개를 끄덕였다. 모든 해역을 영토로 생각하는 사람은 육지의 땅에 대한 욕심이 없을 것이다. 그때 가까스로 숨을 고른 군나르 회장이 몇 번 급한 기침을 한 다음 국왕의 말에 대답했다.

"무슨 말씀이신지…… 저는 그저 늙은 뱃사람일 뿐이고 왕가의 일에 대해 주제넘게 나선 적은 없다고 생각합니다만."

군나르의 목소리는 그럭저럭 카랑카랑해서 별 볼일 없는 외관에 실망하던 세실을 약간 만족시켰다. 하지만 아티모스 2세는 이 뻔뻔스러운 대답에 질려버렸다는 얼굴로 군나르를 쏘아보았다.

"그렇다면 이 자들과 이 준비들은 다 뭐란 말인가!"

"아, 물론 제 사람들이고 제가 명령한 일들입니다. 전하께서는 오랫동안 뵙지 못한 동생분을 만나게 되셨잖습니까. 전하의 경사를 축하드리고자 미력하나마 약간의 금전을 풀어 이런 자리를 마련했습니다."

"동생? 동생이라고!"

아티모스 2세는 그 말에 생각났다는 듯이 주위를 매섭게 둘러보았다. 그의 눈이 잠시 에름에게 멈췄지만 그것은 어둠 때문이었고, 곧 다른 곳으로 이동한 아티모스 2세의 눈은 낭떠러지 끝에 앉아 있는 라이온을 포착했다. 아티모스 2세의 입매가 사납게 일그러졌다.

"저 수녀의 자식 말이냐?"

국왕의 목소리는 분명히 라이온에게 들렸을 것이다. 일부러 목소리를 높여 말한 것이니까. 하지만 라이온은 쭈그리고 앉아 있는 모습을 조금도 바꾸지 않았다. 대신 군나르가 불편한 듯한 신음을 내었다.

"전하. 저 분은 선왕 휀켈 5세의 아드님이시며 전하의 아우님이십니다."

"허튼소리 마라! 수녀의 아들 따위는 악마의 자식일 뿐이다. 감히 아버님의 이름을 욕되게 하다니, 군나르 네가 포환이 그리워져……"

"더 듣고 싶지 않습니다, 전하. 저를 욕하시는 것은 상관없지만 휀켈 5세의 아드님이 그런 대접을 받는 것은 온당하지 못한 일입니다."

군나르의 목소리는 여전히 공손했지만 그 내용은 충분히 준엄했다. 아티모스 2세는 악귀 같은 얼굴이 되어 검을 뽑을 듯이 손을 꿈틀거렸지만 군나르는 태평하게 그 모습을 바라보았다.

"포환이라고 하셨습니까? 예, 저 또한 발에 포환이 묶인 시체가 되어 바다에 던져질 뻔한 것이 한두 번이 아닙니다. 하지만 저를 겁줄 수 있었던 반란자는 아무도 없습니다. 그 사실은 이 친구들이 증명해 줄 수 있을 겁니다."

아티모스 2세는 그 말에 고개를 조금 들어올렸다.

군나르의 뒤편에는 대여섯 정도의 중늙은이들이 차분한 얼굴로 서 있었다. 그리고 뱃사람인 에름 후작이나 노스윈드 함대의 선장들을 보았던 세실은 모두 그들이 노련한 선장 출신이라는 것을 짐작할 수 있었다. 모두들 한때는 거함을 몰고 남해를 누볐을 레갈루스의 선주들, 즉 레갈루스 선주연합의 회원들이었다. 아티모스 2세와 선주들은 잠깐 동안 시선으로 싸움을 벌였다.

국왕의 뒤편에는 수십여 명의 건장한 근위병들이 있었지만 에름 후작은 속으로 선주들의 우세라 판단했다. 그리고 아티모스 2세 역시 똑같은 판단을 내렸다. 그는 손을 내렸다. 하지만 다시 입을 열었을 때 아티모스 2세의 말은 여전히 사납고 잔인했다.

"놈이 아버님의 과오의 결실이라는 것은 인정하겠다. 그리고 난 그런 자를 왕가의 일원으로 인정할 수 없다. 늙은 군나르여, 너는 헛수고를 한 것이다."

군나르는 순순히 고개를 끄덕였다.

"그렇습니까? 그것은 왕실 내부의 일이니 전하의 의향대로입니다. 저로서는 참견할 수 없겠지요."

"그렇다면 이 우스꽝스러운 짓거리를 당장 집어치워!"

"아니, 그럴 필요는 없을 겁니다."

"뭐라고?"

"음식은 많고, 술은 향기롭습니다. 아까운 음식들을 어떻게 하겠습니다. 그러니 저는 이 자리를 새벽의 사수를 환영하는 자리로 삼을까 합니다."

격심한 분노로 아티모스 2세의 얼굴이 하얗게 바뀌었다. 그때 저편에서 라이온이 벌떡 일어났다.

라이온은 꼿꼿이 선 채 바다를 바라보고 있었다. 멜바골은 사라졌고 일출이 멀지 않은 시각, 이제 주위는 상당히 밝아져 횃불빛도 사위스럽게 보일 정도였다. 밤이 사물들의 그림자 속으로 녹아들고 있는 가운데 낭떠러지 끝에서 라이온은 천천히 몸을 돌렸다.

아티모스 2세와 라이온의 눈이 마주쳤고 그 순간 라이온은 발걸음을 뗐다.

라이온이 걸어오는 동안 공터에 서 있던 사람들은 모두 입을 다물었다. 라이온의 발걸음에는 아직 힘이 없었고 그래서 세실은 안타까움을 느꼈다. 그러나 라이온은 침착하게 걸어온 다음 사람들 앞에 섰다.

그러나 그가 입을 열었을 때 그 말은 누구를 향한 말도 아니었다. 라이온은 허공을 향해 말하듯이 말했다.

"나는 라이온 화이어하트 딜레도. 그대들의 탄원이 나를 불렀고, 그래서 나는 이제 새벽의 눈을 쏘려 한다."

"네가? 네가 어쩌겠다고?"

아티모스 2세는 잔뜩 억눌린 목소리로 조롱하듯 말했지만 라이온은 아무 대꾸도 하지 않았다. 그리고 아티모스 2세는 그 무관심함에 얼굴을 더욱 일그러뜨렸다. 그때 군나르가 지팡이를 놀리며 걸어나왔다.

다급한 걸음걸이로 에름 후작을 향해 걸어온 군나르는 속삭이듯 말했다.

"에름 후작님이십니까?"

"그렇습니다. 군나르 파헤드리스이십니까?"

"예. 워낙 다급하게 준비하다 보니 예의가 말이 아닙니다. 양해해 주셨으면 감사하겠습니다. 라이온 님 옆으로 걸어가 자신의 신분을 밝혀 주시겠습니까?"

"그러면 끝입니까?"

"그리고 제가 묻는 질문에 찬성한다고 대답해 주시면 됩니다."

"영문도 모르고 끌려온 처지긴 하지만, 그렇다고 해서 몰랐다고 잡아뗄 생각은 없습니다. 하지만 묻고 싶은 것이 있습니다. 나는 라이온을 지지하는 사람들도 있다는 사실은 몰랐습니다. 왜 당신들이 아니라 내가 그래야 합니까? 고명한 신사가 필요한 것 같던데 단지 그런 것뿐이라면……"

군나르는 고개를 끄덕였다.

"당연한 질문이십니다."

그리고 군나르는 목소리를 더 낮추며 말했다.

"저 선주들은, 사실 라이온 님보다는 제 얼굴을 봐서 여기까지 나와준 겁니다. 저 자들이 나와준 것만 해도 감사한 처지에 더 이상 요구할 수가 없었습니다. 만일 실패한다면 저 혼자 책임져야 하니까요. 그리고 저는……"

"평민이지요."

"예. 그래서 불가능합니다. 그리고 후작님처럼 고귀한 분의 지원을 받는다면 라이온 님에게도 더 좋을 겁니다."

에름 후작은 쓰게 웃었다.

"알겠습니다. 뭐가 뭔지 모르겠지만, 한번 해봅시다. 어차피 라트랑을 떠난 이후로 동화 속에 빠진 게 아닌가 하는 일의 연속이었습니다. 그러면 동화 속의 주인공처럼 행동해야겠지요."

"다행이군요. 그런 거라면 익숙하실 테니."

'인어와 함께 오래오래 행복하게 사는' 에름 후작은 너털웃음을 터뜨렸다. 군나르는 공손히 고개를 숙이곤 다시 자신의 자리로 돌아갔다. 그리고 에름 후작은 그제서야 아티모스 2세가 증오와 의심이 가득한 눈으로 자신을 쏘아보고 있다는 사실을 깨달았다. 에름 후작은 처신 참 사납구나 생각하며 세실을 돌아보았다.

"솔직히 도망치고 싶은데요?"

그러나 세실이 뭐라 대답하기도 전에 바다의 공주에게 영혼을 던졌던 보트 조종사는 앞으로 걸어가고 있었다. 그리고 그때까지도 침묵을 지키고 있던 키 역시 에름 후작의 뒤를 따라 움직였다. 세실은 황급히 발걸음을 뗐다.

에름 후작은 라이온의 옆에 섰다. 그리고 아티모스 2세를 향해 말했다.

"라트랑 후작 에름 라트랑이오."

아티모스 2세는 사나운 표정 그대로 에름 후작을 쏘아보았다.

"레갈루스 국왕 아티모스요. 후작, 엉뚱한 바람을 타고 엉뚱한 만에 들어서셨소."

에름 후작은 아티모스 2세의 말투가 약간 묘하다는 사실을 깨달았다. 잠깐 생각해 본 후작은 곧 아티모스 2세의 말을 이해했다. 노스윈드를 타고 라이온 만에 들어섰다는 말이었다.

'키의 말이 맞군. 나는 증오의 대상이 아닌 건가.'

아티모스 2세는 에름 후작이 키 드레이번에게 끌려와서 어쩔 수 없이 이 역할을 떠맡게 된 것이라고 생각하고 있었다. 그렇게 크게 틀린 추측도 아니었기에 후작은 마음대로 생각하도록 내버려두기로 했다.

"예. 그래도 약간의 명성을 가진 보트 조종사로서 수치스러운 노릇이군요. 덕분에 이렇듯 늦게서야 전하를 뵙게 된 점, 사과드립니다."

"그건 당신 잘못이 아니오. 저 늙은이가 당신을 꼭꼭 숨겨두었기 때문이지."

그때 그 늙은이, 즉 군나르 회장이 앞으로 나섰다.

"로드 에름. 당신은 라이온 화이어하트 딜레도가 새벽의 눈동자를 쏘는 것에 대해 찬성합니까?"

에름 후작은 새벽이 아파하지 않을까요? 라고 묻고 싶은 것을 꾹 참았다. 이들이 중요하게 생각하고 있는 의식이라면—어쨌든 국왕이 이런 시간에 이 높은 절벽 위까지 달려와야 한다면 중요한 의식이 아닐 수 없다—거기에 대해 농담처럼 대답하는 것은 다시 없는 결례일 것이다. 그래서 후작은 정중하게 말했다.

"찬성합……"

"관두시오, 후작!"

후작의 정중함은 별로 빛을 발하지 못했다. 아티모스 2세가 노성으로 후작의 말을 가로막으며 앞으로 나섰기 때문이다.

"이 교활한 늙은이는 키 드레이번과 손을 잡고 당신을 이용하려 들고 있는 것이란 말이오!"

후작은 국왕을 돌아보았고 국왕은 라이온과 군나르를 번갈아 삿대질하며 외쳤다.

"이 하늘 무서운 줄 모르는 늙은이는 내게 반심을 품고는 언감생심 자기 손으로 왕위를 바꾸려는 거요! 허수아비 왕을 세워서 이 위대한 나라를 자기 손으로 주무르겠다는 거지. 비천한 출신으로 그렇게까지 높은 자리에 오르게 되자 이제 눈에 보이는 것이 없게 된 거요. 이것은 그를 그토록이나 크게 대우했던 아버님을 배신하는 일이오. 인류를 거스르고 주님의 진노를 부를 이 패역한 짓거리에 부화뇌동하지 마시오, 후작! 당신은 아무것도 모르고……"

"외람되지만 한 말씀 올리겠습니다, 전하. 고작 뱃사람에 지나지 않는 제가 레갈루스의 왕위를 어떻게 할 수는 없습니다. 새벽의 사수는 자신을 스스로 증명할 테니까요. 이런 말까지 하고 싶지는 않습니다만, 전하. 5년 전 새벽의 눈동자를 노렸던 어떤 활은 끝내 목표를 명중시키지 못했습니다."

"그거야 네놈 멋대로 한 소리 아니더냐! 네가 제멋대로 빗나갔느니 어쩌느니 하는 소리를 지껄인 것이잖나! 오호라, 5년 전 그때부터 세운 계획이더냐? 그래서 나를 그토록 모욕했던 것이냐? 이 교활한 늙은 상어 같으니라고!"

"저는 멋대로 말한 것이 아닙니다. 그리고 조금 후면 전하께서도 제 말에 동의하시게 될 겁니다. 찬성합니까?"

두 사람의 설전을 정신없이 듣고 있던 에름 후작은 군나르의 마지막 말이 자신을 향한 것임을 알아차리지 못했다. 하지만 아티모스 2세는 확실히 알아차렸고, 그래서 뒤늦게 알아차린 후작이 뭐라 말하기도 전에 외쳤다.

"장난치지 마라, 군나르!"

군나르는 놓친 기회에 대한 아쉬움을 한숨 속에 묻고는 계속 말했다.

"더 이상 시간을 끌 수 없습니다. 곧 첫 번째 일출이 있을 겁니다. 저는 탄원합니다. 새벽의 사수가 그 활을 들어 새벽의 눈동자를 쏘길 탄원할 겁니다."

아티모스 2세는 군나르를 향해 비웃음을 던졌다.

"네 이놈, 격식 좋아하는구나! 하지만 아무리 설쳐보아야 아라스틴이 없는데……"

아티모스 2세의 말은 이어지지 못했다. 군나르의 뒤편에 서 있던 선주들 중 하나가 커다란 상자를 꺼내어 군나르에게 넘겼던 것이다.

"그거, 설마?"

"짐작하시는 대로입니다."

"너, 그것을 어떻게!"

아티모스 2세는 비명처럼 외쳤다. 하지만 군나르 회장은 자신이 받쳐든 상자를 내려다보곤 겸손하게 웃었다.

"아, 이거요? 필요해질 것 같아서 들고 나왔습니다."

"어떻게 가지고 나왔느냐는 말이다! 네놈이 스팻을 어떻게……!"

아티모스 2세의 말이 갑자기 멎었다. 아티모스 2세는 가슴을 움켜쥔
채 키 드레이번을 노려보았고, 에름 후작과 세실은 그가 심장 발작을 일
으키지는 않나 걱정했다. 그의 얼굴은 당장이라도 쓰러질 것 같은 얼굴
이었다. 아티모스 2세는 신음처럼 말했다.

"네…… 이놈. 네가……?"

키는 아무 대답도 하지 않았다. 아티모스 2세는 헐떡거리며 키를 노
려볼 뿐 더 이상 말하지 못했다. 그때 군나르가 재빨리 말했다.

"로드 에름? 찬성하십니까?"

에름 후작은 난감한 얼굴로 아티모스 2세를 돌아보았지만 국왕은 여
전히 키 드레이번만을 쳐다보고 있었다. 그래서 에름 후작은 이 기묘한
사건이 시작된 이래 처음으로 판단을 위한 생각을 해볼 수 있는 시간을
얻게 되었다.

그러나 답은 이미 알고 있었다.

그 자신이 얼마 전 서 레빌의 반란을 경험했던 처지였지만, 그럼에도
불구하고 에름 후작은 아티모스 2세에게 동정심을 느끼기 어려웠다. 서
레빌의 반란과 레갈루스 선주연합 회장의 반란은 그 성격이 다르기 때
문일 것이다. 그리고 그것의 결정적인 차이점은 역시 조금 전 군나르가
했던 말에서 드러난다. 만일 실패한다면 저 혼자 책임져야 하니까요.

"찬성합니다."

에름 후작은 나직이, 하지만 모든 사람들이 분명히 들을 수 있도록

말했다. 아티모스 2세는 퍼뜩 정신이 든 것처럼 후작을 돌아보았지만 후작은 차분하게 말을 이었다.

"나는 라이온 화이어하트 딜레도가 새벽의 눈동자를 쏘는 것에 찬성합니다."

"……후작!"

"전하. 저는 모르겠습니다. 자신이 잘 알지도 못하는 일에 대해 중요한 책임을 지는 것이 바보뿐이라면, 저는 바보가 틀림없을 겁니다. 하지만 이것이 어떤 사실의 결정이 아니라 기회의 부여라면, 저는 동생에게 기회를 선물하지 않는 형의 입장을 이해하기 어렵습니다. 만일 그 사유에 대해 설명해 주실 수 있다면 제 말을 철회하겠습니다."

"저 자는 내 동생이 아니오!"

"동생이 아니어도 상관없소! 노예라도 상관없소!"

군나르가 거의 동시에 외쳤다. 아티모스 2세는 끔찍한 눈으로 군나르를 노려보았지만 군나르는 그 시선을 얼마든지 받아주겠다는 듯이 턱을 내밀었다.

"그렇잖습니까? 제가 있고 다른 사람들이 있습니다. 전하께선 로드 에름께 거짓말을 하실 순 없을 겁니다. 아니, 제가 직접 말씀드리지요. 로드 에름. 스스로 새벽의 사수임을 주장한 자는, 그가 누구든 간에 그의 말에 동의해 주는 분만 있으면 자격이 있는 겁니다."

후작은 참 기묘하다고 생각하면서도 고개를 끄덕였다.

"그렇다면 철회할 수 없습니다. 아티모스 2세 전하. 그저 기회를 부여하는 것에 그렇게 인색하실 필요는 없을 것 같습니다. 자비를 보여주셔

232

도 되지 않겠습니까."

아티모스 2세는 아무 말도 하지 않았다. 단지 귀신 같은 얼굴로 군나르와 에름 후작, 그리고 라이온을 번갈아 노려볼 뿐이었다. 그때 군나르가 들고 있던 상자를 라이온에게 내밀었다.

"받으시오, 새벽의 사수."

바로 그를 중심으로 벌어지는 설전들임에도 불구하고 그때까지 이 모든 사태들에 아무런 관심이 없는 것처럼 하늘만 바라보고 있던 라이온은 군나르의 말에 조용히 손을 내밀었다. 상자를 받아든 라이온은 그것을 묵묵히 바라보다가 아티모스 2세를 바라보았다. 그는 갑작스럽게 말했다.

"왜 못 쏘셨소, 형님?"

"……나를 형이라 부르지 마라. 그리고 나는 쐈다. 이 팔이 그 정도의 활도 못 다룰 것 같으냐?"

에름 후작은 활이라는 말에 고개를 갸웃했다. 하지만 라이온은 고개를 가로저었다.

"정말 못 쐈군."

"쐈다고 하지 않았나."

"그런 게 아니오, 전하."

라이온은 상자를 열었다. 정신없이 구경하던 세실은 문득 누군가 자신의 어깨를 치는 것을 느꼈다. 돌아본 세실은 키 드레이번의 옆얼굴을 보게 되었다. 키는 아무 말도 하지 않았지만 그의 왼손은 허리에 찬 복수의 칼자루를 쓰다듬고 있었다.

'싸울 준비를 해둬라.'

'멍청이. 그 칼 뽑으면 난 시체, 아아, 미리 떨어지라는 말인가?'

세실은 자연스럽게 뒤로 좀 물러났다. 다행히도 그녀를 주시하고 있던 시선은 어디에도 없었다.

그러나 키의 우려에도 불구하고 아티모스 2세는 '행동을 개시'하지는 않았다. 그는 라이온이 상자를 여는 것을 그저 사납게 노려보고만 있었다.

라이온은 상자 안에서 말발굽 모양의 나무토막을 꺼내었다.

그것은 활시위를 벗겨둔 콤포짓 보우였다. 은 비슷한 금속으로 아로새김 무늬가 정교하게 새겨져 있는, 꽤나 장력이 강할 것 같은 활이었다. 라이온은 그것을 목뒤에 걸고는 활 옆에 있던 화살 몇 대를 집어든 다음 여전히 아무 말 없이 몸을 돌렸다. 그러고는 조금 전 쭈그려앉아 있던 그 절벽 끄트머리로 걸어갔다.

사람들이 급하게 움직이기 시작했다.

에름 후작은 자신이 더 이상 관심의 대상이 되지 못한다는 사실에 놀랐다. 군나르 회장은 물론이거니와 아티모스 2세마저도 이젠 후작에게 더 이상 볼일이 없다는 듯이 황급하게 달려갔다. 물끄러미 사람들을 바라보던 후작과 세실은 조금 후에야 사람들이 절벽 위에 만들어진 연단 쪽으로 달려가고 있음을 알게 되었다.

하늘은 이제 파르스름했다. 어리둥절한 얼굴로 서로를 쳐다보던 에름 후작과 세실을 향해 키가 몸을 돌렸다. 키는 손을 바지 주머니에 꽂으며 낮게 말했다.

"이제 위험은 없다. 마음놓고 구경하도록."

"위험이 없다고 하셨소?"

키는 아티모스 2세를 턱으로 가리켜보였다. 아티모스 2세는 연단―그것이 관람대임은 이제 분명해지고 있었다―끝에서 난간에 손을 짚은 채 오른쪽의 라이온을 보고 있었다. 자칫하면 절벽 아래로 떨어질지도 모르는 위험한 자세였지만 아티모스 2세는 별 신경 쓰지 않는 듯했다.

"아티모스 2세도 결국 호기심을 참을 수 없었다."

"호기심? 뭔가 굉장한 일이 일어날 거란 말이오?"

"알고 있을 텐데. 라이온은 지금부터 새벽의 눈동자를 쏠 것이다."

에름 후작은 곤혹스럽다는 표정을 지었지만 이미 포기하고 있던 세실은 다른 것에 대해 즐거워했다.

"너 오늘 진짜 고분고분하군. 아주 좋았어. 뭐, 두고보면 다 알게 되겠지. 그런데 우린 늦어서 좋은 자리는 못 잡을 것 같군."

키는 절벽 위를 죽 훑어보고는 고개를 끄덕였다.

"반대쪽으로 간다."

그리고 키는 앞장서서 라이온의 오른쪽으로 걸어갔다. 세실과 에름 후작도 그의 뒤를 따라 걸었다.

잠시 후 그들은 라이온을 가운데 두고 관람대의 반대쪽 절벽 끝에 섰다. 키는 아예 절벽 밖으로 두 다리를 내민 채 땅바닥에 앉았고 그러자 세실 역시 웃으며 그의 옆에 앉았다. 에름 후작은 그들의 뒤편에 서서 라이온의 뒤편으로 보이는 관람대를 바라보았다.

아티모스 2세는 난간을 부여잡은 채 라이온과 먼바다를 번갈아 쳐다보고 있었다. 이제 하늘은 충분히 밝아졌지만 아직 해는 떠오르지 않아 그 얼굴을 정확히 보기는 힘들었다. 에름 후작은 초점을 약간 끌어당겨 라이온을 바라보았다.

그리고 에름 후작은 고개를 갸웃했다. 역시 라이온을 보고 있던 세실 역시 의문성을 내었다.

"어라?"

라이온은 화살들을 땅에 꽂아둔 채 셔츠 단추를 풀고 있었다. 붕대에 감겨 있지만 훌륭한 상체가 드러났고 그에게서 셔츠를 받아든 바람은 그 셔츠를 하늘 높이 날려올렸다가 절벽 저편에 던졌다. 라이온은 그렇게 반쯤 벌거벗은 모습으로 서서는 목에 걸고 있던 활을 들어올렸다. 그 모습을 보던 에름 후작은 잠깐 걱정에 빠졌다. 아직 회복되지 않은 라이온이 과연 저 활시위를 걸 수 있을까?

그러나 라이온은 발에 아라스틴을 대고는 그것을 손쉽게 구부렸다. 활시위를 건 라이온은 그것을 몇 번 튕겨본 다음 땅에 꽂아둔 화살을 뽑아들었다. 활시위에 화살을 건 라이온은 그것을 허벅지쯤에 늘어뜨린 채 조용히 수평선을 노려보았다. 에름 후작 역시 다시 고개를 돌려 수평선을 바라보았다.

'해를 향해 쏠 건가? 그렇다면 해가 떠오를 때겠군.'

수평선 위의 하늘은 이미 사과빛으로 물들어 있었고 해가 뜰 때는 멀지 않은 듯했다. 절벽 위는 이제 바람 소리와 절벽 아래쪽에서 들려오는 작은 파도 소리 외에는 아무 소리도 들을 수 없는 정적 속으로 빠져

들었다.

　수평선 위의 하늘의 한 부분이 갑작스럽게 어두워졌다.

　그리고 바로 그곳에서 태양이 떠올랐다.

　심홍색 원반의 윗부분이 수평선 위로 도드라졌다. 에름 후작과 세실은 재빨리 라이온을 돌아보았다. 그리고 관람대에 서 있던 사람들도 라이온을 쳐다보았다. 라이온은 천천히 팔을 들어올려 그것을 고정시키고는 시위를 끌어당겼다. 햇빛을 정면으로 받는 그의 상체가 황금빛으로 꿈틀거렸다.

　계속 당겨지던 시위가 갑자기 라이온의 손을 벗어났다.

　시위를 귀 옆에 고정시키는 과정이 없었다. 라이온은 그대로 쏘아버렸고 화살은 하늘의 한 점을 향해 매섭게 사라졌다. 그리고 에름 후작은 뭔가가 이상하다는 느낌을 받았다.

　파도 소리와 바람 소리도 없었다.

　거의 절대적인 고요함이었다. 후작은 숨이 가빠지는 것을 느꼈다. 그의 눈이 부지불식간에 수평선 쪽으로 옮겨져 갔다. 시위를 떠났던 화살은 이미 사라져 있었고…….

　태양도 사라졌다.

　후작은 눈을 비볐다. 그리고 조금 후 다시 눈을 비볐다. 그리고 그 다음엔 세 번째로 눈을 비빌 것인지 비명을 지를 것인지를 놓고 짧게 고민했다. 다행히도 그 대신 비명을 질러줄 사람이 있었다.

"해가—!"

세실리아가 무서운 모습을 본 것처럼—실제로 무서운 모습이었다—숨이 턱 막히는 비명을 질렀다. 그리고 그녀의 외침이 신호가 된 것처럼 저편 관람대에서도 비명이 터져나왔다.

조금 전 태양이 떠올랐던 수평선에선 여전히 불그스름한 하늘이 빛나고 있었지만 그 가운데서 빛나고 있어야 할 태양은 보이지 않았다. 에름 후작은 다리가 후들거리는 기분을 느끼며 뒤로 몇 발자국 물러났다. 쓰러지기엔 절벽 가장자리에 너무 가까웠던 것이다. 그래서 에름 후작은 다리가 더 이상 그를 지탱할 수 없게 되었을 때 안전하게 엉덩방아를 찧을 수 있었다. 그리고 그때쯤 사람들은 광란스러운 비명을 올리기 시작했다. 아티모스 2세의 비명은 그 중에서도 가장 끔찍했다.

무슨 말인지 알아들을 수도 없는 비명이 거칠게 벼랑 위를 휘몰아쳤다. 소리들 사이로 띄엄띄엄 '태양'이라든지 '사라졌', 혹은 '주님!' 등의 말이 있긴 했지만 전체적으로는 짐승의 울부짖음 같은 비명들이었다.

에름 후작은 자신이 이 상황에서도 뭔가 말이 되는 설명을 찾고 있다는 사실에 전율을 느꼈다. '맙소사. 이런 일에 어떻게 설명이 가능할 수 있는가!'

그러나 그때까지도 비명을 지르지 않던 세 사람, 즉 키 드레이번과 군나르 회장, 그리고 라이온은 차분히 수평선을 바라보고 있었다.

수평선에 어떤 변화가 생겼다. 이번에도 세실이 가장 먼저 외쳤다.

"해가 떴어!"

주저앉아 있던 에름 후작은 버둥거리고 씩씩거리고 스스로를 향해 욕설을 퍼붓기까지 하며 가까스로 일어났다. 몇 번 비틀거린 다음 후작은 수평선을 노려보았다. 해가 떠오르고 있었다. 금빛 찬란한 해가 다시 수평선 위에 길다란 손자국을 남기며 절벽으로 달려왔다. 그리고 비명을 지르던 사람들의 얼굴에 빛을 뿌렸다.

따스한 빛 속에 비명이 사라졌다.

그들은 넋을 잃은 채 그 아름답고 고요한 일출 속에 정물이 되어 서 있었다.

햇빛은

밝고, 부드럽고

따스했다.

에름 후작은 자신이 도대체 몇 분 동안이나 정신을 잃고 있었던 건지 알 수 없었다. 어쨌든 그들이 어느 정도 사람 같은 행동을 취할 수 있게 되었을 때 이미 태양은 수평선 위 높은 곳에 떠올라 똑바로 바라보기 힘들 정도로 타오르고 있었다. 후작은 라이온이 서 있던 곳을 돌아보았다.

라이온은 활시위를 벗긴 활을 다시 목 뒤에 걸어놓은 채 조용히 셔츠를 찾아들고 있었다. 단추를 채우는 그의 손길은 피로해 보였지만 동시에 편안해 보였다.

그때 정신을 차린 사람들이 그 모습을 발견했다.

제일 처음 안도의 한숨이, 그리고 석류알처럼 톡톡 터져나오는 웃음이, 그리고 환성이 차례대로 터져나왔고, 이윽고 뭐가 뭔지 알 수 없는 함성과 함께 관람대에 서 있던 사람들이 거대한 파도가 되어 라이온에게 달려들었다.

"새벽의 사수 만세─! 만세!"

"라이온 왕자 만세!"

군나르는 썰물처럼 빠져나가는 사람들의 뒷모습을 보며 한숨을 내쉬었다. 솔직히 쓰러지지 않은 자신에 대해 자랑스러움을 느꼈을 뿐 움직이는 것은 포기해야겠다고 생각하며 군나르는 이마의 땀을 닦았다. 그러다가 군나르는 문득 고개를 돌렸다. 그곳에선 관람대 위에 무릎을 꿇은 채 난간을 움켜쥐고 있는 아티모스 2세가 있었다.

근위병들도 모두 달려가고 군나르 외엔 아무도 없는 관람대 위에서, 아티모스 2세는 어깨를 떨며 소리없이 울고 있었다.

군나르는 아무래도 움직여야 되겠다고 생각하고는 힘겹게 지팡이를 들어올렸다. 아티모스 2세의 뒤에 선 군나르는 한손을 들어 조심스럽게 왕의 어깨를 짚었다.

"전하."

대답은 없었고 단지 아티모스 2세의 어깨가 더 세차게 떨렸다. 군나르는 그 어깨를 조심스럽게 흔들며 말했다.

"전하. 일어나십시오."

"군나르인가."

울먹이는 목소리였지만 아티모스 2세는 가까스로 대답할 수 있었다. 군나르는 손을 끌어당겼다.

"예. 그렇습니다."

"5년 전 그때…… 모두들 그대가 미쳤다고 생각했고, 그 중에서도 내가 특히 그러했다."

군나르는 고개를 끄덕였다. 5년 전의 어느 날 아침에 아티모스 2세도 똑같은 일을 했었다. 그는 쾌활한 기분으로 일출을 향해 활을 쏘았고 그것으로 예법을 다 지켰다고 생각했다. 그리고 다른 사람들도 모두 그렇게 생각했다. 그들은 '해가 떨어졌다!'고 외쳤고 여전히 떠오르는 태양을 향해 '저건 두 번째 해다!'라고 외쳤다. 그것이 왕위 계승 예법이었고 모든 사람들은 아티모스 2세가 왕이 되었다고 생각했다. 오직 한 사람, 군나르만을 제외하고는.

"하지만 그대는 억지를 부린 건 아니었군. 그게 진짜였나. 말로만 그러는 것이 아니라……"

"그렇습니다."

아티모스 2세는 천천히 고개를 돌렸다. 그리고 군나르의 늙은 얼굴을 향해 애처롭게 질문했다.

"직접 보았었나?"

"예. 휀켈 5세께서 보여주셨습니다. 30여 년 전 제가 그 분의 도피행을 돕던 시절에."

"그때……"

"그 분은 자신이 왕위에 돌아갈 수 없게 되는 경우 아라스틴이 정당한 왕, 정당한 새벽의 사수를 가르쳐줄 거라 말씀하시고는 제게 그것을 보여주셨습니다. 저도 그때까지는 다른 사람들처럼 그건 그냥 말만 그렇게 외치는 것인 줄로 알고 있었지요."

"고집을 부려주어…… 고맙다."

군나르는 순간 아티모스 2세를 좋아할 수 있을 것 같다는 기분을 느꼈다. 비록 그에게 남은 날은 얼마 없을 테고 그 동안엔 아직 좌절을 벗어나지 못한 아티모스 2세를 볼 수밖에 없겠지만, 그렇다 해도 어떤가. 좋은 친구는 사귈 수 있는 기간보다는 만났다는 사실에 감사할 일이다. 그것이 인생의 황혼에 찾아온 마지막 친구라도.

군나르는 손을 내밀었다.

"일어나십시오, 전하."

절벽 저편에서 키 드레이번은 코트 자락을 추스르고는 몸을 돌렸다. 그러나 라이온에게 향하는 길은 아니었다. 그는 공터를 가로질러 잔칫판이 차려진 곳으로 향하고 있었다. 늦게서야 정신을 차린 세실과 에름 후작은 짧게 시선을 교환한 다음 황급히 키의 뒤를 따랐다. 라이온은 인파 속에서 찬사를 받고 있었고 아무래도 당장은 접근하기 어려울 것 같았기 때문이다. 키를 따라잡은 세실은 황급히 외쳤다.

"뭐야!"

키는 멈춰 섰다.

"뭐냐니?"

"내가, 내가 조금 전에 본 그건 뭐야? 응?"

그리고 에름 후작도 가세했다.

"키키키키키키 드레이번!"

이 호칭은 키를 약간 짜증나게 했지만 에름 후작으로선 불가항력이 었을 것이다.

"도도도대체, 무, 무무슨 일이 일어난 거요? 예? 설명을, 설명을 해주시오!"

"수도 없이 말해 줬던 대로의 일이다. 라이온은 첫 번째 일출을 쏘았고, 그리고 두 번째 일출이 시작되었다."

"어떻게 그런 일이 일어난 거요!"

키는 물끄러미 에름 후작을 바라보다가 세실을 바라보았다. 아마도 키가 아닌 다른 사람이었다면 그 순간 웃음을 터뜨렸을 것이다. 세실과 에름 후작은 똑같이 얼굴을 벌겋게 물들인 채 씩씩거리며 애원하는 눈빛을 보내고 있었다. 하지만 키는 웃는 대신 짧게 대답했다.

"하나만 말하지."

"뭐, 뭐요?"

"아흔아홉 눈의 섬이 왜 아흔아홉 눈인 줄 아나?"

"예?"

"그건 백 번째 눈, 새벽의 눈은 새벽의 사수가 쏘아버리기 때문이지. 그래서 아흔아홉 눈이다."

키는 이 정도면 더 바랄 것 없이 훌륭한 설명이 아니냐는 듯한 표정으로 두 사람을 바라봐 준 다음 몸을 돌려버렸다. 물론 세실과 에름 후작에게는 전혀 설명이 아닌 말이었다. 둘은 망연한 얼굴로 서로를 쳐다보았다. 서로를 쳐다보던 그들의 시선은 다시 절벽 쪽으로 옮겨졌고, 그리고 인파에 둘러싸인 라이온을 보게 되었다.

에름 후작은 고개를 살짝 가로저었고 세실은 키를 흘끔 쳐다보곤 고개를 끄덕였다. 잠시 후 그들은 다시 달리고 있었다.

"키키키키키 드레이번!"

"뭐냐고! 도대체 뭐냐고! 이봐, 키!"

키는 등뒤에서 들려오는 고함을 무시한 채 앞으로만 걸어갔다. 요리장 옆을 걷게 되었을 때 키는 뚜껑이 벗겨진 나무상자를 발견했다. 키는 그 안에서 술병 하나를 꺼낸 다음 코르크 마개를 이로 뜯어내었다. 그리고 키 드레이번은 몸을 돌렸다.

에름 후작과 세실은 갑자기 자신들을 향해 돌아선 키를 보고는 걸음을 멈췄다. 하지만 키는 그들의 어깨 너머 멀리 사람들의 축하를 받고 있는 라이온을 향해 술병을 들어보였다.

"축하한다. 이 빌어먹을 흑덩어리 자식아. 그리고 드디어 널 떨쳐내게 된 나 자신에게도 축하를 보낸다."

다음날 새벽, 키는 라이온 만에서 출항 준비를 마친 라이트버드호 앞에 서 있었다.

부두에는 라이온과 군나르, 그리고 에름 후작이 서 있었다. 그들은 제각기의 표정으로 키를 쳐다보고 있었지만 키는 공평하게도 똑같은 무표정으로 그들을 노려보고 있었다.

라이온은 한숨을 쉬며 말했다. "부탁입니다. 레갈루스 해군을 맡아주십시오."

키는 피식 웃으며 대답했다. "헛소리를 계속할 거라면 입을 찢어주겠다."

꽤 익숙한 라이온과 조금씩 익숙해지고 있던 에름 후작은 별로 당황하지 않았지만 군나르 회장은 꽤 당황했고 동시에 화난 기색을 조금 보였다. 아직 대관식을 한 것은 아니지만 어쨌든 라이온은 레갈루스의 국왕이다. 그래서 군나르는 그가 할 수 있는 최대한의 항의, 즉 강력한 헛기침을 구사했지만 키는 별로 신경 쓰지 않았다. 아니, 신경 쓰지 않았을 뿐만 아니라 군나르를 더 당혹하게 만들었다.

"네놈의 아비가 줬던 배 두 척에 대한 보답은 이걸로 끝이다. 더 이상 나에게 뭘 요구할 수는 없다."

"어쩌실 생각입니까. 정말 오스발을 계속 추적하실 겁니까?"

"네가 알 바 아니다."

그리고 키는 몸을 돌렸다. 작별의 말 한마디도 없었다. 키는 그대로 뱃전을 뛰어넘어 라이트버드호의 갑판에 내려섰다.

에름 후작은 씁쓸하게 웃으며 라이온을 향해 몸을 돌렸다.

"여러 가지로 놀라운 경험이었습니다. 전하."

"감사합니다. 로드 에름."

"저야 한 것도 없는 걸요. 저를 이곳으로 끌고 오고 아라스틴을 빼내온 것은 전부 저기 있는 입 지저분한 사내의 공입니다. 그런데, 솔직히 저 사내와 같이 배를 타고 라트랑으로 돌아간다는 것이 그다지 마음에 들지는 않는군요."

라이온은 빙긋 웃었다.

"걱정하지 않아도 될 겁니다, 후작님. 키 선장님은 말했습니다. 당신을 바다의 공주에게 돌려줄 거라고. 그렇게 말했으니, 반드시 그렇게 할겁니다."

"약속은 지킨다는 겁니까?"

"그보다는 어길 수가 없다는 것에 더 가깝겠지요."

"어길 수 없다고요?"

라이온은 갑판 저편에 서서 코트를 벗어던지고 있는 키를 바라보았다.

"거울 아시지요, 후작님? 일부분만 반사하는 거울이 있습니까? 그러니까 눈과 입은 비춰주는데 코는 비춰주지 않는 거울 같은 것 말입니다. 그런 것이 있을까요?"

"그런 것은 없겠지요. 거울은 비춰진 모든 것을 반사하겠지요."

"예. 자기 마음대로 골라서 반사할 수 있는 거울은 없습니다."

에름 후작은 미심쩍은 눈으로 라이온을 보다가 다시 고개를 돌려 키를 바라보았다. 키는 닻줄을 끌어올리고 있었고 그 옆에선 갑판에 앉은 세실이 뭐라 이야기를 걸고 있었다. 키는 언제나처럼 별로 대답하지 않는 듯했고 세실 역시 언제나처럼 별로 신경 쓰지 않고 이야기하고 있었다.

"다가온 모든 것을 똑같이 돌려보내는 거울처럼, 키 역시 그러하다는 말입니까?"

"그래서 저는 그에게 아무것도 주지 않으려 했습니다."

"예?"

라이온은 슬픈 눈으로 키를 바라보고 있었다.

"세상이 공정하다는 믿음은 어린애에게 꼭 필요한 겁니다. 어른이 되면 더 이상 그런 것은 믿지 않게 되겠지만, 어쨌든 그건 감미로운 믿음이지 않습니까? 노력한 대로 보답받는다. 뿌린 대로 거둔다…… 정말 그렇다면 세상에 어떻게 악인이 있겠습니까. 죄에 반드시 벌이 따를 텐데 누가 죄를 짓겠습니까. 세상이 얼마나 아름답겠습니까."

"그렇긴 하겠지요."

"그래서 저는 모든 것을 돌려주는 키 선장님 곁에 있고 싶었습니다. 그럭저럭 5년 정도는 그에게 아무것도 주지 않고 버틸 수 있었지요."

"주지 않는다…… 라고요?"

"예. 아무것도 안 줬습니다. 아마 키 선장님은 무척이나 약이 올랐을 거라 생각합니다. 낄낄. 하지만 그 날 저녁, 후작의 궁에서 화살에 맞던 나는 고국을 떠올렸고, 그리고 내 아버지의 왕좌를 떠올렸습니다. 그 순간 키 선장님은 그대로 나를 싣고 이곳으로 왔습니다. 정말 손이 빠르지요. 그리고…… 키 선장님은 5년 만에 나를 팽개칠 수 있었지요."

"그렇다면, 키 선장님은 당신의 욕망을 그대로 돌려줬단 말입니까? 거울처럼?"

"복수죠."

"복수?"

"복수의 사전적 의미를 아십니까? 해를 받은 본인이나 그 친척, 혹은 친구들이 똑같은 방법으로 가해자에게 해를 돌려주는 행위입니다. 똑같

다는 점에 주의하십시오. 눈에 눈, 이에 이. 하지만 이렇게 생각해 볼 수
도 있지 않을까요? 사랑에 사랑, 자비에 자비. 욕망에는 성취."

"아니……"

"나는 키 선장님이 선인이라는 말을 하는 것은 아닙니다."

라이온은 절대로 그렇지 않다는 듯이 고개를 가로저으며 말했다.

"그는 모든 것을 돌려줄 뿐 일반적으로 우리가 알고 있는 선인은 아
니겠지요 하지만, 하지만 선인이 과연 뭐겠습니까? 뭐가 선이겠습니까?
나는 모르겠습니다. 하지만 키 선장님이 제국의 공적 제1호가 된 것은,
그가 파괴와 공포와 절망과 증오의 대명사가 된 것은 그에게 파괴와 공
포와 절망과 증오만을 보낸 세계의 탓이라고 말할 수는 없는 걸까요?"

에름 후작은 멍한 눈으로 라이온을 바라보았다. 라이온은 약간 격해
진 호흡을 고르며 나직이 말했다.

"적은 반대쪽에 서 있는 자입니다. 키 선장님은 제국의 공적입니다.
그는 제국의 반대쪽에 서 있는 자이며, 제국을 비추는 거울입니다. 거울
에 비치는 모습이 무섭고 끔찍한 것은 과연 누구의 모습이 무섭고 끔찍
하기 때문일까요?"

에름 후작은 아무런 대답도 할 수 없었다. 라이온은 힘없이 웃으며
고개를 가로저었다.

"제가 좀 감상적으로 바뀌었나 봅니다. 어울리지도 않는 왕좌 따위에
앉게 되니…… 뭐, 신경 쓰지 마십시오. 후작님."

"전하."

그러나 라이온은 이제 고개를 들어 하늘을 보고 있었다.

"바람이 없군요. 먼바다까지 나가려면 세실이 고생해야겠는데요."

"예? 아니, 그렇지는 않습니다."

"예?"

에름 후작은 뭐라 대답하려다가 빙긋 웃으며 말했다.

"거울이라고요? 재미있군요. 이젠 제가 질문 하나 드리죠. 갇혀 있던 자가 가장 원하는 것은 무엇이겠습니까? 거울은 그에게 무엇을 돌려줘야 할까요?"

에름 후작은 그 말만 남기고는 배 위로 뛰어올랐다. 그러곤 라이온을 향해 말했다.

"굿 세일!"

"아, 굿 세일."

두 사람의 인사가 끝나자마자 라이트버드호가 움직이기 시작했다.

라이온은 당황하여 떠나가는 배를 바라보았다. 돛은 올리지도 않았고 노를 쓰는 것도 아니었다. 그런데도 라이트버드호는 쾌속이라 부를 만한 속력으로 순식간에 멀어졌고 그래서 뒷갑판에서 손을 흔들던 에름 후작은 몇 번 비틀거려야 했다. 그러나 그럼에도 불구하고 파도나 물결이 일어나지는 않았다. 그런 빠른 속력이라면 당연히 갈라지는 바닷물이 좌우에서 크게 물결쳐야 했을 텐데도.

고요한 라이트버드호의 흘수선을 바라보던 라이온은 알았다는 듯이 고개를 끄덕이고는 군나르를 돌아보았다.

"스팻?"

"예."

"아, 복수로군. 그걸로 스팻을 묶고 있던 마법을 깬 것이군."

"그렇습니다."

라이온은 피식 웃었다.

"갇혀 있던 물이 원하는 것은 다시 대양을 헤엄칠 자유겠지. 키 선장님은 스팻이 보내온 것에도 똑같이 돌려줬군."

군나르는 약간 혼란스러워하는 눈으로 멀어지는 라이트버드호를 보며 말했다.

"저는, 전하. 돌려준다느니 거울이니 하는 말씀이 이해가 잘 안 됩니다."

"그럴 테지. 군나르. 그걸 알려면 그와 오랜 시간 함께하거나, 아니면 마법사여야 하니까."

"마법사라고 하셨습니까?"

라이온은 대답하지 않았다. 스팻의 등에 얹혀 이미 수평선 가까이까지 사라져가고 있는 라이트버드호를 보며 라이온은 씁쓸하게 웃었다. 그리고 키를 보자마자 그에게서 최후의 대답을 받아낼 수 있음을 간파해 버린 노련한 마법사에게 경의를 보냈다.

훌륭합니다, 세실. 키 선장님은 당신이 원하는 것도 돌려줄 겁니다.

하지만 너무하지 않습니까?

살아 있기에 자유를 알고 자유를 알기에 거기에 취할 줄 아는 물에 얹혀, 라이트버드호는 바람도 없는 수면 위를 빠르게 미끄러지고 있었다. 해는 떠오르고 있었지만, 새벽의 사수는 그 모습을 언제까지고 바라보고 있었다.

제17장

Wedding March

여름의 손자국들이 가득 찍힌 나뭇잎들이 오솔길에 복잡한 그림자를 만들고 있었다.

가끔 화살처럼 내리떨어지는 햇살이 오솔길을 달리는 마차 지붕과 말 위에 떨어져, 그 전체를 빛의 얼룩을 가진 묘한 생명체처럼 보이게 만들었다. 길을 땅땅 두드리는 말발굽은 경쾌했고 마차바퀴는 이제 여행이 끝나가기는커녕 방금 시작되기라도 한 것처럼 신나게 구르고 있었다.

창 밖을 바라보던 파킨슨 신부는 행복한 시선을 돌려 데스필드를 바라보았다.

"데스필드! 이제 곧 펠라론이다."

"마치 신부님 당신이 펠라론을 건설해 놓은 것처럼 말씀하시지 마쇼."

퉁명스럽게 대구한 데스필드는 곧 날아올 주먹에 대비했다. 하지만 신성 펠라론에 다가가고 있다는 사실은 파킨슨 신부를 놀랍도록 변화시켰다.

"내 말투가 그랬냐? 허허. 너무 즐거워서 그런다. 용서해라."

멍한 시선으로 신부의 웃음 가득한 얼굴을 보던 데스필드는 이 가공할 위화감을 참고 견딜 것인지, 아니면 신부를 길길이 날뛰게 만들 말을 구상해 볼 것인지를 놓고 짧게 고민했다. 하지만 그때 그들 앞쪽에 앉아 있던 핸솔 추기경이 빙그레 웃으며 말했다.

"그러고 보니 이제 다 온 것 같군요. 그럼 우리 내려서 걸어볼까요, 신부님?"

"걸어간다고요?"

"마차 여행의 사소한 안락 대신 순례자의 기쁨을 누려보지 않겠느냐고 묻는 겁니다. 눈앞으로 기적의 도시가 다가오는 모습을 보는 것은 나름대로 기념할 만한 일일 겁니다. 사실 이 도시를 찾는 순례자들에겐 가장 큰 기쁨 중에 하나지요. 마차 안에서야 그걸 볼 순 없잖습니까."

"오오, 예하! 맞습니다. 하마터면 잊을 뻔했군요. 감사합니다!"

파킨슨 신부는 박수를 치며 환영했지만 데스필드는 심드렁한 표정으로 마차 안에 앉아 있겠다고 말했다. 그러나 결국 데스필드는 파킨슨 신부에 의해 마차 밖으로 끌려나와야 했다. 데스필드는 투덜거리고 불평하고 화를 내었지만 파킨슨 신부는 '그 거룩한 광경은 일광욕이 절실한 네놈의 영혼에 한 줄기 빛이 되리라'고 주장하여 핸솔 추기경을 웃기고 데스필드를 어이없게 만들었다.

"일광욕이 절실한 영혼? 웃겨주는군. 어쨌든 말이오, 저긴 당신들에

256

겐 영광의 성도이자 기적의 도시일지 몰라도 본인에겐 다른 곳과 다름 없이 시시한 '목적지'일 뿐이란 말씀이야. 패스가 아니오."

"이 자식아, 펠라론은 패스다! 우리 주님에게로의 패스란 말이다. 알겠냐?"

"헤? 그거야 모든 당신의 삶에 다 적용될 수 있는 언사잖아?"

"……너무 예리하게 말하지 마! 짜식이 가끔 섬뜩하게 예리하단 말이야. 그리고 나 이 복된 순간을 망치고 싶은 생각 추호도 없으니 더 이상 구시렁거리지 마라. 알겠냐?"

"알겠냐로 충분하니 홀스터에서 손 치우시지요."

데스필드는 입을 다물었다. 마차를 먼저 달려가게 한 다음 세 사람은 순례자처럼 단단하고 느린 걸음걸이로 펠라론까지의 남은 오솔길을 걷기 시작했다.

여름은 초록빛 물감이 되어 잎사귀와 나뭇가지에서 흘러 떨어지고 있었다.

펠라론으로 들어가는 카티막 언덕의 마지막 부분에서 파킨슨 신부의 발걸음은 점점 빨라지고 있었다. 자연 신부는 추기경과 패스파인더를 훨씬 앞질러 걸어갔고 핸솔 추기경과 데스필드는 그 미워할 수 없는 모습에 미소를 지으며 뒤를 따랐다. 그리고 파킨슨 신부가 갑자기 멈춰 섰을 때 그들은 뭔지 알겠다는 듯이 고개를 끄덕였다. 데스필드가 신부의 등을 향해 외쳤다.

"펠라론입니까?"

신부는 한참 후에야 떨리는 목소리로 말했다.

"그래. 기적의 도시다."

데스필드는 신부의 옆에 섰다.

도시 중의 도시가 그들의 발 아래에 펼쳐져 있었다.

펠라론 강의 수면에서는 태양의 박편들이 군무를 춤추며 강물을 황금빛으로 물들이고 있었고 그늘빛 해오라기들이 수면 위로 조용히 날개치고 있었다. 강가에 자리잡고서 펠라론 강에 제 모습을 비춰보고 있는 웅장한 건물들은 여름 한가운데서도 서늘한 설광으로 빛나고 있었다. 열주와 하얀 발코니들. 광장을 수놓은 페퍼민트 블루의 포석들은 그 자체로 성화(聖畵)라 할 만하다. 멀리, 구름보다 더 먼 곳이 아닌가 생각될 정도로 멀리 북쪽의 자케산 기슭으로는 은빛 펠라론 파인들의 군림이 산자락을 타고 흐르는 너울처럼 부드럽게 흐르고 있었다. 신심 깊은 신도들 중에서도 꽤 많은 수의 신도가 오펠 2세가 은혈을 흘린 자리에서 저 펠라론 파인이 자라났다고 믿고 있지만 그것은 사실과 다르다. 오펠 2세 자신도 법황으로 즉위하기 전 저 펠라론 파인에 대한 시를 몇 수 남겼고 그 이전의 법황들도 펠라론 파인의 은빛을 신심 깊은 신도에 비견하는 칙령들을 남겼으니까. 하지만 누가 뭐래도 은혈의 법황과 은빛 펠라론 파인은 잘 어울리는 짝임에 틀림없다.

그리고 그것은 가장 저명한 예는 아니다.

파킨슨 신부는 선 자리에서 그대로 펠라론의 1700년 역사를 보는 기분이었다. 저기 펠라론 강에서 자케산으로 이어지는 대로를 통해 역류의 법황 로키는 강물을 거꾸로 끌어올렸다. 대로 중턱에 비껴서 있는 아름다운 교회는 세 개의 종탑을 가진 것으로 보아 마누비스 3세가 건

설한 삼종교회일 것이다. 그리고 그 맞은편으로 보이는 조그마한 언덕은 혼 족에 의해 살해된 성 페이루스의 유해가 스스로 나타난 페이루스 언덕일 것이다. 페이루스 언덕 아래 잔디밭에는 초승달 모양의 연못이 하늘을 담고 있었고 그 주위로 흐드러지게 피어 있는 푸른 꽃은 절대 제비꽃 같은 것이 아니다. 저것은 펠라론 파인과 더불어 전 대륙에서 오로지 이곳에서만 찾아볼 수 있는 식물의 하나인 라우스 3세의 푸른 장미다…… 문득 파킨슨 신부는 자신이 펠라론의 극히 일부분만을 보고 있음을 깨닫고, 그 작은 부분에 오밀조밀 담겨 있는 전설들과 기적의 숫자에 전율을 느꼈다. 그곳에서는 연못에 그늘을 드리우고 있는 늙은 나무 한 그루조차 기적이다, 1700년의 수령을 자랑하는.

"당신들이 오는군요."

데스필드의 말은 1700년의 역사 속에 머리끝까지 빠져 있던 파킨슨 신부를 가까스로 수면 위로 끌어올렸다. 역사 속의 표류자였던 파킨슨 신부는 현재의 공기를 찾아 코를 벌름거린 다음 데스필드를 돌아보았다.

"뭐라고?"

"어떤 당신들이 이쪽으로 오고 있다고."

파킨슨 신부는 아래쪽을 바라보았다. 저 앞쪽에는 그들이 먼저 보낸 마차가 굴러가고 있었고 데스필드가 말하던 '당신들'은 그때 마차와 헤어져 그들에게로 달려오고 있었다. 마부에게 탑승자들의 소재를 묻고 나서 달려오고 있는 것이 분명했다. 그때 약간 늦게 언덕 정상에 올라선 핸솔 추기경이 데스필드의 말을 받았다.

"아, 자몬 경이군. 법황청의 의전관이자 또다른 기적의 역사의 증인이지. 약간 뭣한 기적이지만."

추기경의 말 끝에는 재미있어하는 감정이 담겨 있었다. 파킨슨 신부와 데스필드는 핸솔 추기경을 돌아보았고 추기경은 빙긋 웃으며 말했다.

"자몬 경은 좋은 교양과 탁월한 승마술의 소유자이지만, 그보다는 펠라론 최강의 카드꾼이라는 사실로 더 유명하지요. 벨타온 자작이거든."

데스필드와 파킨슨 신부는 벨타온 자작이라는 이름에서 자기 저택에서는 절대 지지 않는다는 유명한 카드꾼 가문의 전설을 떠올릴 수 있었다. 신부는 탄식처럼 말했다.

"아아. 로헤이든 성하께서……"

"그렇소. 법황 로헤이든의 유령이 벨타온 가의 가장들에게 훈수한다는 이야기가 있지. 하지만 내 생각엔 그건 벨타온 가에서만 유용한 일종의 블러핑인 것 같소. 상대의 블러핑을 견제하고 싶을 때 어떤 도박사는 피식 웃고 어떤 도박사는 무표정을 유지하지요. 하지만 자몬 경은 허공을 흘끔 쳐다보곤, 뭔가를 듣는 시늉을 하고 나서, 상대를 향해 꺼림칙한 웃음을 띠워보내지요."

파킨슨 신부는 너털웃음을 터뜨렸다.

"효과가 있습니까?"

"그의 말을 보면 알 거요. 저 윈디어는 백만 데리우스에도 팔지 않는다는 전설이 따라다녔지만 자몬 경은 카드 두 장으로 저 명마를 차지했지."

그들이 기적의 도시 펠라론의 약간은 덜 성스러운 기적에 대한 잡담을 나누고 있는 동안 법황청 의전관과 그의 부하들이 가까이 다가왔다. 파킨슨 신부는 그러려니 했지만 데스필드는 자몬 경의 말을 보고는 감탄하는 표정을 지었다. 의전관은 말에서 뛰어내린 다음 핸솔 추기경을 향해 목례했다.

"주님을 찬양할진저. 오래간만에 뵙겠습니다, 예하."

"주님을 찬양할진저. 반갑구려, 자몬 경. 이곳까지 나와서 반겨주다니 몸둘 바를 모르겠군요."

"천만의 말씀입니다. 성하께선 예하가 겪어야 했던 고초들에 대해 진심으로 우려하고 계셨습니다. 저는 오히려 파덴트로 모시러 가지 못한 점을 사과드리고 싶습니다. 그 사트로니아인은 예하께서 이미 파덴트시를 떠났다는 전갈을 보내어와서 저희들을 꽤 곤란하게 만들었습니다."

데스필드는 이 대화를 흥미로운 시선으로 바라보고 있었다. 핸솔 추기경이 '작은 법황'이라는 소문은 어느 정도 신빙성을 가진 소문이었던 모양이다. 데스필드와 파킨슨 신부가 머리로는 알고 있었지만 아직 가슴으로는 느끼지 못했던 그들의 동행의 높은 신분에 대해 익숙해질 즈음 자몬 경이 그들에게 시선을 돌렸다.

"실례하겠습니다. 테리얼레이드의 파킨슨 신부님이십니까?"

"주님을 찬양할진저. 그렇습니다."

"주님을 찬양할진저. 법황청의 의전 업무를 맡고 있는 자몬 벨타온이라고 합니다. 법황청을 대신하여 기적의 도시에 오신 것을 진심으로 환영합니다. 물론 공식적인 환영은 신부님께서 체재하실 법황청에서 있을 것입니다만."

파킨슨 신부는, 데스필드로서는 의외였지만 별로 감격해하는 얼굴은 아니었다. 그보다는 오히려 차가운 듯한 냉정함으로 대답했다.

"한낱 시골 신부를 이토록 환영해 주시니 감사하기 이를 데가 없군요. 추기경 예하와 동행하긴 했습니다만 저는 그저 기적의 성도를 찾아온 순례자일 뿐입니다. 그러니 저나 여기 있는 이 자에게는 성려를 베풀어주시지 않아도 무방합니다. 저희들은 주제넘게 법황청에서 체재할 생각은 없으며 저 도시에서는 순례자로서 숙식을 해결할 것입니다."

대답하는 신부의 얼굴에서는 조금 전 기적의 도시를 바라보았을 때의 희열 같은 것은 찾아볼 수 없었다. 하지만 자몬 경은 빈틈을 보이지 않는 얼굴로 대답했다.

"펠라론을 찾는 모든 순례자들을 보호하고 극진히 대접하는 것은 법황청의 의무이자 권리입니다. 게다가 성하께선 적지 않은 기대감으로 신부님을 기다리고 계셨습니다. 그러니 부디 저를 곤란하게 하시지 마시고 법황청까지 두 분을 안내하는 영광을 허락하셨으면 합니다."

아무 말 없이 바라보면서, 데스필드는 이 대화의 내면에 숨겨진 의미를 해석해 보았다. 법황이 '많은 기대감을 가지고' 신부를 기다린 것은 결국 율리아나 공주 암살건 때문일 것이다. 그렇다면 겉으로 점잖기 짝이 없는 자몬 경의 초청은 결국 구금의 의미를 가지는 것이다. 파킨슨 신부가 엉뚱한 말을 흘리기 전에 법황청에서 단속하고 나서겠다는. 데스필드는 자신의 허리에 매달린 스완 대거와 신부의 허리에 있는 핸드건을 번갈아 떠올렸지만 폭력의 증후를 느끼지는 못했다. 법황청이 어떤 우려를 하건 간에 파킨슨 신부는 그들이 상상도 하지 못할 목적을 가지고 펠라론을 찾은 것이므로.

데스필드의 예상대로 파킨슨 신부는 시원한 미소를 지으며 대답했다.

"그렇게까지 말씀하시니 더 이상 거절할 수가 없군요."

데스필드는 마음속으로 심술궂은 미소를 지었다. 파킨슨 신부는 이런 경우라면 누구나 예상할 수 있는 목적을 가지고 있지는 않았다. 그리고 파킨슨 신부가 법황청의 암살 기도라는 특급 스캔들을 이용하여 법황이 신음을 흘릴 정도의 거금을 울궈낼 수 있다는 생각을 떠올리지 않는 것은, 분명 존경받을 만한 태도겠지만, 동시에 그를 단속하기 위해 허둥대는 이들의 면전을 가볍게 후려치는 태도이기도 했다.

킬리 선장은 말고삐를 내려놓고는 성을 돌아보았다.

"저 성은 점점 더 제방이 되어가는 것 같아, 벨로린."

"피탄 각도 때문이야."

"그건 나도 알아. 하지만 저렇게 비스듬하게 만들어놨다간 보병들이 뛰어오르겠는데."

킬리의 말은 과장이 아니었다. 돌탄 선장의 지휘하에 건설되고 있는 다림 외성은 포격에 대비하여 60도 정도의 각도를 이루며 제방처럼 만들어지고 있었다. 성벽 안쪽도 비슷한 각도를 이루고 있으며, 따라서 성벽의 두께는 가장 두꺼운 곳의 경우 5, 60피트나 된다. 강철의 레이디가 아니고서야 포격으로 저 성을 파괴하는 것은 지난한 일이 될 것이다. 하지만 그런 완만한 각도는 보병들로 하여금 그 위로 뛰어오를 수 있는 가능성을 부여한다.

그러나 벨로린은 고개를 가로저었다.

"그렇게 쉽진 않을 거야. 포격과 화살을 피해 저 넓은 초원을 죽 가로지른 다음 60도나 되는 성벽을 단숨에 뛰어올라가는 건 절대로 쉬운 일이 아닐걸."

"하긴 그렇겠지. 내가 투덜거리는 건 사실……"

"성이 너무 못생겼다는 것 때문이지."

"흐음. 내가 말할 걸 다 알겠지만, 일일이 말을 가로챌 필요는 없잖아? 왜냐하면……"

"자기 자신에게도 들려줘야 하니까."

킬리는 헛웃음을 지으며 벨로린을 향해 손사래를 쳤다.

"훠이, 훠이."

파리 쫓아버리는 손동작이었지만 벨로린은 눈을 지그시 감았다.

"시원하다. 부채질 좀더 해봐."

킬리는 다시 웃음을 터뜨렸다.

두 사람이 탄 말은 다림 교외로 향하는 가도를 따라 걷고 있었다. 하지만 두 사람 모두 긴 여행에 대비한 모습은 아니었다. 이곳으로 오고 있는 어떤 사람들을 마중하기 위해 나온 것이기 때문이다. 킬리가 세 마리의 기수 없는 말을 이끌고 있다는 점 이외에는 두 사람은 마치 산책이라도 하고 있는 듯한 모습이었다. 킬리는 벨로린이 말을 탈 줄 안다는 사실에 대해 약간 놀랐지만 벨로린은 자신에게 주어진 망아지를 능숙하게 다루고 있었다.

"뭐든 다 안다는 건 뭐든 할 줄 안다는 거야?"

"그렇진 않아. 예를 들어, 난 너를 유혹해서 네 아기를 가질 수는 없지."

"그 이야기 좀 그만해. 요 꼬마야."

"바보구나. 그렇게 당황해하면 계속하는 법이야. 재미있거든."

"애늙은이 같으니라고. 너 아직 한 살도 되지 않았다는 거 몰라?"

"어쨌든 난 뭐든 다 할 수야 없지. 하지만 내가 무슨 일을 시도할 때 퍽 유리한 건 사실이야. 왜 그런지는 알겠지?"

"음. 필요한 정보는 전부 다 아니까."

"그러니, 최소한 말을 어떻게 멈춰 세우는가 정도는 알고 있는 거지."

벨로린은 그렇게 말하며 자신의 망아지를 멈춰 세웠다. 킬리는 역시 말을 정지시킨 다음 자신이 끌고 오던 말들을 멈추게 했다. 하지만 주위를 둘러본 그의 눈에 보이는 것은 텅 빈 가도와 그 주위를 둘러싼 숲뿐이었다.

"여기야?"

"응. 저기 있어. 이리 나오라고 해."

벨로린은 눈으로 한쪽 숲을 가리켜보였다. 킬리는 어깨를 한번 으쓱인 다음 관목과 나무들을 향해 말했다.

"안심하시고 이리 나오십시오."

벨로린의 모습은, 그녀의 공포를 모르는 사람에겐 어쨌든 분위기를 상당히 부드럽게 만들어주는 어린 소녀의 모습이었다. 따라서 수풀 속에 숨어 있던 사람들은 안심한 채 걸어나왔다. 그리고 이번엔 거꾸로 킬리가 약간의 불안을 느꼈다. 꽤 많은 수의 사람들이 무장한 채 걸어나왔기 때문이다.

수풀 속에서 걸어나온 사람들 중 한 명이 킬리를 쳐다보았다. 오랜 여행, 그것도 몹시 괴로운 여행을 마친 자의 흔적이 몸 곳곳에 남아 있는 기사였다. 몸 곳곳에 생긴 상처에는 망토를 찢어 만든 붕대가 감겨 있었고 다리는 약간 절고 있었다. 하지만 기사는 침착하고 빈틈없는 얼굴로 킬리를 올려다보았다.

"숨어 있는다고 숨어 있었는데, 그래도 알아차린 모양이군. 게다가 그 태도를 보니 우리가 누군지도 아시는 모양이오?"

"예. 그래서 이렇게 마중나온 것입니다. 그리고 제가 짐작하기로, 아마도 록소나의 자랑인 서 하빈저가 아닌가 생각되는군요."

서 하빈저의 얼굴에 처음으로 놀라워하는 표정이 떠올랐다.

"록소나의 자랑이니 하는 말은 받아들이기 어렵지만 어쨌든 나는 하빈저가 맞습니다. 그런데 당신은?"

"킬리 스타드입니다. 폴라리스를 대신하여 여러분들을 맞이하러 나왔습니다. 원로에 정말 노고가 많으셨습니다."

"킬리 스타드? 그랜드머더호의 킬리 선장이시오?"

"그렇습니다."

킬리는 그렇게 말하며 말에서 내렸다. 그는 손을 내밀었고 하빈저는 엉겁결에 그 손을 받아쥐면서도 당황을 가누지 못했다. 킬리는 친밀감을 담아 하빈저의 손을 흔든 다음 말했다.

"정식 환영단을 데리고 나올 수도 있었지만, 긴장하고 계실 여러분들을 놀라게 해드리고 싶지 않아서 이렇게 두 사람만 왔습니다. 무례를 용서하십시오."

"아니…… 그럼 당신네들은 비자 록소나의 낙성과 우리들의 도주를 모두 알고 있었다는 말인데, 도대체 어떻게 아신 거요? 우리들은 전속력으로 도망쳐 왔고 우리들보다 소식이 앞서기는 어려웠을 텐데."

"수다스러운 바람은 다른 바람보다 더 빠르다던가요. 하하, 거기에 대해선 차분히 이야기를 나눌 때가 있을 겁니다. 빌레스 전하께선 어디 계십니까?"

하빈저는 짧은 갈등을 느꼈다. 하지만 킬리의 말마따나 두 사람만이 찾아온 것은 굉장히 부드러운 상황을 만들어내고 있었다. 그래서 서 하빈저는 몸을 돌려 한 노기사를 쳐다보았다.

마왕 빌레스는 도피행 중인지라 신분을 알아볼 수 있는 것은 하나도 착용하고 있지 않았다. 하지만 킬리는 벨로린을 흘끔 쳐다보았고 그녀가 고개를 끄덕이는 것을 보고는 앞으로 척척 걸어갔다. 그리고 킬리 선장은 빌레스의 앞쪽에 한쪽 무릎을 꿇고 말했다.

"록소나 국왕 빌레스 커리돈 전하 만세. 저는 킬리 스타드라고 합니다. 폴라리스를 대신하여 전하를 영접하게 된 점, 무한한 영광으로 생각합니다. 아울러 근자에 당하신 불미스러운 일들에 대해 심심한 위로의 뜻을 전하는 바입니다."

마왕은 그만 감동해 버렸다. 그 스스로 자신의 분을 이기지 못하면 말구유에 몸을 던지는 성격인 빌레스 국왕은 화려한 환영단보다 이런 진솔한 영접에 더 감동했다.—어차피 도망자 신세의 군주에게 많은 구경꾼은 그 숫자만큼의 수치이기도 했지만—마왕은 킬리의 손을 잡아 그를 일으켜세운 다음 떨리는 목소리로 질문했다.

"그럼 폴라리스는 나를 받아들이는 것이군?"

"물론입니다, 전하."

"휘리 노이에스의 적이 될 텐데?"

"아직 모르시겠지만, 저희들은 이미 다벨군을 맞이했고 그들에게 남해의 기개를 가르쳐주었습니다."

"아니, 나는 이미 들었다. 그럼 그 소문이 사실이었군!"

마왕 빌레스가 폴라리스를 찾은 것은, 폴라리스가 사트로니아의 동맹국이라는 점 이외에도 그 소문, 즉 신생국 폴라리스가 다벨 8군단을 맞이하여 2분 만에 그들을 패퇴시켰다는 믿기 어려운 소문 때문이기도 하다. 그렇기에 마왕은 이곳으로 도주할 것을 결심할 수 있었다. 킬리는 빙긋 웃으며 고개를 끄덕였다.

"그렇습니다. 자, 말에 오르시겠습니까?"

마왕은 폴라리스 영내로 들어오면서 점점 더 감동했다.

록소나 대사관에는 폴라리스 평의회가 주관하는 환영 파티가 준비되어 있었다. 폴라리스는 이런 경우 흔히 취하기 쉬운 애매모호한 태도를 전혀 취하지 않고 모든 것을 분명히 하고 있었다. 즉 그들은 '다벨이 화를 내건 말건 우리는 록소나 국왕을 진심으로 환영함'을 매우 분명한 태도로 보여주었다. 마치 다벨을 향해 볼 테면 보라고 말하는 것 같은 그 자신감 있는 태도는 휘리 노이에스에 대한 적의로서 그 공통점을 찾을 수 있는 파티 손님들, 그러니까 록소나, 팔라레온, 다케온의 피난민들에게서 열렬한 호평을 받았다. 위험한 도피가 끝나서 긴장이 풀리고 비슷한 처지에 있는 사람들과 만나 서로 동정을 나누게 된 마왕은 결국 대취하게 되었다. 한때 전쟁을 치르기까지 했던 다케온의 피난민들조차 공동의 적인 휘리 노이에스 앞에서 마왕과 악수할 정도였다. 결국 마왕과 피난민들은 서 브라도의 복수를 위해 제국이 움직일 거라는 둥, 그렇게 된다면 옛 다벨의 영토는 팔라레온과 록소나, 그리고 다케온이 공동 분할해야 한다는 둥의 이야기를 나누다가 모두 만취하여 잠들게 되었다.

하지만 서 하빈저는 인내심 있게 기다려 한밤중에 하리야 선장을 만나게 되었다.

"먼저, 이렇듯 환영해 주신 데 대해 감사드립니다. 하리야 의장님. 전하께서 즐거워하시는 모습을 참으로 오래간만에 보는 것 같습니다."

"마음에 드셨다니 저희들로서도 큰 기쁨이 아닐 수 없습니다."

한밤중에 서 하빈저의 방문을 받게 된 하리야는 책상 위의 램프에 불을 붙이고 그 위에 주전자를 올려놓으며 말을 이었다.

"피곤하실 텐데 이렇게 찾아오신 이유가 뭔지 궁금하군요."

서 하빈저는 두 눈을 비비며 웃음지었다.

"사실 침대로 사용될 수 있는 것이라면 그게 관이라도 그 속에 들어가 사흘쯤 나오지 않았으면 하는 심정입니다. 비자 록소나의 낙성은 끔찍했습니다. 저로서는 중과부적이었지요."

서 하빈저는 자신도 모르게 진저리를 쳤다. 림파이어 가문의 형제 기사 중 그 동생이 폴라리스에서 벼락을 맞고 있을 때 그 형은 비자 록소나에 벼락을 떨어뜨리고 있었다. 서 소팔라와 서 켈커는 이미 몇 번이나 전투를 거듭한 덕분에 거의 이름밖에 남지 않은 록소나군을 풀잎 베듯 밀어버리고 비자 록소나를 포격했다. 서 하빈저는 직접 검을 들어 포위망을 뚫고는 간신히 마왕을 빼낼 수 있었지만 그것을 자신의 기량이라고 생각하지는 않았다. 그보다는 놀랍도록 중첩된 행운이라고 믿었다…….

그러나 하리야는 고개를 가로저었다.

"아니오. 그건 경의 기량입니다. 이렇게 주군을 구출해 내신 것만으로도 대단한 일입니다. 볼지악 요새전에서 경이 록소나 중장기병들을 구해 낸 이야기는 바스톨 장군님께 잘 들었습니다. 게다가 이번에는 주군까지 구출해 내셨습니다. 빌레스 전하께선 경이 대단히 자랑스러울 듯합니다."

"말씀하시는 것 들으니 더욱 서글퍼집니다. 어쩐지 저는 패전 처리 전문인 것 같군요. 다케온, 알레미지우스 회전, 볼지악 요새전, 그리고 비자 록소나 낙성……"

서 하빈저는 올 봄 이후로 자신이 참여했던 전쟁들을 죽 열거했다. 하리야는 이 젊은 기사가 이토록 짧은 기간에 이렇게 많은 전쟁에 참여하고 있었다는 사실에 잠시 놀랐다. 게다가 그 중엔 가벼운 전투 같은 것은 있지도 않았다. 하리야는 그 많은 전쟁들에서 전부 도망치는 쪽에 있어야 했던 젊은 기사를 동정 어린 눈빛으로 바라보았다.

잠시 입을 다물고 있던 하빈저는 조용히 고개를 들어 하리야를 쳐다 보았다.

"이번에는 정말 이기는 편에 서고 싶습니다."

"이해합니다."

"그렇게 보이진 않겠지만 저도 록소나 기사입니다. 록소나 기사에 대한 험담을 많이 들으셨을 테지요? 오만하고 두려움을 모르고 잔인한. 예, 제 속에도 그가 있습니다. 저 역시 성 엑시아의 채찍 아래 온몸의 혈관이 터질 때까지 달리고 싶습니다. 죽음의 공포에 떠는 상대방의 얼굴을 향해 욕설과 비웃음을 던져주고 싶습니다. 제 몸에 뿌려진 상대방의 피 냄새를 맡고 싶습니다."

죽은 서 브라도나 바탈리언 남작, 혹은 록소나 대사관에서 만취하여 있는 빌레스 국왕이 지금의 서 하빈저를 보았다면 놀랐을 것이다. 아니, 서 브라도라면 하늘에서 웃으며 박수를 보냈을지도 모르지만 그의 침착함을 높이 사고 있던 바탈리언 남작과 빌레스 국왕은 당혹을 감추지 못할 것이다. 하리야 역시 이 온화해 보이는 인상의 젊은이가 조용히 꺼내놓은 속마음에 잠깐 동안은 당황했다.

하지만 서 하빈저는 여전히 침착한 태도로 말했다.

"그래서, 실례될지도 모릅니다만 질문을 던지고 싶습니다."

하리야는 부드럽게 미소 지었다.

"록소나 기사답게, 오만하게 질문하십시오."

"감사합니다. 그럼 묻겠습니다. 저는 이기는 편에 선 것입니까? 당신들이 휘리 노이에스라는 저 불세출의 정복 기술자 앞에서 이렇듯 당당한 것은 당당할 수 있는 이유가 있어서입니까, 당당한 표정을 짓는 것 외엔 할 수 있는 것이 없기 때문입니까?"

"어려운 질문이군요. 먼저 질문하는 것을 용서해 주시겠습니까? 만일 후자라면 어쩌실 생각입니까."

"전하를 모시고 배를 탈 생각입니다. 현재로서는 사트로니아를 생각하고 있습니다만 여의치 못할 경우 페리나스 해협 또한 염두에 두고 있습니다."

하리야는 다시 당황했다.

"발도 로네스 경을 육지로 끌어들이신다고요?"

"제 결심은 이미 충분히 말씀드린 것으로 압니다만."

"알겠습니다. 예, 알았다고 생각합니다. 부디 그런 말씀은 하지 마십시오. 법황 성하께서도 그들이 육지에 발을 들여놓는 것을 저지하기 위해 다벨에 성무 금지 처분 이외에 다른 것은 내리지 않고 계심을 알고 있을 텐데요."

서 하빈저는 투명한 표정으로 하리야를 바라보다가 나직이 말했다.

"저는 납득할 수 있는 조건이라면 악마라도 끌어들일 생각입니다. 그리고 고백하자면 저는 지금 어떤 요구 조건에도 납득해 줄 수 있는 기분입니다."

하리야는 입을 다물었다. 때마침 주전자의 물이 끓은 것을 다행으로 여기며 하리야는 차를 우려내기 시작했다. 그리고 속으로는 이 나이에 어울리지 않게 침착한 기사를 어떻게 대해야 할지를 고민했다. 불같이 화를 내는 자를 다루기는 쉽지만 침착하게 분노한 자를 다루는 것은 예삿일이 아니다. 그때 서 하빈저가 불쑥 입을 열었다.

"사실을 말씀하십시오."

"예?"

"저를 어떻게 다룰지 생각하고 계실 테지요. 사실을 말씀해 주시면 됩니다."

하리야는 속으로 혀를 내둘렀다.

"좋습니다. 사실대로 말하지요. 우리에겐 당장은 다벨을 어떻게 할 힘이 없습니다."

"저는 시간에 아쉬움을 느끼지 않는 나이입니다. '당장'이라는 것은 필요없습니다. '확실히'가 필요합니다."

젊은이는 침착하질 못해서 시간을 낭비하고, 늙은이는 시간이 없어서 침착함을 잃는다. 그래서 젊은이가 침착함을 가졌을 경우 이토록 등골 서늘한 말을 들을 수 있는 것이다. 하리야는 찻잔에 차를 부으며 말했다.

"어떻게 미래의 일을 확실히 말할 수 있겠습니까."

"카드점보다 나은 전망이면 제겐 충분히 확실한 겁니다."

"그렇다면 확실합니다."

"……먼저 제가 이야기를 좀 하겠습니다."

"듣고 싶군요."

"폴라리스는 신생국입니다. 자기 보전이 가장 중요한 당면 과제일 것이며 영토 확장 같은 것을 감행할 만한 내적 충실함을 쌓을 시간은 없었을 겁니다. 반면 그들을 둘러싸고 있는 것은 하이낙스 이후 제국이 처음 만나게 된 정복 기술자입니다. 최악의 상황에서 만난 최악의 상대라고 하겠습니다. 의장님께서는 이 상황의 어떤 국면에서 자신감을 느끼시는 건지 궁금합니다."

"그가 진정한 정복 기술자라는 데서 자신감을 느낍니다."

서 하빈저는 차분한 얼굴로 찻잔을 들어올리며 하리야의 설명을 강요했다. 주전자를 내려놓은 하리야는 손가락을 가볍게 꺾으며 말했다.

"말씀하신 대로 폴라리스는 걸음마를 배우기 시작한 나라입니다. 이런 폴라리스를 치는 것은 시간 낭비고 자원 낭비입니다. 당분간 그는 폴라리스를 내버려둔 채 정복지 재편에 신경 쓸 것입니다."

하리야는 이 전망에 상당한 자신감을 가지고 있었다. 벨로린의 말이었기 때문이다.

"따라서 우리는 내적 충실함을 쌓을 시간을 가지게 될 겁니다."

"말씀하신 것은 옳다고 여겨집니다만 그 시간은 휘리 노이에스에게도 똑같이 유리하게 작용할 텐데요. 폴라리스가 힘을 기르는 동안 다벨은 더 많은 힘을 기를 겁니다. 더군다나 그가 재편하고 있는 그 땅은 아달탄 대왕께서도 지적하신 '왕자의 땅'입니다. 그는 그곳에서 식량과 군마와 강철과 자금을 거침없이 뽑아낼 수 있습니다."

"그리고 그 힘은 더 많은 적을 끌어들일 겁니다. 따라서 그는 더 많은 힘을 사용할 수 있게 되더라도 여전히 우리에게는 그 힘을 쓰지 못할 겁니다. 휘리 노이에스는 그 힘을 페인 제국이나 사트로니아, 혹은 부활한 중부 동맹에 사용해야 할 테니까요."

"중부 동맹?"

"비밀입니다만 이젠 말씀드려도 될 것 같군요. 바이스라, 레모, 라트랑의 3국은 비밀 협정을 맺었습니다. 록소나가 다케온을 침략했을 때 록소나의 배후에서 압력을 구사하기 위해서였지요."

서 하빈저는 놀란 눈으로 하리야를 쳐다보았다. 하리야는 고개를 끄덕였다.

"결국 마왕께서 회군을 결정하셨기에 그 협정은 제대로 가동되기도 전에 시들해져 버렸고 더구나 레모의…… 그, 아십니까? 예. 라트랑 내 쿠데타 획책 때문에 현재는 완전히 파기된 상태입니다. 하지만 라트랑 후작 에름 라트랑이 라트랑으로 복귀하는 시점에서 우리는 그에게 그 3국 동맹의 부활을 부탁할 생각입니다. 물론 우리들이 직접 하지는 않을 겁니다. 사트로니아에 그 3국 동맹의 정보를 알려주고 요청해 볼 생각입니다. 그들의 협정을 다시 이끌어낼 수 있다면, 우리는 다벨의 동쪽 저지선을 형성할 수 있게 될 겁니다. 북쪽은 펠인 제국에 맡기면 되겠지요. 우리들은 농담 삼아 이것을 반……" 반왕 사냥이라고 할 뻔했던 하리야는 가까스로 말을 바꿨다. "덫 사냥이라고 부르고 있습니다."

"놀랍군요. 하지만 그 3국이 충분한 힘을 낼 수 있을까요?"

"가능하다고 보고 있습니다. 다케온이나 팔라레온, 록소나는 각개격파당한 겁니다. 그 중에서도 특히 귀국과 다케온은 이이제이의 수법으로 이간질당했기에 8군단 앞에 쓰러진 거지요. 특별히 빌레스 전하나 귀국을 비난하고 싶은 생각은 없습니다만. 어쨌든 같은 수법이 두 번 통하지는 않을 테고 유기적으로 연결된 바이스라, 레모, 라트랑의 3국은 상당한 저지력을 발휘할 수 있을 거라 생각합니다. 그리고 이 모든 것은 그냥 해보는 소리입니다."

차분히 듣고 있던 서 하빈저는 그만 얼빠진 얼굴로 하리야를 바라보았다. 하리야는 빙긋 웃으며 말했다.

"이 정도면 우리들이 가진 힘이 무엇인지 아실 듯한데요."

"모르겠습니다."

"우리는 남들보다 더 많이 알고 있습니다. 우리들이 한번도 알려진 적이 없던, 게다가 실행되기도 전에 깨진 3국 협정에 대해 알고 있다는 것이 놀랍지 않습니까? 아니, 그것보다 오늘 오전 킬리 선장이 여러분들을 맞이하러 나갔던 일을 생각해 보시겠습니까?"

서 하빈저는 그제서야 놀라움 가득한 얼굴이 되었다.

그런 비밀 협정이 얼마나 비밀스러운가는 불을 보듯 뻔한 일이다. 그런데 하리야 의장은 아무렇지도 않게 말하고 있는 것이다. 게다가 오늘 오전 킬리 선장은 그들이 어디쯤 왔는지 뻔히 안다는 듯이 마중하러 나왔었다. 국왕의 도피행이었기에 서 하빈저가 비밀 유지를 위해 얼마나 노심초사했는지는 주님만이 아실 것이다. 그런데 폴라리스는 파티 준비까지 마쳐놓고 기다리고 있었던 것이다.

"사트로니아의 정보력입니까?"

"아니오. 우리들의 독자적인 것입니다. 어쨌든 우리는 필요한 모든 사실을 알 수 있으며 그것을 이용할 수 있습니다. 알려드릴 수야 없지만 우리는 지금 휘리 노이에스가 어떤 형태의 재편 작업을 하고 있는지, 그 총책임자가 누구며 기한은 얼마로 잡고 있는지도 알고 있습니다. 심지어 우리는 법황 성하께서 다벨에 대해 준비하고 계신 대응책이 뭔지도 알고 있습니다."

"예? 법황 성하께서 무슨 대책을 가지고 계십니까?"

"그렇습니다. 그래서 나는 카드점보다는 확실하다고 말씀드렸던 것입니다."

하리야는 자신이 상대방의 오해를 일으켰음을 잘 알고 있었다. 바로 그렇게 되도록 유도한 것이니까. 물론 그는 거짓을 말한 적이 없다. 하지만 벨로린에 대해 알지 못하는 서 하빈저는 폴라리스가 신성 펠라론과도 모종의 연계를 가지고 있다고 생각할 수밖에 없었다. '그렇군. 그래서 이 자는 필마온 기사단을 끌어들이는 일에 그토록 난색을 표했던 것인가.' 서 하빈저는 자신이 이끌어낸 결론에 감탄해 버릴 수밖에 없었다. 그의 결론 속에서 이 신생국은 소제국 사트로니아에 이어 신성 펠라론까지도 자신의 편으로 끌어들이고 있는 것이다.

그러나 서 하빈저가 입을 열었을 때 그 목소리는 여전히 투명했다.

"카드점보다는 확실하군요."

"그럼 한번 더 질문해도 되겠습니까?"

"궁금하신 것이?"

"말씀하시는 것을 들으니 궁금해졌습니다. 왜 폴라리스를 선택하셨습니까? 페인 제국이 더 확실한 선택이었을 텐데요. 그렇게 확신이 없으셨다면 왜 페인 제국이 아닌 폴라리스로의 도주를 선택하신 건지요?"

"제 질문이 무례했다면 사과드리겠습니다. 말씀하신 대로 페인 제국으로 전하를 도피시켰다면 확실히 안전했겠지요. 하지만 그랬다간 록소나를 되찾을 가능성은 매우 희박해졌을 겁니다. 제국은 레프토리아 회전 이후 제후국들간의 분쟁에 무력을 행사하지 않는 것을 자신의 원칙으로 삼아왔습니다. 제국을 움직이게 하려면 너무 많은 시간이 필요할 겁니다. 그래서 전하께서는, 확실한 안전보다는 조금 위험하더라도 당장 그들과 적대하고 있는 나라를 선택하고 싶어하셨습니다. 제가 조금 전 사트로니아나 필마온 기사단을 언급한 것도 같은 맥락에서였습니다."

하리야는 고개를 끄덕였다.

"당연한 말씀이고, 게다가 마왕다우신 결정이군요."

"그리고 한 가지 이유가 더 있습니다."

"무슨 이유지요?"

"전하께서는 키 드레이번을 만나셨습니다."

이번엔 하리야가 놀랄 차례였다. 그리고 서 하빈저와는 달리 하리야는 자신의 충격을 그대로 표현했다.

"어, 어디서 말입니까? 혹시 마왕께서 키 드레이번을 체포했다는 말입니까? 아니, 키 선장님은 분명히 에름 후작과 레갈루스에……"

"아니오. 그 반대입니다. 전하께서 키 드레이번에게 체포되셨었지요."

"예?"

서 하빈저는 조용조용한 말투로 다케온 공격 당시 마왕과 키 드레이번의 조우에 대해 설명했다. 하리야는 대단한 집중력—약간 도가 지나쳐서 말하고 있는 서 하빈저를 거북하게 할 만큼의—을 보이며 하빈저의 말을 청취했다. 이야기를 다 들은 하리야는 탄성을 질렀다.

"아아. 그리고 회군하신 것이군요?"

"그렇습니다. 만방의 찬사를 받았던 그 회군은 사실 키 드레이번의 작품이었습니다. 그리고 전하께서는 비자 록소나 탈출 이후 이렇게 말씀하셨습니다."

"어떻게 말입니까?"

"그 남자의 부하들이 있는 곳으로 가자. 그 자는 내게서 다케온을 빼앗아갔으니, 그 부하들은 내게 록소나를 돌려줘야 할 것이다."

말을 끝낸 하빈저는 하리야의 얼굴을 보며 약간 당혹했다. 하리야는 싱긋 웃으며 천장을 바라보고 있었고 그 웃음 속엔 진한 그리움이 담겨 있었다. 하리야는 그렇게 천장을 바라보며 말했다.

"그건 잘못 아신 겁니다."

"예?"

"설명할 수는 없지만 나는 확신합니다. 키 선장님은 빌레스 전하께서 원하시는 것을 돌려줬을 겁니다. 아마도 빌레스 전하가 그때 가장 원하고 있었던 것은 록소나로 회군할 수 있는 빌미였을 테지요. 나는 압니다."

서 하빈저는 가까스로 무표정을 유지할 수 있었다.

"펠라론 게이트에 왜 들어가시려는 겁니까?"

"라오코네스가 나타났다고요?"

"그렇습니다. 그래서 말씀인데, 신부님께서는 왜 펠라론 게이트에……"

"정말 라오코네스였습니까? 그러니까, 드래곤 라오코네스?"

"······예. 그는 자신이 라오코네스라고 주장했고 저나 다른 목격자들은 그 주장에 이의를 제기하긴 어려웠습니다. 아무튼 종탑보다도 더 높은 곳에서 그렇게 말했으니까요. 그래서 드리는 질문인데······"

"미노 만의 그 라오코네스 말씀이죠? 800년 전의?"

플로라는 질문을 중단하고 작게 한숨을 내쉬었다. 이 아름다운 피조물의 허탈해하는 모습은 상대방이 꼭 열정적인 기사가 아니더라도 많은 동정심을 이끌어내기에 충분했지만, 아쉽게도 파킨슨 신부와 데스필드는 그런 감정을 느끼기엔 너무 혼란되어 있는 상태였다.

일종의 취조실로 사용되고 있는 듯했지만 어쨌든 법황청의 훌륭한 방 안에서, 일종의 취조관으로 나선 듯하지만 그런 일을 하기엔 너무 신비로운 피조물의 말을 들으며 파킨슨 신부는 격심한 당황을 감추지 못하고 있었다. 결국 파킨슨 신부는 대드래곤이 한 일을 이웃집의 주책바가지 노인이 한 일처럼 표현하고 말았다.

"라오코네스가 왜 그랬을까."

그리고 데스필드는 그만 신부의 화법에 휘말려버렸다.

"뭐 돈 떼먹은 거라도 있으쇼?"

"그런 건 없는 것 같은데."

"평소에 좀 화목하게 지내지 그러셨수."

"······우리 그만하는 게 좋겠지? 이 분이 우릴 미치광이 쳐다보듯 하시니. 죄송합니다. 어, 레이디 플로라."

플로라는 살풋 웃으며 고개를 가로저었다.

"아니, 괜찮습니다. 그건 여느 때의 아침과 점심 사이에 일어나는 일은 아니고, 그렇다고 해서 점심과 저녁 사이에 일어나곤 하는 일도 아니니까요."

"일상적인 일은 아니죠. 예, 흐음. 라오코네스가 생존해 있었군요. 그런데, 왜 라오코네스는 누가 펠라론 게이트에 들어가는 것을 저지하겠다는 거지? 아니, 잠깐. 그에겐 그럴 권한이 없어. 이유가 어쨌건 그 드래곤에게는 교회나 그 신도의 일에 간섭할 권한이 없단 말이야!"

혼자말처럼 중얼거리던 파킨슨 신부는 결국 노기 어린 외침을 토하며 동쪽을 쏘아보았다. 데스필드는 그에게 '미노 만을 노려보고 싶은 거라면 남서쪽은 저쪽이오'라고 가르쳐주고는 플로라를 향해 말했다.

"그런데 하나 물어봅시다. 당신이 펠라론 게이트에 들어가려 한다는 것은 어떻게 아셨소?"

플로라는 어리둥절한 표정이 되었다.

"제가 들어가다니오?"

"아니, 파킨슨 신부님 당신 말이오."

플로라는 눈앞에 앉아 있는 패스파인더의 이상한 어법에 고개를 갸웃거리다가 말했다.

"핸솔 추기경께서 말씀해 주셨습니다. 그분께서 성하께 보고드리던 도중 신부님이 펠라론 게이트에 들어가고 싶어한다는 것이 언급되었고, 그래서 성하께선 신부님이 펠라론 게이트에 들어가려는 이유를 아시고 싶어하십니다."

"그럼, 아무래도 라오코네스 당신의 말은 당신을 겨냥한 말이겠군."

플로라는 다시 혼란을 일으켰지만 가까스로 데스필드의 말을 이해했다.

"예. 신부님을 지적한 말일 가능성이 높지요. 솔직히 법황 성하께서는 추기경 각하의 보고를 듣고 매우 놀라셨습니다. 라오코네스가 그런 말을 하자마자 펠라론 게이트에 들어가겠다는 분이 나타났으니."

데스필드는 그 말에 파킨슨 신부를 돌아보았다. 하지만 파킨슨 신부는 그가 가르쳐준 방향, 즉 북쪽을 노려보며 으르렁거리고 있을 뿐 플로라의 말에는 대답하지 않았다.

"고백하지만 당신이 노려보고 있는 건 북쪽이오. 그만 씩씩거리고 대화에 참여하쇼."

"……이 악마의 결과물 같은 놈. 재미있냐? 잠깐! 재미있다고 말할 거지? 알았으니 관둬. 뭐라고 하셨습니까, 플로라 양?"

플로라는 약간 난처한 듯한 미소를 지었지만 순순히 다섯 번째로 질문했다.

"펠라론 게이트에 들어가시려는 이유가 무엇입니까? 그리고 괜찮으시다면, 분명 신부님을 지적한 것이 분명한 라오코네스의 말이 무슨 의미인지 말씀해 주실 수 있을까요?"

"두 번째 질문은 나도 잘 모르겠습니다. 그런데, 놈이 나를 지적한 것일까요?"

"정확하게 말한다면 그렇지 않습니다. 라오코네스는 '아무도' 들여보내지 말라고 했으니까요. 하지만 그곳에 들어가고 싶어하는 사람이 많은 것도 아니니 아무래도 신부님을 겨냥한 말이라고밖에 생각되지 않는군요."

파킨슨 신부는 이번에는 정확히 남서쪽을 노려보며 짧게 으르릉거렸다. 퍽이나 흉측한 언사가 동원되었지만 모두 테리얼레이드 속어인지라 다행히 플로라는 알아듣지 못했다. 그리고 데스필드는 싱긋 웃었다. 잠시 후 조금 진정하게 된 신부는 무례를 사과하며 말했다.

"그럼 첫 번째 질문에 대해 대답하지요. 나를 이끄는 것이 나인지 주님인지 알기 위해서요."

"물론 세례를 받은 적도 없는 저 같은 존재가 이렇게 말씀드리는 것이 엄청난 실례가 될 것이라는 점은 알고 있습니다만, 신부님을 이끄는 것은 당연히 신부님 자신이시지 않겠습니까? 주님은 강제로 이끌지 않고 스스로 오길 한없이 기다리시는 분으로 알고 있습니다."

플로라의 나직한 대답에 신부는 고개를 끄덕였다.

"그렇군요. 내 표현이 좀 이상했나 보군. 이렇게 말하겠소. 내가 자기기만을 하고 있는 것인지 진리의 빛을 향해 걸어가고 있는 것인지 알기 위해서요."

"펠라론 게이트가 답을 주는 곳이라는 말을 들은 적은 없습니다만."

"하지만 아니라는 말도 없잖소?"

플로라는 고개를 살짝 끄덕였다.

"아시겠지만 펠라론 게이트에 관련된 속된 농담이 있기는 합니다. 그리고 그 농담은 펠라론 게이트에 대한 설명들 중 유일하게 반론을 당하지 않는 설명이지요. 사실이어서라기보다는 그것이 그냥 저질스러운 농담이기 때문입니다. 펠라론 게이트에 대한 정설은 아무것도 없고 그 정의를 내려보려는 시도는 항상 먼젓번의 시도보다 더 많은 반론을 이끌어내었을 뿐입니다."

"알고 있습니다. 하지만 그 이름이 이미 많은 것을 설명하고 있지 않습니까?"

"성 나자리의 이론 말씀이십니까? 그것이 천국으로 통하는 문이라면 천국의 문이라는 이름이 붙었을 것이다. 하지만 거기엔 펠라론 게이트라는 이름이 붙어 있다. 따라서 그 '문'은 펠라론으로 통한다."

"신학을 공부하셨습니까?"

파킨슨 신부는 놀란 눈으로 플로라를 바라보았지만 플로라는 생긋 웃으며 고개를 가로저었다.

"눈감고 돌을 던지면 열에 아홉 번은 신학자들의 비명을 들을 수 있는 곳에서 살고 있습니다. 이미 말씀드렸습니다만 저는 대드래곤 라오코네스와 거의 마찬가지로 신학이나 신앙에 대해 말할 자격이 없습니다. 이건 그냥 주워들은 것일 뿐입니다. 하지만 그 이론이 근본주의자들에게 상당한 지탄을 당하고 있다는 것 정도는 알고 있습니다."

"그렇군요. 좋습니다. 나는 성 나자리의 이론에 많은 부분 공감합니다. 주님이 천국으로의 문을 따로이 만들었다는 것은 이 세계 전체를 인간에게 창조하신 그 뜻과 상치되는 듯합니다. 그리고 내가 묻고자 하는 것도 그것과 많은 관련이 있습니다."

파킨슨 신부는 잠깐 주저했지만 곧 마음속에 있던 말을 꺼내놓았다.

"나는 속에 성기 몇 구가 차려진 벽돌 건물이 사람을 구원하는 건지, 그렇지 않으면 사람의 마음속의 교회가 사람을 구원하는지를 묻고 싶습니다. 그 대답을 알게 된다면 나는 펠라론 게이트만이 천국으로 통하는 문인지 모든 사람들이 이미 천국으로 통하는 문인지 알 수 있겠지요."

그녀 스스로 신앙인이 아님을 말했지만, 그럼에도 불구하고 플로라는 이 대담한—신부의 입에서 나왔기에 더욱 대담한—말에 얼굴을 약간 굳혔다.

플로라가 파킨슨 신부와 대화를 나누고 있던 그 시작, 법황청의 다른 장소에서는 부활의 법황이 오래간만에 만나는 추기경과 더불어 신부에 대한 이야기를 나누고 있었다.

"순수주의자군?"

"예. 그래서 그에게 핸드건을 주는 것에도 별 무리가 없었던 거지요. 그는 그것의 무서움을 충분히 알고 잘 쓰고 있지만, 그것을 대하는 태도에서는 그냥 재미있는 장난감을 대하는 정도입니다. 그 강력한 무기를 무기로 여기지 않는 것처럼 그는 율리아나 공주의 일을 무기로 쓸 수 있다는 생각도 못하는 것 같습니다."

"무기는 투쟁하는 자의 선택이고 투쟁하는 자의 9할은 겁쟁이지. 용감한 자로군, 그 신부."

퓨아리스 4세는 이렇게 파킨슨 신부를 우대하고는 곧 그를 절벽에서 밀어버렸다.

"그리고 난 용감한 자들이 싫어. 다벨의 그 미친 녀석도 그렇고."

"휘리 노이에스 말씀이십니까."

"그 녀석에 대한 세상의 평가는 어떻던가, 핸솔 추기경? 다림에서부터 이곳까지라면 대륙을 거의 가로지른 정도의 여정이었잖아. 그 동안 많은 이야기를 들을 수 있었을 텐데."

"죄송합니다만 별 이야기를 듣지 못했습니다. 그리고 그 점에서 드리고 싶은 말은, 여행을 하면서 세상 돌아가는 이야기도 듣고 드러나지 않은 것의 드러난 흔적도 찾고자 한다면 패스파인더를 고용하는 일은 어리석은 짓이라는 겁니다. 패스파인더는 가장 빠르게 목적지에 데려다주지만, 그 때문에 패스 바깥에 있는 것과는 제대로 접촉도 할 수 없더군요. 어쨌든 유력자들과 만나볼 기회는 전혀 없었습니다."

"흐음. 나도 장소가 아닌 패스 위에서만 사는 패스파인더에 대해서는 좀 들어봤네. 이해하긴 어렵지만. 어쨌든 좋아. 피곤할 테니 가서 쉬게."

"저, 그런데 파킨슨 신부는 어쩌실 생각입니까? 말씀드렸듯이 그는 펠라론 게이트에 들어가고 싶어합니다만."

"곤란한 질문이야. 사실 어떻게 해야 좋을지 모르겠네. 대드래곤은 아무런 협박도 하지 않았어. '그렇지 않으면'이 없다는 거지. 그리고 그 것은, 내 판단이 정확한지 모르겠지만 굳이 말할 필요가 없어서 생략한 것은 아닌 것 같아. 아예 처음부터 '그렇지 않으면'이 없다는 거지."

"아예 없다고요?"

"그래. 나는 그가 사용한 권고라는 단어가 매우 마음에 걸려. 보통의 인간 외교관 나부랭이가 그런 말을 사용할 때면 어렵지 않게 의미를 파악할 수 있지. 하지만 라오코네스는, 비록 아무 말도 없었지만 나에게 인식의 지평을 넓힐 것을 요구하고 있네. 참 어렵군."

핸솔 추기경은 잠깐 침묵했다. 하지만 그는 파킨슨 신부를 그 안에 들어가게 해주고 싶었다. 그 자신이라면 그런 생각은 떠올릴 수도 없었을 테지만, 아니, 바로 그렇기 때문에 추기경은 더욱 그의 의도를 관철시키고 싶었다.

그것은 부채감일 수도 있고 의리라고 말할 수도 있는 감정이었다. 10년 동안 오지에서 고생해 온 신부에 대해 고위 성직자가 가지는 동정심이라면 가장 단순한 설명이 될 것이다. 하지만 핸솔 추기경은 학자였고, 그 자신을 관찰 대상으로 삼는 일에도 익숙했다. 그래서 핸솔 추기경은 자신이 무엇을 원하는지 짚어낼 수 있었다. 그것은 단순하고 그다지 고상하지는 않지만 그래서 진실인 소망이다. 주여. 저는 파킨슨 신부를 설득하지 못했습니다. 당신은 할 수 있을까요?

그래서 추기경은 조심스럽게 말했다.

"너무 당연한 말입니다만, 성하께선 신도가 그곳으로 들어가길 원할 때 막을 방도가 없습니다."

법황은 고개를 끄덕였다.

"그리고 친지들 중 누가 그러겠다면 당연히 말릴 테고. 이것은 대드래곤의 말이네. 이 말도 퍽 마음에 걸리는군…… 일단 플로라의 말을 듣고 나서 결정하겠네. 플로라가 그를 만나고 있지. 그리고 그래도 판단이 서지 않는다면 그를 직접 상대해 봐야 할 테고. 젠장. 난 그런 작자들이 준비해 오게 마련인 선물들이 싫은데."

핸솔 추기경은 빙긋 웃었다. 그가 누구라도 신앙의 주인이자 신의 사도인 법황을 만날 수 있게 된다면 엄청나게 까다로운 신학적 수수께끼들을 한 보따리 준비하는 것은 당연하다. 그리고 법황이 그것을 싫어하는 까닭은 그 질문들이 궁금해서가 아니라 상대를 눌러보겠다는 불손

한 의도로 준비된 것일 경우가 많다는 것을 잘 알기 때문이다. 하지만 추기경이 알기로 파킨슨 신부에겐 그런 의도가 없다.

"걱정하시지 않으셔도 좋습니다. 그가 질문할 것은 확실합니다만, 그건 성하를 핏빛 토론장으로 끌어들여 난도질하겠다는 의도가 아니라 진짜 궁금해서 준비한 질문일 겁니다."

퓨아리스 4세는 신음을 흘렸다.

"그건 더 무서운데."

누워 있던 세실리아는 시트를 걷어차며 벌떡 일어났다. 어둠 속인데도 불구하고 단숨에 승강구 계단을 뛰어오른 세실은 입구의 문을 확 열어젖혔다. 그러고는 어둠이 가득 깔린 뒷갑판을 향해 상체를 내밀고는 고래고래 고함을 질렀다.

"잠이 안 온단 말이야! 그러니까 말하라구. 도대체 어떻게 해가 두 번 뜨냐!?"

세실의 고함은 고요한 밤바다 위에서 꽤나 요란하게 퍼져나갔다. 잠시 후 어둠 저편으로부터 한숨 소리 비슷한 목소리가 들려왔다.

"세실리아."

"응? 왜, 말해 줄 거야? 응?"

"자."

그냥 '자'뿐이었다면 세실은 코방귀를 뀌거나 더 큰 고함을 내질렀을 것이다. 하지만 그 '자'는 차가운 번득임이 동반된 것이었고 세실은 그것이 칼집에서 뽑혀나온 복수의 칼날이라는 것 정도는 알 수 있었다. 사실 그 목소리는 이물 쪽에서 들려오는 것이므로 세실은 복수의 칼날을 보지는 못했다. 하지만 마법장이 극도로 억제되는 느낌은 정확히 그녀를 찾아들었고, 그래서 세실은 신음을 내며 문을 도로 닫아야 했다.

선수에 앉아 있던 키는 달빛에 복수를 비춰보고는 손수건으로 그것을 닦기 시작했다.

돛은 펼치지 않았지만 라이트버드호는 꾸준한 속력으로 나아가고 있었다. 배 아래에서 그들을 떠받치고 있는 살아 있는 물 스팟 때문이다. 하지만 키로서는 약간 기분 나쁜 항해였다. 분명 전진하고 있음에도 불구하고 배의 롤링이 전혀 없었기 때문에 그의 경험에 위배되는 움직임이었다.

그리고 그것은 뒷갑판에 앉아 있는 에름 후작 역시 마찬가지였다. 후작은 조정 막대에 손을 얹은 채 앉아 있었지만 사실 조정할 필요는 전혀 없었다. 스팟이 알아서 배를 움직이기 때문이다. 따라서 후작은 그저 잠이 오지 않아서 그렇게 앉아 있는 것일 뿐이었다.

에름 후작은 배 맞은편, 그러니까 선수에 앉아 있는 키에게 말을 걸어보았다.

"좀 웃기는 말이지만, 키 선장. 나는 흔들리지 않아서 멀미가 날 지경이오."

고요한 밤바다 위였기 때문에 말소리를 높일 필요는 별로 없었다. 키 역시 조용히 말했지만 그 대답은 배를 가로질러 후작에게 잘 들려왔다.

"불편하군."

"어쩔 거요? 이 축축한 친구를 계속 데리고 다닐 생각이오?"

출입문 뒤쪽에서 숨죽인 웃음 소리 같은 것이 들려왔고, 그래서 에름 후작은 세실이 문 뒤에서 엿듣고 있다는 것을 알아차렸다. 하지만 키는 별 웃음기도 없는 목소리로 대답했다.

"모르겠다. 떠나지 않는군. 열린 바다로 나오면 도망칠 거라 생각했는데."

"흐음. 야생동물이라면 그렇겠지요. 그런데 그러지 않으니, 지성이 있는 모양이지요?"

"그러니 국왕과 국왕이 아닌 자를 구별하면서 보물의 파수꾼 노릇을 하는 거지."

"제국은 당신 때문에 더 골치 아파지겠군요. 이제 당신은 바람 없이도 움직일 수 있는 배를 가지게 되었으니. 이 스팻이 자유호를 움직이게 된다면 그거 정말 무시무시하겠는데."

키는 아무 대답도 하지 않았다. 에름 후작은 이대로 침묵을 지킬 것인지, 아니면 이왕 던져본 미끼를 이용해 볼 것인지를 놓고 잠깐 고민했다. 하지만 결국 그가 판단을 내리게 된 근거는 비합리적인 이유에서였다. '뭐, 라이온의 말대로라면 마음에 안 드는 질문이라고 해서 나를 죽이지야 않겠지.'

"이런 막강한 무기를 가지게 되었는데, 어떻소. 키 드레이번. 다시 폴라리스로 돌아갈 거요?"

그의 예상대로 키는 복수를 휘두르며 '내 일은 내가 결정한다!' 등으로 외치지는 않았다. 다만 밤바람을 닮은 목소리로 나직이 대답했을 뿐이다.

"오스발을 죽인 다음에 생각할 문제다."

에름 후작은 한숨을 쉬었고 승강구 쪽에서도 그 비슷한 바람 소리가 들려왔다. 후작은 고개를 들어올리다가 아예 뱃전에 등을 기대었다. 그러곤 두 팔을 뱃전에 걸치고는 밤하늘을 향해 말하듯이 말했다.

"알다가도 모를 일이군. 그 노예가 당신에게 무슨 짓을 한 거요?"

"율리아나 공주를 빼돌렸지."

"글쎄. 내 느낌인지 모르겠지만 당신의 대답에는 이런 비고가 붙어 있는 것 같군요. '이것은 그렇다는 것이 아니라 그렇게 알아두라는 의미에서 하는 대답임.' 내 느낌이 맞습니까?"

키 드레이번은 아무 말도 하지 않았다. 심술이 난 에름 후작은 갑자기 키를 확 꺾어 키를 바다에 빠뜨릴까 하는 생각을 해보았지만 시도할 용기는 별로 나지 않았다. 키가 바다에 빠져 죽을 사람도 아니거니와 만일 헤엄쳐 올라온 키가 똑같은 방법으로 '복수'한다면 그것은 그로서는 퍽 달갑잖은 상황인 것이다. 라이온의 말대로라면 키는 똑같이 복수하는…… 싱거운 상상을 계속하던 에름 후작은 문득 어떤 생각 하나를 포착했다.

후작은 뱃전을 베고 있던 머리를 앞으로 들어 선수 쪽을 향해 말했다.

"그가 당신을 위협하는 거요?"

"뭐?"

"오스발이 당신을 죽이려고 했습니까? 그래서 당신은 그를 죽이려드는 겁니까?"

"터무니없는 소릴 하는군."

이번에도 후작은 키의 대답에서 조금 전과 같은 비고가 달려 있는 것 같은 느낌을 받았다. 하지만 후작은 자신의 생각을 그 스스로 지지하기 어려웠다. 노잡이 노예였던 오스발이 어떻게, 왜 제국의 공적 제1호인 키 드레이번을 죽이려 한단 말인가. 게다가 후작은 짧은 기간이나마 오스발을 알고 있었고 그가 아는 오스발은 그런 추리에 부합하는 인물이 아니었다. 오히려 키 드레이번이 카밀궁을 급습한 밤, 오스발은 그 스스로 본관에서 걸어나오는 모습을 보여주었다.

'그러나 라이온의 말에 의하면 키 드레이번은 똑같이 돌려주는, 말 그대로의 복수자다. 사랑에 사랑을 돌려주고 죽음에 죽음을 돌려주는. 왕위에 왕위를 돌려주고 왕국에 왕국을 돌려주는…… 폴라리스? 그렇다면 그의 주위의 누군가가 새로운 나라를 원했던 것일까?'

마음속의 또다른 자신으로부터 '농담도 적당한 품격은 유지해야지, 그렇잖으면 광언이잖은가' 어쩌고 하는 내용의 야유를 들으면서도 에름 후작은 상상을 멈출 수가 없었다. 어차피 라이트버드호를 조종할 필요도 없고 따라서 고요하고 무료한 밤바다 위인 것이다. 공상에 잠기기엔 딱 적합한 상황이라 할 수 있을 것이고, 그래서 후작은 마음껏 공상했다.

파킨슨 신부는 방안을 왔다갔다하고 있었다. 침대에 몸을 누인 채 그 모습을 보던 데스필드는 결국 넌더리를 내며 상체를 일으켰다.

"젠장, 가만 앉아서 생각 못하쇼? 보는 본인 정신 시끄럽잖아."

"눈감아."

"뭐요? 드디어 법황 성하를 만나게 되었다는 것 때문에 그러는 거요?"

파킨슨 신부는 두 손을 머리 옆까지 들어올려 강하게 두 번 휘저었다. 그러곤 의자 위에 몸을 던지듯이 주저앉았다. 다리를 꼬아올린 신부는 그 위에 팔꿈치를 얹어 턱을 괴면서 말했다.

"라오코네스."

"라오코네스?"

"그 대드래곤이 왜 그런 말을 했을까? 그는 왜 펠라론 게이트에 아무도 들어가서는 안 된다고 말한 것일까?"

"미노 만까지의 패스파인딩이면 돈 많이 들 거요."

"가서 물어볼 생각은 없다. 어쨌든 당장은 말이야. 테리얼레이드로 돌아가게 된 다음엔 그럴 수도 있겠지만, 지금은 추리를 할 때다. 대드래곤이 왜, 왜, 왜 그랬을까?"

"본인이라고 그 이유를 알 수, 수, 수 있겠소?"

"내 추리를 도와줄 생각이 없다면, 이놈아. 잠자코 네 방으로 가서 잠이나 자라!"

"아까도 나왔던 말이지만, 아무래도 당신을 겨냥한 말인 것 같지 않소?"

"뭐?"

데스필드는 자세를 똑바로 잡았다. 사실 그 역시 라오코네스의 이야기를 들은 직후부터 그것에 대해 생각하고 있었다. 그의 의뢰주인 벌쳐는 파킨슨 신부가 펠라론 게이트에 들어가도록 도우라고 했고, 라오코네스는 아무도 펠라론 게이트에 들어가면 안 된다고 했다. 그리고 데스필드는 이런 기상천외한 일들이 서로 아무런 연관성 없는 사건들이라고 생각하기는 어려웠다.

"라오코네스 당신 말이오. 어떤 당신이 거기 들어가는 것을 라오코네스 당신이 싫어한다면, 당신은 그냥 가만히 있었으면 그만이었을 거요. 거기 들어가고 싶어하는 당신이 있을 리가 없으니까. 그런데 당신은 일부러 이곳까지 날아와서는 법황 당신에게 말했소. 그렇다면 당신은 당신에 대해 알고 있었던 것 아닐까요? 그리고 당신은 다른 당신이 아닌 바로 당신이 거기 들어가는 것을 막고 싶어서 당신에게 그렇게 말한 것 아닐까요?"

데스필드가 말한 마지막 문장은 그의 괴상한 화법의 극치라 할 만한 것이었지만 오랜 단련을 거친 파킨슨 신부는 별 무리없이 그의 말을 알아들었다.

"합당한 추리야. 하지만 녀석이 왜 나를 저지하고 싶어하는 거지? 아니, 잠깐. 그럼 그냥 내 앞에 나타나서 말하면 되잖아?"

"응? 그야 간단히 설명될 수 있지. 당신이 말한 것에 따르면 당신은 800년 전의 약속 때문에 제국의 땅을 밟지 않으려 한 것이오."

"아, 그렇군. 그때쯤이면 나는 페인 제국에 있었고 나에게 뭘 말하려면 라오코네스는 제국 땅을 밟아야 했단 말이지."

294

"그렇소. 그리고 대드래곤 당신의 자존심도 있었을 테고. 당신 같은 일개 신부보다는 법황 당신에게 직접 말하는 것이 근사하잖소."

"흐음. 이해되는군. 그것이 일몰의 제왕다운 처신이란 말이지? 제왕이니까 법황 성하를 상대로 말한다 이거로군. 하지만, 제길, 건방진 자식 같으니라고. 자기가 뭐라고 교회나 신부의 일에 간섭한단 말이냐!"

파킨슨 신부는 이렇게 존대와 하대를 동시에 사용해 가며 듣고 있던 데스필드를 피곤하게 만들었다. 데스필드는 혀를 빼물어 보인 다음 말했다.

"대드래곤 당신에겐 간섭할 만한 정당한 이유가 있었나 보지. 어쨌든 800년 만에 그 무거운 엉덩이를 들어 미노 만에서 나올 정도니까 꽤 중요한 이유일 거요. 젠장, 이렇게 나타나지 않았다면 당신이 살아 있었다는 것도 몰랐겠지."

"그렇지? 분명히 그럴 거야. 그런데 그 이유가 뭘까? 무엇이 그로 하여금 800년의 시간과 이 넓은 대륙을 가로지르게 만들었을까?"

"이유야 알 수 없고, 상관없잖소?"

"상관없다니?"

"어쨌든 본인이 보기에 상관은 없는 것 같은데. 라오코네스 당신은 당신더러 답을 찾지 말라고 하지는 않았어. 아무도 펠라론 게이트에 들어가지 말라고 했지. 그런데 당신이 원하는 건 답을 찾는 거지. 펠라론 게이트는 답을 찾을 수 있는 한 가능성일 뿐이지, 목적은 아니었어. 맞소?"

"그래. 그렇다."

"그럼 당신은 적극적인 방해를 당하고 있는 건 아니라고요. 그러니 그만 끓이고 뚜껑 열고 김 빼쇼."

"하지만 내가 거기에 들어가야 된다면?"

"그건 그때 가서 생각하면 안 돼오? 그만하고 주무쇼. 내일 성하 당신을 만나봐야 되잖아. 이런, 젠장. 본인이 이렇게 말하면 웃기겠지만, 그래도 법황 당신을 알현하게 된 신부가 도대체 뭐에 정신을 팔고 있는 거요?"

파킨슨 신부는 너털웃음을 터뜨리며 고개를 끄덕였다.

"그렇군. 나 내일 성하를 알현하지? 네 말이 맞다. 이런 경우라면 알현에서 무슨 말을 할 것인가로 머리가 꽉차 있어야 되지. ……그런데 그 자식이 왜 그랬을까?"

"으윽. 신부님 당신!"

데스필드는 야유 삼아 베개를 집어던졌고 파킨슨 신부는 껄껄거리며 그것을 피하고는 말했다.

"주여. 나의 대적이 어찌 이리 많은지요. 일어나 나를 치는 자가 많소이다."

데스필드는 고개를 내저으며 침대 위를 한 바퀴 굴러 방바닥에 섰다.

"기도하고 주무시오. 본인은 가보려오."

"알았다. 잘 자라."

데스필드는 신부에게 인사를 보내고는 몸을 일으켰다. 방문을 닫고 나온 데스필드는, 그러나 어딘가로 걸어가는 대신 복도 옆의 창문을 향해 걸어갔다.

그들이 유숙하고 있는 곳은 벨타온 저택이었다. 추기경의 저택이나 교회, 혹은 수도원이 아닌 법황청 의전관의 저택에 그들을 묵게 한 것은 여러 가지로 재미있는 의미를 추적해 볼 수 있는 일일 것이다. 하지만 파킨슨 신부는 천장과 바닥만 있으면 만족이라는 태도를 보임으로써 그런 결정을 내린 사람들을 김빠지게 만들었다. 그러나 데스필드는 그 의미를 짚어낼 수 있었다. 법황청 의전관 자몬 벨타온은, 법황청의 일을 맡고 있지만 성직자는 아니며 따라서 완전한 교회 세력이라고 할 수는 없다. 따라서 이것은 '교회는 파킨슨 신부를 억류할 생각이 없음'을 나타내는 예의바른 제스처일 것이다. 혹은 그 반대로 '파킨슨 신부는 교회 내에 속하지 않음'이라는 좀더 강렬한 의미가 될 수도 있다…… 데스필드는 더 이상 생각하지 않기로 했다. 이 경우엔 천장과 바닥이 있으면 만족이라는 파킨슨 신부의 태도가 차라리 속 편하다.

데스필드는 자신의 방으로 걸어가 배낭을 뒤진 다음 서재 쪽으로 몸을 돌렸다. 약속 시간이 가깝다.

서재에서는 자몬 경과 몇 명의 사람들이 카드놀이를 하고 있었다. 자몬 경은 데스필드가 들어오는 것을 보고는 가볍게 웃었고 데스필드는 눈인사를 보낸 다음 그의 맞은편에 앉았다. 자몬 경은 주위에 앉아 있는 사람들을 죽 소개했고 데스필드는 웃으며 그 이름들을 모두 잊어먹었다.

"피곤하실 텐데, 괜찮으시겠소?"

하인이 다가와서 데스필드의 옆에 섰다. 데스필드는 술 이름을 하나 말한 다음 가볍게 손을 풀었다.

"거덜나는 흔적이 보이거든, 본인이 아무리 고집을 부려도 알아서 쫓아보내 주시길 바라오."

테이블 주위를 둘러싼 사람들이 가볍게 웃었다. 서 자몬은 게임의 이름을 말했고 데스필드는 고개를 끄덕이며 편한 자세를 취했다. 자몬은 다시 한번 웃은 다음 날렵한 솜씨로 셔플한 다음 카드를 돌렸다.

데스필드는 차분한 눈으로 카드들의 움직임을 쫓았다. 그리고 머릿속으로는, 엉뚱한 것에 정신을 팔고 있는 파킨슨 신부와는 달리 내일 있을 법황과 신부의 회견을 골몰히 생각하고 있었다.

"유념하셔야 될 것은, 사실을 말씀하셔야 된다는 것입니다."

"알았어. 사랑해."

"성하, 제발. 저는 지금 파킨슨 신부님과 이야기할 때의 주의점을 말씀드리는 겁니다."

"아, 그래?"

"파킨슨 신부님에게는 위험이 없지만 그래서 위험합니다. 그 분은 공주 암살건 때문에 일종의 딜레마에 빠지신 듯합니다. 교회의 종으로서 그 암살을 도왔어야 하는지, 아니면 자신의 의지에 따라 그것을 저지하는 것이 옳은 것인지 궁금해하고 있는 거지요. 어느 것이 더 성사에 가까이 가는 일인가, 즉 아주 오래된 사효적 효력과 인효적 효력의 대결이, 혹은 더 넓게 형식주의와 실질주의의 대결이 그 분의 안에서 일어나고 있는 듯합니다. 그 대결의 짝을 가리키는 말들은 그 외에도 많겠지요."

"그렇군. 그런데 위험이 없어서 위험하다는 것은?"

"그 분은 답을 얻고자 할 뿐 그 답을 얻으면 어떻게 하겠다는 목적은 없으신 것 같습니다. 질문이 원론적인 것이다 보니 당연한지도 모르겠습니다만. 따라서 성하께서 그 분을 책략가나 음모가로 대하는 것은 옳은 일이 아닐 뿐만 아니라 적절하지도 못한 일이 될 것입니다. 최악의 경우 그 분의 속에는 있지도 않은 책략이나 음모가 성하의 자극에 의해 생겨나 버릴지도 모르니까요."

"무슨 말인지 알겠어. 결국 서로의 믿음에 대해 가슴을 열고 이야기해야 된다는 말이지?"

"예, 성하."

퓨아리스 4세는 크게 심호흡을 하고는 옷차림을 가볍게 가다듬었다.

"준비됐어. 아, 그러길 바란다는 말이지만."

플로라는 묵례한 다음 온실로 통하는 문을 열고 사라졌다. 법황은 천천히 걸어가 집무실의 문을 열었다.

바깥의 대기실에서는 그레이엄과 대화중인 늙은 신부의 모습이 보였다. 무슨 재미있는 농담이라도 주고 받았던 것인지 껄껄거리며 웃던 늙은 신부는 법황의 모습을 보고는 깜짝 놀라 일어났다. 그레이엄은 법황을 소개하려 했지만 법황이 먼저 파킨슨 신부에게 다가갔다. 그러고는 웃으며 손을 내밀었다.

파킨슨 신부는 한쪽 무릎을 살짝 꿇으며 법황의 반지에 접구했다.

"이 만남을 인도하신 주님을 찬양할진저. 만나뵙게 되어 무한한 영광입니다, 성하."

"주님을 찬양할진저. 일어나게, 파킨슨 신부."

신부가 다시 일어나자 법황은 그의 어깨를 가볍게 끌어안으며 집무실 안쪽으로 안내했다. 그레이엄이 그들의 등뒤에서 집무실 문을 살짝 닫았다.

퓨아리스 4세는 발코니 쪽으로 파킨슨 신부를 안내했다. 발코니에는 테이블과 의자가 준비되어 있었고 파킨슨 신부를 의자에 앉힌 법황은 그의 옆쪽 의자에 앉았다. 그들의 눈 아래로는 기적의 도시가 여름 햇살 속에 가물거리고 있었다. 파킨슨 신부는 이런 자리 배치에 약간 당황했지만 퓨아리스 4세는 웃으며 고개를 가로저었다.

"난 자네가 편한 마음에서 이야기하는 것을 듣고 싶어, 파킨슨 신부. 책상을 가운데 두고 자네를 세워놓고 이야기하는 것은 아무래도 실례가 될 것 같군."

"실례라니오, 성하."

"아니. 나는 테리얼레이드에서의 그대의 활동에 진심으로 감탄하고 있네. 내 주위의 약간 강직한 추기경들 중에는 자네의 활동을 폄하하는 이도 있지만, 그런 자들조차 스스로 그 일을 맡게 되면 머리를 내두르며 도망치고 말 것임을 고백하지 않을 수 없었지. 테리얼레이드 교구 신부라니, 정말 대단한 일이야."

파킨슨 신부는 쑥스러운 듯한 미소를 지었다. 퓨아리스 4세 역시 웃으며 말을 이었다.

"그리고 그런 자네가 조력을 구하고자 이 먼곳까지 와주었으니 나는

300

당연히 교회의 우두머리라기보다는 사도의 만형이 되어 그대를 대해야 겠지. 자, 들려주게. 형제여. 내가 자네에게 어떤 도움을 줘야 하지?"

파킨슨 신부는 한참 동안 말을 못하다가 어렵게 말머리를 뗐다.

"아무래도 그 테리얼레이드에서의 일부터 이야기가 되어야 할 것 같 군요."

법황은 차분히 기다렸다.

"법황청으로 매년 보고서를 올렸습니다만 보셨을지 모르겠습니다. 제가 테리얼레이드에서 가장 많이 했던 일은 전도나 봉사나 미사 집전 이 아니라 교회 건설이었습니다. 물론 횟수가 가장 많은 것은 아니지만, 가장 많은 시간과 활동을 투입해야 했던 것은 그것이었습니다."

"알고 있네. 아울러 도움이 되지 못했던 것 미안하게 생각하네."

"아니오. 제대로 건사하질 못해서 계속 다시 지었어야 했으니, 그건 제 잘못입니다. 물론 테리얼레이드라는 곳이 방화를 일종의 사교 수단 으로 삼는 험악한 풍토를 가지고 있습니다만. 어쨌든 저는 연례행사처 럼 교회를 재건해야 했습니다. 그런데 그러다 보니 교회라는 건물에 대 해 어떤 절실한 가치를 느끼지 못하게 된 것 같습니다."

"무슨 말인가? 계속해서 다시 건축했다는 것은 자네가 교회를 꼭 필 요한 것으로 생각하는 올바른 태도를 가졌기에 그런 것 아닌가?"

"아니오. 죄송합니다. 제대로 표현하질 못했군요. 그러니까, 교회라는 것이 저에게 어떤 위안이 되질 못했습니다. 농부의 예를 들겠습니다. 농 부에게 밀밭은 소중합니다. 하지만 그 집은 그의 휴식처입니다. 계속해 서 재건해야 했던 테리얼레이드 교회는, 제게 농부의 밀밭처럼 어떤 결실 있는 노동의 대상이긴 했습니다만 마음의 고향이나 기댈 수 있는 안식처가 되질 못했습니다. 절대로 그 일이 힘들거나 고되어서 싫었다는 것은 아닙니다. 하지만 교회라는 것은 노동의 대상이라기보다는 마음의 안식이 되고 위안이 되고 의지가 되어주는 곳이어야 하지 않습니까? 그 곳은 주님의 집이잖습니까?"

"무슨 말인지 알겠네. 이런 비유가 적절할지 모르겠지만, 자넨 사도가 아닌 건축가의 즐거움을 맛보고 있는 것 같아서 당황스러웠다는 말이군? 사도인 자네를 이끌어주었어야 할 교회를 거꾸로 건축가인 자네가 계속 이끌었다는 사실이 자네를 당혹시켰다는 것인가?"

"예…… 그런 것 같…… 아니, 그렇습니다. 제가 교회를 이끌게 되었다고 말씀하신 점, 바로 그것입니다. 그 외에도 많을 것입니다. 의지할 수 있는 손이 바로 이 손밖에 없었기에 저는 교회나 성자의 조력, 혹은, 용서하소서. 주님의 도움보다는 파킨슨의 도움을 더 필요로 했습니다. 한마디로 제가 믿을 수 있는 것은 저 자신밖에 없었던 것입니다."

"무슨 말인지 알겠네. 그런데 자네의 상황을 나에게 설명해 주는 이유가 뭔지 궁금하군."

퓨아리스 4세는 내심 흥미를 느끼고 있었다. 이미 핸솔 추기경에게도 밝혔듯이 법황은 이런 종류의 회견에서 말 첫머리부터 구원이니 신의 뜻이니 성전의 기자가 간과한—것이라고 그 자신이 믿고 있는—사실들에 대한 이야기를 꺼내어놓곤 하는 내방자들에게 질린 상태였다. 하지만 파킨슨 신부는 그런 것들을 이야기하는 대신 자기 검열을 시작하고 있었다. 그리고 그런 자기 검열은 이미 다음에 파킨슨 신부가 어떤 말을 꺼내어 놓을지를 암시하고 있었다.

"혼란을 느낍니다, 성하. 제가 결정하고 그 결정에 따라 저 스스로가 수행하는 일들의 반복 속에 10년의 세월을 보낸 후, 저는 저 자신이 교회가 된 것 같다는 생각을 하게 되었습니다. 뚜렷하지는 않을지 몰라도 내심 그런 믿음이 있었습니다. 그리고 제 자신 속에 있는 그런 믿음의 존재를 깨닫게 된 것은 다림 교회에서였습니다. 율리아나 공주 암살건 말입니다."

안심하고 있었기 때문에 충격은 더 강렬했다. 퓨아리스 4세는 어떤 형태로든 이 이야기가 거론될 것임을 짐작하고 있었지만 이토록이나 직설적으로 날아올 것이라고는 예상치 못했다. 본능적인 방어 자세를 취하고 싶은 것을 힘들게 억누르며, 부활의 법황은 차분히 신부의 다음 말을 기다렸다.

"어쩌면 성전의 말씀 중 가장 많이 어겨졌던 것인지도 모르는 어떤 말을 인용하겠습니다. '살인하지 말지니.' 아무런 조건이 없는 말임에도 불구하고 이교도에겐 적용되지 않으며 이단 심판관에게도 적용되지 않는 말입니다. 전장에 서 있는 신심 깊은 병사에게는 말할 것도 없겠지요. 그리고…… 예. 저 자신도 저 계율을 어겼던 적이 없다고는 말씀드리지 않겠습니다."

"파킨슨 신부."

"저를 파문에 처하신다면 겸허하게 받아들이겠습니다. 하지만 제가 바람의 도시에서 10년 동안이나 살아 있었다는 것에서 그 목숨에 제 것 아닌 핏자국이 묻어 있음은 이미 짐작하셨을지도 모르겠습니다. 안타깝게도 테리얼레이드에는 제 고해를 받아주실 신부님이 없었습니다. 어쨌든, 이제 성하께서는 안심하실 수 있겠지요. 저는 성전 원리주의자의 화법으로 성하를 괴롭혀드리고자 찾아온 것은 아닙니다. 만일 그랬다면 찾아오지도 않았겠지요."

"무슨 말인지 알겠네."

"그리고 저는 성하의 뜻을 거역했습니다."

파킨슨 신부는 성스러운 도시에서 시선을 옮겨 무릎 앞에 있는 테이블을 내려다보았다.

"이미 아시겠지요. 위협받았던 것이긴 했지만 어쨌든 키 드레이번을 이끌어들였습니다. 그리고 위협받았다는 말을 변명으로 삼지는 않겠습니다. 만일 그가 나타나지 않았다면 저 스스로가 다림 교회로 쳐들어갔을 테니까요. 키 드레이번은 단지 제 의지를 보다 명확히 드러내어 줬을 뿐입니다."

"그런가."

"예. 저는 제 의지로 성하의 뜻을 거역한 것입니다. 테리얼레이드에서 10년 동안 그랬듯이, 저는 제 속에 있는 교회로부터의 명령에 따라버린 것입니다. 어쩌면 그것은 제게 남아 있는 마지막 원칙의 파괴였는지도 모르겠습니다."

파킨슨 신부는 할말을 다했다는 기분을 느꼈다. 실제로 그는 자신의 속마음까지 포함하여 모든 것을, 마치 그 자신을 피고인 삼아 죄상을 설명하는 검사처럼 객관적으로 말했다. 그리고 파킨슨 신부는 판결을 듣기 위해 재판장을 바라보는 듯한 눈빛으로 부활의 법황을 돌아보왔다.

"그리고 저는 그것이 옳은 일인지 알고 싶어 이렇게 10년 만에 찾아왔습니다. 말씀해 주시길 바랍니다."

데스필드는 법황청 앞 광장의 분수대에 걸터앉아 있었다. 시간은 제9시 무렵, 여름의 태양이 지글거리며 불타오르는 시간이었다. 손수건을 둘둘 말아 땀받이 삼아 이마에 묶던 데스필드는 법황청의 정문을 나오는 파킨슨 신부를 보고는 손인사를 보내었다.

"이제 나오쇼?"

파킨슨 신부는 고개를 끄덕이며 데스필드가 앉아 있던 분수대로 걸어왔다. 데스필드의 옆에는 하얀 갈기를 가진 흑마가 조용히 서 있었다. 손수건을 질끈 묶은 데스필드는 이상하다는 얼굴로 신부를 바라보았다.

"잘 안 됐소?"

"아아."

"하이야압!"

파킨슨 신부의 말이 끝나자마자 데스필드는 솟구쳐 올랐다.

파킨슨 신부가 멍한 눈으로 바라보는 가운데 데스필드는 분수대의 난간을 밟고 다시 뛰어올라서는 말 안장 위에 올라탔다. 파킨슨 신부뿐만 아니라 흑마도 꽤나 당황한 듯했지만 데스필드는 아랑곳하지 않은 채 신부를 향해 손을 던졌다.

"잡으쇼!"

묘기에 가까운 몸놀림이었지만, 파킨슨 신부는 눈을 몇 번 껌뻑거리다가 말했다.

"뭐냐?"

"튀어야지?"

"튀긴 뭘 튀냐, 자식아."

"안전한 거요?"

"그럼 안전하지 않을 건 뭐냐?"

데스필드는 투덜거리며 안장에서 내려왔다. 땅에 내려선 데스필드는 윈디어의 하얀 갈기를 쓰다듬어주었고, 윈디어는 머리를 몇 번 뒤채며 푸르릉거렸다.

오늘 새벽까지 이어진 도박판에서, 그때까지 따지도 잃지도 않으며 노련한 솜씨로 판을 키우던 데스필드는 마지막으로 스완 대거를 테이블 위에 던졌다. 카드꾼들은 그제서야 그들이 몇 년에 한번 참석하기 어려운, 어쩌면 평생 한번이나 참여할 수 있을까 의심스러운 진짜 판에 끼게 된 것을 알아차렸다. 따라서 그들이 포기한 것은 참으로 경탄받을 만한 훌륭한 도박꾼의 자세였다. 남은 것은 자몬 경뿐이었고, 그래서 데스필드는 히죽 웃으며 벨타온 자작을 쳐다보았다. 벨타온 자작은 포기할 생각이 없었지만 스치기만 해도 상대를 죽일 수 있는 명검인 데다 고고학적 가치도 엄청난 보물인 스완 대거에 걸맞는 보물을 가지고 있지 않았다. 그래서 데스필드는 자몬 경의 명마 윈디어를 걸 것을 제안했고 자몬 경은 그것을 받아들였다.

그리고 오늘 아침, 데스필드는 다분히 악의적인 휘파람을 불며 윈디어를 타고 나왔다. 그가 벨타온 저택의 정문을 나올 무렵 자몬 경의 침실 쪽에서는 뭔가 깨지는 소리가 요란하게 울려퍼졌고 그래서 데스필드는 퍽 행복했다.

"재미있는 재주다. 이곳에 오자마자 펠라론 최고의 카드꾼을 격파했으니 네놈 명성이 하늘을 찌르겠구나. 그런데 그 말은 왜 탐낸 거냐?"

"조금 전 봤잖소. 도망치려고."

"도망치려고?"

"당신이 법황 당신의 비위를 건드릴 경우 그렇잖아도 입막음이 필요한 당신에게 무슨 일이 일어날지 알 수 없는 거 아니오."

파킨슨 신부는 멍한 눈으로 데스필드를 바라보았다.

라오코네스의 일 때문에 그런 생각을 못하고 있었지만, 파킨슨 신부는 교회가 감추고 싶은 비밀의 증인이다. 따라서 법황청은 신부를 행방이 묘연하게 만들어주고 싶은 충분한 이유를 가지고 있는 것이다. 따라서 데스필드는 바로 그 점에 대한 대비책의 일환으로 윈디어를 확보해둔 것이다. 파킨슨 신부는 따스하게 웃었다.

"그래서, 나를 펠라론 밖으로 도피시키겠다고?"

데스필드 역시 방긋 웃으며 대답했다.

"아니. 본인에게까지 불똥 튀기 전에 도망치려고."

신부의 얼굴에 떠올랐던 온화한 미소는 흔적도 없이 사라졌다. 파킨슨 신부는 으르렁거리며 데스필드를 노려보았지만 데스필드는 피식 웃으며 윈디어의 고삐를 끌어당겼다.

"적당히 하고 털 눕히쇼. 안전한 거면 갑시다. 혹 말에 타고 싶으쇼?"

"아니, 걷자. 이야기도 좀 하고 싶고."

신부와 패스파인더는 펠라론의 시내를 가로질러 걸어갔다.

시내의 정경은 화사하다기보다는 위풍당당하다에 가까웠다. 1700년이나 된 도시임에도 불구하고 법황들이 항상 알뜰하게 관리를 해왔기에 고도(古都) 펠라론은 아직도 훌륭한 도시의 풍모를 갖추고 있었고 그 시내를 오가는 사람들 역시 활기찼다. 그리고 그 활기찬 시민들의 8할 이상이 흥미로운 듯한 시선으로 두 사람을 돌아보곤 했다. 사람들이 자꾸 자신을 쳐다보는 것을 의아하게 여긴 파킨슨 신부는 데스필드를 돌아보았고 데스필드는 턱을 돌려 그의 뒤를 따라오고 있는 윈디어를 가리켜보였다.

"바람 사슴 당신을 보는 거요."

"바람 사슴?"

"윈디어(windeer). 바람 사슴. 당신의 이름이자 동시에 품명이지. 말 볼 줄 아는 당신이라면 침을 질질 흘릴 말이오. 본인의 도피 수단으로 선택된 것만 봐도 아실 수 있잖소? 당신은 사무이다크의 고원 출신이오. 그리고 당신의 가계는 어쩌면 말에 속하지 않을지도 모른다는 이야기도 따르지. 가끔 뿔이 돋는 당신도 있거든."

"뿔이? 허, 희한하군."

파킨슨 신부는 감탄하는 눈으로 윈디어를 돌아보았다. 그러나 데스필드는 윈디어를 바라보는 신부의 눈빛이 곧 어두워지는 것을 볼 수 있었다. 파킨슨 신부는 다시 앞을 돌아보며 혼자말처럼 말했다.

"어쩐지 이놈이 내 신세에 대한 알레고리인 것 같다. 나도 교회의 품종에 속하지 않는, 뿔 돋은 신부가 된 기분이거든."

데스필드는 어깨를 으쓱인 다음 앞을 보며 말했다.

"말 무리 중에 섞여들어간 사슴 당신은 따돌림당하겠지. 그래, 저기 법황청 목장의 종마 당신들은 테리얼레이드에서 온 야생 사슴 당신을 따돌리던가요?"

파킨슨 신부는 낄낄거리며 웃었다.

"따돌린 건 아니다만 말이 통하지가 않으니 따돌림당한 거나 마찬가지다."

"성하 당신이 대답을 안해 주던가요?"

"아냐. 주님께 맹세코 그 분께서는 성의를 다하셨다. 확신할 수 있어. 그 분은 자신의 명령을 거역한 이 부하 성직자를 전혀 꾸중하시지 않으셨고 내 의문과 갈등에 모든 열의를 다해 참여해 주셨다. 난 사실 오늘 아침까지도 독실한 신앙심으로 이름이 높았던 것도 아니고 이적이 함께 한 것도 아닌 로데인 백작이 어떻게 교회의 정상에 서게 되었는지 의아하게 여기곤 했다. 주여, 저를 용서하소서. 하지만 지금은 그렇지 않다. 그 분은 왕이 될 만한 분이다."

"그런데?"

"사실 내가 던지는 질문에 대답할 수 있는 법황이 계시기나 하겠느냐. 1700년 동안 펠라론과 교회를 다스렸던 모든 법황께서 부활하신다 하더라도 대답하실 수 있을지 솔직히 의심스럽다. 그 분께서도 고백하셨지."

"고백?"

퓨아리스 4세는 시무룩한 얼굴을 술잔을 들어올렸다.

"솔직하게 말하지 않을 수 없었어. 그 자의 질문에 어떤 답을 준다면, 그것이 어떤 대답이든 간에 교회 체제 전체의 붕괴를 가져올 대답이 될 거라고."

플로라는 고개를 약간 기울인 채 동정 어린 눈빛으로 법황을 바라보았다. 법황은 술잔 속에 담긴 주홍색 액체, 혹은 그 위를 어른거리는 자신의 얼굴을 바라보며 말했다.

"가장 모범적인 대답은 교회의 체제에 순응하라는 것이지. 단순해. 주님이 성전을 만드시고 성전이 교회의 뿌리가 되는 것이므로 교회는 주님의 뜻이자 바로 주님이지. 교회에 내재된 치명적인 결함만 없다면 더할 수 없이 단순하지."

"교회에 내재된 치명적인 결함이라 하셨습니까?"

"지붕이 있어야 성가대가 노래를 부를 수 있다는 것. 비가 올 때 특히 잘 드러나지."

플로라는 고개를 반대쪽으로 기울이며 법황을 바라보았다. 그러나 법황은 취한 것이 아니었다.

"혹은 벽이 있어야 신부가 성전을 읽을 수 있는 점. 바람을 막아줄

벽이 없으면 초가 꺼지거든. 아, 물론 바닥이 있어야 되지. 꼭 고려해야 되는 중요한 문제야. 실수로 바닥을 준비하지 않으면 기도 중인 신도들이 판데모니엄까지 한없이 떨어질 테니까."

플로라는 이제 고개를 똑바로 세워 법황을 바라보았다. 법황은 술잔을 내려놓고는 팔걸이에 두 팔을 던진 채 맥없이 위를 바라보았다.

"순종과 헌신의 서원은 복잡한 자기 기만이지."

"성하."

"파킨슨 신부는 그것을 잘 알고 있지. 10년의 세월 동안 바람의 도시에 있었으니까. 곰곰이 생각해 보고 결정을 내리는 쓸데없는 시간의 낭비도 필요없었을 거야. 모든 구조, 생명이든 건축물이든 사회 구조든 모든 구조물에는 너무 당연해서 별로 언급되지 않는 공통점이 있지. 그것이, 최소한 순간은 넘어서는 시간 동안은 버티고 있을 것. 항상성을 가질 것."

법황은 한숨을 내쉬었다.

"순종? 좋아. 혼 족의 대족장이 어느 날 나에게 교회를 해산하고 신앙을 버리라고 말한다면 나는 그에 순종해야 되나? 글쎄. 나는 정중히 펜을 들어 답장을 보내겠지. '짖어댈 시간 있으면 이리 와. 화끈하게 세례해 줄 테니까.' 그리고 주님의 영광이 실현되었다고 주장하겠지. 아마 손이 있는 모든 추기경들은 박수를 보낼 거라 생각되는군."

플로라는 생긋 웃었다.

"실로 그러하겠지요."

"모든 구조에는 그런 것이 있어야 하지. 내부의 구조를 지키기 위해 바깥의 영향을 어느 수준에서 차단하는 장치. 생물이라면 그 피부일 테고 건축물이라면 그 설계일 테고 사회 구조면 그 규범이지. 이제 이런 것을 생각해 볼까. 교회의 규범은 뭐지? 신앙이야. 순교는 용납되지만 배교는 용납되지 않아. 교회는 목숨보다 신앙을 더 중요하게 여긴다는 말이지. 그래서 순교자들은 이교도들의 칼날에 반항하지 않고 자신의 목을 내놓는 거지."

"말씀하신 대로입니다."

"그렇다면 순교는 신앙을 위해 자기 자신에게 저지르는 범죄야."

"예?"

"살인 방조야. 알겠나? 자기를 죽게 내버려뒀으니까. 살인 방조는 살인과 똑같은 거지. 자, 신앙을 위해 자신에게 범죄를 저질러도 된다면, 타인에게도 그럴 수 있지 않을까? 어쨌든 자신과 남을 똑같이 대해야 되니까. 그래서 파킨슨 신부는 단검으로 상대방을 찌르지. 난 겉으로 보기엔 궁색해 보이는 그 신부가 도대체 몇 명이나 되는 칼잡이들의 종부성사를 해치웠는지 정말 궁금해. 어쨌든, 그렇다면 보통의 순교자와 파킨슨 신부의 차이는 뭐지? 자신에게 저지르는 죄와 남에게 저지르는 죄의 차이인가? 하지만 모두가 주님의 자식인 것을."

"하지만 그것은……"

"그래. 궤변이지. 그리고 왜 궤변이 되는지에 접근하는 순간 교회 체제는 위기를 맞게 되는 거야. 안타깝게도 파킨슨 신부가 건드리고 있는 것이 바로 그 지점이고."

퓨아리스 4세는 다시 술잔을 들어올렸다. 그러고는 찡그린 표정으로 그것을 단숨에 들이켰다. 가만히 그 모습을 보던 플로라는 조심스럽게 술병을 들어 빈 술잔을 채웠다.

"그것에 대해서는 말씀하셨습니까?"

"그거라니?"

"펠라론 게이트 말입니다."

"안 들어갔으면 좋겠다고 말했어."

"뭐라고 하던가요?"

"아무 말도. 돌려서 말했지만 뜻은 명확하게 전달되었을 거라고 생각해. 난 거기에 대해 아무 말도 하지 않겠다는 태도를 취해 보였지. 즉 그것을 허락해 줄 수도 없고 허락하지 않을 수도 없는 나로서는, 아흔아홉 눈이 모두 감길 때까지 생각해 볼 수밖에 없다는 거지. 아마 쉽게 이해했을 거야. 그러니 무의미한 요청을 하거나 고집을 부리거나 하지는 않은 것이겠지."

"그렇지 않으면……"

"응?"

플로라는 약간 수심이 깃들인 얼굴로 발코니 너머를 바라보았다. 그곳에는 펠라론 시내가 아름답게 빛나고 있었다.

"그렇지 않으면, 법황의 허락 같은 것은 아예 신경 쓰지 않겠다고 결심한 것일 수도 있겠군요."

"본인은 그게 무슨 말인지 못 알아먹겠군. 어쨌든 당신이 찾던 답은 물 건너간 거요?"

데스필드는 질문했고, 그리고 잠시 후에 걸음을 멈췄다. 옆에서 걸어오고 있던 파킨슨 신부가 보이지 않았던 것이다. 데스필드는 그들이 걸어오고 있던 뒤쪽을 바라보았다.

파킨슨 신부는 대로 가운데서 팔짱을 낀 채 고개를 숙이고 있었다. 사람들이 이상하다는 듯이 바라보고 있었지만 자신 속에 깊이 잠겨 있는 신부는 그 시선을 눈치 채지 못하는 것 같았다. 데스필드는 신부에게 걸어가서는 그 앞에 섰다.

"뭐하는 거쇼?"

"발을 구르고 있다고나 할까."

데스필드는 미간을 찡그리며 신부의 이마를 바라보았다. 파킨슨 신부는 고개를 들며 씨익 웃었다.

"제기랄. 그 사슴의 비유 마음에 든다. 좋아. 말(馬)은 할 수 없지만 사슴은 할 수 있는 것이 있지."

"그게 뭔데요?"

"뿔로 들이박는 거지."

데스필드는 픽 웃으면서 질문했다.

"그래, 뭘 들이박으려오?"

"펠라론 게이트. 안내해."

314

"뭐요?"

"다시 말할까? 여기서 펠라론 게이트까지의 패스를 그으란 말이다. 난 그게 자케산에 있다는 것 말고는 어디 있는지 몰라."

데스필드의 얼굴에서 웃음기가 사라졌다. 데스필드는 심각한 얼굴로 말했다.

"허락받으셨소?"

"아니."

"그럼 또 거역하겠다는 거요?"

"허락은 하지 않으셨지만 반대도 하지 않으셨다. 그 분은 라오코네스 출현이라는 사실에 당황하신 것 같아. 그래서 거기에 대해서는 아예 이야기도 하지 않음으로써 신도의 정당한 권리를 부정하지도, 하지만 인정하지도 않은 상태로 몰아가실 생각인 게야. 주여, 사도 중의 사도를 불쌍히 여기옵소서. 성하께는 미안하지만 아무래도 들어가 봐야겠다."

"법황 당신이야 그렇다 치고, 그럼 라오코네스 당신은? 애초에 아무도 거기 들어가지 말라고 한 것은 라오코네스 당신……"

파킨슨 신부는 고함을 버럭 내질렀다.

"그 쓸데없이 용적 많이 차지하는 비효율적 피조물 녀석이야 내 알 바 아냐! 아니, 그 놈 패씸해서라도 난 기어코 들어가 볼 테다."

"……당신 지금 일몰의 제왕 당신에 대해 이야기하는 거 맞지요?"

"거어럼."

데스필드는 갑자기 이 용맹무쌍한 신부의 마음속에 두려움이라는 것이 있기나 한 건지 궁금해졌다. 그는 침착을 되찾으려 애쓰며 말했다.

"당신의 시도가 펠라론에 불벼락을 이끌어올지도 모른다는 건 생각해 봤소?"

"뭐?"

"당신이 펠라론 게이트에 들어갔을 경우 라오코네스 당신이 나타나서는 '아무도 들어가지 말랬잖아!'라고 노기등등하게 외치며 1700년 묵은 포도주병을 깨버릴 거라는 것을 생각 못해 봤냐고."

"……데스필드?"

"아?"

"몰래 들어가자."

데스필드는 얼굴을 시뻘겋게 물들인 채 한참 동안 왈왈거렸고 그 동안 파킨슨 신부는 그의 말을 진지하게 경청하는 표정을 지으며 속으로는 찬송가를 불렀다. 네 번째인가 다섯 번째 찬송가를 부를 때쯤 파킨슨 신부는 입을 꾹 다문 채 자신을 바라보고 있는 데스필드를 발견했다. 신부는 푸짐하게 웃으며 말했다.

"아, 그래. 네 말이 맞아."

"그럼 안 듣고 있었군?"

"그렇게 물었었냐?"

데스필드는 두 손으로 자기 목을 조른 다음 발로는 복잡한 스텝을 구사하기 시작했다. 데스필드가 3연속 스핀을 시도할 때쯤 파킨슨 신부는 심드렁한 표정으로 손을 내저었다.

"적당히 해둬. 법황청에겐 피해가 안 돌아갈 방법으로 할 테니까."

"어떻게!"

"안내나 해. 내가 알아서 할 테니까."

데스필드는 당신이 알아서 하겠다는 것이 더 불안해 등으로 말해 주고 싶었지만 안타깝게도 그에게는 거부할 수 없는 두 가지 진실이 있었다. 첫째, 이 막무가내를 평생의 신조로 삼고 있는 듯한 신부를 설득하는 것은 잊혀진 탑의 이름을 맞추는 것보다 더 힘들 것이며, 둘째, 그가 받아들인 벌쳐의 의뢰는 파킨슨 신부를 펠라론 게이트까지—펠라론이 아니라—안내하라는 내용이었다. 마치 이런 일이 발생할 것을 예측이라도 했다는 듯이 그런 의뢰를 한 벌쳐에 대해 소리없는 욕설을 퍼부으며 데스필드는 윈디어의 고삐를 끌어당겼다. 그리고 속으로는 절망적인 추측을 해보았다. '설마 이 알량한 스완 대거로 맞서 싸워야 되는 당신이 라오코네스 당신은 아니겠지?'

바람이 나무를 빗질하는 싸르륵거리는 소리가 펠라론의 낮은 오후를 채우고 있었다. 물론, 높은 오후는 황금의 태양의 영토였다.

신부와 패스파인더는 펠라론 강의 강변을 따라 걸어가다가 역류의 법황 로키가 자케산의 산불을 끄기 위해 강물을 역류시킨 로키 대로에 접어들었다. 발길 돌리는 곳마다 남아 있는, 혹은 증거하고 있는 법황들의 기적들을 보며 파킨슨 신부는 점점 마음이 무거워지는 것을 느꼈다.

법황은 신의 이름을 가지며 기적으로써 그 이름을 증거한다. 그리고 1700년의 펠라론 역사에서 그 기적의 고리가 끊어진 적은 한번도 없다. 창조자의 이름은 유릴란드였고 오펠이었고 라우스였고 로키였고 지금은 퓨아리스다. 따라서, 이성의 나침반이 비록 인간을 가리키고 있더라도 파킨슨 신부는 퓨아리스 4세를 창조자 주님 그 자신으로 받아들여야 한다. 언젠가 핸솔 추기경이 지적했듯이 너무도 단순하다. 법황이 곧 신이며 따라서 배교는 법황의 기준에 맞는가 틀리는가로 결정된다. 그리고 이 단순명쾌한 진실은 파킨슨 신부에게 배교자의 낙인을 찍는다.

그리고 여기에 어떤 변명이 있을 수 있는가. 이 도시에서 눈 닿는 곳마다 보이는 것은 법황과 신의 일치를 나타내는 증거들뿐이다. 파킨슨 신부는 주위를 둘러보기가 두려울 정도였다. 결국 펠라론 파인의 은빛 물결 속에 들어섰을 때야 파킨슨 신부는 안도의 한숨을 쉬며 좀 편하게 걸을 수 있게 되었다.

"저게 진짜 은이면 얼마나 멋질까."

데스필드가 불쑥 입을 열었다. 그가 가리키는 것은 은빛 바늘처럼 보이는 펠라론 파인의 침엽이었다. 햇살 속에 그 침엽들은 하얗게 불타고 있었고 그래서 그 아래를 걷는 두 사람을 몽환적인 기분에 젖게 만들었다. 파킨슨 신부가 웃으며 대답해 주려 할 때 데스필드가 말했다.

"다 왔소. 이 앞이오."

눈앞에서 대로는 둘로 갈라지고 있었다. 그리고 데스필드는 계곡 쪽으로 향하는 길을 가리켰다. 그 안쪽으로는 포장이 되지 않은 산길이 이어져 있었고 저 멀리 얕은 담장 같은 것이 얼핏 보였다. 파킨슨 신부는 고개를 끄덕이고는 그 길 쪽으로 들어섰다. 데스필드가 당황하여 말했다.

"어? 잠깐만. 여기서 멈춘 것은 계획 같은 것이 있으면 들어보자는 의미였다고요."

"아, 계획? 있지. 너는 이대로 돌아가거라."

"뭐요?"

"돌아가라고. 이제 됐으니까."

"아, 그건 안 되겠는데. 본인은 끝까지 봐야겠소. 젠장. 그리고 본인에겐 본인 나름대로의 계획도 있단 말이오."

"뭔 말이냐?"

"그건 있다가 말해 주지. 본인이 지금 알고 싶은 건 당신이 아직까지도 거기 들어가볼 생각이 있느냐 하는 거요."

"있다. 확실해."

"이런, 썩을. 좋소. 경비병은 어쩌고? 멍청한 순례자 당신이나 광신도 당신, 혹은 실연당한 철부지 청년 당신이 뛰어들어가는 것을 막기 위해 칼솜씨 좋은 경비병 당신들이 배치되어 있소."

"그래. 그들이 있어서 다행이지."

파킨슨 신부는 그렇게 말하며 웃었다. 단숨에 그 의미를 알아들은 데스필드는 못 살겠다는 표정을 지어보였다.

"알았소. 젠장."

그리고 그들은 산길 쪽으로 접어들었다.

그리고 조금 후, 펠라론의 하늘 아래로 강력한 포성이 울려퍼졌다.

포성의 메아리가 길게 꼬리를 끄는 가운데 퓨아리스 4세는 맹렬한 속도로 의자에서 일어났다. 법황은 단숨에 발코니로 달려가 사방을 둘

러보았고 플로라 역시 당황하여 가운을 들어올렸다. 그때 포성의 여음
치고는 너무 낮은 소리가 들려왔다. 똑똑. 법황은 문 쪽을 돌아보며 외
쳤다.

"어이가 없군. 그냥 뛰쳐들어와야 할 시간인 것 같은데 노크를 하다
니? 어쨌든 들어와!"

문을 열고 들어선 것은 핸솔 추기경이었다. 추기경은 약간 난처한 듯
한 미소를 지으며 말했다.

"시간이 좀 안 맞군요. 그의 성격이 급하다는 것을 짐작했어야 하겠
지만."

"무슨 말을 하는 건가?"

"아, 네. 저 포성에 대해 설명드리고자 왔습니다."

"응?"

핸솔 추기경은 플로라에게 가볍게 목례하고는 법황을 향해 걸어왔다.
그리고 멀리 보이는 자케산을 가리키며 말했다.

"파킨슨 신부의 핸드건일 겁니다. 아마도 펠라론 게이트 경비병을 쫓
아내기 위한 위협 사격일 테지요."

"잠깐. 자네, 신부의 계획을 알고 있었나?"

"짐작하고 있었습니다. 하지만 저도 그가 법황청을 나서자마자 일을
벌일 거라는 건 짐작하지 못했군요. 일단 펠라론 게이트 경비병들에게
반항하지 말라고 일러두긴 했습니다."

"말이 거꾸로 된 것 아닌가? 그가 이런 일을 벌일 줄 알았다면 미리
막았어야지."

"그는 신도고, 충분한 자격이 있습니다."

"하지만 라오코네스는……"

"그가 들어가는 것을 원하고 있었지요."

퓨아리스 4세는 날카로운 눈으로 핸솔 추기경을 바라보았다. 핸솔 추기경은 신비해 보이는 미소를 짓고는 몸을 돌렸다. 그는 테이블 앞에 서서는 술병을 들어올렸다.

"라오코네스가 굳이 나서지 않더라도 펠라론 게이트에 들어가고 싶어하는 사람이 있을 리 없다는 것을 놓고 본다면 그가 파킨슨 신부를 겨냥해서 말한 것은 확실합니다."

"그런데?"

핸솔 추기경은 술잔을 채우며 말했다.

"그가 신부를 겨냥해서 말한 것이라면 그의 말은 거꾸로 이해되어야 합니다. 만일 라오코네스가 정말로 파킨슨 신부가 펠라론 게이트에 들어가는 것을 막고 싶었다면 바로 어제나 오늘쯤 나타나서 파킨슨 신부를 밟아버리면 그만이었을 겁니다. 하지만 그는 그러지 않았습니다. 미리 나타났지요."

퓨아리스 4세와 플로라는 당황한 눈으로 서로를 쳐다보았다. 핸솔 추기경은 다음 잔에 술을 따랐다.

"라오코네스가 저보다 더 안목이 없다고 생각하긴 어렵습니다. 그렇다면 대드래곤은 파킨슨 신부가 용수철 같은 사람이라는 것도 알겠지요. 저도 알아볼 정도였으니까요. 따라서, 만약 그를 펠라론 게이트에 들어가게 하고 싶다면 들어가지 말라고 하면 됩니다. 그리고 대드래곤은 그렇게 했습니다."

"아니, 내버려두었어도 들어갔을 텐데?"

"그건 알 수 없는 문제입니다만 저는 이런 것을 여쭙고 싶습니다. 혹시 그와의 회견이 예상 외로 싱겁게 끝나지 않았습니까?"

퓨아리스 4세의 눈빛이 날카로워졌다. 핸솔 추기경은 두 개의 술잔을 들어올려 하나를 법황에게, 그리고 하나는 플로라에게 내밀었다. 둘은 엉겁결에 그것을 받아들었다.

"아마 라오코네스의 이야기를 듣자마자 파킨슨 신부는 펠라론 게이트에 들어가고 말겠다는 생각만 하게 되었을 겁니다. 그래서 성하와의 회담은 대충 끝내버린 거죠. 정말 순진한 악동 같은 사람입니다…… 그리고 라오코네스가 원했던 것은 아마 그런 것이었을 겁니다."

"말이 되는 것 같군. 좋아. 그런데 이 술잔의 의미는 뭐지?"

"그의 귀환을 미리 축하하고 싶어서입니다. 파킨슨 신부는 지금껏 펠라론 게이트에 몸을 던졌던 모험가나 낭만가와는 다릅니다. 그에게는 대드래곤의 후원이 있지요. 그래서 돌아올 가능성이 매우 높다고 생각됩니다. 그리고 그는 그 안쪽에 대한 최초의 보고자가 될 수 있겠지요."

핸솔 추기경은 자신의 잔을 들어올리며 말했다.

"혹 우리 시대에는 못 돌아올지도 모릅니다만, 뭐 어떻겠습니까. 그럼, 건배할까요?"

데스필드는 배낭에서 밧줄을 꺼내었다. 그리고 밧줄을 두 겹으로 해서는 그 한쪽 끝을 파킨슨 신부의 허리에 묶었다. 그 동안 파킨슨 신부는 핸드건으로 담을 겨냥하고 있었다.

얕은 담에는 경비병들이 벽에 붙어서 있었다. 그들은 예상외로 고분고분했고 파킨슨 신부는 그들이 핸드건에 겁을 집어먹었기 때문이라고 판단했다. 물론 그들이 고분고분한 이유는 핸솔 추기경의 지시가 있었기 때문이지만, 파킨슨 신부의 판단이 꼭 틀리다고는 볼 수 없다. 벽에 붙어선 경비병들은 신부가 오발이라도 일으킬까 봐 공포에 떨고 있었다.

밧줄을 신부의 허리에 묶은 데스필드는 그 반대쪽 끝을 집어들어 윈디어의 안장에 단단히 묶었다. 빠른 손놀림으로 신부와 윈디어를 연결시켜 놓은 데스필드는 한숨을 돌리고는 약간 두려워하는 눈빛으로 펠라론 게이트를 바라보았다.

사방으로 얕은 담장이 둘러친 공터 가운데 그것이 서 있었다. 문이라기보다는 거울을 연상시키는 타원형의 테두리가 보였고 그 안쪽으로는 암흑이 소용돌이치고 있었다. 크기는 꽤 커서 말에 탄 채로도 들어갈 수 있을 정도였다. 하지만 그 전체의 모습은 마치 아지랑이처럼 초점이 맞지 않았고 불분명해 보였다. 똑바로 보기 위해 눈을 부릅뜰수록 더욱 보기 어려웠다. 가운데서 소용돌이치고 있는 암흑 역시 뭔가가 움직인다는 느낌을 받는 것이 단지 착시 현상인지 실제로 움직이고 있는 것인지 구분하기 어려웠다. 데스필드는 테두리의 위쪽, 그러니까 보통의 문에서라면 상인방이 있을 부분에 무슨 글씨나 무늬 같은 것이 있다는 느낌을 받았지만 아무리 애를 써도 그것이 뭔지는 알 수 없었다. 그때 그를 흘끔 돌아본 파킨슨 신부가 말했다.

"아에드 인 마이오렘 델 글로인."

"뭐요?"

"엘핀으로 그렇게 적혀 있다. '거룩하신 주님의 영광에 의지하여'라는 뜻이지."

"글쎄. 본인은 아무리 봐도 저게 글씨인지 그림인지도 모르겠는데. 혹시 그냥 짐작으로 그렇게 말하곤 하는 거 아니오? 말씀하신 내용도 그렇고."

"곁눈으로 보면 조금씩 보인다더구나. 꽤 많은 수의 학자들이 도전해서 가까스로 알아낸 거야. 그리고 덕택에 무수한 학자들의 눈이 돌아갔다더군."

데스필드는 피식 웃고는 매듭을 한번 더 점검했다.

"좋소. 혹시나 못 돌아올 사정이 있으면 밧줄을 당겨 신호하쇼. 본인이 밧줄을 잡아당기리다. 그리고 들어가서 한참 동안 나오지 않으면 역시 당기겠소. 얼마쯤이면 되겠소?"

"글쎄. 짐작할 방법이 없잖냐. 굶어죽을 것 같다고 생각되면 당겨라."

"이런! 그건 너무 길잖아요. 포성 때문에 곧 당신들이 몰려올 텐데."

"아, 그렇군. 알았다. 네가 더 버티기 힘들면 잡아당겨라."

"그렇게 하지. 핸드건 이리 주쇼."

파킨슨 신부는 조심스럽게 핸드건을 건네고는 데스필드에게 귓속말로 말했다. '쏠 수 없게 해놨다. 네가 이것을 똑바로 쏠 수 있을지도 모르겠고 사고가 생길지도 모르니까.' 데스필드는 고개를 끄덕이고는 윈디어에 올라탔다. 그리고 경비병들의 등을 향해 핸드건을 겨냥했다.

파킨슨 신부는 그와 윈디어를 연결하고 있는 밧줄들을 엉키지 않게 바닥에 잘 펴놓은 다음 심호흡을 하고는 펠라론 게이트 앞에 섰다. 데스필드 역시 잔뜩 긴장한 채 신부의 등을 바라보며 손만 돌려 경비병들을 겨냥했다. (그래서 경비병들은 너무 무서웠다.)

잠시 후 파킨슨 신부는 큰 소리로 외쳤다.

"에라, 이따가 보자!"

그리고 파킨슨 신부는 펠라론 게이트 안쪽으로 뛰어들었다.

파킨슨 신부가 맨처음 느낀 것은 냄새였다.

어떤 희한한 것을 보거나 듣게 되더라도 놀라지 않을 결심이었지만, 신부는 냄새에 대해서는 미처 생각하지 못했다. 이상한 냄새가 풍기고 있었고, 그리고 어두웠다. 파킨슨 신부는 자신의 몸을 내려다보았지만 아무 빛도 없었기에 팔다리의 희미한 윤곽조차도 보이지 않았다. 파킨슨 신부는 손을 얼굴 앞까지 끌어올려 흔들었지만 여전히 보이지 않았다. 그러다가 신부는 자신의 이마를 때리게 되었다.

몸이 없어진 것은 아니라는 판단을 내린 파킨슨 신부는 허리를 더듬어보았고 밧줄이 그대로 묶여 있음을 확인했다. 밧줄은 그의 등뒤에서 뒤로 길게 늘어져 있었고 끊어지거나 하지는 않은 것 같았다. 파킨슨 신부는 장님이 된 기분을 느끼며 주위를 더듬어보았다. 하지만 밧줄 이외에 손에 닿는 것은 아무것도 없었다.

한마디로 아무것도 없었다. 파킨슨 신부는 맥이 풀리는 기분을 느꼈다. 그리고 조금 후에는 소스라치듯 놀랐다. 그의 생각대로 거기에는 아무것도 없었다. 바닥조차도.

그는 자신이 어딘가에 떠 있다고 생각했다. 빛도, 바닥도, 아무것도 없다니. 격하게 호흡하던 파킨슨 신부는 냄새는 있었다고 다짐해 보았지만 그렇게 생각하자마자 그것이 무슨 냄새인지 알 수 있었다. 그것은 자신의 몸에서 나는 냄새였다. 그의 주위에 있는 것은 아무래도 호흡할 수 있는 공기뿐인 것 같았다. 하지만 그것조차 확신할 수는 없었다.

파킨슨 신부는 소름이 돋은 팔을 서로 문지르며 주위를 둘러보았다. 바닥이 없었기 때문에 어디로 걸어갈 수도 없었다. 문득 그 사실이 그에게 공포로 다가왔다. 걸을 수가 없으므로 뒤로 돌아나갈 수도 없는 것이다. 비명을 지르려던 파킨슨 신부는 가까스로 입을 다물었다. 어쨌든 밧줄은 연결되어 있고 여차하면 데스필드가 끌어당겨줄 것이다.

파킨슨 신부는 갑자기 깨달았다.

소리, 소리를 낼 수 있는 것이다. 파킨슨 신부는 그 사실을 그제서야 깨달았다는 것에 놀라움을 느꼈다. 자신의 격한 호흡 소리, 그리고 비명을 지르기 위해 움직이던 턱과 치아에서 나던 소리, 그리고 이제 파킨슨 신부는 자신의 맥박 소리도 들을 수 있었다. 그는 소리를 내고 있었고 다른 소리도 낼 수 있다. 당연하다. 왜 말을 할 수 없단 말인가. 나는 말을 할 수 있다. 파킨슨 신부가 그 생각을 떠올리지 못한 것은 아무런 자극도 없었기 때문이다.

파킨슨 신부는 조심스럽게 말했다.

"그렇다."

"누가 있습니까?"

파킨슨 신부는 다시 뛰어오를 듯이 놀랐다. 물론, 완전히 수사적인 표현일 뿐이다. 바닥이 없으므로 뛰어오르는 것은 불가능하다. 어쨌든 파킨슨 신부는 다시 격한 호흡 소리와 맥박 소리를 내며 전방을 주시했다.

대답이 있었다. 질문보다 먼저. 파킨슨 신부는 그렇게 생각했지만 확신할 수는 없었다. 그 목소리는 어떠했더라? 남자인지 여자인지 어린이인지 어른인지도 알 수 없었다. 아니, 그것이 제국어로 말했는지조차 알수 없었다. 파킨슨 신부는 자신이 무엇을 들었는지조차 확신할 수 없었다. 그래서 신부는 다시 질문했다.

"그렇다."

"누가 대답했습니까?"

파킨슨 신부는 헐떡거렸다. 아무래도 대답이 있는 것 같다. 파킨슨 신부는 주위를 둘러보았지만 아무것도 보이지 않았다.

"나는 나다."

"당신은 누구입니까?"

"아니다."

"당신은 신입니까?"

"아니다."

"그럼 혹시 당신은 악마입니까?"

파킨슨 신부는 당혹했다. 그는 팔짱을 끼려다가 주춤했다. 그것이 옳은 일인지 알 수 없었기 때문이다. 대답은 자신이 신도 악마도 아니라고 말했다. 하지만 그보다 더 혼란스러운 것은 아무래도 대답이 질문을 앞서는 것 같다는 느낌이었다. 하지만 파킨슨 신부는 질문하기 전에 대답을 알지는 못했다. 그리고 잠시 후 파킨슨 신부는 자신이 뭐가 '전'이고 뭐가 '후'인지도 잘 알 수 없다는 것을 깨달았다.

"아니다."

"혹시 당신은 제 자신입니까?"

"그렇다."

"그러면, 당신은 당신인 것입니까?"

그냥 당신이란 말이지. 파킨슨 신부는 질문을 멈춘 채 생각에 잠겼다. 이 상황은 왠지 데스필드에게 설명시키면 잘할 것 같은데. 녀석을 여기로 끌어당길까? 그러나 파킨슨 신부는 그 경우 이곳에서 나갈 수 없을지도 모른다는 점을 생각해야 했다.

"아니다."

"좋습니다. 신도 아니고 악마도 아니고 저 자신도 아니고 그냥 당신일 뿐이라는 것이군요?"

"네가 가진 개념들을 포기하면 나는 네 속에 구현되지 않는다."

"예? 그게 무슨 말입니까?"

파킨슨 신부는 다시 질문을 던지기 전에 꽤 열심히 생각해야 했다.

"그렇다."

328

"당신이 누군지 알려면 개념의 소거 대신 개념의 확장을 시도하라는 겁니까?"

"지금은 그렇지."

"어렵습니다. 저는 우주나 신보다 더 큰 개념을 그릴 수 없습니다. 사실 그것들조차 말을 할 수 있을 뿐 머릿속에 그리고 있는지는 매우 의심스럽습니다."

"내가 지금 하고 있는 것이 무엇이지?"

"좋습니다…… 당신이 누구든 간에, 제 질문에 대답해 주실 수 있습니까?"

먼 곳, 혹은 아주 가까운 곳에서 부드러운 흔들림 같은 것이 전해져 왔다. 파킨슨 신부는 그것이 웃음이라고 생각했다. 그리고 그 흔들림 속에 파킨슨 신부는 한없는 편안함을 느꼈다. 이제 이 아무런 자극이 없어서 소름 끼치는 공간은 아무런 자극이 없어서 편안한 곳으로 바뀌고 있었다.

"듣겠다."

"감사합니다. 그럼 묻겠습니다."

"옳다."

"저는 율리아나 카밀카르의 암살을 저지했습니다. 교회가 그것을 원하고 있는 것을 알면서 말입니다. 제 행동이 옳은 것입니까?"

파킨슨 신부는 맥이 빠지는 기분을 느꼈다.

"옳다."

"교회가 제국의 평화를 위해 타율적 순교자로 율리아나 카밀카르를 지적한 것은 옳은 일입니까?"

예상대로의 대답이었다. 파킨슨 신부는 너털웃음을 터뜨렸다.

"그리고 그 윤간범들을 사살한 너 또한 옳다."

"모두가 신의 뜻이므로 옳다는 것이군요. 밤하늘에 별이 뜨는 것이, 구름이 비가 되는 것이, 손가락을 모두 구부리면 주먹이 되는 것이, 잠 잠하던 산이 화산이 되어 폭발하는 것이, 초경도 치르지 않은 소녀가 윤간당한 후 살해당하는 것이 신의 뜻인 것처럼, 모든 신의 창조물들이 하는 일은 다 옳은 일이라는 말씀이군요."

파킨슨 신부는 고개를 끄덕이며 어디에 있는지도 모를 상대를 향해 사죄를 표했다.

"예. 저도 스튜 속에 든 감자와 당근이 누가 더 요리에 도움되고 있는 지를 다툰다면 요리사를 웃길 수 있으리라 생각합니다."

다시 부드러운 흔들림이 다가왔다. 파킨슨 신부는 보이지 않는 두 손 을 조심스럽게 마주쥐었다. 메마르고 마디가 툭툭 불거진 손가락들이 서로에게 얽혀들었다.

"너는 그것을 가지고 있다."

"하지만 감자나 당근과는 달리 인간에게는 신께서 주신 자유 의지가 있습니다."

"너는 왜 인간은 선을 창조할 수 없는지를 묻고 있느냐?"

"자유 의지라는 것이 어쩐지 신께서 주신 어음에 배서할 것인지 말 것인지 결정할 권리에 지나지 않는다는 느낌이 들기는 합니다만. 결국 제 문제는 그것인 것 같습니다. 그 어음의 액수가 성전이라는 훌륭한 회계장부에 의해 다 결정되어 있다는 점. 왜 신은 우리에게 공수표를 주시지 않으셨을까요? 인간이 할 수 있는 것은 그저 배서할 것인지 말 것인지 결정하는 행위뿐입니까? 액수를 적어넣을 수는 없습니까?"

파킨슨 신부는 왈칵 눈물을 흘렸다.

"나는 나다."

"오오, 주여. 당신은 주님이십니까?"

"너는 답을 만들 수 있다."

"알겠습니다. 저는 그것이 궁금합니다. 그것을 알고 싶습니다. 인간은 선을 창조할 수 없습니까?"

파킨슨 신부는 눈물을 닦으려 했지만 그렇다고 해서 앞을 더 잘 볼 수 있는 것도 아니라는 사실을 깨달았다. 그래서 신부는 눈물을 그냥 흐르도록 내버려둔 채 어둠을 바라보았다.

"그렇다."

"답을 만들 수 있다고요?"

"가거라."

"어떻게 말입니까?"

눈앞의 어떤 암흑이 다른 암흑들의 앞으로 돌출되고 있었다. 혹은 물러나고 있었다. 그리고 암흑이 불타오르기 시작했다.

"그 패스파인더가 네 길을 안내할 것이다. 그는 네 안내자이지만 동시에 동행자다. 그를 따르고 그로 하여금 너를 따르게 하라."

빛은 점점 더 뚜렷한 형체로 되태어나고 있었다. 파킨슨 신부는 주위를 둘러보았지만 그 빛 속에 떠오르는 것은 그 자신의 모습뿐이었다. 그리고 파킨슨 신부는 자신이 점점 움직이고 있다는, 혹은 그 빛이 점점 자신에게 다가오고 있다는 느낌을 받았다. 신부는 다급하게 질문했다.

"말하라."

"한 가지 더 알고 싶습니다. 꼭 알고 싶은 것입니다."

"내가 지금 하고 있는 것이 무엇이지?"

"신은 우리를 사랑하십니까?"

파킨슨 신부는 똑바로 섰다.

주위는 다시 빛나고 있었다. 눈물 때문에 아무것도 볼 수 없었지만 신부는 눈물을 닦을 생각도 못한 채 멍하니 서 있었다. 소름이 돋을 만큼 추운 듯도 하고 몸이 뜨겁게 불타고 있는 듯도 한 이상한 느낌 속에서 신부는 자신의 두 팔을 움켜쥐었다.

그때 그의 등뒤에서 당혹해하는 목소리가 들려왔다.

"이런, 젠장! 당신을 믿다니, 본인이 얼이 빠져도 한참 빠졌지!"

데스필드의 목소리였다. 파킨슨 신부는 빙그레 웃으며 몸을 돌렸다. 그러나 윈디어에 타고 있던 데스필드는 엉뚱한 방향을 보며 고래고래 고함 지르고 있었다.

"뭐요? 펠라론일 거라고? 여기가 펠라론이야? 엉? 여기가 펠라론이냐고!

파킨슨 신부는 당황하여 주위를 둘러보았다.

자케산이 아니었다. 은빛 펠라론 파인은커녕 풀 한 포기조차 찾아볼 수 없었다. 보이는 것이라고는 돌밖에 없었다. 뒤도 돌이고 아래도 돌이고 양쪽 벽도 돌이었다. 그들은 큼직한 돌로 만들어진 어떤 통로 같은 곳에 서 있었다. 신부의 오른쪽 벽으로는 커다란 창문이 통로를 따라 달리고 있었고 그 중간중간에 적당한 간격을 두고 돌기둥들이 세워져 있었다. 그리고 그 창문을 통해 푸른 하늘과 멀리 떨어진 수평선이 보였다. 하늘과 수평선의 각도는 아무래도 그들이 서 있는 곳이 엄청나게 높은 건축물 안의 통로라는 느낌을 주고 있었다. 윈디어에서 내린 데스필드는 창문 쪽으로 달려가 바깥을 내다보고는 더 큰 비명을 질렀다.

"으아악! 미치겠어. 여기가 도대체 어디야? 맙소사, 수백 피트는 되겠네! 얼씨구? 바다가 새카맣게 보이네? 말씀 좀 해보쇼! 여기가 어디요?"

신부를 향해 몸을 돌리던 데스필드는 그제서야 말을 멈췄다. 파킨슨 신부 역시 황당한 얼굴로 데스필드를 마주보았다. 파킨슨 신부를 바라보던 데스필드의 얼굴에 갑자기 동정심이 떠올랐다.

"쯧쯧. 나잇값도 못하고 삐지셨소? 그렇다고 울 건 또 뭐야. 본인이 잘못했소. 맘 상해하지 마쇼. 에이, 또 늙은이 변덕으로 꽁해 있을 건 아니죠? 코 한번 풀고 잊으쇼."

"……데스필드?"

"예?"

"주님은 너를 사랑하신다."

"본인 생각에도 그럴 만해."

"하지만 나는 그러질 못하겠다!"

잠시 폭력적인 장면이 연출되고 나서 데스필드와 파킨슨 신부는 자신들이 처해 있는 상황을 연구해 볼 만한 침착과 여유를 되찾았다.

"너 어떻게 된 거냐? 여기가 어디지?"

"허! 본인이 어떻게 알겠소? 어, 아마도 벽에 붙은 경비병들 당신의 엉덩이 품평해 주고 있던 중이었을 거요. 어느 당신에게 짝궁둥이라고 말해 주었는데 당신이 결사적으로 아니라고 주장하더군. 마치 평소에 당신 엉덩이 보고 살았던 것처럼 말이야. 그래서 약간의 언쟁을 일으키던 중이었는데, 갑자기 뭔가 슬쩍 당겨지는 느낌이 들더라고. 본인은 당신이 밧줄 당기는 줄 알았소. 그런데 주위를 둘러보니 갑자기 이런 희한한 곳이던데. 그럼 당신도 여기가 어딘지 모르는 거쇼?"

"그래. 모르겠다. 난 그냥 펠라론 게이트 밖으로 도로 나온 줄 알고 있었는데."

데스필드는 이맛살을 퍽이나 험악하게 일그러뜨리다가 다시 창문 쪽으로 걸어갔다. 그리고 파킨슨 신부도 그 뒤를 따랐다.

창밖을 내다본 순간 파킨슨 신부는 현기증을 일으켰다.

건물 외벽이 휘어져 있는 느낌을 줄 정도로 높은 곳이었다. 데스필드의 말대로 수백 피트는 될 만한 높이였고 저 아래쪽으로 까마득히 해안 바위에 부딪히는 파도가 보였다. 두서없이 쌓여 있는 바위들을 덮치는 파도들은 아무래도 수십 피트는 될 것 같은 크기였고 그래서 신부는 그들이 얼마나 높은 곳에 있는지 알 수 있었다. 더 황당한 것은 그들의 눈 아래에서 날아다니고 있는 갈매기들의 모습이었다. 이제 파킨슨 신부는 다른 사람들에게 날고 있는 갈매기의 등이 어떤 모습인지 말해 줄 수 있을 것이다. 눈을 꾹 감았다가 위를 돌아본 파킨슨 신부는 더 이상 놀랄 기분도 들지 않았다. 건물의 위쪽은 구름 속으로 까마득히 멀어지고 있어 그 끝이 잘 보이지 않았다.

파킨슨 신부는 데스필드를 돌아보았다. 데스필드는 머리를 휘휘 내젓다가 신부를 돌아보았다.

"어딘지 알 만하오."

"흐음."

"바닷가에 서 있는 이 정도 높이의 탑이라면, 아니 바닷가가 아니더라도 이 정도 높이의 탑은 전세계에 하나밖에 없지 뭐."

파킨슨 신부도 짐작할 수 있었다. 대륙의 동쪽, 그리고 카밀카르의 서쪽에 있는 이 유명한―그러나 전혀 어울리지 않는 이름을 가진―탑은 카밀카르의 상징처럼 여겨지고 있다. 카밀카르에 다가가는 배들은 모두 하늘을 받치고 있는 기둥이 아닌가 싶을 정도로 까마득히 솟아오른 이 탑을 보며 카밀카르의 방향을 짐작하기 때문이다. 하지만 정작 카밀카르 자신은 이 탑을 자신의 영토에 포함시키고 싶어하지 않으며 심지어 거기엔 아무것도 없다는 듯한 태도를 취한다. 그리고 뱃사람들은, 특히나 폭풍이 불어올 것처럼 수평선이 불그스름하게 불타오르는 석양 무렵 햇살을 받아 버밀리언으로 고요히 타오르고 있는 이 탑의 모습을 보는 뱃사람들은 카밀카르의 그런 태도가 당연하다고 생각하곤 한다. 땅에서 솟아난 것이 아니라 하늘에서 내려오는 것 같은 그 초절적이고 이 세계의 것이 아닌 듯한 모습을 보며.

"잊혀진 탑?"

"그런 것 같소."

그리고 데스필드는 찡그린 눈으로 파킨슨 신부를 돌아보았다.

"그리고 자칫하면 본인이나 당신도 잊혀질 수 있소. 본인이 알기로 잊혀진 탑에는 입구가 없단 말이야. 그러니 설명 좀 해주시겠수? 본인이 도대체 어떻게 수천 마일이나 떨어진 이 잊혀진 탑 섬에 나타나게 된 거지?"

파킨슨 신부는 어떤 대답으로도 데스필드를 만족시킬 수 없을 것 같은 기분 속에 암담함을 느꼈다.

파도가 스스로에 복상하는 해협, 페리나스.

페리나스 해협의 바닷물은 검푸르다. 대륙에서 피어오른 먹구름이 하늘을 뒤덮는 이 해협에는 갈매기도 없기 때문에 해협의 양안에 늘어선 검은 바위들에 파도가 부딪힐 때만 가끔 이 쓸쓸한 해원에서도 흰빛을 찾아볼 수 있다.

페리나스 해협의 검은 해안에 흰빛이 하나 더 늘어난 것은, 먹구름 사이로 마치 잘못 찾아든 것 같은 햇살이 내리떨어졌을 때였다.

흰 머릿결의 남자가 해안가 바위 위로 오르고 있었다. 셔츠와 바지의 단순한 차림새고 신발은 신지 않았다. 사내는 맨발로도 익숙하게 바위들 위를 건너뛰고 있었다.

높은 바위 위에 선 사내는 열린 바다를 노려보았다. 사내의 발 아래에서 거대한 파도가 부서지고 있었다.

쏴……루루루룽.

별 특색 없는 사내에게서 특색을 찾을 수 있다면 왼쪽 귀 아래에서

입술 근처까지 달리고 있는 흉터가 그것이다. 그 외에는 벗은 맨발이나 드러난 팔다리 모두 보통 선원을 연상시키는 소박한 모습이었다. 흰 머리카락은 노쇠의 증거라기보다는 원래 그런 색깔인 듯했다. 사내는 꿈틀거리는 수평선을 노려보았다.

쏴……루루루룽.

파도가 다시 솟구쳤다. 그리고 그 파도 소리 속에서 어떤 목소리가 들려왔다.

"왜왔는가."

목소리는 명확했지만 해안가에는 사내 이외에 아무도 없었다. 하지만 사내는 별 놀란 기색이 아니었다. 대신 사내는 파도를 향해 말하듯이 입을 열었다.

"이리 나와라."

바닷물이 거세게 물러났다.

거꾸로 쏟아지는 폭포수처럼 파도가 벽을 형성하며 뒤로 물러났다. 그리고 바다 밑바닥이 드러났다. 흰 머리의 사내는 드러난 수십 피트 아래의 해저를 가만히 내려다보았다.

그곳에 '그것'이 누워 있었다.

죽음을 죽이는 죽음, 그림자를 감추는 그림자. 하지만 지금은 끔찍한 열기로 이루어진 암흑이었다. 그의 주위의 땅은 이미 새카맣게 물들어 있었고 바다 동물들의 시체와 뼛조각들이 어지럽게 쌓여 있었다. 멋모르고 다가왔던 물고기들은 채 뜨거움을 느낄 새도 없이 타죽었을 것이다. 바닷속에서.

그것은 바닷속에서도 끊임없이 해저를 불태우고 있었고 이곳을 항상 뒤덮고 있는 거친 파도가 아니었다면 그것이 끓여올리고 있는 물거품이 이 해원을 요란하게 만들어놓았을 것이다. 그러나 그 열기에 가장 극심한 고통을 당하는 것은 바로 그 자신일 것이다. 형체에서 일탈하고 모습을 드러낼 빛조차 가지지 못한 그것은 자신의 상처에서 흘러나온 열기에 불타고 있었다.

그렇게 구울의 왕자는 해저에 누워 있었다.

파도가 모두 물러나자 오랫동안 기다렸다는 듯이 수증기가 왈칵 피어올랐다. 4, 50피트 높이에 있는 백발 사내에게까지 열기가 치솟아올랐기에 사내는 눈살을 찡그리며 뒤로 한 발자국 물러났다. 그때 다시 목소리가 들려왔다.

"나는아직모습을드러내고싶지않음을분명히했다따라서너의용건이중요한것이아니라면너는죽으리라발도로네스."

발도 로네스는 시체처럼 누워 있는 구울의 왕자를 무표정하게 바라보았다.

"내 용건의 경중은 내가 판단한다. 너에게 도움을 부탁한 적은 없는 것 같군."

"발칙한놈."

구울의 왕자가 노성을 지른 순간 하늘이 어두워졌다.

구름이 태양을 가리는 것만으로는 만들어질 수 없는 어둠이 해안을 내리덮었다. 그것을 밤처럼 어둡다고 말하기는 어렵다. 하지만 아무리 눈 밝은 밤새라 하더라도 이런 어둠 속을 비행할 수는 없을 것이다. 그 어둠은 단순히 빛의 부재가 아니라 어둠 그 자체인 어둠이었다. 그것은 생명 그 자체를 습격하여 그것을 옭아매는 암흑, 판데모니엄의 암흑이다.

하지만 발도 로네스는 주위를 둘러보며 언짢은 듯이 말했다.

"어둡군."

다시, 쓸쓸한 해변.

구울의 왕자는 여전히 시체처럼 꼼짝도 않고 누워 있었다. 다시금 파도는 해협을 가로지르며 으르렁거렸고 바람은 그 위를 질주하며 포효했다. 발도 로네스는 문득 조금 전엔 그런 소리들이 없었다는 사실을 깨달았다. 구울의 왕자가 일으킨 암흑은 소리마저도 덮고 있었다.

벽을 이룬 채 구울의 왕자를 둘러싸고 있던 파도 속에서 다시 그의 목소리가 들려왔다.

"내가정확히찾았다는사실이저주스럽군공포를모르는자여."

필마온 기사단장은 무심한 태도로 흐트러진 머릿결을 쓸어올렸다.

"글쎄."

"네놈이나의선택이아니었던들너에게우주그자체를얼어붙게할공포를 가르쳐주었을것이다."

"공포에 대한 이야기를 하고 싶어서 너를 찾아온 것은 아니다, 직스라드."

"그이름으로나를부르지마."

구울의 왕자는 눈을 부릅떠 발도 로네스를 노려보았다. 그 순간 벽을 이루고 있던 파도는 끓어오를 틈도 없이 수증기가 되어 솟구쳐올랐고 필마온 섬 전체가 지진이라도 일어난 것처럼 우르릉거렸다. 먹구름들

이 갑자기 찢어질 듯 빠르게 움직이는 가운데 구름 속에서 뇌전이 번득이기 시작했다. 그리고 곧 천둥이 울려퍼졌다.

꽈르르르—릉!

다시 뇌전의 번득임, 공기가 빠르게 움직였다가 강하게 죄어든다는 느낌, 이윽고 벼락이 하늘로 솟구쳐올랐다. 세상이 끝날 때까지 이런 식으로밖에 만날 수 없는 하늘과 바다가 흰 화염으로 이어졌다. 다시, 우레, 꽈광쾅쾅쾅! 수십 개나 되는 흰 나무들이 하늘을 찌를 듯 자랐고 망막에 그 모습을 남기자마자 시들어가는 가운데 먼바다에서는 빗방울이 떨어지기 시작했다.

그러나 발도 로네스는 차분하게 말했다.

"그러면 너도 서 발도라고 불러라. 직스라드."

해저에 드러누운—이제는 수증기가 수의처럼 그를 감싸고 있었다—구울의 왕자는 아무 변화도 없었지만 잠시 이어진 침묵은 마치 어이없어하는 구울의 왕자의 심정을 대변하는 듯했다.

"판데모니엄의하이마스터에게인간들에게만의미가있는존칭으로불려지길원한단말이냐그토록자존심을모르는멍청이였느냐."

"나는 원한다."

"좋아서발도."

"알았어, 프린스."

쏴아아—.

먼바다에 떨어지는 빗방울이 시원한 소리를 내는 가운데 천둥과 번개는 사그라들었다. 필마온 섬 전체를 흔들었던 진동 때문에 바다가 사납게 으르렁거리고 있었지만 이곳의 바다는 원래 사납기 때문에 그것조차 별로 눈길을 잡아둘 만한 광경은 아니었다. 그리고 발도 로네스는 처음 바위 위에 올라섰을 때와 똑같은 모습으로 구울의 왕자를 내려다보고 있었다. 그리고 다시 이어진 발도 로네스의 질문은 그가 두려움이라는 감정과 무관하다는 구울의 왕자의 증언을 확인해 주고 있었다.

"이름을 불리는 것을 왜 싫어하는가?"

"이름이파도소리나새지저귐과비슷한것이라고생각하는가이름은보통소리가아니다네가이름을부르는순간지옥의마귀들은그소리를듣는다그리고나의위치를알아낼것이다."

그리고 그 마귀들은 약화된 그들의 지배자를 습격할 것이다. 발도 로네스는 구울의 왕자 따위야 아무래도 상관없었지만 판데모니엄의 마귀들이 그의 섬으로 찾아오는 것은 별로 달갑지 않다고 생각했다. 발도 로네스는 고개를 끄덕이며 질문했다.

"그런데 이상하군. 이곳에서는 안전하니 숨겨달라고 한 것은 너였다."

"안전하다그러나이름은안돼."

"알았어. 그렇게 알아두지. 프린스."

"찾아온용건을말하고빨리꺼져라나는더쉬어야한다."

"휘리 노이에스의 정벌이 중단되고 있다. 최근 그는 폴라리스에서도 물러났지. 정확한 정보가 아니라서 확신할 수는 없지만 만약 그것이 사실이라면 팔라레온과 다케온을 점령했던 그 휘리와 조그마한 폴라리스조차 어떻게 못하고 물러난 휘리 사이에는 너무 큰 간격이 있다. 이것이 네가 말하던 그 기회인가?"

"아니다."

"설명해."

"설명따위하지않는다아니다네기회는아직멀었다."

"그럼 그 기회라는 건 도대체 언제 찾아오는 거지?"

"내가회복했을때다얼간아."

"회복했을 때?"

"그렇다그러니네놈이이렇게조바심부리며내회복을늦추면늦출수록너의기회또한멀어지는것이다알았으면당장꺼져라."

"조바심 부린 적 없다. 나는 처음 찾아오는 거니까."

발도 로네스는 비꼬는 것도 아니고 화를 내는 것도 아닌 담담한 어조로 대답했다. 구울의 왕자는 다시 침묵한 다음 거친 방식으로 대화를 마무리지었다. 무슨 신호도 없이, 물러났던 파도들이 다시 돌아와 구울의 왕자를 덮고 드러난 해저를 감추었다.

발도 로네스는 소용돌이치는 바다를 잠시 내려다보다가 몸을 돌렸다.

멀리 수평선을 바라보고 있던 스리우드 선장은 망원경을 불끈 움켜쥐었다. 이루미나 후작 부인은 초조해하는 얼굴로 스리우드 선장과 수평선을 번갈아 바라보았지만 맨눈으로는 라트라인 항구를 향해 다가오고 있는 스쿠너를 정확히 식별할 수는 없었다. 결국 이루미나는 입을 열었다.

"스리우드 선장님?"

"라이트버드호입니다. 마님."

"그래요? 어디, 후작님도 보이나요? 예?"

"예. 보입니다."

이루미나 후작 부인은 탄성을 질렀다.

"아아! 그럼 안전하신가요? 후작님은 아무 이상 없으세요?"

"아무 일 없다고도, 그렇지 않다고도 말하기 어렵습니다."

"예? 무슨 말을 하는 거죠?"

미간을 찡그리며 스리우드 선장을 바라보던 이루미나는 그제서야 선장이 매우 해괴한 표정을 짓고 있음을 발견했다. 스리우드 선장은 마치 못 볼 것을 본다는 듯한 얼굴로 망원경을 뗐다가 다시 눈에 붙였다. 그러곤 고개를 가로저었다. 망원경을 눈에 붙인 채 그런 동작을 취하자 바라보고 있던 이루미나는 어지러움까지 느꼈다. 그때 스리우드 선장이 잔뜩 당황한 얼굴로 그녀에게 망원경을 내밀었다.

"저, 직접 보십시오. 도저히 말로는 뭐라 못하겠습니다."

이루미나는 냉큼 망원경을 받아들고는 수평선에 있는 스쿠너를 향해 돌려대었다. 그러곤 기쁨의 비명을 질렀다. 이리저리 휘두르던 망원경에 에름 후작의 얼굴이 포착되었기 때문이다.

"에름─!"

망원경 속에 떠오른 후작의 얼굴은 일단 위험해 보이지는 않았기에 이루미나는 가슴을 크게 부풀리며 안도의 한숨을 내쉬었다.

그러나 잠시 후 이루미나는 뭔가가 이상하다고 생각했다. 후작은 아무래도 갑판 위에 서 있는 것 같지는 않았다. 그리고 그 얼굴은 어쩐지 맥이 빠진 듯한 얼굴이었고, 한쪽 손으로 턱을 받치고 있는 모습은 뭔 가에 대해 한심스러워하는 듯한 자세이기도 했다. 이루미나는 망원경을 조심스럽게 움직였다.

렌즈를 아래로 내리자 이루미나는 후작의 가슴을 감싸고 있는 투명 한 액체를 발견했다. 이루미나는 당혹한 얼굴로 망원경의 배율을 조정 했고, 잠시 후 수면에서 솟아오른 물기둥이 후작의 몸을 휘어감고 있는 황당한 광경을 발견했다. 이루미나는 하얗게 질린 얼굴로 망원경을 눈 앞에서 치웠다.

그리고 그때 라트라인의 앞바다에 떠 있던 라트랑 군함들에서 비명 이 터져나왔다.

"크, 크라켄? 아냐, 바닷물인데?"

"마법이다! 저 마녀가!"

"잠깐! 모두들 닥쳐, 저건, 스팻이다. 살아 있는 물이야!"

라트라인의 해안선에서 그 광경을 구경하고 있던 라트라인 시민들도 모두 비명과 감탄, 의문성 등 다채로운 소음을 뿜어올렸다. 라이트버드 호는 항구 앞쪽에 전열을 갖추고 있는 선단을 향해 똑바로 다가오고 있 었고 에름 후작 역시 마찬가지였다. 하지만 에름 후작은 그 유명한 스쿠 너에 타고 있는 것은 아니었다. 에름 후작은 라이트버드호의 좌현 쪽 바 다에서 솟아오른 스팻의 손(그렇지 않으면 발? 아니면 뭐라고 불러야 할 까)에 의해 사로잡힌 채 천천히 다가오고 있었다. 그리고 라이트버드호 의 이물에는 검은 코트를 걸친 남자가 선수에 발을 올린 채 선단을 쏘아보고 있었다.

그때 키 드레이번이 확성기를 들고 있던 손을 들어올렸다.

라이트버드호와 후작은 정지했다. 군함들에 타고 있던 수병들과 항구 쪽에서 바라보던 시민들 모두가 입을 다물었다. 그 침묵 속에서 키 드레이번은 확성기를 입 쪽으로 가져와서는 외쳤다.

"포환이나 화살이 날아오면 에름 후작은 익사한다. 스팻이 그를 물속으로 끌고 들어갈 테니까."

스팻에게 붙잡혀 허공에 들려져 있던 후작은 멋쩍은 듯이 웃었다. 어쨌든 수영을 못해서 익사하는 것이 아니라 스팻이 익사시키는 것이기 때문에 그의 약점이 재확인되는 것은 아니었기 때문이다. 키는 다시 선단을 향해 외쳤다.

"책임자 나와라."

스리우드 선장은 후작 부인에게 짧게 목례한 다음 확성기를 들어올렸다.

"이루미나호의 선장 스리우드다."

"꽁무니를 따라오던 그 친구군."

"……그렇다, 이 자식아! 그게 네 재주가 좋아서 그랬다는 식으로 말하지는 마! 이런 전함이 아니었다면 네 녀석이 내게서 그렇게 쉽게 도망칠 수 있었을 것 같으냐! 엉? 게다가 네놈이 타고 있는 배는 3L의 배였단 말이다! 결국 그 추적이 실패한 것은 네놈의 배와 내 배의 구조적 차이 때문이란 말이다! 그러니까 잘난 체하려는 생각은 꿈도 꾸지 마!"

갑작스럽게 토해진 불 같은 노성에 라트라인 앞바다가 고요해졌다.

이루미나 후작 부인은 황당한 얼굴로 스리우드 선장의 옆얼굴을 바라보았고 도노반 일항사는 서글픈 듯이 고개를 가로저으며 앞으로는 자신의 선장을 좀 덜 약올려야겠다고 생각했다. (안타깝게도 약올리지 말아야겠다는 생각은 하지 못했다.) 씩씩거리고 있는 스리우드 선장을 향해 키의 대답이 돌아온 것은 조금 지나서였다.

"잡담이 너무 길다. 스리우드 선장. 그 옆의 여자는 후작 부인인가?"

이루미나 후작 부인은 다시 고함을 내지르려는 스리우드 선장에게서 확성기를 나꿔챘다. 그러고는 이루미나호의 뱃전 너머로 몸을 내밀며 외쳤다.

"그래요! 후작님은 안전한 거죠, 키 드레이번?"

키 드레이번은 그 질문에 왼쪽을 흘끔 쳐다보았고 스팻에 붙잡혀 있던 에름 후작은 손을 몇 번 흔들었다. 이루미나는 기쁜 마음에 열렬히 손을 마주 흔들었고, 그래서 하마터면 확성기를 놓칠 뻔했다. 가까스로 그것을 다시 움켜쥔 이루미나는 몇 번이나 호흡을 가다듬은 다음 말했다.

"요, 요구 조건이 뭐지요?"

"오스발과의 교환을 원한다."

오스발이라는 이름은 이미 라트랑에서 널리 알려진 이름이었다. 키 드레이번의 카밀궁 습격 당시의 이야기가 널리 퍼졌기 때문이다. 따라서 라트라인의 시민들과 선단의 수병들은 라트랑 후작과 노예 한 명을 교환하자는, 이 인질범의 요구 치고는 퍽이나 검소한(?) 요구에 상당한 당혹감을 느낄 수밖에 없었다.

하지만 이루미나 후작 부인이 대답했을 때 그들은 아예 까무라칠 것
같은 기분을 느꼈다.

"저, 그거 말고 다른 건 안 되나요?"

키 드레이번조차도 잠깐 동안 말을 잊은 채 이루미나호를 바라보았
다. 고물 쪽의 뱃전에서 조종 막대를 쥐고 있던 세실은 딸꾹질 비슷한
소리를 내었고 스팻에 의해 허공에 들려져 있던 에름 후작은 어이없는
얼굴로 자신의 아내를 바라보다가 목소리를 높여 외쳤다.

"그러니까, 이루미나. 예, 좋아요. 모름지기 생명이란 그 신분에 상관
없이 모두 소중한 것이라는 주장을 하려는 거라면 난 찬성하겠어요. 그
래도 나 역시 특별히 고상한 인간은 못 되는지라 좀 서운하기도 하다는
거 고백해야겠군요?"

"아니, 이런. 그런 게 아니예요, 에름! 전 당신을 위해서라면 제 목숨
이라도 내놓을 수 있다는 거 모르나요?"

"사랑하는 이루미나. 미안해요. 그리고 그런 것을 받을 수는 없지요.
뭔가 불가능한 이유가 있습니까?"

"그는 여기에 없어요!"

키 드레이번의 눈빛이 날카로워졌다. 그는 다시 확성기를 들어올리며
빠르게 물었다.

"무슨 말인가?"

"당신이 레갈루스를 떠났다는 소식이 도착하자마자 유리는 곧장 떠
났어요. 당신이 틀림없이 돌아올 거라고, 그래서 도망치겠다고 했어요.
그리고 오스발은 유리를 따라갔고요."

"어디로!"

"몰라요, 정말 모른다고요. 유리는 나에게 말하지도 않고 떠났어요. 목적지를 말하면 내가 갈등을 겪을까 봐, 무슨 말인지 알겠지요? 내가 후작님과 그 애 사이에서 갈등을 느낄까 봐 아예 말하지도 않고 떠났어요!"

"배냐, 육지냐?"

"배예요! 배를 타고 갔어요. 스쿠너죠. 서 슈마허와 오스발, 그리고 몇몇 선원들을 고용해서 떠났어요. 하지만 그 애가 카밀카르로 갔는지 페리나스 해협으로 갔는지, 아니면 다른 어디로 갔는지는 정말 모른다고요!"

"염병할……"

키 드레이번은 이를 잔뜩 드러낸 채 이루미나호를 노려보았다. 그는 갑작스레 고개를 돌려 에름 후작을 노려보았고 에름 후작은 그 희번득거리는 시선에 질려서는 창백해진 얼굴을 옆으로 돌렸다. 스팻은 여전히 꿈쩍도 하지 않은 채 에름 후작을 묶어두고 있었고 그 물기둥의 표면 위로 흐르는 물은 마치 에름 후작의 몸에서 흘러내리는 땀처럼 보였다. 키 드레이번은 이를 갈면서 다시 눈앞에 떠 있는 라트랑 선단을 노려보았다.

이루미나호에서는 후작 부인의 안타까운 목소리가 계속되고 있었다.

"다른 건 뭐든지 드리겠어요. 무엇이든지! 키 드레이번? 키 드레이번! 제발 대답 좀 해주세요! 키 드레이번?"

"닥쳐."

"그건 에름의 잘못이 아니잖아요? 유리가 멋대로 떠난 거예요. 저도 그 애가 떠난 후에야 알게 된 거예요! 제발, 키 드레이번. 동정심을, 제발!"

키는 이제 아예 대답도 하지 않았다. 그는 고개를 떨구어 수면을 노려보고 있었다.

"키 드레이번?"

이루미나는 절망적인 심정으로 외쳤지만 키는 라이트버드호의 선수상이나 된 것처럼 꼼짝도 하지 않았다.

"키—드레이버—언? 키…… 드레이번……?"

키는 갑작스레 몸을 일으켰다.

키는 고물을 향해 걸어갔다. 그와 동시에 라이트버드호는 아무런 바람이 없음에도 불구하고 제자리에서 회전하기 시작했다. 수병들과 선장들, 그리고 구경꾼들은 모두 당황한 모습으로 그 불가사의한 광경을 바라보았다. 라이트버드호는 돛대를 중심으로 천천히 반전했고 잠시 후 그 스쿠너는 이물을 먼바다 쪽으로, 그리고 고물을 항구 쪽으로 향하게 되었다. 고물을 향해 걸어가던 키는 결국 다시 이루미나를 향해 돌아온 셈이었고 그 광경을 보던 이루미나는 최면에라도 걸리는 것 같은 기분을 느꼈다. 아마도 흥분과 공포 때문에 더욱 그랬을 것이다.

물기둥은 제자리를 지켰기에 에름 후작은 이제 배의 우현 쪽에 있게 되었다. 바닷속의 스팻이 이런 마법 같은 일을 실현시켰다는 것을 잘 알고 있었지만 그럼에도 불구하고 후작은 그 신비한 광경에 짧게 매혹되었다. 키는 세실이 쥐고 있던 조종 막대를 받아쥐며 말했다.

"세실, 바람!"

세실은 어깨를 으쓱인 다음 주문을 외기 시작했다. 잠시 후 강력한 바람이 라트라인 시내 쪽에서 외항 쪽을 향해 불기 시작했다. 갑작스러운 돌풍에 구경꾼들은 비틀거렸고 부두에 정박해 있던 라트랑 군함들도 크게 흔들렸다. 이루미나는 쓰러지지 않기 위해 뱃전을 꽉 움켜쥐어야 했다. 그리고 라이트버드호는 바람을 받아 순식간에 뛰쳐나갔다.

에름 후작은 제자리에 있었다.

후작은 어리둥절한 표정으로 라이트버드호의 고물을 바라보았다. 키는 그에게 등을 보인 채 뒤돌아보지 않았고 라이트버드호는 빠르게 멀어지고 있었다. 하지만 그를 붙잡고 있는 스팻은 꼼짝도 하지 않았다. 그때 키가 다시 일어났다.

키는 세실을 불러 조정 막대를 건네주고는 몸을 돌렸다. 짧은 순간 에름 후작과 키의 눈빛이 서로 마주쳤지만 키는 곧 시선을 내려 그를 붙잡아놓고 있는 물기둥을 향해 말했다.

"바다의 공주에게로, 가라."

스팻이 스르륵 움직이기 시작했다.

물기둥은 에름 후작을 붙잡은 채 이루미나호를 향해 미끄러져 갔다. 이루미나호에서는 그 모습을 보던 후작 부인이 기쁨의 비명을 올렸다.

"에름!"

다음 순간 이루미나는 옷을 벗어던지며 뱃전에 뛰어올랐다.

스리우드 선장과 도노반 일항사, 그리고 이루미나호의 수병들 전부가 턱이 쑥 빠진 모습으로 바라보는 가운데 이루미나는 뱃전을 차며 날아올랐다. 우아한 호선을 그리며 바다에 뛰어든 이루미나는 잠시 후 물 위로 떠올라서는 맹렬한 속도로 헤엄쳤다. 그녀의 뒤쪽에서는 물보라와 함께 아름다운 은빛 꼬리가 번득였다. 이루미나는 눈깜빡할 사이에 에름 후작에게 도달했다.

그리고, 이번에는 이루미나가 놀랄 차례였다.

"에름?"

에름 후작은 수면 위에 편안한 모습으로 앉아서 그녀를 내려다보고 있었다. 후작 자신도 스스로의 상태에 꽤나 놀랐는지 얼이 빠진 얼굴로 부인을 내려다보았다.

"이루미나?"

"에름!"

이루미나가 먼저 두 팔을 뻗었다. 그리고 에름 후작은 엉겁결에 마주 손을 내밀었다. 아내와 남편은 곧 서로를 꼭 껴안았다. 그러고는 자신들의 그런 모습에 크게 놀랐다. 이루미나는 믿을 수 없다는 듯이 에름 후작의 얼굴을 만지며 말했다.

"당신, 빠지지 않나요?"

에름 후작은 물 속에 '서' 있었다. 모습은 그렇게 보였지만 분명히 '떠' 있는 것이 아니었다. 에름은 마치 땅 위에 서 있는 것처럼 꼿꼿이 서서는 물 속에 떠 있는 그의 아내를 껴안고 있었다. 그의 두 손은 아내의 등을 쓰다듬고 있었고 이루미나의 긴 꼬리는 그의 다리를 살짝 휘감고 있었지만, 그럼에도 불구하고 한 사람은 물 속에 서 있었고 한 머메이드는 물 속에 떠 있었다. 에름은 가까스로 대답했다.

"예, 이루미나. 이 스팻이 나를 받치고 있는 것 같은데요. ……음?"

에름이 먼저 깨달았고, 곧이어 이루미나도 깨달았다. 이루미나는 얼굴에 홍조를 띄운 채 자신도 모르게 뒤로 주춤 물러나려 했지만 물 속에 꼿꼿이 서 있을 수 있었던 에름은 그녀를 놓치지 않았다. 이루미나는 더듬거리며 말했다.

"그럼, 어, 에, 에름. 저를?"

"안을 수 있어요…… 바닷속인데…… 바닷속에서!"

에름의 얼굴도 붉게 물들었다. 갑자기 에름 후작은 이루미나를 확 끌어당겼다. 그러곤 아내의 목에 입술을 묻으며 희열에 차서 외쳤다.

"이루미나! 오, 주여. 이루미나!"

"에름, 에름, 에름!"

이루미나는 뭐라 말해야 좋을지 모를 혼란 속에서 남편의 이름만 되풀이 부르며 그 목을 강하게 끌어안았다. 그러나 에름 후작은 곧 고개를 돌려 라이트버드호를 바라보았다. 그리고 이루미나도 그를 따라 멀어져 가는 배를 바라보았다.

라이트버드호의 모습은 이미 꽤 멀어져 있었다. 하지만 에름 후작은 그 고물에 서서 묵묵히 그를 바라보고 있는 검은 사내와 여마법사를 볼 수 있었다. 항구 쪽에서는 멀어지는 제국의 공적을 추적하기 위해 군함들이 돛을 펼친다, 닻을 끌어올린다 하며 소동을 일으키고 있었지만 에름 후작의 귀에는 아무 소리도 들리지 않았다. 아니, 한 가지 목소리만이 귀 안쪽에서 맴돌고 있었다.

'바다의 공주에게 돌려주겠다.'

그때 키 드레이번이 다시 몸을 돌렸다.

키는 돛대를 향해 걸어갔고 그 자리엔 이제 세실만이 남게 되었다. 얼굴이 제대로 보이지 않을 정도로 먼 거리에서 세실은 부부를 가만히 바라보고 있었다.

갑자기 세실은 손을 들어올렸다. 그러곤 그것을 힘차게 흔들었다.

에름 후작은 오른팔로 그의 아내를 껴안은 채 왼팔을 들어올렸다. 물론 빠지지 않았고, 그런 자신에 다시 희열을 느끼며 에름 후작은 왼팔을 힘껏 흔들었다. 그의 팔을 따라 물방울이 크게 비산했다. 세실의 웃음 소리 같은 것이 들려왔지만 에름 후작과 이루미나는 그것이 바람 소리거나 갈매기 울음 소리였는지 확신할 수는 알 수 없었다. 그 사이에도 라이트버드호는 하늘과 바다의 틈 사이로 조용히, 그리고 빠르게 스며들고 있었다.

그리고, 3년간의 길고 긴 결혼식이 마침내 끝나고 에름과 이루미나는 부부가 되었다. 항구에 선 무수한 구경꾼들이 보내는 박수 소리와 환호, 그리고 파도 소리가 그들의 결혼 행진곡이 되어주고 있었다.

제18장
산폭풍, 평야로

데스필드는 잊혀진 탑의 구조를 이해해 보려 했다. 그러곤 분노를 터뜨렸다.

그들이 원하는 것은 단순하다. 아래로 내려가는 것. 물론 세상에 알려진 것처럼 잊혀진 탑에는 입구가 없지만, 그렇다고 해서 18층이나 44층, 혹은 126층쯤에 있을지도 모르는 입구를 찾아내는 것은 아무런 쓸모가 없다. 따라서 그들은 1층에서 다른 목격자들이 발견하지 못했던 입구를 찾거나, 아니면 입구를 만들거나, 하다못해 가장 낮은 곳에 있는 창문에서 뛰어나가야 한다—그러므로 그들은 아래로 내려가야 한다. 이런 지극히 합리적인 결정을 내렸을 때 데스필드는 이것이 그가 맡은 패스파인딩 중에서 가장 단순한 것이 될 것이라 생각했다.

하지만 창 밖으로 어둠이 내리깔리고 있을 무렵 데스필드는 벽을 걸어차며 발광을 하고 있었다.

"이건 탑이 아냐, 나무야!"

"뭔 말이냐?"

"자라고 있잖소! 그러니 내려가도 내려가도 계속 그 자리잖아!"

물론 잊혀진 탑이 자라고 있는 것은 아니었다. 그러나 잊혀진 탑은 일반적인 건축물과는 최소한의 근연 관계도 없는 기묘한 구조를 가지고 있어 아래로 내려간다는 두 사람의 단순한 목적을 매우 복잡하게 만들고 있었다.

잊혀진 탑은 외벽 바로 안쪽으로 둥글게 이어진 환형 통로들과 그것들을 위아래로 잇고 있는 계단들, 그리고 중심부의 둥근 방으로 구성되어 있었다. 데스필드는 각 층에서 세 개, 혹은 네 개의 계단을 발견했다. 어떤 층에서는 다섯 개의 계단을 발견하기도 했다. 그리고 그것은 올라가는 것이기도 했고 내려가는 것이기도 했으며 때로는 전부 올라가는 것이거나 내려가는 것이었다. 어떤 층은 중간의 층을 뛰어넘은 채 연결되고 있는 것 같았고 같은 층임에도 불구하고 통로 중간이 막혀 있어 다른 층을 통해서만이 오갈 수 있는 곳도 있었다.

그리고 그런 환형 통로들에는 가끔 중심부의 원형 방으로 통하는 입구가 있었다. 몇 개의 방 안으로 들어가보았으나 데스필드와 파킨슨 신부가 발견할 수 있었던 것은 언제나 휑하니 비어 있는 방뿐이었다. 그 방들도 황당하기 짝이 없는 것들이었는데, 허리를 굽히지 않고는 들어갈 수 없을 만큼 낮은 방이 있는가 하면 천장을 보기 위해 목을 한참 꺾어야 되는 높은 방도 있었다. 데스필드는 가까스로 중심부의 둥근 방들을 나누는 바닥과 환형 통로들이 같은 높이에 있지 않다는 것을 알아차렸지만 그것은 아무런 도움도 되지 못했을 뿐만 아니라 오히려 길 찾는 작업을 더욱 헷갈리게 만들었다. 하지만 데스필드가 정말 이해할 수 없는 것은 이 탑의 이 기괴망측한 구조가 아니었다.

"이상해. 본인은 패스파인더요."

멈춰 선 채 다리를 주무르고 있던 파킨슨 신부는 퉁명스럽게 대답했다.

"아, 그랬어? 비밀은 지켜주지."

"적당히 하쇼. 어쨌든 본인은 패스파인더이므로 철창이나 두꺼운 벽이나 일흔일곱 명의 미녀로 본인을 가둘 수는 있어도 미로로는 본인을 가둘 수 없다고. 그런데 이 탑에서는 패스를 그을 수가 없어요. 아래쪽으로의 그 간단한 패스가 안 그어진단 말이오."

다시 한번 비꼬아주려던 파킨슨 신부는 헛바람을 삼키며 데스필드를 바라보았다.

"어라? 그러고 보니 그렇군. 너 왜 길 못 찾는 거냐?"

"퍽도 빨리 물어보시는군. 허!"

파킨슨 신부는 그제서야 크게 당황했다. 그는 데스필드에게 이 오후가 다 지나가고서야 길을 못 찾는다는 것을 고백하느냐고 화를 내었고, 데스필드는 데스필드대로 패스파인더가 헤매고 있는 것을 보고도 아직까지 못 알아차렸냐고 응수했다. 두 사람의 논쟁이라기보다는 말다툼이 고성을 동반하기 시작한 것은 얼마 있지 않아서였고 그 동안 윈디어는 침울한 눈으로 두 사람을 바라보고 있었다. 어떤 해학 정신이 풍부한 풍자 시인이 있었다면 이 장면에서 '그렇게 바람 사슴은 고등 생물로 자처하는 두 존재의 저등한 대화를 바라보며 언필칭 고등 생물로 태어나지 않은 자신의 행운에 감사하고 있었다' 등의 묘사를 생각해 낼 수 있었겠지만 그곳에는 그런 시인 같은 사람은 없었다.

그러나 두 사람의 논쟁은 곧 흐지부지해졌다. 이성을 되찾았다기보다는 오후 내내 계단을 오르내렸기 때문에 얻게 된 피로 때문이다. 파킨슨 신부는 초조한 시선으로 주위를 둘러보았다.

"그럼, 데스필드. 이곳에서 나갈 방법이 없는 거냐?"

"응? 물론 최후의 수단은 있지."

"설마 조용히 죽음을 기다리자거나 창문 밖으로 투신하자는 건 아니겠지?"

"기도하시라고 말할 생각이었는데."

"그거 반대할 수 없는 말이라 더 짜증나는군. 젠장!"

"농담이오. 창문을 이용하는 건 맞지만 투신은 아니오. 밧줄이 있잖소. 절벽을 내려가듯이 탑의 외벽을 내려가면 돼."

파킨슨 신부는 고개를 갸웃했다.

"밧줄이 저 아래까지 닿지는 않을 텐데?"

"무슨 상관이오. 중간의 적당한 창문에 도착한 다음 밧줄을 다시 아래로 내리면 되지."

"어떻게 밧줄을 끌어내리는데?"

"밧줄 중간을 창문 기둥에 걸지요. 그러니까 이렇게."

데스필드는 손가락으로 ∩ 모양을 그려보였다.

"그리고 밖으로 늘어진 두 가닥을 한꺼번에 잡고 내려가는 거요. 아래에 도착한 다음 한쪽을 놓고 다른 쪽을 잡아당기면 밧줄을 회수할 수 있소. 그런 식으로 반복하면 언젠간 아래에 도달하겠지."

"아, 그렇군! 그럼 왜 그 방법을 쓰지 않는 거냐?"

데스필드는 통로 벽에 기대어 서며 고개를 가로저었다.

"우선, 위험하오. 이 까마득한 높이에서 밧줄 하나 의지해서 외벽을 내려갈 자신 있으쇼? 바닷바람 겁나게 불어오는 지상 수백 피트 높이에서?"

파킨슨 신부는 그 상황을 상상해 보고는 곧 얼굴이 해쓱해졌다. 그리고 데스필드는 고개를 돌려 그들을 따라오고 있는 윈디어의 머리를 쓰다듬었다.

"그리고 당신 때문에. 윈디어 당신은 그런 재주를 부릴 수 없어. 놔두고 내려가야 될걸. 보나마나 굶어죽게 될 텐데 웬만하면 그러고 싶지 않군요."

"으음. 그렇구나."

데스필드는 다시 주위를 둘러보고는 미간을 심하게 찡그렸다. 그들이 잊혀진 탑 안에서 위아래로 방황하는 동안 여름의 기나긴 낮도 벌써 끝나가고 있었다. 데스필드는 이대로 계속 움직일 것인가를 놓고 짧게 고민했다. 밤이 오더라도 큰 창문을 통해 달빛과 별빛은 충분히 새어들어올 것이다. 그러나 데스필드는 고개를 가로저었다.

"일단 한숨 잡시다."

"자자고?"

"그래요. 어두워지면 더 헤매게 될 가능성이 높아. 배고픈 상태에서 너무 움직이는 것도 안 좋을 것 같고. 눈 좀 붙였다가 내일 해 뜨는 대로 내려갈 길을 찾아보지요. 윈디어 당신에게 줄 것이 없다는 게 안 좋군."

그들은 창문을 통해 들어오는 바닷바람을 피하기 위해 중앙실로 통하는 입구를 찾기 시작했다. 잠시 후 그들은 적당한 높이의 방으로 통하는 입구를 발견했다. 안쪽으로 들어간 파킨슨 신부는 아무렇게나 쓰러져 누웠다. 그냥 움직인 것이 아니라 계단을 오르락내리락한 것이라 두 사람과 윈디어 모두 꽤나 지친 상태였다. 데스필드는 윈디어의 안장과 재갈을 벗겨준 다음 안장을 베고 누웠다.

여름인지라 돌건물 안쪽에서는 충분한 열기가 뿜어져 나오고 있었다. 그래서 일행은 추위로 고생할 염려는 없었다. 오히려 불쾌할 정도의 더위가 일행을 찾아들었다. 누워 있던 파킨슨 신부는 결국 못 견디겠다는 듯이 일어나서는 헐렁한 신부복을 벗어 바닥에 깔고 누웠다. 그 모습을 보던 데스필드가 말을 걸었다.

"자, 이제 이야기 좀 합시다. 아까는 길 찾느라 이야기할 겨를이 없었지. 도대체 본인과 당신은 어쩌다가 여기로 날아오게 된 거요?"

"글쎄. 그게 나도 잘 모르겠다."

"안에 들어갔던 이야기 좀 해보쇼. 거기서 뭔 일이 있었으니까 여기로 날아오게 된 거 아니오? 그 안은, 어, 정말 천국입디까?"

파킨슨 신부는 팔베개를 하며 돌천장을 바라보았다. 해가 지기 직전이라 서쪽을 향한 통로에서는 햇빛이 옆으로 새어들고 있었다. 윈디어가 불평 비슷한 푸르릉거림을 내고 곧 고요가 찾아들었다.

"글쎄다. 천국은 아닌 것 같다. 그 안에는 아무것도 없었다."

"아무것도?"

"아니, 그렇게 말할 수는 없군. 목소리는 있었으니까."

파킨슨 신부는 중간중간 하품을 하며 그가 펠라론 게이트 안쪽에서 본 것을 설명했다. 사실 본 것이라곤 마지막의 빛 이외엔 아무것도 없었지만. 파킨슨 신부는 그 안에서 그가 나누었던 대화를 정리해 보려 애쓰며 데스필드를 향해 몸을 돌렸다. 하지만 그와 데스필드 사이로 비쳐 들고 있는 햇빛 때문에 데스필드의 모습은 잘 보이지 않았다. 파킨슨 신부는 그 햇빛 속을 떠다니는 금빛 먼지 너머로 데스필드를 보기 위해 눈을 찌푸리며 말했다.

"어떻게 생각하냐, 데스필드?"

데스필드는 아무 대답도 하지 않았다. 파킨슨 신부는 눈을 더 찌푸렸지만 그가 잠든 것인지 아닌지는 알 수 없었다. 하지만 조금 후 담배 연기가 진하게 피어올랐다.

"당신이 만난 것이 신 당신일까?"

"너무 어려운 질문이다. 데스필드."

"어려운 건가? 글쎄. 본인이 생각하기로 신 당신이라면 척 보자마자 아, 당신이구나 하고 알아야 될 거 같은데."

"그건 알 수 없지. 데스필드. 네 말대로 주님과 다른 모든 것을 구분 하는 것이 있기는 하다. 주님은 유일한 창조자고 나머지는 전부 창조물 이라는 점. 따라서 주님은 다른 그 어떤 것과도 다른 특징을 가지고 있지. 하지만 그 특징은 우리가 주님을 알아보는 데 도움될지 도움되지 않을지는 알 수 없다. 왜냐하면 창조물은 창조자를 설명할 수 없는 법이기 때문이야. 망치가 그것을 만든 대장장이를 설명할 수 있겠냐? 하지만 대장장이는 망치를 얼마든지 설명할 수 있겠지. 그와 같다. 나는 주님의 창조물이란 말이야."

"그렇다면 악마는 척 보면 알 수 있을 것 같습니까?"

"흐음. 악마는 그래도 우리와 같은 창조물이지. 절대 창조자라는 대명제를 둔 상태에서 악마와 우리는 같은 범주, 그러니까 창조된 것이라는 공통점을 가지지. 하지만 그렇다고 해서 악마의 재주를 과소평가할수는 없겠지. 성전에서도 나타나듯이 악마의 변장 능력은 상상을 뛰어넘으니까."

"아아. 악마 당신의 재주 같은 건 알 바 아니고, 본인은 한 가지만 지적하겠소. 본인이 여기로 오게 된 건 아무래도 본인이 당신과 밧줄로 연결되어 있어서요. 간단하게 생각할 필요가 있고, 아무래도 그렇게 생각하는 것이 간단하지요?"

"그렇지요. 데스필드."

"그러면 나는 왜 여기로 온 거냐?"

"바로 그것을 제기하고 싶은 거요. 당신은 답을 만든다는 말을 들었던 것 같은데?"

"그렇게 들었다. 내가 답을 만들 수 있을 거라고 했지."

"답을 만든다는 말은 답의 창조자가 된다는 뜻도 있고 답의 일부가 된다는 뜻도 있습니다."

"흐음. 그렇군. 요리사 당신이 빵을 만든다. 이 경우는 빵의 창조자가 된다는 뜻일 거요. 당신들은 모임을 만들었다. 이 경우는 모임의 일부가 된다는 뜻이지."

"어라? 그렇구나. 그렇다면 내가 답의 일부가 된다는 의미일 수도 있겠군?"

"그렇다면 당신은 이곳에서 누군가의 답이 되어줄 수도 있다는 의미인 거요?"

"그렇습니다. 파킨슨 신부님은 이곳에서밖에 만날 수 없는 누군가의 답이 되는 거죠."

"이곳? 잊혀진 탑으로 날아오게 된 것은 그 때문인 거요?"

"잠깐만. 여기서밖에 만날 수 없는 것이 누군데?"

"그건 중요하지 않습니다. 문제는 당신이 올바른 답이냐는 거지요. 당신이 찾고 있는 별은 뭡니까?"

"나는 인간이 선을 만들 수 있는지를 알고 싶다."

"선? 선이라고 했소?"

"그래."

"그게 무슨 뜻이쇼, 신부님 당신? 선을 만든다니."

"나는 주님을 믿고 그 분을 사랑한다. 그러나 우리는 성장할 수 없는 영원한 어린아이일까? 우리는 영원히 신의 보호를 받고 그 분의 지도를 받아야 되는 존재일까? 나는 신으로부터 독립하고 싶다는 말을 하는 것이 아니다. 그리고 신과 같은 존재가 되고 싶다고 말하는 것도 아니고. 나는 언제까지나 그 분을 사랑할 것이며 그 분 또한 언제까지나 우리를 사랑할 것을 믿는다. 하지만 자신이 사랑하는 것이 더 우월한, 더

홀륭한 것이 되기를 바라는 것은 당연하지 않겠느냐? 국화를 키운다는 것은 언젠가 탐스럽게 피어날 그 꽃봉오리를 기대한다는 것 아니겠느냐? 나는 주님이 우리를 사랑하심을 믿기에 그 분이 우리의 발전과 성장을 기대할 것을 믿는다. 그 분이 우리의 번영과 행복을 바라시는 것처럼."

"흐음. 선을 만든다라."

"율리아나 공주의 건이 바로 그런 것입니까?"

"그렇지. 나는 주님의 사랑으로 성장한 내가 선을 만들 수 있을지, 주님 얼굴에 기쁨이 피어오르게 할 수 있을지를 알고 싶다. 성전이나 교회처럼 주님이 만들어놓으신 선을 충실히 수행하는 것이 아니라 나 스스로 만들어낸 선으로 주님을 기쁘게 해드리고 그 분을 영광되게 해드릴 수 있을지 알고 싶단 말이다."

"그건 언젠가 들어본 것 같군. 착한 노예 당신과 어리석은 노예 당신의 예였지요? 그리고 당신은 주인 당신이 시키지 않은 짓을 해서 주인을 기쁘게 할 수 있는지를 알고 싶은 것이고?"

"그렇다. 그리고 내 문제가 뭔지도 말했지?"

"그 주인이 전능자라는 것이지요. 전능자의 명령은 완벽한 명령이고, 따라서 그것 이외에 다른 방법이 있을지도 모른다는 생각을 하는 것 자체가 웃기는 일이기 때문이지요."

"그래, 맞았어!"

"당신의 말대로라면 당신은 헛짓을 하고 있는 것이군, 안타깝게도."

"아냐, 데스필드. 생각을 해봐라. 전능자이신 주님이 만드신 이 몸이 늙으면? 우리는 지팡이를 만들어 짚을 수 있다. 다리가 잘려나가면 의족을 만들 수 있고. 먼 곳을 보기 위한 망원경이나 작은 글씨를 보기 위한 안경 같은 것도 생각해 봐라. 성전에는 그것을 만들라거나 만들지 말라는 말이 없다. 하지만 우리는 그런 것들을 만들어서 우리를 보완하고 그럼으로써 신을 더 찬미할 수 있지 않느냐?"

"그렇군."

"만약 지팡이나 의족, 망원경 등이 신이 원하신 것이 아니었다면 우리는 지팡이가 필요없는 다리, 혹은 망원경이 필요없는 눈 따위를 가지게 되었을 거다. 하지만 우리는 그런 것을 만들어 사용하지. 그렇다면 우리는 선을 만들 수는 없을까? 우리는 더 착해지고, 더 많이 사랑할 수는 없을까? 주님이 만들어주신 이 몸을 더 정갈히 다루는 것처럼, 주님이 만들어주신 성전이나 교회보다 더 많이 사랑할 수는 없을까?"

"무슨 말인지 알겠습니다. 그리고 내가 보기에 그것은 배교는 아닌 것 같군요."

"그렇지? 하지만 아직도 확신은 없다."

"이제 당신이 좇는 별이 뭔지 알 것 같군요. 당신은 스스로 당신을 만들고자 하는 자. 그렇다면 당신의 반대는 세계에 의해 만들어지는 자아의 소유자로군요."

"그 당신이 누군데?"

"있습니다. 무리 속에서 더 두드러지는 자. 보입니다. 한 무리에 속해 있고 그곳을 벗어날 생각은 전혀 하지 않는 자. 그곳에서만 자신이 살아 있음을 느끼는 자. 하지만 그 속에서 유난히 두드러지는 말투. 예, 보입니다. 이제 답은 만들어졌습니다."

"답이 뭔데?"

"당신이 선택되었습니다. 파킨슨 신부님."

"당신이 이곳으로 온 거니까."

"그런데, 데스필드?"

파킨슨 신부는 미간을 문지르며 데스필드를 바라보았다. 이미 해는 졌고 그래서 오히려 데스필드의 모습은 더 잘 보였다. 그들 사이를 가로지르는 햇살이 없어졌기 때문이다.

"우리 둘이서 이야기 나눈 거 맞냐?"

데스필드의 얼굴 역시 파킨슨 신부처럼 의혹에 싸여 있었다. 하지만 데스필드는 어깨를 으쓱이며 말했다.

"어, 그렇잖으면?"

"그렇지. 이상한 말을 했군. 여기는 우리 둘밖에 없지."

"아니, 하나 더 있소. 윈디어 당신이 있잖아."

"아아, 그렇군. 피곤해서 그런가 보다. 꼭 여러 명이랑 이야기를 나눈 기분이야."

데스필드는 고개를 끄덕이고는 편한 자세를 취했다. 돌벽은 순식간에 찾아든 어둠 속에 기이한 질감으로 되태어나고 있었다. 데스필드는 파이프를 챙기며 말했다.

"그만 주무쇼. 여기 뭐가 있을 것 같지는 않으니 불침번은 안 서도 되겠지."

"그래. 잘 자라."

그 시각, 다림 만에 떠 있는 물수리호의 메인 마스트.

짙은 밤 속에 물결은 고요하다. 알버트 '네일드' 렉슬러 선장의 머릿결을 흐트러뜨리던 바람이 흠칫하여 물러난 자리에는 벨로린이 앉아 있었다.

벨로린은 알버트 선장의 다리에 등을 기댄 채 갑판에 앉아 있었다. 돛대에 못 박힌 시체와 그 발치에 앉아 있는 검은 소녀의 모습은 소름 끼치는 모습이었고 그런 정제된 공포만이 가질 수 있는 섬세한 매력을 뿜어내고 있기도 했다. 하지만 그들 주위에는 그 모습을 보며 매혹되거나 겁에 질릴 눈동자가 없었다. 아무도 없는 것은 아니다. 가끔 물수리호의 고급 선원들이 순찰을 돌기도 했고 다른 용무로 갑판을 가로지르는 선원들도 있었다. 하지만 물수리호의 과묵한 선원들은 돛대 쪽에는 눈길도 보내지 않았고 벨로린 역시 그들 때문에 주의를 흐트러뜨리는 일은 없었다.

그런 무심한 눈동자조차 없는 어떤 시간.

벨로린의 눈동자가 갑자기 빠르게 움직였다.

벨로린은 왼손으로 갑판을 짚었다. 하지만 일어나는 대신 벨로린은 허리를 뒤틀며 갑판에 무릎을 꿇었다. 알버트 선장을 올려다보는 자세가 된 벨로린은 선장의 다리에 얼굴을 묻었다. 굵은 혈관과 신경줄, 그리고 과장되고 왜곡된 근육들 속에 검은 입술을 묻은 채 벨로린은 낮게 속삭였다.

"아버지."

벨로린의 왼손은 알버트 선장의 다리를 쓰다듬고 있었고 그 오른손은 천천히 위로 올라갔다. 가슴께에 이른 벨로린의 오른손은 곧 녹슨 못대가리를 찾아내었다. 벨로린은 오른손 집게손가락으로 그 못대가리를 누르듯이 하며 말했다.

"이제 세 명의 하이마스터가 선택을 끝내었어요."

벨로린은 머리를 뒤로 젖혔다. 하지만 머리카락과 어둠에 가려진 알버트 선장의 얼굴은 보이지 않았다. 벨로린은 선장의 머리 위로 보이는 별을 향해 말했다.

"그리고 그들 중 둘이 이미 저편으로 넘어갔어요."

벨로린은 못대가리에 손을 짚은 채 서서히 무릎을 일으켰다. 알버트 선장의 다리를 지나 그의 아랫배, 그리고 가슴에 이를 때까지 그녀의 얼굴은 선장의 몸에서 떨어지지 않았고 그래서 그녀의 모습은 마치 고목을 기어오르는 검은 뱀처럼 보였다.

"비니힐에게 선택된 파킨슨 신부는 안되었군요. 그는 아무런 도움도 받지 못할 테죠. 하긴 그에게는 도움이 필요없을 것 같아요. 그리고 비니힐 역시 무슨 도움을 줄 수 있는 마스터는 아니지요. 비니힐이 그를 선택한 것은 혹 아무 도움도 주고 싶지 않아서가 아닐까요? 존재(be)하지도 부재(nihil)하지도 않는 그 하이마스터의 성격은 나로서도 이해하기 어렵지만, 나는 그런 의심이 들어요. 아니면 라오코네스의 장난일지도 모르지요. 신부를 그곳으로 보낸 건 그니까. 어쨌든 파킨슨 신부는 안됐어요. 킬리 선장이나 서 발도에 비하면……"

벨로린은 갑자기 말을 멈췄다. 조금 후 그녀의 작은 몸이 파르르 떨렸다.

"내가 또 동정했나요?"

벨로린은 녹슨 못대가리에 이마를 기대었다. 그녀의 작은 이마의 반을 덮을 만큼 큰 못이었다.

알버트 선장의 거친 머리카락들이 바람에 떠올랐다. 바람이 사그라들었을 때, 나부끼듯 떨어진 그 머리카락은 벨로린의 어깨에 내려앉았다.

벨로린은 흠칫하며 뒤로 한 발자국 물러났다.

"거기 바보처럼 못 박혀 있는 주제에."

쓸쓸한 시신은 아무 대답이 없었다.

"키의 흉내인가요? 아니, 당신은 또다른 키 드레이번일 수도. 아니, 그게 아닌가요? 저 자는 아직 심장에 못이 박히지 않은 알버트 렉슬러인 건가요? 아버지, 부탁이니 악마를 동정하지 말아요."

벨로린은 알버트 선장의 얼굴을 똑바로 바라보려 애썼다. 하지만 그녀의 작은 키 때문에 고개 숙이지 않는 알버트 선장의 얼굴을 똑바로 보기는 어려웠다. 벨로린은 피로한 목소리로 말했다.

"아니. 동정하세요."

벨로린은 검은 손을 들어올려 검은 머릿결을 쓸어넘겼다.

"이제 넷. 그리고 희망이 보이지 않아요."

벨로린은 진저리를 치며 알버트 선장을 향해 걸어갔다. 그녀는 두 손으로 선장의 가슴에 박힌 못을 덮고는 그 위에 이마를 얹었다.

"철탑의 인슬레이버는 아직 찾지 못했어요. 새매의 공작? 그 거짓말쟁이는 종잡을 수가 없지요. 일몰의 왕은, 오오, 아버지. 나는 왕의 이름을 가진 자의 흉중은 알 수 없어요. 하지만 그가 신부를 잊혀진 탑으로 보낸 것으로 볼 때 나와 뜻을 같이 할 것 같지는 않아요. 그리고 황금의 조커는 아직 나타나지도 않았고."

벨로린은 온기를 구하듯 알버트 선장의 몸에 더 바싹 다가섰다. 그러나 그녀가 원하는 것은 따스한 피에서 흘러나오는 온기가 아니다. 그녀가 원하는 것은 알버트 선장 아니면 아직 매장이 끝나지 않은 묘지에서나 찾아볼 수 있는 종류의 것이다. 시체와 죽음의 냉혹함에 몸을 깊이 빠뜨리며 벨로린은 흐느끼듯 말했다.

"아버지. 더 아는 자는 더 불안한 법이죠. 모든 것을 아는 나는 모든 것을 두려워할 수 있어요. 남은 그들 중 과연 몇이나 나와 함께해 줄까요?"

알버트 선장의 머리카락이 다시 벨로린의 어깨에 흩뿌려졌다. 하지만 벨로린은 물러나지 않았다. 대신 벨로린은 조심스럽게 혀를 내밀어 자신의 얼굴 앞에 늘어진 그 머리카락을 핥았다.

"내 선택을 철회하고 싶어요. 판데모니엄으로 돌아가고 싶어요."

갑자기 그녀의 의식 한가운데서 이질적인 경악이 솟아났다.

'그게 무슨, 그러면 당신이 판데모니엄의 하이마스터?'

거침없이 나아가던 노래에 갑자기 불협화음이 섞여든 것 같은 충격이 벨로린을 불쾌하게 만들었다. 벨로린은 알버트 선장의 머리카락을 깨물며 모든 의식으로 외쳤다.

'닥쳐! 플로라!'

의식의 저편에서 한없는 공포가 느껴졌다. 벨로린은 가슴을 부풀려 그 공포를 한껏 들이마시며 잔인하게 말했다.

'비루한 년. 돌려보내도 돌려보내도 또 돌아오는구나. 법황의 첩질로 만족할 수 없는 거냐!'

한없는 공포 속에서 슬픔이 긴박하게 소용돌이쳤다. 벨로린은 의식의 채찍질을 중단한 채 짧게 호흡했다. 어쨌든 그녀는 자신이 불합리한 분노를 토해내고 있음을 잘 알고 있었다. 그리고 지옥의 지배자는 빠르게 자신을 되찾았다. 그녀는 동정심을 가진 하이마스터다.

'불쌍한 것.'

주저하는 듯한 희망이 다시 그녀에게 다가왔다. 벨로린은 이 급격한 의식의 변화가 번잡하다는 듯이 고개를 가로저었다.

'잊어라. 플로라. 내가 조금 전에 한 말들을 모두 잊어라. 그리고 돌아가라.'

벨로린은 머릿속의 이물감이 아득히 멀어지는 느낌을 받았다. 그녀와 접촉해 보려던 플로라는 언제나 그러했던 것처럼 모든 것을 잊고 돌아갔을 것이다. 절대로 망각하지 않는 그녀지만, 노래의 불꽃이 명령을 내린 이상 그녀에게는 감정의 희미한 자취마저 남지 않을 것이다. 그리고 플로라는 그녀가 판데모니엄의 하이마스터임을 망각한 상태에서, 언제나 그러했던 것처럼 다시 접촉하려 할 것이다.

벨로린은 여전히 알버트 선장의 가슴에 이마를 기댄 채 극히 짧은, 마치 비명 같은 웃음을 터뜨렸다. 고개를 든 벨로린은 자신의 입술에서 늘어진 머리카락들을 보았다. 조금 전 그녀가 물어 끊어버린 알버트 선장의 머리카락들이다.

벨로린은 손가락을 들어올려 입 앞에서 휘저었다. 머리카락은 손가락에 감겨 입술에서 떨어져나왔고 벨로린은 가만히 그것을 바라보았다.

벨로린은 눈을 감은 채 손가락을 입 안에 집어넣었다.

"그 친구의 맛은 어때? 시체 중의 시체라. 정말 진귀한 거지."

벨로린은 맹렬한 속도로 몸을 돌렸다.

물수리호의 뱃전에 한 사내가 걸터앉아 있었다. 달빛이 그 머리에 떨어져 가볍게 부서지고 있었고 발치에는 커다란 배낭이 놓여 있었다. 벨로린이 똑바로 바라보는 가운데 사내는 일어섰다. 그가 일어서자마자 먼지가 일어나 달빛 속에서 반짝였고 그래서 사내는 마치 후광을 뿜어내는 것처럼 보였다.

벨로린은 얼굴을 사납게 일그러뜨리며 몸을 움직였다. 그리고 그녀는 잠시 후에야 자신이 무슨 짓을 하는지 깨달았다. 그녀는 두 팔을 벌린 채 알버트 선장의 앞을 막아서고 있었다. 사내는 그 모습에 짧은 웃음을 터뜨리고는 메인 마스트를 향해 똑바로 걸어왔다.

벨로린 앞에 선 사내는 그녀의 조그만 키 너머로 알버트 선장을 거리낌없이 바라보았다. 그리고 그 동안 벨로린은 섬뜩한 눈초리로 사내의 턱을 올려다보았다. 잠시 후 사내는 감탄했다는 듯이 한숨을 내쉬었다.

"하아…… 이건 정말 걸작이군. 나도 맛 좀 보게 해주겠어?"

사내는 말 끝에 입술을 살짝 핥았다. 분명히 조롱하기 위한 의도임을 알고 있었지만 벨로린은 사람이나 동물이 내는 것 같지 않은 으르렁거림으로 사내를 후려갈겼다.

벨로린의 낮은 으르렁거림은 창검이 되어 사내를 침범해 들어갔다. 하지만 사내는 침착한 동작으로 뒤로 물러나며 어깨를 으쓱였다.

"부드럽게 살자구, 부드럽게."

"그 얼굴은 뭐지?"

"아, 이 얼굴? 너라면 알겠군."

"데스필드. 그 패스파인더의 얼굴이다."

데스필드의 얼굴을 한 사내는 싱긋 웃었다. 벨로린은 그 얼굴 너머에 있는 것을 지그시 노려보며 질문했다.

"데스필드가?"

"벌쳐라고 불러줘. 어쨌든 그런 이름이니까. 그리고 선택이라면 아직 내리지 않았어. 둘 다 봐야 선택을 내릴 수 있는 거 아냐."

"둘 다?"

벨로린은 눈살을 찌푸리며 벌쳐를 쏘아보았고 벌쳐는 잔잔한 웃음을 지으며 턱을 움직였다. 그 턱이 가리키는 곳을 본 벨로린은 비명 같은 소리를 내질렀다.

"알버트 렉슬러!"

벌쳐는 맑게 웃었다.

"당연하잖아. 이 얼굴을 보자마자 알았어야지."

"못 박혀 움직일 수 없는 자와…… 움직임 위에 못 박힌 자."

"정확해."

"알았어."

잠시 후 벨로린은 아프게 고개를 끄덕이며 다시 말했다.

"알았어."

벌쳐는 고개를 끄덕였다. 벨로린은 잔뜩 일그러진 턱을 들어올리며 말했다.

"네 선택은 뭐지?"

"선택하지 않아."

"무슨 말이야? 둘 다 찾아놓고 선택하지 않는다니."

벌쳐의 얼굴이 변했다. 벌쳐는 뭔가 쑥스러운, 혹은 겸연쩍은 듯한 얼굴이 되었고 벨로린은 의혹에 찬 표정으로 그 얼굴을 바라보았다. 잠시 후 벨로린은 갑작스럽게 웃음을 터뜨렸다. 벌쳐는 더욱 낭패스럽다는 듯이 고개를 가로저었고 벨로린은 그 얼굴을 보며 더 크게 웃었다.

"안됐군. 벌쳐. 깔깔깔."

"그렇게까지 좋아할 필요는 없을 텐데. 너답게 동정심을 좀 발휘해 보면 안 되나."

"아, 지금 그러고 있잖아? 정말 불쌍하게 됐군. 거짓말쟁이 하이마스터. 다른 때나 다른 장소, 다른 존재에게라면 분명히 거짓말을 할 수 있을 텐데."

"뭐, 피장파장이잖아."

"무슨 말이야?"

"너도 내게 거짓말은 못해."

"아아, 알고 싶은 게 있나? 물론 거짓말을 관장하는 너에게 거짓을 말해서 창피를 당할 생각은 없어. 왠지 꽤 악마답지 않은 대화가 되겠군. 진실만 말하는 대화라니…… 깔깔깔!"

벨로린은 다시 허리를 꺾으며 웃었고 벌쳐는 그녀의 웃음이 진정될 때까지 차분히 기다렸다.

"이제 질문 좀 해도 될까?"

"아, 그런데 미안해. 내가 먼저 질문 좀 해야겠어."

"그러시지. 나 역시 거짓말을 단번에 알아보는 너에게 거짓을 말해서 창피를 당할 생각은 없어. 알고 싶은 것이 뭐지?"

벨로린의 몸이 갑자기 앞으로 쏘아졌다.

벨로린의 손이 벌쳐를 향해 포환처럼 날아들었다. 만일 그 앞에 가만히 서 있었다면 그 속도만으로 몸이 꿰뚫릴 정도의 빠르기였다. 하지만 벌쳐 역시 대포에서 튕겨나가는 것처럼 몸을 뒤로 튕겼다. 그래서 벌쳐는 벨로린의 손에 관통당하지는 않았다. 대신 벨로린의 손에 멱살이 잡힌 채 갑판 끝까지 밀려났다. 벨로린은 눈 깜짝할 사이에 벌쳐를 뱃전까지 밀어붙였고 뱃전에 부딪힌 벌쳐는 어쩔 수 없이 허리를 뒤로 꺾어야 했다. 벨로린은 벌쳐를 뱃전 너머로 밀어붙이며 강하게 외쳤다.

"열어!"

벨로린의 손아귀에 붙잡혀 뱃전에 걸쳐 누운 극히 불안한 자세에서, 벌쳐는 씁쓸하게 웃으며 뒤를 돌아보았다. 뱃전 옆의 검은 바다가 맹렬한 속도로 함몰되며 깊이를 알 수 없는 구멍이 생겨났다. 분명히 항구의 바닥이 있을 테지만 그런 것은 무시되는 것 같았다. 구멍은 그저 끝없이 깊게 이어지고 있었다. 벌쳐는 곤란하다는 듯이 웃으며 다시 벨로린을 돌아보았다.

벨로린은 벌쳐가 일어나지 못하도록 강하게 밀어붙이며 말했다.

"네가 그 신부를 그곳으로 보낸 거냐?"

벌쳐는 거짓말을 할 생각은 없었다. 상대는 뭐든 알아버린다. 그래서 그는 차분하게 말했다.

"아니. 그건 사실 일몰의 왕의 작품이야."

"흥. 왕이라 이거지. 그래서 파킨슨 신부가 비니힐의 답 중에 하나라는 것을 알고 있는 것이군. 하지만 아무리 왕이라 해도 이건 반칙인 것 같은데."

"뭐가 반칙이라는 거지?"

"파킨슨 신부를 그곳으로 보내서 비니힐로 하여금 그를 선택하게 만들었잖아."

"아, 거꾸로야. 비니힐은 잊혀진 탑에서가 아니면 우리들 불쌍한 존재 쪽에 교차 접촉할 방법이 없는걸. 그래서 일몰의 왕은 그를 그곳으로 보낸 거지."

"어쨌든 그래서 비니힐은 한쪽밖에 못 봤잖나! 돌탄 선장도 보여줘야……"

노하여 외치던 벨로린은 갑자기 말을 멈췄다. 그리고 조금 후 벨로린은 놀란 얼굴이 되었다.

"데스필드?"

벌쳐는 자신의 불안한 상황을 잊은 채 가볍게 박수를 보내었다.

"아아, 파킨슨 신부의 반대쪽은 돌탄 선장이었나? 선택이 끝나서 곧장 알게 된 것이군. 그래, 맞았어. 비니힐은 양쪽 다 본 거야. 데스필드는 패스파인더고 그는 언제라도 두 지점 사이에 패스를 그을 수 있지. 한

지점인 파킨슨 신부가 있으면 데스필드는 다른 쪽인 돌탄 선장까지 패스를 그을 수 있어. 물론 데스필드 자신은 알지 못했겠지만 비니힐은 그의 능력을 살짝 빌려쓸 수 있었겠지."

벨로린은 고개를 끄덕였다.

"그렇군. 그래서 너는 데스필드로 하여금 그를 따라다니게 한 거냐?"

"그것도 일몰의 왕의 부탁이었지."

"그래, 알았어. 반칙은 아니군. 비니힐이 그곳에서밖에 나타날 수 없으니까. 흐음, 역시 왕이시군."

서쪽을 쳐다보며 차갑게 웃던 벨로린은 다시 벌쳐를 돌아보았다. 그때까지 차분히 기다리던 벌쳐는 벨로린의 얼굴을 향해 웃었다.

"자, 이제 나 좀 똑바로 세워주지 않겠나?"

벨로린은 고개를 끄덕이며 팔을 끌어당겼다. 놀랍게도 벌쳐의 몸은 휴지 조각처럼 날아 벨로린의 어깨 너머로 떨어졌다. 꽈당! 하는 소리가 났어야 정상이겠지만 벌쳐는 공중에서 몸을 돌려 똑바로 섰다. 그리고 벨로린이나 벌쳐 모두 그 사실에 별로 신경 쓰지 않았다. 벌쳐는 그저 옷매무새를 가다듬었고 벨로린은 뱃전 너머를 향해 말했다.

"닫아."

바다에 생겨났던 바닥 없는 구멍이 사라졌다. 벨로린은 벌쳐를 돌아보았고 벌쳐는 한쪽 손을 허리에 얹은 채 싱긋 웃었다.

"그럼 나도 질문 좀 할까?"

"질문이 뭐지?"

"간단한 거야. χαχὸς δαίμων은 어떻게 되었지?"

벨로린은 거짓말을 할 생각은 없었다. 상대는 거짓말을 관장한다. 그래서 그녀는 맹렬한 웃음 소리를 터뜨렸다.

"푸핫하하하!"

벌쳐는 어리둥절한 표정으로 벨로린을 바라보았지만 벨로린은 한참 동안이나 웃어댄 다음에야 가까스로 말문을 열었다.

"후아, 하. 나는 몰라."

"뭐라고? 아직 나타나지 않은 거야?"

벌쳐는 경악한 얼굴로 외쳤다. 하지만 벨로린은 잔인한 웃음만 돌려주었다.

"선택한 하이마스터는 이제 겨우 셋이야. 아직 넷이나 남아 있어. 아아. 혹시 네가 지금 선택하면 χαχὸς δαίμων이 어디 있는지 알 수 있을지도 모르지. 하지만 나는 네가 뭐라고 말할지 알아. 다른 마스터들의 선택이 끝날 때까지 기다릴 거지? 네가 캐스팅 보트를 쥐게 되길 바라는 거지? 동정심을 발휘해 드리지. 안됐군, 듀크. 내 질문에는 대답 다 해줬는데 자기 질문에는 답을 얻지 못했으니, 그 좁아터진 소갈머리에 얼마나 화가 날까. 하하하!"

"제기랄."

가장 잔잔한 바다도 별빛을 반사하지는 않는다. 그런 먹물 같은 바다를 가로지르는 배가 있었다.

키를 쥔 채 밤바다를 바라보고 있던 오스발은 가벼운 발걸음 소리에 고개를 돌렸다. 그리고 오스발은 그를 향해 걸어오고 있는 검은 윤곽을 보았다. 달빛밖에 없는 밤바다였지만 오스발은 어렴풋이 그것이 율리아나라는 사실을 알 수 있었다.

"안 주무십니까?"

율리아나는 대답 대신 오스발의 등뒤에 털썩 주저앉았다. 그리고는 오스발의 등에 등을 기대었다.

"발. 난 조금 전 매우 발칙한 생각을 했어요. 그래서 잠이 안 와요."

오스발은 빙긋 웃으며 허리를 약간 앞으로 굽혀 공주가 편한 자세를 취할 수 있도록 했다.

"어떤 생각이시기에 발칙하다는 말씀을 다 하십니까?"

"아까 저녁에 슈마허가 미적거리며 물어봤던 것 기억나죠? 행선지를 알고 싶다고."

"예. 기억합니다."

율리아나는 밤하늘을 바라보려는 듯 머리를 뒤로 젖혔다. 그러자 율리아나의 머릿결이 오스발의 목을 눌렀다. 부드럽고 가느다란 머릿결이 목을 간지럽히자 오스발은 몸을 살짝 흔들었고 율리아나는 불평하듯이 말했다.

"가만히 있어요. 어디까지 말했죠? 아, 그래. 행선지. 침대에 누워서 그 생각을 해봤어요. 당신도 대충 짐작할 수 있겠죠? 카밀카르 아니면 검독수리의 성채죠. 그렇죠?"

"예."

"그 외에 다른 선택은 없는 걸까요?"

"무슨 말씀이신지요?"

"언젠가 우리 이런 이야기 나눈 적 있었죠. 왕족의 책임 말이에요. 미노 만에서 테리얼레이드로 가는 도중이었지요? 예. 그때만 해도 나는 왕족의 책임을 강하게 인식하고 있었어요. 그러니까 지금부터 말하려는 생각 같은 것은 절대로 떠올릴 수 없었죠."

"어떤 생각입니까?"

"만약 말이에요. 당신은 나를 걷어찼지만……"

"예?"

"시끄러워요. 듣기나 해요. 어쨌든 당신은 나를 걷어찼지만, 그래도 내가 술김에 당신 겁탈하고……"

듣기나 하라는 명령 때문에 오스발은 신음만 흘렸다.

"꼼짝 못하게 된 당신을 끌고 어느 조용한 어촌으로 도망쳐 버릴 수도 있겠지요? 그리고 나서 당신은 이 배로 고기를 잡고 나는 그 고기를 절대로 먹을 수 없는 것으로 바꿔놓은 다음 당신에게 강제로 먹이며…… 그렇게 행복하게 살 수도 있겠지요?"

오스발이 뭐라 대답할 틈은 없었다. 율리아나가 먼저 대답했기 때문이다.

"헤헤헤. 옛이야기에는 그런 가증스러운 공주들이 나오죠. 그런 지독한 이기주의자들을 주인공으로 삼은 이야기를 애들한테 들려주다니."

"이기주의자라고 하셨습니까?"

"그런 공주들은, 그렇게 살고 싶다면 공주로 살아온 날들에 대해 환불 조치는 했어야 했어요. 국민들이 낸 세금으로 먹고 마시고 입고 교육받고 심지어 그들에게서 존경받고 사랑받은 것들 전부를 국민에게 돌려주고 나서 자기 길을 찾아가야 했지요. 받은 것에 대해선 아무것도 안 돌려주고서 제멋대로 자기 좋아하는 것만 찾아 훨훨 떠나다니, 정말 공주 망신 다 시키는 것들이라고요. 같은 공주라는 것이 창피해요."

오스발은 소리없이 웃었다. 하지만 떨림은 전달되었고, 그래서 율리아나는 오스발의 등에 자신의 등을 비비적거려 주의를 촉구했다.

"가만있으라고 했잖아요. 응. 계속 말할게요. 어쨌든 난 그렇게 생각해 왔어요. 그런데 말이죠. 정말 그러면 안 될까요?"

"환불 조치를 하지 않으시겠다는 겁니까?"

"그게 가능하기나 한 일일까요?"

"무슨 말씀이신지 모르겠습니다."

"정말 다 돌려줄 수 있을까요? 우리가 세상에서 받은 것을 다 돌려주려면 우리는 세상 전체를 볼 줄 알아야 해요. 빵 한 조각을 들어올리며 농부와 수레꾼과 방앗간 일꾼과 제빵사와 물 길어온 하녀와 오븐에 넣을 나무 해온 나무꾼과…… 아아, 이건 끝도 없어요. 어쨌든 그 모든 것을 볼 수 있을까요?"

"글쎄요. 그건 어려울 것 같습니다."

"아무래도 그렇겠죠?"

"세상에 있는 것들은 다 연관되어 있으니까요. 어느 선부터 다른 세계의 일부와 관련이 없어지는 세계의 일부 같은 것은 없지 않습니까?"

"맞아요. 세상은 편집증 걸린 거미가 끝없이 뽑아내는 무한한 거미줄처럼 이어져 있지요. 당신처럼 그런 거미줄에서 빠져나와 있는 인물이 있지만 그건 특별한 경우겠지요."

"예? 제가 빠져나와 있다니요?"

율리아나는 방긋 웃으며 오스발의 목소리를 흉내내려 했다. 하지만 곧 율리아나는 오스발의 목소리가 특별한 개성 없이 그저 부드러운 목소리라는 사실을 깨달았다. 그래서 율리아나는 자신의 목소리로 말했다.

"면천? 싫어. 신분에 나를 돌려주고 싶진 않아. 정의의 실천? 싫어. 정의에게 나를 돌려주고 싶진 않아. 공주 구출은 여가 활동이었을 뿐이야. 세기의 신부? 싫어. 세기의 신부에게 나를 돌려주고 싶진 않아. 아무것도 안 주기 위해서 아무것도 안 받는 자유인. 하아, 그대는 세상의 왕."

"노래말 같군요."

"노래…… 그 가수."

"예?"

율리아나는 졸린 눈을 비비고 말했다.

"으응. 그건 지금 할 이야기가 아니에요. 조금 있다가. 지금 하고 있는 것은 세상이 내게 준 것과 그 보답으로 내가 세상에 줘야 하는 것의 저울눈 맞추기 이야기예요. 어쨌든 계속하죠. 도대체 어디까지 돌려줘야 하지요? 보통 사람들은 자기 시야에 들어오는 거미줄만 보고 시야 너머에 있는 거미줄은 신경 쓰지 않고 살잖아요. 내가 먹는 빵이 구워진 오븐을 만들기 위해 대장간에서 사용된 철광석을 캐어낸 광부의 곡괭이를 만들기 위해 나무를 채벌한 나무꾼의 옷을 만들어낸 재단사에 대해서는 생각하지 않고 말이에요."

오스발은 빙긋 웃었다.

"더 이어질 수 있겠군요."

"물론 무한히 이어질 수 있지요. 당신이 말한 것처럼 어느 선부터 다른 세계의 일부와 관련이 없어지는 세계의 일부 같은 것은 없으니까. 그럼 나는 어디까지 고려해야 하지요? 나를 키워주신 아바마마의 고마움만 생각하면 될까요? 아니면 카밀카르의 장래? 대륙의 평화? 세계의 운명?"

"세계의 운명이오?"

"그건 그냥 말해 본 거예요. 하지만 대륙의 평화 정도는 고려해 볼 수 있겠지요. 잠깐. 지금 속으로 과대망상도 참 더럽게 걸렸구나 등의 생각을 하나요? 도망다니는 공주 주제에 대륙의 평화를 고려해서 어쩌겠다는 거냐고?"

"그렇지 않습니다."

율리아나는 고개를 푹 떨구었다.

"차라리 그렇다고 말하지, 이 악당. 그러면 나도 헤헤 웃으며 맞장구치고는 대륙의 평화 따위 생각도 하지 않을 수 있을 텐데."

"무슨 말씀이신지요."

"오스발. 내 쪽으로 좀 돌아봐요."

오스발은 키를 쥔 손을 바꾸며 뒤로 돌아 공주를 바라보는 자세로 앉았다.

율리아나는 선원용 반바지에 소매를 둥둥 걷어올린 블라우스를 입고 있었다. 아직도 햇살은 뜨거웠고 그래서 율리아나의 팔다리는 갈색

388

으로 그을려 있었지만 이 밤하늘 아래 오스발의 눈에는 그저 하얗게만 보였다. 율리아나는 그 하얀 무릎을 가슴 앞에 모아 그 위에 턱을 얹었다.

"비밀 이야기 해줄게요. 나 혼자 끙끙거리기 싫어서 그러는 거예요."

오스발은 부드럽게 웃으며 고개를 끄덕였다. 율리아나는 시선을 약간 낮추며 말했다.

"휘리 노이에스 이야기는 들어봤지요?"

"예."

"난 좀 복잡한 경로들을 통해 그 아버지가 누군지 추측해 낼 수 있게 되었어요. 그 이야기를 다 하는 건 지루한 일이니 넘어가고, 어쨌든 그 아버지는 혼 족의 타르타니어스예요. 그러니까 휘리는 휘리 타르타니어스인 것이지요."

"타르타니어스라면?"

"그래요. 레프토리아 회전에서 늦게 도착했던 하이낙스의 친구. 혼 족의 반란을 앞장서 지휘했던 맹장. 무시무시한 사람이지요. 혼 족의 장수라서 더 높게 평가되는 거라고 트집잡는 사람들도 있지만, 그가 살아 있는 동안 제국이 안심하고 잠자리에 들 날이 올지 의심스럽다고 말하는 사람들도 있지요."

"예. 그러면 휘리 노이에스는 그 아버지를 닮은 것이군요."

"그래요. 또 하나. 언젠가 말해 줬지요? 휘리가 팔라레온, 다케온, 록소나를 정벌하게끔 만든 것은 나라고. 옛기억을 되살려봐요, 발. 다림에 들어가기 전, 볼드윈 씨의 산장에서 만났던 롱레인저 기억나나요?"

"도나텔 백부장님 말씀이군요."

"그건 가명이었어요. 그 사람이 휘리 노이에스지요."

오스발은 눈을 커다랗게 떠 율리아나를 바라보았다. 율리아나는 무릎 위에 얹은 머리를 옆으로 기울였다.

"예. 그 사람이 왜 거기에 있었는지는 모르겠지만 아마도 정찰 같은 것이었나 봐요. 어쨌든 나는 그때…… 그에게 아버지를 닮으려고 애쓰지 말라고 말해 줬지요. 내가 보기에 그 남자는 그때 아버지를 너무 강하게 인식하고 있더라고요."

"기억납니다. 언젠가 바탈리언 남작님과 말씀하시던 것이군요."

"예. 그리고 그는 나와 헤어져서 곧장 정복 사업에 뛰어들었지요. 모르지요. 내가 지금 한 사람을 마음대로 다룰 수 있다는 식의 과대망상에 빠져 있는 것일지도. 하지만 내가 만났을 때의 그와 지금 정복 사업을 벌이고 있는 그 사이에는 너무 큰 차이가 있고, 그 둘 사이의 시간 간격은 너무 짧아요. 그러니까 내가 원인이었을 가능성이 높다고 생각할 수도 있잖을까요?"

"그렇습니까. 하지만 공주님께서는 아버지를 닮으려고 애쓰지 말라고 하셨는데, 지금 그는 아버지에게서 물려받았을 재능을 쓰고 있잖습니까?"

"바로 그거예요! 그 재능을 어디서 물려받았건 간에 그것은 그의 재능이잖아요? 그때 나는 이런 식으로 말했어요. 휘리 당신이 아버지의 아들이 아닌 휘리 당신으로서 설 수 없다고는 생각하지 말라고. 당신 스스로가 되라고. 그래서 그는, 자신의 속에 있는 것이 아버지의 것이 아니라 자기 것이라는 것을 생각하게 된 건 아닐까요? 아버지의 이름에 구애될 필요 없이 사용할 수 있다고 생각하게 된 것 아닐까요?"

"아, 예. 무슨 말씀이신지 알겠습니다."

율리아나는 고개를 끄덕이고는 힘겹게 말했다.

"그렇다면, 정말 내가 휘리를 그렇게 만든 거라면 나는 팔라레온과 다케온, 록소나, 심지어 다벨의 사람들에게까지 죄를 지은 것이라고 할 수도 있지요. 그렇죠? 또 하나의 거미줄, 아주 진득진득한 거미줄이 생긴 것이겠지요?"

오스발은 약간 멍한 듯한 얼굴로 그의 주인을 바라보았다. 율리아나의 얼굴은 짙은 슬픔으로 물들어 있었다. 오스발은 고개를 가로저으며 말했다.

"환불 조치를…… 해야 된다고 생각하시는 겁니까?"

"너무 잘 말해 줘서 미울 정도예요."

율리아나는 고개를 푹 숙여 무릎 속에 감췄다.

"내 문제를 알겠나요? 난 남해상에서의 강한 조력자를 원하는 아바마마나 우리 국민들을 위해 발도 로네스에게 가야 하지요. 혹은 휘리를 그렇게 만들어버린 책임을 지기 위해 다벨로 가야 할 수도 있고요. 내가 도대체 어디까지 책임을 져야 하지요? 우습다고 생각할 수도 있을 거예요. 지나가다가 내뱉은 말 한마디까지 책임져야 하냐고. 하지만 그 결과를 보세요."

율리아나의 어깨가 한번 크게 움직였다.

"아니, 그런 것은 옆으로 치워두더라도, 그렇다면 도대체 어디서부터

우스워지지 않는 것이지요? 도대체 어느 선부터 진지하게 책임져야 하는 건가요? 모든 것을 책임질 수는 없어요. 그 책임의 거미줄은 무한대까지 이어진다는 것은 조금 전 당신과 내가 증명했어요. 그렇다면, 발. 나에서부터 시작되는 이 엄청난 씨실들의 행렬에서, 나는 도대체 어디까지 날실을 움직여야 되는 거지요? 어디까지가 내 천인 거죠?"

오스발은 묵묵히 율리아나의 어깨를 바라볼 뿐 아무 대답도 하지 않았다. 그들 사이에 켜켜이 쌓여가는 달빛과 뱃전을 애무하는 파도만이 세상의 전부인 것 같았다.

잠시 후 율리아나는 풍성한 머리를 쓸어넘기며 고개를 들었다.

"위로 같은 건 안하는군요. 내 슬픔에 책임질 건 없다 이거죠."

"죄송합니다."

"내가 왜 당신에게 끌리는지 알겠어요."

오스발의 눈꼬리에 미세한 슬픔이 스쳐지나갔다. 율리아나는 세웠던 무릎을 다시 눕혀 무릎걸음으로 오스발에게 다가왔다.

"허리를 부러뜨리고 말 짐을 어깨에 진 자는 미풍처럼 가볍게 걸어가는 자를 선망하겠지요. 그래요. 난 당신을 선망해요. 가짜 자유밖에 누리지 못하는 공주를 비웃는 당당한 노예…… 돌려주기 싫어서 아무것도 받지 않지만 그래도 결핍감을 느끼지 않는…… 보통 사람이라면 그 결핍감이 무서워서, 고독이 무서워서 허겁지겁 받고 안간힘을 다해 돌려줄 텐데……"

율리아나의 얼굴은 이미 오스발의 가슴에 닿아 있었다. 오스발은 사이를 가로막고 있는 천에도 불구하고 공주의 뜨거운 볼, 매끄러운 이마,

그리고 코와 입에서 흘러나오는 따스한 숨결을 느낄 수 있었다. 율리아나는 오스발의 가슴에 얼굴을 묻은 채 속삭였다.

"당신을 사랑하지 않아요."

"예."

"나는 당신을 사랑하지 않아요."

"예."

"나는 절대로 당신을 사랑하지 않아요."

"예."

"조만간 가을이겠지요. 추우니까, 안아줘요."

오스발은 키를 잡았던 손을 놓고는 율리아나의 등에 손을 올려놓았다. 율리아나는 오스발의 어깨에 기댄 채 태평하게 잠들어버렸고 그래서 오스발은 다시 키를 잡을 기회를 놓치고는 아침까지 그녀를 안고 있어야 했다.

그래서 배는 제멋대로 흘러갔다.

물수리호의 갑판에 올라서던 하리야 선장은 낯익은 얼굴을 발견했다.

"어라, 벌쳐 씨? 당신이 여긴 웬 일이오?"

갑판 구석에 앉아 햇빛을 쬐고 있던 벌쳐는 하리야를 향해 손을 흔들어보였다.

"아아, 발길 가는 대로 걷다 보니 이렇게 오게 되었습니다."

하리야는 이상하다는 투로 물수리호의 갑판을 둘러보았지만 언제나 사교성 빵점인 물수리호의 선원들은 그에게 아무 눈길도 보내지 않았다. 하리야는 미심쩍다는 투로 벌쳐에게 말했다.

"승선 허가는 받은 거요?"

"집어던지지는 않더군요. 그래서 앉아 있습니다."

하리야는 미심쩍다는 투로 메인 마스트의 알버트 선장을 바라보았지만 무슨 대답을 얻을 수야 없는 노릇이다. 그래서 하리야는 팔짱을 끼며 그에게 로드 데자크의 서신을 전달했던 패스파인더를 바라보았다.

"발길 가는 대로라니, 그러면 아무 목적도 없이 물수리호에 승선해 있다는 말입니까? 묵을 곳이 필요하다면 여관이나 다른 곳으로 갈 것이지."

벌쳐는 아무 대답 없이 그저 웃어보였다. 하리야는 곤란하다는 듯한 표정으로 그를 바라보았지만 자신의 배도 아닌 이곳에서 그를 쫓아낼 수는 없었다. 물수리호의 선원들이 놔두기로 했다면 그럴 수밖에 없을 것이다. 왜 그러냐고 물어볼 수도 없는 동료들에 대한 해묵은 답답함을 느끼며 하리야는 주위를 다시 둘러보았다. 그때 벌쳐가 말했다.

"벨로린을 찾으시는 거라면 포어 마스트 위에 앉아 있습니다. 하리야 선장님."

하리야는 포어 마스트 위를 올려다보았다. 그곳에는 벨로린이 가로대 위에 다리를 뻗은 채 돛대에 기대어앉아 있었다. 하리야는 다시 벌쳐를 돌아보았다.

"벨로린도 아시오?"

"예."

하리야는 벌쳐를 똑바로 내려다보았다. 햇살은 벌쳐의 얼굴에 정면으로 떨어지고 있었고 그래서 그의 얼굴은 하얗고 멀어보였다.

"당신 목적이 뭐요, 벌쳐 씨? 왜 여기 앉아 있는 거지?"

"선단에 이상한 불청객이 들어온 것에 대해 화를 내시는 것은 이해합니다. 뭐, 해를 끼치지는 않겠습니다. 저는 다만 이곳에 있어야 할 필요를 느끼며, 그리고 미안합니다만 그 이유에 대해서는 설명할 수 없습니다."

하리야는 의심이 가득한 눈으로 벌쳐를 바라보았지만 벌쳐는 이제 눈을 감고 다시 햇빛에 얼굴을 내맡겼다. 하리야는 고개를 가로젓고는 익숙한 손놀림으로 밧줄을 붙잡았다.

빠르게 앞돛대 위로 기어올라간 하리야 선장은 벨로린이 있는 높이까지 이르렀다. 벨로린은 그를 흘끔 보고는 약간 옆으로 물러나 주었고 그래서 하리야 선장 역시 가로대에 앉을 수 있었다. 이 배 위에서 말이 통하는 사람(?)이 그래도 한 명은 있다는 사실에 감사하며 하리야는 벨로린에게 말했다.

"벨로린. 저 아래의 저 남자는 뭐지?"

"벌쳐라는 패스파인더."

"그건 나도 안다. 왜 이 배에 타고 있는 거야? 선원들이 왜 저 친구를 쫓아내지 않는 거지?"

"알버트 선장의 손님이야."

"손님?"

"응. 일항사는 이미 확인했어."

확인이라. 하리야는 더 이상 어쩔 도리가 없다고 생각했다. 물수리호의 일항사가 선장에게 명령받은 일이라면 이야기는 끝난 것이다. '하지만 알버트 선장이 무슨 손님을 받는다는 거지?' 하리야는 메인 마스트 아래에 못 박혀 있는 알버트 선장을 바라보다가 다시 답답함을 느꼈다. '젠장. 뭘 물어도 답이 나오나.'

하리야는 '뭘' 물어도 답이 나오는 소녀를 돌아보았다.

"알았다. 손님이라니 어쩔 수 없겠군. 뭐 좀 물어볼 것이 있어서 찾아왔는데, 벨로린."

벨로린은 하리야를 흘끔 쳐다보았다.

"하리야. 하나 말해 두겠는데, 나는 킬리를 돕는 거지 너를 돕는 것이 아냐."

"킬리가 좀 바빠서 내가 직접 온 거야. 하지만 꼭 따질 필요가 있겠니? 그가……"

"그가 너희들을 돕고 싶어한다는 것은 알아. 동료니까. 하지만 킬리가 폴라리스를 배신하고 싶어졌을 경우 나는 그에게 적극적으로 그 방법을 알려줄 수도 있다는 것 잊지 말아줬으면 하는군."

하리야는 약간 얼떨떨한 표정으로 벨로린을 바라보았다. 하지만 곧 그는 싱긋 웃었다.

"알았어. 원하면 죽여준다고도 했다지? 그래. 잘 알아. 너에게 뭐 좀 물어볼 것이 있고, 킬리 역시 내가 그걸 알게 되는 것을 원할 것 같아서 물어보는데 말이야…… 이렇게 말하면 되겠니?"

"좋아."

"지금 대륙 내에서 목도리도마뱀들을 구할 방법이 있을까? 한꺼번에 대량으로."

"목도리도마뱀?"

벨로린은 한 호흡 쉰 다음에 말했다.

"패잔병…… 다케온의 리저드라이더들이 찾아왔군. 322명? 꽤 많이 도 모였군. 그들 중 자신의 목도리도마뱀을 가진 건 126명. 그러면 넌 196마리나 되는 목도리도마뱀을 구해서 그들을 무장시킬 생각인 거 냐?"

하리야는 감탄했다는 듯이 말했다.

"일일이 설명할 필요가 없다는 것이 좋긴 한데, 익숙지 않은 거니 좀 불안하기도 하군. 그래, 그 자들이 이곳으로 도망쳐 왔어. 그 자들을 무 장시켜 팔라레온을 칠까 하는데. 어떨까?"

"밀 수확을 방해하겠다는 것이군. 유격 활동에서는 가장 적합하겠 지. 빠르고 강하니까. 그리고 나는 미래의 일은 알 수 없어. 그들이 훌륭 하게 활동할지 그렇지 않을지야 모르겠군. 그런 건 스스로의 판단을 믿 으시지, 그래?"

"알았어. 그러면 아까 질문에나 대답해 주렴. 196마리의 목도리도마 뱀을 구할 방법이 있을까?"

"그건 너도 알 텐데? 다케온에 목도리도마뱀을 판매하던 나라들은 바이스라와 레모, 켄타로니아. 그 중 제일 좋은 것은 켄타로니아 산. 그 수입선을 이쪽으로 돌린다면…… 현재 그곳에 있는 구매 가능한 목도리도마뱀은 다 합치면 15마리 정도군."

"겨우 그 정도야?"

"뱃사람이라서 잘 모르나 보군. 목도리도마뱀은 말이나 소처럼 목장에서 키우는 동물이 아냐, 하리야 선장. 사냥꾼들이 어린 새끼를 생포해서 파는 거지."

"할 수 없지. 15마리라. 어디에 있지?"

"켄타로니아에 7마리, 그리고 바이스라에 3마리, 레모에 5마리. 서둘러야 될걸. 그 사냥꾼들 이제 목도리도마뱀 팔아먹을 곳이 없다고 낙담하고 있거든."

하리야는 고개를 홰홰 내저으며 다시 밧줄을 쥐었다. 그때 벨로린이 말했다.

"그렇잖으면, 직접 잡든지."

"잡는다고?"

"잊혀진 탑 섬. 거기엔 아무도 가지 않기 때문에 대륙에서 건너간 목도리도마뱀들이 지천으로 뛰어다니지. 리저드라이더들을 태우고 직접 잡으러 가면 되겠군. 그 자들이 목도리도마뱀들 다루는 데 최고인 것은 당연하니까. 돈 별로 안 드는 방법이니 너나 식스가 환호를 지를 것 같지만……"

벨로린은 말 끝에 하리야를 돌아보았다. 하리야는 반가움과 공포가 뒤섞인 표정으로 벨로린을 바라보고 있었다. 벨로린은 싸늘하게 웃었다.

"아무래도 거기는 좀 무섭지?"

창 밖을 내다보던 파킨슨 신부는 환호를 내질렀다.

"이놈, 축복받아랏! 기어코 패스를 그었구나?"

그들이 서 있는 높이는 보통 건물의 3층 정도 되는 곳이었다. 그 정도도 충분히 높다고 할 수 있지만 어제까지만 해도 현기증 날 정도의 높이에 있던 파킨슨 신부는 그대로 뛰쳐나가고 싶은 충동까지도 느꼈다. 바다는 이제 충분히 가깝게 보였고 조금 떨어진 곳에서는 파도들이 허공으로 솟아오르고 있어 큰소리로 말하지 않으면 잘 들리지 않을 정도였다. 하지만 파킨슨 신부는 목청껏 고함 지르고 있었으므로 데스필드는 무리없이 그 말을 알아들었다. 그래서 그는 시무룩하게 말했다.

"당신이 그은 거요."

"나? 내가 긋다니, 그게 무슨 말이냐?"

데스필드는 툴툴거리며 고개를 가로저었다. 흥분해서 데스필드의 말을 잘 이해하지 못하던 파킨슨 신부는 잠시 후에야 그의 말에 올바른 주어를 넣어볼 수 있게 되었다. '나 아닌 다른 누군가가 그은 거요.' 파킨슨 신부는 어리둥절한 표정으로 뒤를 돌아보았다. 그곳에는 계단을 오르락내리락거리느라 녹초가 되다시피 한 윈디어가 힘들게 서 있었다.

"저 윈디어가 동물적 감각으로 내려오는 길을 찾았다는 거냐?"

"글쎄. 그럴지도 모르지. 어쨌든 본인은 무턱대고 걸었소이다. 그런데 이렇게 낮게 왔다니. 아무래도 이상하군."

"뭐가 이상하냐?"

"그냥 쭉 내리뻗은 계단으로 왔어도 이렇게 빨리 내려올 것 같지는 않단 말이오. 그런데 본인과 당신은 그렇게 내려온 것은 아니잖소. 아무리 내려오는 길이 더 빠르게 느껴지는 법이라도, 흐음. 모르겠군. 한 가지만은 확실해. 패스파인더에게 직업적 자부심의 손상을 입히고 싶다면 이 탑은 제일 순위의 추천 대상이군…… 젠장! 아무렇게나 오다 보니 도착하다니, 패스파인더 최고의 모욕이라고! ㄲ아아아!"

차분하(다기보다는 시무룩하)게 말하던 데스필드는 결국 분노를 참지 못하고 발광하기 시작했다. 파킨슨 신부는 당혹하여 뒤로 물러났지만 데스필드는 그의 모습엔 아랑곳하지 않은 채 돌벽을 후려치고 통로를 짓밟다가 결국 자기 분에 못 이겨 벽을 차며 뛰어올라 공중제비를 넘었다.

"그놈 참, 성질도 요상하게 부린다. 끝난 거냐?"

"준비는 끝났소."

파킨슨 신부는 아무 말 없이 근엄한 표정으로 데스필드를 바라보며 오른손으로는 허리춤에 매달린 홀스터를 톡톡 두드려보였다. 데스필드는 그에 대하여 상냥하고 우아하고 귀여운 표정을 지어보임으로써 복수했다.

"됐다. 역겨우니까 그만해. 어쨌든 이 층에는 내려가는 계단이 안 보이는군. 또 올라가다 보면 더 내려갈 방법이 생길지도 모르겠다만 난 아무래도 사양하고 싶다. 여기서 네가 말하던 그 방법을 쓰면…… 그런데 저놈이 문제군."

데스필드는 눈살을 찌푸리며 윈디어를 돌아보았다. 창문 밖으로 밧줄을 묶어 내려줄 수는 없다. 창문의 크기가 도저히 말 한 마리가 지나다닐 크기가 못 된다는 것은 둘째 치더라도 두 사람의 힘으로 말 한 마리를 지탱하는 것은 말도 안 된다. 데스필드는 파킨슨 신부를 돌아보았다.

"놔두고?"

"젠장. 일단 생각을 좀 해보자."

그러나 생각을 한다고 해서 무슨 답 비슷한 것이 나올 상황이 아니었다. 3층 높이의 건물에서 두 사람의 힘으로 말을 내릴 방법은 기중기나 아주 긴 경사로, 혹은 동물을 사랑하는 마법사 등 이 섬에서는 구할 수 없는 수단들을 이용하는 방법뿐이었다.

결국 두 사람은 풀죽은 얼굴로 서로를 쳐다보았다. 데스필드가 먼저 스완 대거의 칼집을 만지작거리며 말했다.

"굶어 죽는 것보다는 안락사가 낫겠소?"

파킨슨 신부는 얼굴을 다 구겨놓은 다음에야 대답했다.

"일단은 놔두고 나가자. 밖에 나가서 무슨 방법이 생길지도 모르잖냐. 물론 우리조차도 이 섬에서 빠져나갈 수 있을지 의심스러운 상황에서 방법 어쩌고 하는 건 자기 기만에 지나지 않을지도 모르겠다만, 어쩌면 아래로 내려가서 우리가 출구를 발견할 수 있을지도 모르잖냐."

데스필드는 못마땅한 얼굴이었지만 어쨌든 고개를 끄덕였다. 배낭에서 밧줄을 꺼낸 데스필드는 그것을 풀면서 통로를 걸어갔다. 그들이 서 있는 곳은 바다를 향한 쪽이었으며 반대쪽의 땅으로 내려서기 위해선 환형 통로 저편의 창을 이용해야 했다. 그리고 파킨슨 신부는 윈디어에게 다가갔다. 이틀 동안 제대로 먹지 못하고 계단을 오르락내리락해야 했던 윈디어는 이미 꽤 지친 상태였다. 파킨슨 신부는 성심 성의껏 윈디어에게 축복을 내리기 시작했다.

그때 통로 저편에서 데스필드가 말했다.

"아무래도 나갈 수 없소."

파킨슨 신부는 어두운 얼굴로 통로 저편을 돌아보았다.

"데스필드. 나도 가슴 아프다. 이 죄없는 놈을 놔두고 가자니 발길이 떨어지지 않아. 하지만……"

"발길이 떨어지든 말든 나갈 수 없다고요."

파킨슨 신부는 얼떨떨한 얼굴로 통로 저편을 보다가 윈디어의 고삐를 잡아당겼다. 그리고 데스필드가 걸어간 쪽을 향해 걸어갔다. 파킨슨 신부를 본 데스필드는 아무 말 없이 엄지손가락으로 창 밖을 가리켜보였다.

창 밖을 바라본 신부는 눈이 튀어나올 것 같은 광경을 보게 되었다.

육지 쪽에는 꼬리 길이를 제외해도 키가 10피트는 될 것 같은 거대한 도마뱀들이 돌아다니고 있었다. 두 다리로 일어서 성큼성큼 뛰어다니고 있었고 동작은 꽤 기민해 보였다. 가끔 쉬식거리는 소리 같은 것이 들려왔지만 전체적으로는 고요했다. 그리고 그 중 특별히 덩치 큰 몇 놈은 주의 깊은 시선으로 탑을 쳐다보고 있었다. 파킨슨 신부는 그 놈들이 정확히 3층의 자신을 쳐다보고 있음을 깨달았다. 데스필드가 억눌린 목소리로 말했다.

"목도리도마뱀…… 제기랄. 여긴 목도리도마뱀 당신 천지구먼!"

주위를 더 둘러본 신부는 데스필드의 말대로 눈에 들어오는 모든 곳에서 목도리도마뱀들을 발견했다. 얼핏 보아도 백여 마리는 되는 목도리도마뱀들이 시야 이편과 저편을 가득 메우고 있었다. 파킨슨 신부의 두 팔에 소름이 쫙 돋아올랐다.

"이, 이놈들이 집단 생물이냐? 난 이렇게 많은 목도리도마뱀 집단 이야기는 들어본 적이…… 아니, 잠깐. 어제는 저런 것 안 보였잖아?"

"해질 무렵이라 슬슬 기어나온 것일 거요. 낮에는 너무 뜨겁잖소. 그리고 본인과 당신이 여기를 내려다본 것은 어제 낮이었고. 한 방 쏘쇼."

"쏘라고?"

"하늘로 한 방 쏘아보쇼."

파킨슨 신부는 고개를 끄덕이고는 핸드건을 뽑아들었다. 데스필드는 뒤로 물러나 윈디어의 고삐를 움켜쥐었다. 하늘을 겨냥한 파킨슨 신부는 기도하는 심정으로 방아쇠를 당겼다.

맹렬한 폭음이 울려퍼졌다. 그리고 파킨슨 신부는 욕설을 내뱉었다.

"제기랄, 도망치지 않아!"

데스필드는 이맛살을 찌푸린 채 창가로 걸어갔다.

창밖의 목도리도마뱀들 중 몇몇은 약간 어리둥절한 기세로 주위를 둘러보았지만 대부분의 목도리도마뱀들은 조금 전과 별로 다를 것이 없는 모습이었다. 그리고 그 중에는 더 안 좋은 변화를 일으킨 녀석도 있었다. 조금 전 잊혀진 탑을 주시하고 있던 덩치 큰 놈들이 조심스럽게 탑 쪽을 향해 걸어오고 있었다. 파킨슨 신부는 씩씩거리며 말했다.

"이놈들에겐 이 대포 소리가 그저 천둥 소리 비슷한 것으로밖에 생각되지 않는 모양이다. 이 섬에 사람이 들어왔을 리가 없으니까, 이놈들은 한번도 사람을 못 본 야생 그대로의……"

"잠깐. 좀 조용히 해보쇼."

"뭐?"

"입 닫으라고! 당신들의 동태가 이상하오."

파킨슨 신부는 그제서야 정신이 번쩍 든 얼굴로 탑 바깥을 바라보았다.

덩치 큰 목도리도마뱀들은 이제 탑 쪽을 향해 똑바로 걸어오고 있었다. 파킨슨 신부는 별 생각 없이 그 놈들이 수컷일 거라고 생각했고 보다 생물학적 지식이 많은 데스필드는 약간 유보적인 입장을 취했다. 포유류라면 대개 경계와 전투를 맡는 것이 수컷이지만, 상대는 파충류이다. 따라서 꼭 수컷이라고 단정지을 수는 없다.

느닷없이 첫 번째 놈이 뛰어올랐다.

목도리도마뱀은 걸어오던 속도 그대로 솟아올랐다. 도약이나 발구름 같은 것이 전혀 없었기에 파킨슨 신부와 데스필드 모두 예상치 못한 움직임이었다. 신부 같은 경우 목도리도마뱀의 입이 얼굴 앞까지 치솟아오른 다음에야 그 놈이 뛰어올랐다는 사실을 깨달았다.

"쐐애애애―애액!"

파킨슨 신부와 데스필드는 서로 뒤엉키며 뒤로 나가떨어졌다. 비명도 그때쯤에야 터져나왔다.

"우아아아아악!"

신부와 패스파인더는 통로 바닥에 쓰러져 서로 팔다리를 얽어놓은 채 한참 동안이나 버둥거렸다. 가까스로 일어난 파킨슨 신부는 통로 반대쪽 벽에 후다닥 달라붙었고 데스필드는 스완 대거를 뽑아들었다. 그때 두 번째 놈이 뛰어올랐다.

"쐐애애애액!"

창문 저편으로 목도리도마뱀의 머리가 솟아오른 것은 것은 찰라의 시간이었다. 하지만 신부는 프릴을 잔뜩 펼친 그 얼굴과 커다란 입, 그리고 그 속에서 번득이는 이빨들을 보며 소리 높이 비명을 질렀다. 데스필드는 통로 바닥에 한쪽 무릎을 꿇은 채 무서운 시선으로 창문을 쳐다보았다.

세 번째 도약은 없었다. 데스필드는 조심스럽게 일어났다.

"정말 엄청난 도약력이군. 저런 건 못 봤는데. 아마 리저드라이더 당신을 안 태워서 더 높이 뛰어오르는 모양이지."

파킨슨 신부는 부들부들 떨며 말했다.

"뛰어오를 수 없어. 그렇지, 데스필드? 얼굴이 올라오는 것이 한계야. 저, 저 앞발로 창턱을 잡거나 하지는 못할 거야. 그렇지?"

"방금 두 당신이 목도리도마뱀 사회에서 가장 높이뛰기를 못하는 당신들이라면?"

"젠장! 꼭 그런 비관적인 예측을 해야 되겠나!"

"일단 좀 봅시다."

"안 돼! 다가가지 마! 얼굴이라도 깨물리면 어쩔 거야?"

하지만 데스필드는 스완 대거를 꽉 움켜쥔 채 창가를 향해 걸어갔다. 청턱 가까이 가지는 않았지만 아래쪽이 보일 만한 위치에 서서, 데스필드는 목을 조심스럽게 뻗어보았다.

다가온 놈들은 모두 탑 주위를 어슬렁거리고 있었다. 마치 어떻게 해야 좋을지 의논하고 있는 것 같은 모습이기도 했고 그저 산보중이라고 생각할 수도 있는 모습이었다. 데스필드는 어쩔까 고민하다가 갑자기 창턱에 손을 짚으며 상체를 쑥 내밀었다.

"어이, 당신들!"

파킨슨 신부는 기절할 뻔했다. 그러나 목도리도마뱀들은 기절하는 대신 모두 위쪽을 쳐다보았다. 그 중 한 놈의 눈이 데스필드의 눈과 마주쳤고, 놈은 다시 뛰어올랐다.

"쐐애애애액—!"

"이거나 잡수셔!"

데스필드는 몸을 뒤로 튕기며 동시에 팔을 휘둘렀다. '스치기만 해도 돼!' 데스필드의 소원대로 스완 대거의 칼 끝은 뛰어오른 목도리도마뱀의 코끝을 스쳤다. 데스필드는 우당탕거리며 파킨슨 신부의 발치까지 굴러갔고 신부는 기겁하며 스완 대거의 칼 끝을 피했다. 그리고 탑 저편에서는 퍽 이상한 소리가 들려왔다.

데스필드는 다시 일어서자마자 창가로 도로 뛰어갔고 그래서 파킨슨 신부는 데스필드가 미쳤다고 생각했다. 그러나 데스필드는 얼굴을 잔뜩 일그러뜨리며 말했다.

"제엔장. 이리 와 보쇼."

"사양해 주겠어. 이야기 듣는 걸로 만족할 테니까."

"그러지 뭐. 조금 전의 당신은 이 칼에 코끝을 스쳤고 그래서 땅에 떨어지기도 전에 얼굴의 절반이 터져나갔소. 조금 전의 이상한 소리는 당신의 얼어붙은 얼굴 조각들이 탑에 부딪히는 소리들과…… 당신이 추락하면서 낸 소리였소."

"그, 그럼 지금 들려오는 이 소리는 뭐냐?"

"당신들이 얼굴 터진 당신 뜯어먹고 있는 소리. 가정 교육을 잘 받진 못했군. 꼭꼭 씹어먹어야 되는데."

파킨슨 신부의 얼굴이 노랗게 변했다.

거목은 거대한 그루터기를 남긴다.

바탈리언 남작은 1024년 9월, 페인 제국에서 일어난 전무후무한 반란 사건을 저렇게 표현했다. 거목은 쓰러져도 그냥 사라져버리지는 않는다. 보이지 않지만 거대한 뿌리가 아직 땅 속에 남아 있는 것이다. 그리고 제국 기사단 북좌가 남쪽을 향해 움직인다는 첩보가 란셀에 도착했을 때 페인 제국이 경험한 충격은 바로 그런 거대한 뿌리가 땅을 가르며 일어나 숲을 흔든 것에 비유될 수 있다.

9월 5일. 하르타틱 요새에 주둔하고 있던 제국 기사단 북좌는 서 킬드온의 지휘 하에 조용히 움직이기 시작했다. 격문이나 서신, 통고문 따위는 전혀 없었다. 제국 기사단 북좌는 말 그대로 조용히, 하지만 폭발적인 속도로 똑바로 남진했다. 그러나 제국 기사단 북좌의 총병력은 25,000명. 이 정도의 대병력이 움직이는데 포착되지 않을 리가 없다.

9월 9일. 제국 기사단 북좌의 이상한 움직임이 란셀에 전달되자 란셀은 발칵 뒤집혔다. 그러나 천년의 역사에서 페인 제국이 경험한 반란은 한둘이 아니다. 란셀은 충격 속에서도 기민하게 움직였고 9월 12일에는 남진을 계속하고 있는 북좌에 대한 정지 명령과 함께 레프토리아 요새에 주둔하고 있는 제국 기사단 남좌에 대한 북진 명령이 전달되었다.

그러나 곧 제국은 두 번째의 충격 속에 아연해해야 했다. 북좌가 정지 명령에 아무런 회신도 보내지 않았을 뿐만 아니라 남좌조차도 출동 명령에 대해 침묵을 지킨 것이다. 그리고 그제서야 페인 제국은 그들이 제국 천년의 역사에서 처음으로 겪는 무시무시한 위기에 처했음을 깨닫고는 비명을 올렸다.

제국 기사단 남북좌의 동시 반란.

천년의 역사에서 제국은 강력한 방위력이 양날의 검이라는 사실을 충분히 체득하고 있었다. 적을 막기 위해 강력한 군대를 육성하면 그 강력한 군대는 거꾸로 조국을 향해 칼을 들이댄다. 그러나 반란이 무서워서 군대를 약화시키면 적에 의해 공격받는다. 그리고 페인 제국은 인류의 역사에서 해결될 날이 올지조차 의심스러운 이 딜레마를 해소하려 들지는 않았다. 제국이 천년의 세월 동안 지속될 수 있었던 것은 그들이 강력해서가 아니라 인간에 대해 환상을 품지 않기 때문이라 말하는 자들도 있다. 그 말처럼 페인 제국은 어떤 환상적인 해결법을 찾는 대신 제국 군사력의 요체라고 할 수 있는 제국 기사단을 남북좌로 분할했다. 그리고 그들에게 상대방을 우아하게 경멸하는 전통을 심어주는 데 성공했다.

제국 기사단의 기사들은 언제라도 야전 지휘관이 되어 제국 방위에 투입될 수 있다는 점에서 제국 군사력의 두뇌라고 할 수 있다. 그리고 제국은 군사력 전체를 철저히 장악하는 대신 이 '머리'들을 분리한 것이다. 나누어진 머리들은 서로를 향해 으르렁거리지만, 그들 모두가 고결한 기사이므로 정도 이상으로 폭주하는 것은 그들의 자존심 때문에라도 불가능하다. 그러나 그들이 협력하는 것이 불가능할 정도의 상호 경멸은 유지할 수 있다. 따라서 그들 중 어느 쪽이 기사의 맹세를 저버리고 반란을 일으킬 경우, 다른 쪽은 황제에 대한 충성심보다는 상대방에 대한 경멸 때문에—혹은 형제의 오욕을 몸소 처리한다는 심정으로—토벌군이 되는 것이다. 그리고 남북좌는 모두 그 사실을 알고 있다. 최악의 경우 반란이 성공하여 제위가 바뀐다 하더라도 신임 황제는 그 즉시 최정예 지휘관들의 지휘를 받는 유격대의 공격을 받게 될 것이다. 그것은 실제로 증명된 일이다. 제국력 689년, 제국 기사단 남좌가 주축이 된 반란군은 란셀을 점령하고 당시 황제였던 아스로이 황제를 퇴위시키는 데 성공했다. 그러나 그들은 제국 기사단 북좌가 전부 지하로 잠적하는 것을 막지는 못했고, 그래서 불과 1년도 지나지 않아 제국 기사단 북좌의 조직적인 반격에 무릎을 꿇었다. 아스로이 황제는 다시 제위를 되찾았고 제국 기사단 북좌의 영수였으며 레지스탕스 활동의 총지휘자였던 손필 경은 대공의 지위에까지 올랐다.

　머리를 나누어 서로를 견제시키는 이 수단은 언제나 유효했다. 따라서 아자르 황제와 제국 정부는 제국 기사단 북좌의 돌발 행동보다도 남좌의 기이한 침묵에 더 당황했다. 그러나 연거푸 보내어진 진군 명령에도 남좌는 아무런 회신을 보내지 않음으로써 황제의 명령에 불응했다.

제국 기사단 남좌의 침묵은 란셀을 최악의 혼란으로 몰아갔다. 어쨌든 제국 내에는 무수한 병력이 있었고 돌출 행위를 일으킨 것은 제국 기사단 북좌뿐이다. 따라서 아자르 황제에게 토벌 병력이 부족하지는 않았다. 그러나 북좌의 움직임에 가장 민감한 반응을 보이고 앞장서서 그들을 견제해야 할 남좌가 침묵한 것은 그런 당연한 사실까지도 망각하게 만들 정도의 충격이었다. 황제와 제국 대신들이 당황하고 허둥대는 사이에 북좌는 무서운 속도로 란셀에 접근했다.

그러나 사태는 뜻밖의 방향으로 흐르고 있었다.

최고 속도로 남진한 북좌의 병력은 란셀을 한번 훔쳐보지도 않은 채 지나쳤다. 란셀 시민들은 제국의 수도를 그냥 지나쳐버린 그 맹랑함에 무시당한 기분마저도 느꼈다. 이미 꾸려놓은 피난짐 위에 걸터앉아 아자르 황제와 란셀 시민들은 미심쩍어하는 눈으로 북좌의 진로를 응시했다.

숨가쁠 정도의 남진을 계속한 북좌는 미리온 산맥에 도달하자 남서쪽으로 방향을 전환했다. 북좌의 진로 앞쪽에 무엇이 있는지를 깨달은 제국 정부가 신음을 흘릴 무렵, 제국 기사단 북좌의 영수 서 킬드온은 짤막한 서신을 란셀에 보냈다.

'페인 제국과 그 식민지의 지배자이며 아흔아홉 눈의 섬의 백작이며 사무이다크의 공작이며 신앙의 수호자인 페인 제국 황제 나르실 로이 아달탄 아크레아 리 온 놀가드 아자르 나이제스 만세. 제국 기사단 북좌 일동은 약간 강도 높은 동절기 훈련에 돌입함을 삼가 알려드립니다.'

'약간 강도 높은 동절기 훈련'이라는 용어는 제국 외교관들의 악몽이 되었다. 제국 기사단 북좌의 1024년 동절기 훈련이 다벨 공국과의 '약간 강도 높은' 충돌로 진행될 것은 자명한 일이었다.

제국 기사단은 제국 외교관들이 휘리 노이에스와 복잡한 가장무도회를 벌일 기회를 주지 않고 몸소 기사단장의 핏값을 받아내기로 결정해 버린 것이다. 두 영수 간의 비밀 접촉은 분명히 있었을 테지만, 역할 분담을 위한 제비뽑기는 필요없었을 것이다. 서 브라도는 북좌 출신이다. 따라서 복수를 맡는 것은 북좌여야 했다. 그리고 남좌는 침묵으로써 복수를 맡은 형제를 지원함과 동시에 북좌가 복수 이외의 다른 행동을 못하도록 견제하는 역할을 맡은 것이다.

거목은 거대한 그루터기를 남긴다. 휘리 노이에스가 볼지악 요새 앞에서 쓰러뜨린 것은 서 브라도일 뿐 제국 기사단은 아니다. 그리고 거목의 남겨진 뿌리는 그들이 있어야 할 땅 속에서 분연히 일어나 복수를 노래하며 다벨을 향해 달려오고 있었다.

"겨울철이 다가오면 야만인들도 움직이지 않습니다. 북좌는 겨울 동안 결판을 짓고 자신들의 주둔지로 돌아가면 된다고 생각하는 것이겠지요. 그 외에도 급히 움직인 이유가 있을 겁니다."

"어떤 이유?"

"최대한 빠른 시간 내에 복수를 완결시켜 그것을 기정 사실로 만들어버리려는 것이겠지요. 아자르 황제의 가슴속에 노여움이 불타고 있는 동안에 말입니다. 그들이 지금 당장 우리를 짓밟는다면 아직 서 브라도의 전사에 대한 노여움을 풀지 못한 황제는 그들의 이 돌발 행위를 묵인해 줄 가능성이 높습니다. 그렇다면 무단 이탈이라고밖에 볼 수 없는 이 행동에 대한 처벌도 흐지부지되겠지요."

"흐음. 나는 그들 자신이 복수를 더 기다릴 수 없어서라고 대답할 줄 알았는데."

바탈리언 남작은 고개를 끄덕였다.

"예. 그것이 가장 큰 이유겠지요. 서 브라도는 홀수대 기사단장입니다. 하지만 그것은 그들에게만 필요한 이유입니다."

"그래. 하지만 그 모든 것은 모두 제국 기사단 북좌가 번갯불처럼 우리를 파멸시킬 수 있어야 된다는 전제 조건을 가지지. 그들의 이 대단한 자신감에 경의를 표하고 싶어질 정도인데. 그들은 정말 야만인이 준동하는 봄이 오기 전에, 남좌에서 짝수대 기사단장이 나와서 그들에 대해 곤혹스러워하게 되기 전에, 그리고 황제가 그들의 근무지 이탈에 대해 불쾌함을 느끼게 되기 전에 모든 걸 해결할 수 있다고 보는 건가?"

"어쨌든 제국 기사단이니까요. 오만해할 수 있는 자격이 있지요."

바탈리언 남작은 당연하다는 듯이 어깨를 으쓱였고 휘리는 피식 웃었다. 자신이 적을 칭찬하고 있다는 것을 깨달은 남작은 부연하듯 말을 이었다.

"그리고 분리된 남북좌는 여기서도 기능을 발휘합니다. 최악의 경우 남좌가 이동하여 야만인을 막을 수도 있습니다. 그리고 남좌가 존재하는 한 황제께서는 북좌를 견제할 수단을 가지고 계시는 것이 되지요.

견제할 수 있는 상대에 대해서는 너그러워지는 법 아닐까요."

"알았어. 자네가 할 일을 알려주겠다."

"말씀해 주십시오."

"황제의 귓속에 반란이라는 단어가 계속 메아리치게 만들어. 황제로 하여금 북좌를 의심하게끔 하라고. 그러니까……"

"시작했습니다. 다른 것은?"

"라트랑에 축하 서신을 보내. 선물 꾸러미와 함께. 에름 후작으로 하여금 이제서야 맞이한 신혼에 머리끝까지 잠겨들게 하라고. 그래서 중부동맹을……"

"어제 보냈습니다. 브라이트썸의 눈물을 이루미나 후작 부인에 대한 선물로 보냈습니다."

휘리는 껄껄 웃었다.

"자네 배짱 대단하군. 그 어마어마한 다이아몬드를 말인가? 하하. 좋아. 또 무슨 일들을 했는지 먼저 묻고 싶어지는데."

"별것 없습니다. 폴라리스를 국가 수복 활동의 성지로 부각시킨 것 정도가 남는군요."

"어떻게 그런 생각을 떠올렸나?"

"폴라리스를 잔존시켜 두기로 결정하신 것을 보고 알았습니다. 그들을 쓰레기통으로 사용하실 생각이시잖습니까?"

쓰레기통이라는 말은 휘리를 다시 웃게 만들었다. 팔라레온, 록소나, 다케온의 구 지배 세력들이 그들의 고토에서 광복 활동을 벌이는 것은 절대로 피곤한 일이다. 따라서 손댈 수 없는 폴라리스로 이동해 주는 편이 차라리 낫다. 손댈 수 없는 곳에 있다는 것은 거꾸로 그들 역시 이쪽에 손을 뻗기 어렵다는 뜻이 되므로. 그리고 바탈리언 남작은 폴라리스의 그런 용도를 쓰레기통에 비유하고 있는 것이다.

"그래. 쓰레기는 쓰레기통에 모아둬야지. 비울 때 비우더라도. 그렇잖으면 집안이 지저분해져."

"말씀하신 대로입니다."

"그렇다면 자네가 해왔던 일을 삼가 평가해 보고자 하니 들어주겠나? 자네는 내가 제국 기사단 북좌를 맞아 싸워야 된다고 결정하고 그 외 잡무를 다 처리해 놓은 건가?"

"절대로 안 싸우는 것이 좋습니다. 하지만 선택권이 우리에게 있는지 모르겠군요."

"서 브라도의 유해 반환."

"타진해 보겠습니다."

"거기에 공식 사과 덧붙여서 보내. 서 킬드온에게 딸이 있다면 메르데린 공작과 결혼해도 좋아."

"알겠습니다. 그런데 그것이 쓸모 있을 거라 생각하십니까?"

"아니. 나도 감히 황제의 명령을 모른 체하며 달려오고 있는 복수광들이 그 정도로 물러날 거라고는 생각하지 않아. 하지만 할 것은 다 했다는 명분을 세울 수는 있겠지. 자네가 말한 대로 이왕 저쪽에 있는 선택권이잖아. 그러니 그 선택권을 좀더 보태준다고 해서 나쁠 것은 없지."

바탈리언 남작은 잠시 말없이 휘리를 바라보았다. 휘리는 의자에 앉

414

아 두 손으로 뒷머리를 받친 자세로 책상 위에 두 다리를 뻗고 있었다. 말하고 후회하는 편이 낫다는 판단 하에 남작은 조용히 물었다.

"이런 질문을 용서하십시오. 격퇴할 방법이 있습니까?"

"제국 기사단을 말인가?"

"그렇습니다."

휘리는 순순히 대답했다.

"어렵겠지."

바탈리언 남작은 커다란 한숨을 내쉬었다. 하지만 휘리의 다음 말이 이어졌을 때 남작은 자신이 뭔가 잘못 들은 것이 아닌가 하는 착각에 빠졌다.

"그들뿐이라면 깰 수 있다. 하지만 제국을 끌어들이게 돼. 어쨌건 유배 죄인이었던 서 브라도와는 경우가 달라. 이기면 안 되는 싸움이니 어렵지."

바탈리언 남작은 어처구니가 없다는 표정으로 휘리를 바라보았지만 휘리는 책상 위에 켜놓은 초만 바라보고 있었다. 남작은 책상으로 바짝 다가서며 말했다.

"자작님. 죄송합니다만 무슨 되지도 않는 여유를 부리시는 겁니까? 상대는 우리가 끌어모을 수 있는 병력의 두 배가 넘는 대군입니다. 더군다나 제국 기사단 북좌입니다. 혼 족과의 전투에서 단련된 베테랑 중의 베테랑……"

"혼 족은 못 깨도 나는 깬다."

"예?"

휘리는 여전히 촛불을 노려보며 말했다.

"혼 족이 북좌를 못 깬다고 해서 나 또한 그러라는 법이 있나? 물어보겠다, 남작. 혼 족이라면 팔라레온, 다케온, 록소나를 모두 공략할 수 있었겠나?"

"지금 혼 족의 이야기를 하는 것이 아니잖습니까?"

휘리는 고개를 들어 바탈리언 남작을 바라보았다. 남작은 휘리의 얼굴에서 초조감 같은 것을 읽었다고 생각했으나 곧 자신의 생각을 의심하게 되었다. 휘리의 얼굴은 초조감보다 더 낮은 곳에 있는 감정을 드러내고 있었다.

문득, 물 속에서 떠오르는 익사자의 얼굴처럼 휘리의 얼굴에 표정이 돌아왔다.

"아, 그렇지?"

바탈리언 남작은 긴장한 채 휘리를 똑바로 바라보았다. '말씀하시오, 자작. 난 투필 종군한 적 없소. 그 노예의 말처럼 나는 계속 쓸 거요. 그리고 나는 당신을 쓰기 위해 편리하다는 이유로 찾아온 거요. 이제 나를 향해 말하시오. 당신의 속에 있는 불꽃은 어떤 거요? 무엇이 당신을 그렇게 만들고 있는 거지요? 혼 족이라는 말에 그렇게 반응하는 이유는 뭐요? 말하고, 자작, 위안을 얻으시오. 말하시오!'

"더 이상 시킬 일이 없다. 나가라."

남작은 실망감을 채 감추지 못한 채 물러났다. 휘리 노이에스는 의자에서 일어난 다음 창문을 향해 돌아섰다. 바탈리언 남작은 한번 더 휘리를 불러보았다.

"자작님."

"나가라고 했다, 남작."

바탈리언 남작은 안타까운 시선으로 휘리의 등을 노려보다가 몸을 돌렸다. 문 닫히는 소리가 날 때까지 휘리는 어두운 창 밖만 내다보고 서 있었다.

휘리는 갑자기 넌더리를 냈다.

밝은 방과 어두운 바깥의 밝기 차이 때문에 창문에는 휘리 자신의 모습이 거울처럼 어리고 있었다. 그래서 휘리는 어둠을 제대로 볼 수 없었다. 휘리는 짜증스럽게 몸을 돌려 촛불을 불었다.

훅! 방 안을 밝혀주던 촛불이 꺼지자 방 안은 캄캄해졌다. 다시 몸을 돌린 휘리는 창문에 어리던 자신의 영상에 방해됨이 없이 창 밖의 어둠을 똑바로 볼 수 있었다. 휘리는 가슴속 깊은 곳에서부터 말했다.

"암흑, 어두움, 타들어가는 칠흑, 이은 자리 없는 음영. 거울 따윈 필요없어. 내게 필요한 건 바로 이거야."

말 끝에 휘리는 흠칫하며 뒤로 물러났다.

그의 입에서 떠난 말들이 그와 괴리된 무엇이 되어 그를 덮쳐왔다. 휘리는 다시 물러났지만 어둠은 거리를 둔다고 해서 희미해지지는 않는다. 휘리는 책상에 부딪혔고 떨리는 손을 뻗어 의자를 당겨잡았다. 그리고 거기에 몸을 던졌다.

의자 깊숙이 주저앉은 휘리는 두 손에 얼굴을 파묻으며 길게 한숨을 내쉬었다. 잠시 후 안정을 되찾은 휘리는 다시 암흑을 쏘아보며 말했다.

"하지만, 천사여. 당신이 있으면 더 좋겠군요."

서 슈마허는 눈을 뜨자마자 곧장 일어나 앉았다. 그리고 동작의 끊어짐을 거의 찾아볼 수 없는 움직임으로 옷 매무새를 가다듬고 갑옷을 착용하고 망토를 걸치고 검을 들어올렸다. 마치 이 기사의 기상 동작은 모든 무장이 끝났을 때에 완성되는 것 같았다.

　실제로 서 슈마허는 신발을 몇 번 굴러보고 나서야 잠에서 깼다. 그리고 그는 또 한번의 감미로운 아침을 베풀어주신 주님께 감사를 드렸다.

　하지만 덕분에 그와 같은 선실에 있던 다른 선원들은 몹시 괴로운 아침을 맞이해야 했다. 그들은 새벽부터 절그럭거리고 쿵쾅거리고 중얼거리고 있는 슈마허를 노려보며 으르렁거렸지만, 그것은 모두 이불 속에서 이루어진 일이었다. 어쨌든 그들은 고용인이고 서 슈마허는 그들의 선주였으므로. 다행히도 서 슈마허는 빨리 아침 공기를 쐬고 싶다는 갈망 하에 선실을 나갔기에 남겨진 선원들은 서 슈마허를 잡아간 주님께 감사를 드리며 다시 잠들 수 있었다.

　서 슈마허는 승강구를 올라가 뒷갑판으로 통하는 문을 열었다.

　아직 해는 뜨지 않았지만 마지막 별들이 휘날레를 장식하는 새벽 하늘은 이미 충분히 푸르렀고 그런 새벽을 바다 한가운데서 맞이하는 것은 매우 신비로운 일이다. 서 슈마허는 마음껏 감탄했고 심지어 기대감마저 느꼈다. 그는 검기만 한 바다와 해도 달도 없는 하늘 가운데 서 있는 고독한 구도자였다. 인식을 오도하고 환상을 진실로 바꾸는 어떤 원인도 존재하지 않는 가운데, 어쩌면 세계에 틈이 생기며 그에게 우주의 비밀이 드러나보일지도 모른다.

그리고 서 슈마허는 우주가 뒤집히는 것 같은 모습을 보게 되었다. 한 세 바퀴 정도 뒤집힌 것 같다.

오스발의 얼굴은 뚜렷이 보이지는 않았지만 난처한 얼굴을 하고 있으리라는 것은 충분히 짐작될 수 있는 일이었다. 슈마허는 잠시 숨쉬는 것조차 잊은 채 고개를 끄덕였다. '맞아. 절대적으로 그런 얼굴이어야 해.' 그리고 슈마허는 최대한 낮은 목소리로 말했다.

"오스발."

오스발 역시 낮게 말했다.

"예."

"나는 이것을 기나긴 고통의 도피행 중 당연히 생길 수 있는 동료애의 발현으로 이해해야겠지?"

"죄송합니다만 아닙니다."

서 슈마허는 가슴이 덜컹 내려앉는 기분을 느꼈다. 그의 손이 자신도 모르는 사이에 칼자루로 옮겨가고 있었지만 그 자신은 몰랐을 뿐 아니라 오스발마저도 충분하지 못한 조명 때문에 그것을 보지는 못했다.

그래서 오스발은 태연하게 말을 이었다.

"공주님께서는 저를 쿠션으로 사용하시는 겁니다만."

"쿠션?"

"예. 잠이 오지 않는다고 나오셨다가 이대로 주무시게 된 겁니다."

서 슈마허는 충분한 이해심으로 그 상황을 상상해 보려다가 그냥 포기했다. 오스발의 목을 친 다음 바다에 던지는 편이 훨씬 간단하겠다는 판단을 내렸기 때문이다. 칼을 뽑아들려던 슈마허는 자신이 이미 칼자루를 움켜쥐고 있다는 것을 깨달았다.

"오스발. 공주님을 조심스럽게 눕혀드리고, 이리 나와라."

"알겠습니다."

"절대 안 돼요."

서 슈마허와 오스발은 펄쩍 뛸 만큼 놀랐다. 율리아나는 눈을 감은 모습 그대로였고 그래서 슈마허는 자신이 뭘 잘못 들었나 하는 생각까지 했다.

하지만 율리아나는 다시 말했다.

"돌아가요, 서 슈마허."

슈마허는 그제서야 공주가 확실히 깨어 있음을 깨달았다.

"저는 공주님의 호위 임무를 맡고 있습니다. 공주님의 목숨뿐만 아니라 명예도 지켜드려야 됩니다."

율리아나는 눈을 떴다. 그러고는 한번도 잠든 적이 없는 것처럼 가볍게 일어났다. 오스발이 놀라서 바라보는 가운데 율리아나는 낮은 목소리로 슈마허에게 말했다.

"당신이 본 것 전부 잊어요. 서 슈마허. 당신이 본 것은 밤새 키를 잡고 고생한 오스발과 방금 일어나 그에게 인사를 건네고 있던 내 모습이에요."

"제 입은 봉할 수 있으십니다. 하지만 저 노예의 입은 어쩌시겠습니까?"

"그건 걱정하지 말아요. 그리고 그런 위압감 넘치는 어투 그만 사용하시죠? 마치 가정교사에게 꾸중받고 있는 것 같은 기분을 느끼게 하는군요. 무슨 대단한 잘못이라도 저지른 것처럼 몰아붙이는 것, 그만해요."

"공주님."

"당신이 오스발을 죽이면 그게 더 수상하게 보일 거라는 것은 생각하지 못하나요?"

서 슈마허는 곰곰이 그 말에 대해 생각해 보았다. 그리고 공주의 말에 상당한 설득력이 있음을 인정했다. 이런 망망대해에서 오스발을 죽인다 해도 선원들의 입은 남는다. 그리고 선원들은 갑자기 죽은 오스발에 대해 별의별 추문들을 만들어낼 것이 당연하다. 슈마허는 고개를 끄덕였다.

"알겠습니다. 하지만 문제는 남습니다."

"문제가 뭐죠?"

"오스발이 밤새 키를 잡고 있었다는 부분 말입니다. 그게, 죄송합니다만 그렇게 될 수가 없습니다."

"왜요?"

"만일 그랬다면 저게 보일 리가 없으니까요."

슈마허는 손으로 한쪽 방향을 가리켜보였다. 오스발과 율리아나는 모두 그 방향을 쳐다보았고, 잠시 말문이 막힌 채 서로를 쳐다보았다.

수평선에서 하늘까지 이어져 있는 듯한 길고 가느다란 그림자가 보였다. 가늘다는 것은 순전히 그 말도 되지 않는 높이 때문에 그렇게 보인다는 것뿐이다. 누군가 하늘이 무너질지도 모른다고 걱정하는 사람이 있다면 보여줄 만한 광경이다. '안심해. 기둥이 있잖아.' 율리아나는 약간 어눌한 어조로 말했다.

"저, 그러니까 그게, 어…… 어떻게 여기로 왔지?"

오스발 역시 저 위대한 모습은 알고 있었다. 그는 고개를 끄덕이며 말했다.

"잊혀진 탑이군요."

"그러네요."

"그렇습니다."

"맞아요."

"예."

그리고 서 슈마허는 뒷덜미를 붙잡힌 채 확 끌어당겨졌다.

가까스로 넘어지지 않은 슈마허는 조금 후 자신이 율리아나에 의해 끌어당겨졌다는 것, 그리고 오스발 역시 비슷한 모습으로 끌어당겨졌다는 것, 그리고 그와 오스발이 율리아나의 머리를 중심으로 서로의 이마를 맞대고 있다는 것을 차례로 알게 되었다. 그렇게 세 명의 머리를 한데 모아놓은 율리아나는 다급하게 말했다.

"빨리 거짓말 하나 생각해 보자고요! 어서!"

오스발과 서 슈마허는 짐짓 고뇌에 잠긴 표정을 지어보려 애썼다. 그러나 답은 엉뚱한 곳에서 날아들었다.

"콰—앙!"

오스발과 서 슈마허의 뒷덜미를 움켜쥐고 있었던 율리아나는 엉겁결에 두 사람의 머리를 찧고 말았다.

"커억!"

"우욱!"

얼굴이 빨개진 율리아나는 뭐라 사과하려 했으나 서 슈마허는 머리를 문지르면서도 씩씩하게 뱃전을 향해 달려갔다.

그때 승강구에서 선원들과 선장이 우르르 뛰어나왔다. 그들은 사방을 둘러보았지만 그들이 예상하던 것, 즉 해적선이나 군함 등은 발견하지 못했고 그래서 어리둥절해했다. 그때 잊혀진 탑을 발견한 선원 하나가 기이한 비명을 올렸다.

"어어─어?"

다른 선원들이 뭐라 외치기 전, 잊혀진 탑을 바라보고 있던 슈마허는 재빨리 몸을 돌렸다. 망토가 한번 떠올랐다가 가라앉은 곳에는 가장 성실한 기사의 얼굴이 떠올라 있었다.

"오스발의 말이 맞군요. 공주님. 저쪽에서 누군가가 신호를 보내고 있습니다. 현재로서는 난파한 배가 아닐까 추정됩니다만."

율리아나는 박수를 치거나 환호를 내지르고 싶은 것을 간신히 억누르고는 선장에게 말했다.

"선장님. 어서 가봐요."

훌륭한 라트랑 뱃사람이지만 그래도 뱃사람이라는 점에서는 다른 선원들과 별 다를 바 없는 잭스 선장은 미간을 찡그리며 말했다.

"공주님. 저기는 잊혀진 탑 섬입니다. 불길합니다만."

"그래도 누군가 신호를 보내고 있잖아요. 놔두고 갈 수는 없겠지요, 선장님?"

그리고 잭스 선장은 역시 바다 사나이였다.

"알겠습니다."

다른 선원들은 기막히다는 얼굴로 잭스 선장을 바라보았지만 잭스 선장은 턱을 앞으로 내밀며 사납게 말했다.

"만약 내가 저기에 난파되어 있는데 그냥 지나가는 배가 있다면 귀신이 되어서라도 따라갈 거다. 너희들이라면 어떻겠냐? 그러니, 돛을 올려라!"

파킨슨 신부는 다시 한 방을 쏘아올린 다음 탄환이 떨어졌다는 사실을 깨달았다. 탄환들을 재장전하며 신부는 데스필드를 돌아보았다.

"그런데 저 배가 해적선이거나 밀수선이거나 더 나쁜 배면 어쩌지?"

"혼—아피르 혼혈 당신들로만 채운 배라도 상관없소. 저 배가 그냥 지나가면 향후 몇백 년 동안 이 근처에 배가 안 지나간다고 해도 본인은 이상하게 생각하지 않을 거야. 그러니 저 배를 꼭 불러들여야 하오!"

"흐음. 그건 맞다. 그런데 혼—아피르 혼혈이라고? 그거 끔찍하군."

파킨슨 신부는 껄껄 웃었지만 재장전 동작은 빨랐다. 파킨슨 신부는 다시 창 밖을 향해 핸드건을 쏘기 시작했고 데스필드는 통로를 따라 달려가 육지 쪽의 창문을 내다보았다. 그러고는 인상을 찌푸렸다.

아직 해가 높이 오르지는 않았기 때문인지 목도리도마뱀들은 어슬렁거리며 돌아다니고 있었다. 군데군데 흩어져 있는 해골들을 보며 데스필드는 목도리도마뱀들이 자신의 요리 솜씨에 감명받은 건 아닌가 하는 생각마저도 떠올렸다. 어제 데스필드는 뛰어오른 목도리도마뱀들을 서넛 정도 쳐내렸으며 공중에서 요리된―요리는 불로만 하는 것이 아니라는 사실이 명백해졌다―목도리도마뱀들은 그 가족들의 진수성찬이 되었다. 다행히 아직 쌀쌀한 새벽녘이라 목도리도마뱀들의 동작이 약간 굼뜬 것 같아 보인다는 사실이 데스필드를 위로하고 있었다.

그때 환형 통로 저편에서 파킨슨 신부의 고함이 들려왔다.

"알아차린 거 같아!"

"좋아요. 목소리가 들릴 만큼 다가오면 너무 가까이 오지는 말라고 전하시오."

"왜?"

"목도리도마뱀 당신은 물 위도 달린단 말이야. 바다에서도 뛸 수 있는지는 모르겠지만, 조심해서 나쁠 건 없잖아요?"

"……젠장. 내가 도대체 어떻게 생겨먹은 곳에 떨어져 있는 거지? 알았다."

잭스 선장은 망원경을 내려놓고는 머리카락도 별로 없는 정수리를 긁적거리기 시작했다. 그는 다른 선원들이 듣지 않았으면 싶었지만 이 작은 스쿠너 안에서 그들의 귀를 피하기는 어렵다고 판단했다. 그래서 잭스 선장은 될 수 있는 대로 담담하게 말했다.

"서 슈마허. 이상한 것이 보입니다. 일단 난파한 배 같은 것은 없는데요."

"그러면 뭐가 소리를 내고 있는 것입니까?"

"누군가 잊혀진 탑의 창문에서 몸을 내밀고 소리를 내고 있습니다."

선원들의 얼굴이 시퍼렇게 질렸다. 그들이 '잊혀진 탑에서 몸을 내밀고 있다면 그건 틀림없는 악마다!'라는 판단을 내리기 전에 잭스 선장은 재빨리 말했다.

"자세히는 안 보입니다만 아무래도 신부님처럼 보입니다."

"예? 신부님이라고요?"

그때 오스발 대신 키를 잡고 있던 선원 하나가 참을 수 없다는 듯이 외쳤다.

"아, 악마는 신부나 수녀의 모습으로도 나타난다고요! 오, 옷자락을 들춰보면 꼬리, 꼬리가 보인다고 우리 할머니가……"

"닥쳐, 케틀! 언제부터 그렇게 건방져졌느냐. 내가 지금 선주님과 이야기중인 것 보이지 않느냐! 너는 선주님 앞에서 선장을 창피하게 만들 생각이냐?"

잭스 선장은 케틀뿐만 아니라 다른 선원들까지 목표로 삼아 노성을 질렀다. 케틀은 입을 다물었고 여차하면 이구동성으로 외쳐댈 것이 뻔한 다른 선원들도 침묵을 지켰다. 잭스 선장은 아슬아슬하다는 기분을 느꼈지만 겉으로는 여전히 침착한 어조로 말했다.

"죄송합니다. 어쨌든 아무리 봐도 신부복을 입고 있는 사람입니다. 우리 쪽을 향해 손을 흔들고 있습니다."

426

"그럼 이 소리는 뭡니까? 신부님이 대포를 쏘고 있다는 말입니까?"

"아니오. 신부님께서는 손에 무슨 작대기 같은 것을 들고 있는데 아무래도 그게 소리를 내고 있는 것 같습니다."

서 슈마허는 어리둥절한 표정을 지었고 선원들의 얼굴은 다시 퍼렇게 변했지만 오스발과 율리아나의 얼굴은 환해졌다.

"파킨슨 신부님!"

그리고 율리아나는 선원들을 장악하기 위해 애쓰는 잭스 선장을 돕기 위해 설명을 덧붙였다. 그녀는 환한 얼굴로 잭스 선장과 다른 선원들을 향해 말했다.

"선장님! 내가 아는 신부님이세요. 교회의 보물 핸드건을 가지고 계시죠. 지금 그걸 사용해서 신호를 보내시는 거예요!"

율리아나의 말에 선원들은 크게 안도했다. 이후 잭스 선장이 신경 써야 될 것은 접안할 만한 곳을 찾는 일뿐이었다. 파도를 갈가리 찢어놓고 있는 바위와 절벽들이 잊혀진 탑의 북서면을 두르다시피 하고 있었고 그래서 잭스 선장은 남쪽으로 더 내려가서 섬에 상륙하는 것이 낫겠다는 판단을 내렸다. 하지만 상황을 알아야 했기에 잭스 선장은 손수 키를 잡고는 조심스럽게 탑으로 접근해 갔다.

스쿠너는 쾌속선이기는 하지만 모험 항해용이라고 하기는 어렵다. 안정된 부두 시설이 없을 경우 이 조그만 범선은 바다 사나이의 기량의 시험대가 된다. 물론 가볍게 파도를 타넘어 암초도 통과하는 묘기를 부리는 것이 이 배지만 잊혀진 탑 섬 주위의 해역에 대해서는 아무것도 알려져 있지 않다. 선원들은 부지런히 뛰어다니며 측심기와 자신의 경험을 최대한 살려 바닷속의 상황을 잭스 선장에게 전달했고 잭스 선장은 세심하게 키를 움직였다.

목소리가 들릴 만한 위치에 오자 서 슈마허는 선원으로부터 확성기를 받아들었다. 그는 잊혀진 탑을 향해 우렁차게 외쳤다.

"본함은 라트랑 소속의 파웨이브호다!"

서 슈마허가 선주이긴 하지만 파웨이브호는 라트랑의 선적에 등록되어 있었다.

"거기 있는 것은 사람인가?"

아련한 대답이 돌아왔다.

"나는 테리얼레이드 교회의 파킨슨 신부요! 더 다가오지 마시오!"

다가오지 말라고? 서 슈마허는 약간 어리둥절한 얼굴이 되었다.

"파킨슨 신부님. 저는 서 슈마허라고 합니다. 구조 요청을 하신 것 아닙니까?"

"그건 맞소! 하지만 지금은 다가오지 마시오! 뭐? 해가 더 떠오르면? 알았어. 이보시오! 해가 더 높이 떠오른 다음에 다가오시오!"

서 슈마허는 다시 당혹해 버렸다. 그때 율리아나가 서 슈마허로부터 확성기를 받아들었다.

"야—호! 파킨슨 신부님? 나 유리예요!"

"엉? 율리아나 공주님? 아니, 거기 웬 일이십니까?"

"그건 만난 다음에 이야기하지요. 그런데 왜 해가 더 높이 떠야 된다는 거죠?"

"아, 도대체…… 험험. 알았습니다. 그러니까 여기는 야생 목도리도마뱀 천지요! 수백 마리도 넘는 놈들이 탑 주위를 어슬렁거리고 있어요. 놈들이 바다 위를 뛰어 그 배로 다가갈까 무섭소!"

율리아나의 얼굴이 핼쑥해졌다. 율리아나는 재빨리 해안과 배 사이의 거리를 어림해 본 다음 잭스 선장을 돌아보았다. 하지만 잭스 선장은 고개를 가로저었다.

"시메리우스 평원에서 다케온의 리저드라이더들은 90로드나 되는 수면을 가로질렀다지만, 그건 어디까지나 호수였습니다. 이렇게 파도가 심한 곳에서는 그렇게 못 뛸 겁니다. 하지만 상륙하는 것은 위험하겠는데요."

"그런가요. 그런데 왜 해가 더 높이…… 아, 그렇군요. 날이 너무 뜨거워지면 목도리도마뱀은 더위를 피해 숨을 테니까."

"그렇다면 제7시나 제8시 정도까지는 기다려야겠군요."

"하지만……"

율리아나는 파킨슨 신부에게 직접 물어보기로 했다.

"신부님! 혹시 그 놈들이 바닷속에서 더위를 식히거나 하지는 않나요?"

잊혀진 탑에 있던 파킨슨 신부는 아차 하는 심정으로 데스필드를 돌아보았다. 데스필드는 고개를 갸웃거리며 다시 탑 바깥의 목도리도마뱀들을 바라보았다.

"신부님 당신. 지금까지 바다에 들어가는 목도리도마뱀을 본 적 있습니까?"

"너와 마찬가지로 나 또한 본 적 없어. 그런데 말이야. 나는 한 가지

의심스러운 것이 있는데."

"그게 뭡니까?"

"이놈들이 이 섬에서 뭘 먹고 사는 거지?"

"글쎄. 사슴이나 토끼나 그런 것이 아니면, 어……"

데스필드는 말꼬리를 흐리며 파킨슨 신부를 바라보았다. 그리고 파킨슨 신부는 곧장 손나팔을 만들어 외쳤다.

"아, 안 돼! 더 멀리 가시오! 이놈들은 헤엄을 칠지도 몰라! 물고기를 잡아먹기 위해서……!"

풍덩 풍덩!

데스필드는 갑자기 들려오는 소리에 소름이 쫙 돋는 것을 느꼈다. 재빨리 창 밖을 내다본 데스필드는 해안 절벽에서 바다로 뛰어들고 있는 목도리도마뱀들을 발견했다. 요란한 물보라가 연속으로 일어나는 가운데 물 속에 뛰어든 목도리도마뱀들은 코와 눈만 내어놓은 상태에서 천천히 꼬리를 휘저어 헤엄쳤다. 그리고 그때 태양이 떠올랐다. 떠오르는 태양은 파웨이브호의 돛을 환하게 비춰주었고 목도리도마뱀들은 검푸른 바다 위에 도드라진 그 흰 점을 향해 빠르게 헤엄치고 있었다.

율리아나 공주는 수십 개의 통나무가 떠내려오는 것 같다고 생각했다.

코와 눈, 그리고 등의 일부와 꼬리 윗부분만 수면 위에 드러낸 채 똑바로 다가오고 있는 목도리도마뱀들의 모습은 벌목장에서 통나무들을 하류로 보내는 모습 같았다. 목도리도마뱀들이 통나무와 다른 것은 그 거대한 꼬리가 좌우로 천천히 꿈틀거린다는 점뿐이었다. 느리게 보였지만 목도리도마뱀들의 굉장한 크기 때문에 그렇게 보이는 것이지 절대로 느린 것이 아니었다. 그 증거로 목도리도마뱀들이 크기는 순식간에 커졌다. 잭스 선장은 낮고 억눌린 목소리로 외쳤다.

"배를 정지시켜. 하지만 닻은 내리지 마. 모두들 무기를 꺼내어들고 뱃전 가까이 붙어라. 절대로 뱃전 너머로 몸을 내밀지는 말고! 서 슈마허, 공주님을 보호하시오. 우리는 공주님까지 보호할 수는 없습니다."

선원들은 조용하면서도 날쌘 동작으로 흩어졌다. 커틀러스, 후크, 스페이드, 대거 등이 아침 햇살 속에 반짝였다. 율리아나 공주는 입술을 꼭 깨문 채 돛대 가까이까지 물러났고 공주의 앞을 막아서던 슈마허 경은 오스발을 흘끔 쳐다보았다.

"너도 공주님을 막아라, 오스발."

그리고 슈마허는 허리춤에서 나이프를 뽑아 오스발에게 던졌다. 오스발은 그것을 받아쥐곤 잠깐 낭패한 표정을 지었지만 순순히 걸어왔다. 그리고 슈마허와 함께 돛대를 등지고 선 공주의 앞을 막아섰다. 잭스 선장은 '손 하나가 아쉬운데' 하는 표정으로 슈마허를 사납게 노려보았지만 슈마허는 꿈쩍도 하지 않았다. 어쨌든 서 슈마허는 공주가 밤새도록 잠든 척하며, 하지만 잠들지는 못한 채 기대어 있던 노예가 공주에게 어떤 의미가 있을지 정도는 짐작할 줄 아는 기사였다. (그리고 서 슈마허는 그답게도 이것이 모두 키 드레이번 때문에 일어난 일이라고 속으로 주장하며 그에게 모든 죄값을 뒤집어씌워 버렸다.)

선원들은 뱃전에 몸을 다 감춘 채 눈만 내밀어 수면을 매섭게 노려보고 있었다. 목도리도마뱀들의 함대는 급속도로 커졌다. 이윽고 첫 번째 놈이 파웨이브호의 선수에 닿았다. 하지만 첫 번째 놈은 그대로 선수의 왼쪽을 돌아 옆으로 헤엄쳐 갔다. 그리고 두 번째 놈은 오른쪽으로 헤엄쳤다. 잭스 선장의 입 안에서 쇠 긁는 소리 같은 것이 울렸다.

"제기랄, 포위?"

다가오던 목도리도마뱀 무리는 그대로 좌우로 갈라지며 파웨이브호를 둘러쌌다. 잊혀진 탑에서는 파킨슨 신부가 발을 동동 구르며 고함 질렀다.

"제기랄! 놈들이 파웨이브호를 포위하고 있어!"

으르렁거리며 창밖을 쏘아보던 데스필드는 갑자기 고개를 숙였다. 발 아래에서는 이제 햇빛 속에 황금빛으로 부서지는 파도가 그르렁거리고 있었다. 그리고 데스필드는 뒤를 돌아보았다. 환형 통로가 길게 이어진 가운데는 윈디어가 서 있었다. 데스필드는 손가락을 몇 번 꺾은 다음 파킨슨 신부를 돌아보았다.

"신부님 당신."

"왜?"

"수마(水馬)하실 줄 아오?"

"수마? 수마라니. 나는 그런 거 할 줄……"

파킨슨 신부의 말은 입천장쯤에 달라붙은 것 같았다. 파킨슨 신부는 눈을 부릅뜬 채 데스필드를 바라보았지만 데스필드는 피식 웃을 뿐이었다.

"너, 너, 너 설마?"

"설마고 설사고 간에 지금 좀 속성으로 배우셔야겠어."

"마, 말도, 아, 아니 그런 웃기는, 데, 데스필드?"

"저 배가 침몰하면 본인과 당신도 끝장이야. 그리고 수마를 하려면 하나만 타야 해. 둘 다 태우고는 안 되지. 그리고 그 한 사람은 당신이어야 하지. 더 가볍고, 핸드건도 있으니까. 자, 시작할까요?"

파킨슨 신부는 절망적인 시선으로 데스필드를 바라보고 있었지만 데스필드는 이미 준비 작업에 들어갔다.

파웨이브호의 선원들과 공주 일행은 눈이 뒤통수에도 있으면 좋겠다고 생각하며 정신 없이 좌우를 둘러보았다. 파웨이브호를 천천히 둘러싼 목도리도마뱀들의 원진은 갈수록 두터워지고 있었다. 케틀은 질린 목소리로 말했다.

"선, 선장님?"

"닥쳐, 케틀. 뛰어오르진 못해."

"이, 이놈들 힘이 얼마나 좋은데요."

"뛰어오르려면 힘 가지고는 안 돼. 물 속 깊이 잠수한 다음에 빠르게 솟구쳐 올라야 한다고. 그런데 이놈들이 그만한 수영 실력이 있을까? 겨우 물 속을 오갈 정도는 되겠지만 그 정도는 어림없어. 다리가 달린 놈의 속도는 한계가 있다. 젠장, 수영 잘하는 네놈이라면 물 속에서 배

위까지 단숨에 뛰어오르겠냐?"

케틀은 그 말에 약간 안심한 듯한 얼굴이 되었다. 하지만 그 안심은 길지 못했다.

쿠쿵.

둔한 소리와 함께 배 위의 사람들은 질겁한 얼굴로 서로를 쳐다보았다. 이물에서부터 고물까지 배 전체가 크게 울렸다. 잭스 선장은 이를 악문 채 외쳤다.

"놈들이, 놈들이 용골을 친다!"

쿠쿵, 쿠쿵!

용골뿐만이 아니었다. 파웨이브호를 둘러싼 목도리도마뱀들은 그 거대한 꼬리와 단단한 머리로 뱃전을 두드리고 있었다. 충돌이 일어날 때마다 파웨이브호는 떠 있는 구조물이라는 것을 증명이라도 하듯이 불안정하게 흔들렸다. 선원들은 뱃전을 꽉 움켜쥐었고 율리아나는 얕은 비명을 지르며 돛대에 매달렸다.

현재까지는 흔들림뿐이었고 목도리도마뱀들도 별로 난폭해 보이지는 않았다. 하지만 잭스 선장은 두려움 가득한 눈으로 바다를 바라보았다. 이 괴물들이 물 위에 떠 있는 이상한 물체에 장난을 치는 것을 뭐라 할수는 없겠지만, 모든 배는 평압에는 강해도 점압에는 취약한 구조로 만들어졌다는 것이 문제였다. 해머로는 못 뚫어도 송곳으로는 손쉽게 뚫을 수 있다는 말이다. 따라서 목도리도마뱀이 배 밑바닥을 물어뜯기라도 한다면 파웨이브호는 당장 침몰할 것이다. 하지만 단순히 장난치고 있는 것을 괜히 건드렸다가 더 난폭해진다면? 잭스 선장은 목도리도마뱀들이 흥미를 잃고 물러날 가능성과 그 전에 배에 구멍이 나버릴 가능성을 놓고 무서운 고민을 시작했다.

하지만 목도리도마뱀과 케틀은 그에게 고민할 시간을 주지 않았다.

쿠쿵! 다시 한번 목도리도마뱀의 꼬리가 뱃전에 작열한 순간 케틀은 괴성을 지르며 일어났다. 그는 자루가 달린 긴 스페이드를 들고 있었고 그것을 곧장 수면을 향해 휘둘렀다. 탁월한 솜씨에 의해 케틀의 스페이드는 가장 가까이 있던 목도리도마뱀의 두개골 가운데를 정확히 꿰뚫었다.

기분 나쁜 소리와 함께 선혈이 튀어오르며 바다가 순식간에 분홍색으로 물들었다. 그리고 목도리도마뱀들의 공격이 멈췄다. 선원들이 불안한 눈초리로 서로를 쳐다보는 가운데 스페이드를 세워든 케틀은 헉헉거리면서도 자랑스럽게 말했다.

"이놈들, 이제야 좀 알아 모시겠느냐!"

그러나 목도리도마뱀들은 케틀을 알아 모신 것이 아니라 피 냄새 때문에 잠깐 주춤한 것뿐이었다. 그리고 더 나쁜 것은, 데스필드나 파킨슨 신부가 이미 발견했듯이 이들이 동족을 먹는 데 별 거부감을 가지지 않는다는 사실이었다.

"쐐애애애—액!"

"쐐애애애—액!"

물보라가 거칠게 끓어올랐다. 목도리도마뱀들은 머리가 쪼개진 놈이 가라앉기 전에 한 점이라도 더 뜯어먹기 위해서 무서운 기세로 몰려들었다. 그리고 그 난동의 한가운데 있던 파웨이브호는 폭풍 한가운데 던져진 것 같은 진동을 경험해야 했다.

배 곳곳에서 충돌음이 울려퍼지는 가운데 선원들은 비명을 지르며 나동그라졌다. 목도리도마뱀들이 진로를 막고 있는 것은 뭐든 뚫고 지나가겠다는 듯이 배에 부딪혔기 때문이다. 잭스 선장은 알고 있는 모든 욕설을 케틀에게 퍼부어주었고 그 외에는 다른 일을 전혀 생각해 내지 못했다. 서 슈마허가 외쳤다.

"선장! 지금 빠져나갑시다!"

"어떻게 말이오! 우리 아래는 바닷물이 아니라 목도리도마뱀 카펫인데! 그것도 미친 듯이 난동을 부리는!"

서 슈마허는 다시 뭐라고 외치려 했으나 그 말은 영영 들을 수 없게 되었다. 그 순간 맹렬한 폭음이 울려퍼졌기 때문이다.

콰아아앙!

잊혀진 탑 쪽에서 천둥 소리 같은 폭발음이 울려퍼졌다. 오스발은 고개를 돌렸고 하늘을 찌를 듯이 솟아오른 탑신의 하단부에서 연기가 피어오르고 있음을 발견했다.

탑 안쪽에서는 데스필드가 귀를 막은 채 고함 질렀다.

"잘했소, 신부님 당신. 그럼 가시오!"

"좋다. 이따가 보자, 데스필드! 이랴—하!"

파킨슨 신부는 재빨리 성호를 그은 다음 윈디어를 출발시켰다. 환형 통로를 내달리던 윈디어는 눈앞에 생긴 구멍을 보고는 잠시 어이가 없다는 심정을 느꼈다. 하지만 그 등에 타고 있던 파킨슨 신부는 그대로 윈디어를 밀어붙였다. 윈디어가 말을 할 줄 알았다면 아마도 꽤 험악한

436

욕설이 터져나왔겠지만, 대신 윈디어는 그 기수의 명령대로 벽에 생긴 구멍을 향해 몸을 던졌다.

다음 순간은 이미 허공이었다. 윈디어는 애처롭게 발을 굴렀지만 발굽에 와닿는 것은 세찬 바람뿐이었다. 그리고 파킨슨 신부는 안장에 달라붙듯이 한 채 비명을 질렀다.

"우와아아아!"

첨벙! 요란한 물보라와 함께 파킨슨 신부와 윈디어의 모습이 사라졌다. 재빨리 달려온 데스필드는 불안한 눈으로 바다를 내려다보았다. 요란한 입수의 파문이 바다 위에 그려졌지만 곧 다가온 파도가 그것을 지웠다. 데스필드는 여기저기를 둘러보았지만 아무것도 발견할 수 없었다. 아무 쓸모 없는 일임에도 불구하고 데스필드가 고함을 질러보려 했을 때였다.

다시 물보라가 끓어오르며 갑자기 파도 사이로 윈디어의 머리가 솟구쳤다. 데스필드는 환성을 질렀고 잠시 후 윈디어의 등에 매달려 있는 파킨슨 신부를 보고는 더 큰 함성을 질렀다. 파킨슨 신부는 안장을 놓치지 않았다. 윈디어는 머리를 세차게 흔들어 물기를 털어내었고 파킨슨 신부는 조금 후에야 정신이 나간 듯한 얼굴을 들어올렸다. 젖은 머리를 뒤로 쓸어넘긴 파킨슨 신부는 그제서야 자신이 말 위에 앉아 있음을, 그리고 윈디어가 힘차게 헤엄치고 있음을 발견했다. 파킨슨 신부는 승리의 함성을 지르며 탑 쪽을 돌아보았다.

"데스필드!"

"해내셨소, 신부님 당신! 우오—아! 이건 정말 기적이라고!"

"다음에는 네가 말 타고 뛰어!"

데스필드는 껄껄 웃으며 뒤로 물러났다. 벽에 있는 구멍이 거의 가려질 때까지 물러났던 데스필드는 배낭끈을 단단히 고쳐맨 다음 호흡을 가다듬었다. 그러고는 맹렬한 속도로 뛰기 시작했다. 구멍 앞에 이른 데스필드는 바닥을 박차며 조금 전 파킨슨 신부가 그랬듯이 가장 빠른 속도로 잊혀진 탑 섬을 벗어났다.

파웨이브호를 뒤흔들던 요동은 삽시간에 사라졌다. 하지만 파웨이브호의 선상에 있던 사람들은 환성을 지르지는 못했다. 그들은 윈디어와 파킨슨 신부를 향해 헤엄쳐 가는 목도리도마뱀들을 공포에 질린 눈으로 바라보았다.

윈디어는 사흘 동안이나 제대로 먹지 못한 것 치고는 굉장한 힘으로 헤엄치고 있었다. 물론 빠져 죽을지도 모른다는 절실함이 이 바람사슴으로 하여금 죽을 힘을 다 쓰게 만드는 것이겠지만 파킨슨 신부는 태평하게도 '과연 명마구나!' 등의 바람사슴 복장 뒤집는 소리를 하며 핸드건을 뽑아들었다.

"데스필드! 놈들이 우리 쪽으로 온다. 파웨이브호는 안전해졌지만 우리는 어쩌지?"

배낭까지 둘러맨 채로 날렵한 수영 솜씨를 뽐내던 데스필드는 어푸거리며 말했다.

"다가오기 전에 쏘쇼! 식사 대접을 하라고!"

"아, 그래. 알았다."

그리고 다음 순간, 파웨이브호의 선상에 있던 사람들은 눈이 튀어나올 것 같은 광경을 보게 되었다.

콰아아앙! 맹렬한 폭음과 함께 물보라가 솟아올랐다. 엄밀하게 말하면 물보라라기보다는 피보라, 혹은 고기보라 등의 흉측한 신조어가 만들어져야 할 모습이었다. 그도 그럴 것이, 솟아오른 물보라의 절반쯤은 박살난 고깃덩이와 피였기 때문이다. 파킨슨 신부는 서부 최고의 건맨다운 연속 발사를 시도했고 수면 곳곳에서 그 비슷한 물기둥들이 솟아오르는 가운데 잊혀진 탑 앞쪽의 해상에서는 지옥의 풍경화가나 좋아할 것 같은 광경이 펼쳐졌다.

케틀은 딸꾹질을 심하게 하며 말했다.

"신부님이라고?"

율리아나는 멋쩍은 얼굴로 고개를 끄덕였고 잭스 선장은 아예 손을 부들부들 떨며 저 작자들을 선상에 끌어들이는 것이 과연 주님의 뜻에 맞는 일일지 고민하기 시작했다. 여덟 마리의 목도리도마뱀들을 파도 속에 흩어놓은 파킨슨 신부는 핸드건을 입 앞으로 가져와 가볍게 불었다.

"훅!"

그리고 파킨슨 신부는 목도리도마뱀들의 동태를 면밀히 관찰했다.

케틀을 싹 무시했던 목도리도마뱀들도 주위의 해역이 몽땅 핑크빛으로 바뀔 정도의 살벌한 공격을 받게 되자 파킨슨 신부를 '알아 모시기' 시작했다. 목도리도마뱀들은 뿔뿔히 흩어졌고 그래서 파킨슨 신부와 파웨이브호 사이에는 텅 빈 해역이 나타났다. 잭스 선장은 깊은 고민 끝에 일단 배를 전진시키기로 결정했다. 그의 넘치는 인류애나 성직자에 대한 존경심 때문은 아니다. 그들을 놔두고 갔다가는 조금 전 목도리도마뱀에게 가해졌던 공격이 자신들에게도 가해질지 모른다는 위기 의식 때문이다. 하지만 그런 잭스 선장의 마음을 알 리가 없는 파킨슨 신부는 환호를 지르며 손을 흔들었다.

"여어! 그래, 어서 오시오! 말이 지쳐가고 있소. 빨리!"

하지만 스쿠너에는 노가 없고, 그래서 정지 상태에서 빠르게 출발하지는 못한다. 파킨슨 신부는 급속히 지쳐가는 윈디어를 도와주기 위해 안장 옆으로 뛰어내렸다. 윈디어 옆에 뜬 파킨슨 신부는 그 안장을 부여잡았고 데스필드 역시 빠르게 다가와 안장 반대쪽을 붙잡았다. 그리고 두 사람은 각자 핸드건과 스완대거를 뽑아든 채 물결을 따라 오르락내리락하며 주위를 매섭게 응시했다.

목도리도마뱀들은 데스필드의 소망대로 핸드건에 피격당한 동료들의 시체를 뜯어먹지는 않았다. 핸드건의 끔찍한 위력은 이 내키는 대로 살아가는 난폭한 생물에게도 경계심을 일으키기에 충분했고, 그래서 그들은 식사보다는 자기 보호에 더 신경 쓰게 되었다. 목도리도마뱀들은 그들과 거리를 둔 채 조심스럽게 헤엄치고 있었고 가끔 그들을 향해 달려들듯이 움직이다가 곧 멀어지곤 했다. 데스필드와 파킨슨 신부는 여전히 주위를 경계하며 초조하게 파웨이브호의 접근을 기다렸다.

파웨이브호의 선상에서는 율리아나 역시 발을 동동 구르며 안타까워하고 있었다. 그때 오스발이 조심스럽게 그녀를 불렀다.

"저, 공주님?"

"뭐죠, 발?"

"이상한 것이 다가오고 있습니다."

오스발은 고물 쪽의 바다를 가리켜보였고 율리아나는 오스발이 가리킨 것을 보고는 눈을 동그랗게 떴다. 율리아나는 재빨리 잭스 선장을 향해 외쳤다.

"선장님! 고물 쪽에 이상한 모습이 보여요. 마치 바다가 쪼개지고 있는 것 같은데요?"

잭스 선장은 이 이상한 표현에 당황하여 몸을 돌렸다. 그러고는 그 표현이 매우 정확한 것이었다는 사실에 다시금 당황했다. 고물 쪽의 수평선에서 바다는 율리아나의 말대로 '좌우로 갈라지고' 있었다. 잭스 선장은 망원경을 들어올렸다.

망원경의 초점을 맞추자 잭스 선장은 바다가 갈라지는 것이 아니라 무엇인가가 굉장한 속도로 다가오고 있는 것임을 알게 되었다. 그 물체의 앞쪽에서 갈라지는 파도가 좌우로 크게 일어나 마치 바다가 절단되는 것처럼 보였던 것이다. 잭스 선장은 일단 세상이 파멸하는 것은 아니라는 사실에 안도했다. 하지만 곧이어 잭스 선장은 저 정도의 끔찍한 속도를 내는 것이 과연 무엇인가 하는 의문에 빠졌다.

"배? 아니, 배라니?"

망원경 안에 그 모습을 드러낸 것은 확실히 배였다. 찢어질 듯 부푼 돛 아래로 쾌속을 내며 날아오고 있는 이물이 보였다. 잭스 선장은 지독한 쾌속 때문에 수면 위로 1피트쯤 떠오른 이물을 보며 질린 얼굴이 되었다.

"배입니다. 맙소사, 말도 안 되는 속도…… 돌고래보다 빠릅니다!"

"뭐라고요?"

"정말입니다, 공주님. 저조차도 믿지 못하겠습니다만, 오오, 저런 속도라니. 아! 사람이 보입니다. 제기랄, 다행입니다. 저건 악마들의 배는 아닌가 봅니다. 하지만 저건……? 검은 옷을 입고 있군요. 날려갈까 봐 잔뜩 웅크리고 있는데도…… 꽤 키가 큽니다."

율리아나 공주는 현기증을 느꼈다. 그녀는 돛대를 끌어안았고 그 동안에도 잭스 선장은 계속 말했다.

"음? 스쿠너군요. 아무리 스쿠너라도 저렇게 빠를 수가…… 잠깐. 저 모습 왠지 눈에 익은데? 저건……"

잠시 후 잭스 선장은 망원경에서 눈을 떼며 비명을 질렀다.

"라이트버드호!"

라트랑의 뱃사람이었던 잭스 선장은 물론 라이트버드호를 알고 있었다. 잭스 선장은 허옇게 질린 얼굴로 율리아나 공주를 돌아보았고 율리아나는 몸서리를 치며 외쳤다.

"빨리 파킨슨 신부를 끌어올려요!"

"예?"

그리고 서 슈마허도 가세했다.

"잭스 선장님! 빨리 신부님을, 신부님을 끌어올려야 합니다. 핸드건으로 저 배를 쏴야 합니다!"

"아, 알겠습니다. 이봐! 신부님에게 구명 부이를 던져! 빨리!"

라이트버드호라는 말에 사색이 되어 있던 선원들은 황급히 구명 부이에 밧줄을 연결했다. 그 동안에도 라이트버드호는 맹렬한 속도로 달려오고 있었다.

키 드레이번은 허리를 굽힌 채 전방을 주시했다. 바람은 그의 코트 자락을 사정없이 흔들어대고 있었고 그래서 키의 모습은 마치 라이트버드호에 새로 생긴 돛대처럼 보였다. 그의 등뒤에는 세실이 갑판에 주저앉아 진짜 돛대를 끌어안고 있었다.

"너무 빨라. 정신을 못 차리겠어!"

세실은 필사적으로 돛대에 매달린 채 고함 질렀다. 하지만 이물에 선 키는 뒤도 돌아보지 않았다. 세실은 한번 더 고함 질렀다.

"너무 빠르다고!"

키는 그제서야 고개를 돌렸다. 바람이 그의 머리카락을 세차게 흔들고 있었지만 세실은 그 머리카락들 사이로 넌더리를 내는 것이 분명한 얼굴을 볼 수 있었다. 키는 그렇게 세실을 돌아보다가 잔뜩 억누른 목소리로 말했다.

"고맙다."

세실은 환하게 웃었고 키는 고개를 가로저으며 다시 앞쪽을 바라보았다. 세실은 그 등을 향해 히죽거렸다.

"늙으면 사소한 것에 예민해진단 말이야. 그런데 말이야……"

"또 뭔가?"

"정말 카밀카르에 없으면 필마온 섬까지 갈 생각이었냐?"

"물론."

"젠장. 늙은이 장사 치를 뻔했군. 공주에게 고맙다고 인사라도 해야겠는데."

세실은 조금 더 중얼거리고 싶었지만 바람이 너무 세차서 더 이상 말을 하기 어려웠다. 그래서 세실은 한 손으로 돛대를 꼭 끌어안은 채 다른 손으로는 사납게 나풀거리는 머리카락을 내리눌렀다. 그때 이물에서 있던 키가 복수의 칼자루를 쥐며 말했다.

"복수를 뽑겠다."

"아, 다 왔나? 그래. 알았어."

"속도가 갑자기 줄면 배가 심하게 흔들릴 거다. 주의해라."

세실은 고개를 끄덕이며 돛대를 꽉 움켜잡았다. 그리고 키는 복수를 뽑아들었다.

라이트버드호를 밀어붙이던 마법의 바람이 갑자기 취소되었다. 물론 마법이 취소된 것일 뿐 공기의 흐름은 여전히 남아 있었다. 하지만 라이트버드호의 속도는 급격히 줄어들었고 그래서 바닷물은 거친 저항으로 라이트버드호를 뒤흔들었다. 라이트버드호는 심한 롤링과 피치를 동시에 일으키며 요동쳤다.

그리고 그 덕분에 초탄은 빗나갔다.

콰아—앙!

폭음과 함께 라이트버드호의 좌현 쪽에서 물보라가 피어올랐다. 그렇

잖아도 흔들리던 라이트버드호는 더 심한 롤링을 일으켰고 그래서 세실
은 비명을 내질렀다. 키 역시 바닷속으로 곤두박질치지 않기 위해선 갑
판에 엎드리다시피 해야 했다. 그리고 그런 그들 위로 바닷물이 소낙비
처럼 쏟아져내렸다. 비어 있는 손으로 갑판을 짚으며 키는 경악에 찬 목
소리로 말했다.

"대포가 있다니!"

세실 역시 어이가 없다는 투로 외쳤다.

"자, 잠깐만! 천둥 소리랬잖아!"

"제길. 포성은 아니었어."

"웃기지 마, 내 말대로 그건 포성이었어!"

"내가 포성과 천둥도 구별 못하는 줄 아낫!"

뭐라 응수하려던 세실은 곧 입을 다물었다. 키 드레이번은 제국의 공
적 제1호고, 어쨌든 그 말은 제국의 공적 제1호라고 불릴 수 있게 될 때
까지 상대를 거꾸러뜨려 온 노련한 뱃사람이라는 것을 나타낸다. 따라
서 키 드레이번이 포성과 천둥도 구별 못할 리는 없다.

"그럼 이건 뭔데! 왜 포환이 날아오고 있는 거야?"

세실의 말대로 파웨이브호는 분명한 포격을 가하고 있었다. 포성과
함께 두 번째로 날아든 포환은 라이트버드호의 우현 쪽 바다에서 물보
라를 일으켰고 그래서 세실과 키는 다시 물벼락을 맞아야 했다. 억수
같은 바닷물에 맹폭당하면서 키는 끔찍한 상상을 떠올렸다.

"설마, 그 신부가?"

"신부라니?"

"철탑 앞의 그……"

"파, 파킨슨 신부! 핸드건이라고?"

"제기랄, 정말 못 쏘네! 하긴 그때 그 큰 대사 당신도 못 맞췄을 때 알아봤어야 했어."

"이놈아, 그땐 일부러 철탑을 쏜 거라고 했잖나!"

"그러면 지금은 일부러 바다를 맞추고 있는 거요?"

"……젠장. 저 배가 저렇게 흔들리고 있잖아? 그리고 나 팔에 기운도 별로 없단 말이다. 솔직히 여기 올라왔을 땐 긴장이 풀려서 그대로 졸도하는 줄 알았다!"

그러나 파킨슨 신부의 주장을 믿는 사람은 아무도 없었다. 파웨이브 호 선상의 모든 사람들은 데스필드와 기운 넘치는 입씨름을 벌이고 있는 신부를 보며 저 신부가 과연 잊혀진 탑에 사흘 동안이나 갇혔고 맹렬한 수마를 했으며 조금 전에는 가까스로 갑판 위에 끌어올려진 그 사람이 맞는지 의심했다. (아직까지 의심을 풀지 못한 케틀 같은 경우 자꾸만 파킨슨 신부의 엉덩이 쪽을 바라보기도 했다.) 머리에 수건을 얹어놓은 채 윈디어를 보살피던 데스필드는 귀찮다는 듯이 손을 내저었다.

"아, 그래 그래. 자꾸 빗맞추다 보면 도망가기라도 하겠지, 뭐. 계속하쇼!"

"말 다했냐? 자식아, 맞추면 어쩔래?"

파킨슨 신부는 대답을 기다리지 않았다. 신부는 왼팔을 신중하게 굽혀 눈높이로 들어올린 다음 그 위에 핸드건을 얹었다. 그리고 입 속으로는 짧게 기도문을 외웠다. '주님. 제발 맞게 해주십시오.'

핸드건이 세 번째로 불을 뿜자 라이트버드호의 돛대에서 강력한 폭발이 일어났다. 그리고 돛대는 곧 옆으로 기울어지기 시작했다. 잠시 후 돛대는 갑판을 강력하게 때리며 쓰러졌다.

파웨이브호에서 함성이 일어났다. 공주는 오스발의 어깨를 부여잡은 채 팔짝팔짝 뛰었고 그래서 서 슈마허는 더 요란하게 발광함으로써 모든 이의 시선을 자신에게 집중시키는 충성스러움을 발휘했다. 파킨슨 신부는 의기양양한 얼굴로 데스필드를 돌아보았지만 윈디어의 몸을 닦아주고 있는 데스필드를 발견하고는 인상을 찌푸렸다. 주위의 함성에 고개를 돌린 데스필드는 라이트버드호를 보고는 의아한 얼굴로 말했다.

"뭐요, 맞추셨소? 호오. 대단하군요."

파킨슨 신부는 곧 인상을 풀며 머쓱하게 말했다.

"하하, 뭘 그까짓 것을 가지고."

"아니, 아니지. 저 넓은 바다 놔두고 실수로 돛대를 맞추다니, 정말 대단해."

"……잭스 선장님. 미안하지만 포환과 큰 자루 좀 준비해 주시겠습니까?"

데스필드를 수장시켜 버리겠다고 발광하는 파킨슨 신부를 달래며 잭스 선장은 서 슈마허에게 질문을 던졌다.

"서 슈마허. 서 슈마허! 그만 좀 좋아하시고 저 좀 봅시다."

"예? 아, 말씀하시오, 선장."

"어떻게 할까요?"

서 슈마허가 뭐라 대답하기도 전에 율리아나 공주가 먼저 끼여들었다.

"놔두고 가요!"

"놔두고 가다니오? 확인 사살을 해야 합니다. 아니, 그보다도 놈의 목에 걸린 현상금은……"

현상금이라는 말에 선원들의 눈빛이 확 바뀌었다. 그들 모두는 6,000만 데리우스라는, 돈주머니에 넣어 휘둘렀다가는 공성 무기가 되고 말 금액을 떠올리며 입을 쩍 벌렸다. 하지만 율리아나는 고개를 가로저었다.

"아니, 안 돼요. 놔두고 가요. 저기에는 마법사가 있어요. 조금 전의 그 얼토당토않은 속도 보셨지요? 접근했다가는 우리가 당할 수도 있어요."

"마법사라면…… 그건 좀 귀찮군요."

잭스 선장은 찌푸린 얼굴로 라이트버드호를 바라보았다. 돛대가 부러진 라이트버드호는 완전 침묵한 채 서서히 회전하고 있었다. 아무래도 돛대가 쓰러지면서 갑판의 여러 부분이 손상당한 것 같았다. 하지만 파킨슨 신부는 못마땅한 어조로 말했다.

"공주님. 그렇다고 해서 저 자를 이곳에 그냥 내버려두고 가자는 겁니까?"

"신부님. 무슨 말씀인지 잘 알겠습니다만 방법이 없어요. 우리는 저 자에게서 복수를 빼앗을 수도 없는걸요. 게다가 세실은 마법사예요. 여기 있는 사람들만으로는 저 둘을 강제로 체포해 갈 방법이 있나요? 우리는 저기에 안전하게 접근할 방법도 없는 걸요. 그리고, 우리가 구조해 줘도 어차피 키 드레이번은 교수대 행이에요. 그러면 차라리 바다에서 죽게 하는 것이 낫지 않을까요?"

파킨슨 신부는 끙 하는 소리를 내었지만 율리아나의 말에 반박할 수는 없었다. 잭스 선장은 고개를 끄덕이며 말했다.

"그렇다면 완전히 침몰시키는 편이 좋을 텐데요. 솔직히 노스윈드를 저 지경까지 몰아넣고 침몰시키지 않았다고 말하면 온 바다의 뱃놈들이 저희들을 씹어먹으려 들 겁니다. 신부님께서 한번 더 쏘시면……"

파킨슨 신부는 어두운 표정으로 잭스 선장을 바라보았고 잭스 선장은 자신이 신부에게 살인 청부를 하고 있다는 것을 깨달았다.

"죄송합니다."

"괜찮아요. 선장님. 이대로 놔두고 가면 우리 대신 키 드레이번을 처리해 줄 자들이 있으니까요."

잭스 선장은 율리아나의 말에 주변 해역을 둘러보았다. 그는 차가운 미소를 지으며 고개를 끄덕였다.

"알겠습니다. 공주님. 대해적의 말로는 끔찍하겠군요. 그러면 출발하겠습니다."

잭스 선장의 명령에 따라 선원들이 재빨리 흩어졌다. 선원들은 현상금에 대한 아쉬움을 완전히 떨쳐내지는 못했지만 그렇다고 해서 키 드레이번에게 접근할 만한 용기를 끌어내지도 못했다. 게다가 마법사가 있다는 말은 그들의 남아 있던 용기마저도 깨끗이 증발시켰다. 그래서 그

450

들은 현상금에 대한 미련을 털어내며 서둘러 돛을 올렸다.

서 소팔라는 씁쓸한 얼굴로 전방을 주시하며 투덜거렸다.

"빌어먹을 놈들. 꼭 교본대로 노는 녀석들이 있어. 서 킬드온인지 뭔지 하는 녀석은 틀림없이 레이디가 기다리는 침대에 올라갈 때도 교본대로 행동하려 들 녀석일걸."

그의 주위에 서 있던 노예병들은 모두 사납게 웃어젖혔다. 더불어 웃기는 했지만 서 소팔라의 마음속은 편치 않았다. 그는 차가운 모래바람 저편을 바라보며 자신도 모르게 인상을 구겼다.

제국 기사단 북좌의 기세는 삼엄했다. 잡병이라고 취급해 버려도 별 이상할 것이 없는 노예병들을 상대로 완벽무쌍한 진형을 펼치고 있었고 그것으로써 자신들의 자존심을 완벽무쌍하게 만족시키고 있었다. 서 소팔라는 자신이 아직까지도 상대편의 허점을 찾으려 애쓰고 있다는 것을 깨닫고는 그런 자신을 비웃었다.

서 소팔라는 '전투 발발 후 10분 내에는 이길 부대가 없다'고 자평했던 노예병들의 폭발력은 추호도 의심하지 않았다. 그와 그의 부대가 오왕자의 땅을 종횡무진으로 누비는 동안 그 폭발력을 감당해 낸 부대는 어디에도 없었다. 하지만 눈앞에 서 있는 부대는 저 차가운 북방에서 바로 그런 종류의 전투력을 늘상 상대하고 있는 부대였다. 입 밖으로 내어 말할 수는 없었지만, 서 소팔라는 솔직히 임자 만났다는 심정이었다.

서 소팔라는 몸을 돌려 노예들을 둘러보았다.

그는 간단한 손짓을 보내었고 곧 두 명의 건장한 노예들이 서로의 팔을 붙잡아 서 소팔라를 태웠다. 노예들의 머리 위로 솟아오른 서 소팔라는 목소리를 가다듬어 외쳤다.

"어이, 친애하는 잡것들아."

노예들의 틈에서 다시 웃음 소리가 터져나왔고 무기도 몇 번 오르락내리락했다. 서 소팔라는 팔을 들어올려 그들을 진정시킨 다음 침울하게 말했다.

"너희들처럼 불학무식한 것들도 저 앞에서 으스대고 있는 것들이 어떤 종자들인지는 알 거다. 그래, 제국 기사단 북좌다. 믿을 수 있는 정보에 의하면, 저 살벌한 것들은 식후 운동으로 혼 족 전사 몇 명을 때려잡지 않으면 소화불량에 걸려버리고 마는 특이 체질이라고 한다. 그런데 내가 정말 이해할 수 없는 것은, 그 정보를 전해 준 녀석이 혼 족에 대해서도 똑같은 말을 했다는 점이야. 혼 족 전사들은 제국 기사 몇 놈을 두드려잡지 않으면 뒷간에서의 분출 활동이 원활하지 못하다던가. 응? 왜들 그렇게 웃는 거야. 이건 '믿을 수 있는 정보'라고. 아, 그래. 하나 더 알려줄 것이 있다. 그 녀석은 다른 곳에다 대고 우리 소문도 퍼뜨리고 있던데. 서 소팔라의 노예병들은 적을 몇 놈 거꾸러뜨리지 않으면 잠자리에서 영 시원찮아진다고 말이야. 어이, 어이! 그만들 웃으라고. 이 무례한 놈들. 대장님이 훈시중이잖냐……"

하지만 노예들은 눈물을 줄줄 흘리면서 웃어대었다. 서 소팔라는 싱긋 웃으며 자칭 '훈시'를 계속했다.

"농담은 적당히 하자. 그래, 까놓고 말해서 이건 어쩌면 너희들과 내가 만난 이래 최대의 위기다."

노예들의 웃음이 줄어들었다. 하지만 그들은 여전히 미소 띤 얼굴로 그들의 대장을 바라보고 있었다.

"노이에스 자작님의 깃발 아래 다벨, 록소나, 팔라레온, 다케온이 하나로 묶였다. 이런 날이 올 거라고 그 누가 상상이나 했겠는가. 하지만 바로 우리 시대에 그런 일이 벌어졌다. 그리고 누가 뭐라 하더라도 그 깃발 아래에서 가장 훌륭히 싸웠고 가장 명예로운 피를 흘려왔던 것은 너희들이다. 너희들이 바로 이 기적을 제련해 낸 대장장이인 것이다. 나는 너희들이 한없이 자랑스럽다."

서 소팔라는 손을 크게 뿌려 등뒤의 제국 기사단을 가리켜보였다.

"하지만 너희들이 만들어낸 이 기적을 무시하고, 전쟁터에서의 정당한 대결의 결과를 무시하는 것들이 있다. 그리고 그들은 자신들의 알량한 힘만 믿고 그 결과를 강제로 뒤집으려 하고 있다. 복수니 뭐니 하는 소리를 하지만, 이것은 결국 힘있는 자의 횡포일 뿐이다. 우리가 서 브라도를 암살하기라도 했다는 말이더냐? 오히려 우리들의 전쟁에 제멋대로 끼여든 것은 그 늙은이 아니냐!"

"우와아아아!"

"그들이 강한 것은 인정한다. 하지만 그렇다고 해서 다른 이의 도덕 위에 자신의 도덕을 군림하게 하는 것은 용납될 수 없다! 도대체 뭐가 복수란 말인가. 이것은 스스로의 힘에 도취되어 피범벅이 된 사냥감 위에서 뒹구는 늙은 맹수의 추악한 몸부림에 지나지 않는다. 그리고 우리는 그런 사냥감이 되어줄 생각은 조금도 없다!"

"우와아아아!"

"그러니, 제군들! 그대들이 만들어낸 기적을 지키기 위해, 우리들의 영광을 지키기 위해, 노이에스 자작님의 명예를 지키기 위해 나는 제안한다. 저들에게 우리들이 어떤 존재인지를 똑똑히 보여주는 것이다. 우리들의 모든 힘을 한데 모아 폭발시키자. 자, 제군들! 모두들……"

"튀자!"

노예병들은 신속하게 몸을 돌린 다음 열심히 도망치기 시작했다. 그들의 대장으로부터 역시 '대륙 최고라는 이름이 아깝지 않다'는 평가를 받고 있는 절기를 마음껏 펼쳐보이고 있는 노예병들의 등뒤로 서 소팔라의 애처로운 외침이 길게 이어졌다.

"이 빌어먹을 놈들아, 그건 내 대사야아아앗!"

탄기 협곡은 미리온 산맥 최남단에 위치하며 다벨 공국과 페인 제국의 연결 통로로 사용된다. 따라서 9월 29일, 탄기 협곡 전투에서 서 소팔라가 그들 부대의 최고 장기를 펼쳐보인 것은 제국 기사단 북좌에게 다벨 공국의 대문을 열어준 것에 비유될 수 있다. 그러나 서 소팔라는 아무런 접촉도 하지 않은 채 도망쳤고 그래서 제국 기사단 북좌 역시 약간 곤란한 처지에 빠지게 되었다. 서 소팔라가 약간이라도 전투를 벌여줬다면 제국 기사단은 다벨 공국으로 쳐들어갈 명분을 얻게 되었을 것이다. 하지만 서 소팔라는 그들을 본체만체하며 도망쳐버렸고, 따라서 그 상황에서 제국 기사단이 탄기 협곡에 발을 들여놓으면 그것은 명백한 침략 행위가 된다. 서 소팔라는 이길 수도 없는 전투에 매진하는 대신 그들에게 이런 버거운 문제를 집어던진 것이다. '문은 열었다. 한 발짝이라도 들어오면 너는 침략자다.'

그러나 제국 기사단은 거침없는 태도로 탄기 협곡에 들어섰다. 바탈리언 남작은 비명과 환호성을 동시에 올리며 제국 정부를 향해 모든 종류의 항의문을 무차별 발사했고 그와 동시에 페인 제국을 향해 악성 루머를 포화 사격했다. 그리고 탄기 협곡에서 사라졌던 서 소팔라는 노예병들과 함께 협곡 내에 스며들어 제국 기사단 북좌를 향해 유격 활동을 개시했다. 서 소사라는 형의 유격 활동을 돕기 위해 다벨의 자랑인 롱레인저들을 모조리 끌어모아 탄기 협곡으로 출발했다. 림파이어 가문의 형제 기사들의 공격은 매서웠고, 그래서 제국 기사단 북좌는 탄기 협곡에서 꽤 긴 시간을 허비하게 되었다.

하지만 림파이어 기사들도 그들을 영원히 탄기 협곡 내에 묶어둘 수는 없었다. 어차피 이기기도 힘들 뿐만 아니라 휘리 노이에스로부터 '이기면 안 된다'는 명령을 받고 있었기 때문이다. 바탈리언 남작은 그때까지도 제국 정부와 제국 기사단 양자에게 계속해서 서신을 파송했다. '제국 기사단의 동절기 훈련이 다벨 공국의 영토 내에 영향을 끼치고 있다. 다벨은 이 사실을 매우 심각하게 생각한다. 제기랄, 진짜 심각하게 생각한단 말이다!'

하지만 그가 알지 못하는 사실이 있었다. 바탈리언 남작은 제국 수도에서 뜻밖의 저항을 발견하고는 그 저항의 원인을 추적하기 시작했다. 그러나 처음부터 답은 뻔한 것이었다.

9월 36일. 바탈리언 남작은 휘리의 집무실을 박차고 들어오며 외쳤다.

"하드루스 대통령입니다!"

지도를 들여다보던 휘리는 천천히 고개를 들어 바탈리언 남작을 바라보고는 턱을 갸웃했다.

"아니, 자네는 바탈리언 남작이야. 믿어도 좋아."

"농담하실 때가 아닙니다. 사트로니아가 우리들의 공작에 역공작을 걸고 있었습니다."

"역시 놈들인가."

"알고 계셨습니까?"

휘리는 씁쓸한 표정으로 고개를 가로저었다.

"짐작이었어. 길버트 하드루스 대통령이 그냥 물러날 성격이라고는 생각되지 않으니까. 그리고 소제국의 힘은 아직도 강력할 테고."

"그렇습니다. 최대한 노력하고 있습니다만 아무래도 돌발 상황이 생기지 않는 한 북좌를 회군시키기는 어려울 것 같습니다."

"돌발 상황? 그런 것을 기대할 수야 없지. 그렇다면 역시 정면 대결로 가야 하나."

세실은 키 드레이번의 코트를 머리 위로 들어올려 햇볕을 막고 있었다. 이미 가을로 접어들고 있었지만 바다 한가운데서 맞이하는 햇살은 아직도 뜨거웠다.

그때 승강구 쪽에서 철벅거리는 소리가 들려왔다.

세실은 고개를 돌렸다. 바지만 입은 키 드레이번이 승강구에서 빠져 나왔다. 갑판 아래는 이미 바닷물로 가득 차 있었기 때문에 키는 계단을 오른다기보다는 물 속에서 뛰쳐나오는 자세로 솟아올랐다. 왼손으로 갑판을 부여잡은 키는 오른손을 약간 힘들게 들어올렸고 거기에는 작은 단지가 쥐어져 있었다.

키는 온몸에서 물을 뚝뚝 떨어뜨리며 갑판에 앉아서는 들고 나온 단지를 세실에게 건네었다.

"뭔지 모르겠다. 다른 건 다 쓸려내려갔다."

세실은 빙긋 웃으며 잘 밀봉된 단지를 열었다. 곧 세실의 얼굴이 환하게 바뀌었다.

"건포도다! 바닷물은 안 들어갔어."

키는 고개를 끄덕이며 몸의 물기를 대충 닦아내었다. 그러고는 앞쪽의 절벽을 한심스럽다는 듯이 노려보았다.

라이트버드호는 가까스로 침몰하지 않은 채 수면 위에 떠 있었다. 핸드건에 명중당한 돛대가 쓰러지며 라이트버드호의 좌현 상당 부분을 박살내고 선복을 쪼개었지만 3L의 배는 그런 상황에서도 뗏목 비슷한 형태가 되어 떠다니고 있었다. 키 드레이번은 3L의 배가 빠른 것은 가벼운 소재로 만들어졌기 때문이 아닌가 생각했다. 바다 위에 이렇게 떠 있다는 것은 그런 그의 가설을 뒷받침하고 있었다.

돛대가 없기 때문에 세실의 마법도 별 소용이 없었다. 그래서 키 드레이번은 갑판의 판자를 뜯어내어 노 비슷한 것을 만들었다. 혼자 힘으로 스쿠너를 움직이는 것은 거의 불가능하겠지만 없는 것보다는 낫다고

생각했기 때문이다. 하지만 노를 다 만든 키 드레이번은 접안할 만한 해안이 없다는 사실에 분통을 터뜨려야 했다. 해안은 절벽과 거대한 바위들로 구성되어 있었고 그래서 오히려 다가가지 않는 편이 훨씬 안전할 듯한 모습이었다.

게다가 헤엄쳐 다가갈 수도 없다. 키 드레이번은 물 위를 유유히 오가는 목도리도마뱀들을 보며 인상을 찌푸렸다.

"또 다가오는군."

건포도를 주워 먹던 세실은 고개를 돌려 목도리도마뱀을 바라보았다. 그녀는 잠시 눈을 감은 채 뭐라 중얼거렸다. 곧이어 목도리도마뱀 하나가 질겁한 듯이 도망치기 시작했다. 공포는 전염되었고 그러자 다른 목도리도마뱀들도 덩달아 도망쳤다.

세실은 눈을 뜨며 투덜거렸다.

"짜식들이 기억력이 없는 건지, 상상력이 없는 건지. 무서운 걸 봤으면 다시는 안 와야 될 거 아냐."

"저놈들이 뭘 본 건지 말해 줄 수 있나?"

세실은 다시 건포도 단지에 손을 집어넣으며 태연하게 말했다.

"핸드건을 휘두르는 파킨슨 신부."

키는 차갑게 웃으며 해안가를 바라보았다. 목도리도마뱀들은 어떻게 물리칠 수 있더라도 상륙하지 않는다면 굶어 죽거나 목말라 죽을 판국이다. 세실은 비를 부를 수 있지만 자칫 비를 불렀다가는 아슬아슬하게 떠 있는 라이트버드호를 완전히 침몰시킬지도 모른다. 키는 좌우를 둘러보며 어느 쪽에 모래사장 같은 것이 있을지 고민해 보았다. 하지만 현재 위치에서는 잊혀진 탑과 해안 절벽이 시야를 제한하고 있었기 때문에 판단을 내릴 수가 없었다. 그래서 키는 일단은 제멋대로 흘러가게 놔두자고 결정했다. 결정을 마친 키는 갑판 위에 벌렁 드러누웠다.

세실은 단지를 내려놓은 다음 손가락을 빨면서 키를 바라보았다.

"안 먹어?"

"생각 없어."

"무슨 계획 있어?"

"일단은 상륙해야지."

"그리고?"

"섬 위에서 목도리도마뱀들의 공격을 버텨낼 수 있다면, 뗏목을 만들어야겠지. 그리고 음식과 물을 준비하여 이 섬을 벗어나야지."

"아주 쉽게 말하는군?"

"1년이면 어떻게 될 거야. 여기서 판재를 뜯어낼 수도 있고 연장도 건져낼 수 있으니까. 만일 재수없어서 맨몸으로 상륙한다면 3, 4년 정도 걸리겠지. 네 마법과 내 복수 말고는 연장이 없으니까."

"아, 그래. 3, 4년이란 말이지."

세실은 늙은 자신보다도 더 쉽게 시간을 년 단위로 취급하는 사람을 보며 혀를 내둘렀다. 그때 하늘을 보던 키가 고개를 조금 돌렸다. 키는 누운 채 세실을 똑바로 바라보았고 세실은 얼떨떨한 표정으로 말했다.

"뭐야?"

"얼간이를 보고 있다."

"아, 그러셔?"

460

키는 다시 하늘을 바라보며 나직하게 말했다.

"3, 4년은 희망 사항일 뿐이다. 어쩌면 평생 저 섬을 못 벗어날 수도 있다. 아니, 상륙하자마자 목도리도마뱀의 밥이 될 수도 있고."

"알아. 그런데 그것과 내가 덮어써야 하는 오명 사이에는 무슨 관련이 있지?"

"돌아가라고 했을 때 돌아갔어야지."

"흐응. 걱정해 주는 건 고맙지만 나는 죽음이 무섭지 않다네, 젊은 친구."

"그럼 뭐가 무서운가."

"답을 얻지 못하고 죽는 것."

키는 피식 웃었다. 그 웃음을 괘씸하게 여긴 세실은 단지 속에서 건포도를 하나 꺼내어 키의 얼굴을 향해 집어던졌다. 뺨에 건포도를 맞은 키는 찡그린 표정으로 세실을 바라보았다.

"왜 웃는 거야, 이 꼬마야."

"죽음은 안 무서운데 답을 얻지 못하고 죽는 건 무섭다고? 같은 말 아닌가?"

"같은 말이라니?"

"죽음 자체는 무서운 것이 아냐. 사람들은 죽음이 가져오는 기회의 상실을 무서워하는 거지."

"쳇. 찬성해 줘야 될 것 같군. 그래, 내가 실언했다. 하지만 나는 무섭지 않아."

"왜?"

"네 옆에 있으니까."

"또 내가 답을 찾아낼 거라는 이상한 말을 하는 것이군, 젠장. 그게 뭔지 모르겠지만 이 굶주린 목도리도마뱀밖에 없는 곳에서 내가 그걸 찾아낼 수 있을 거라 생각하나?"

세실은 잠시 입을 다문 채 어깨에 걸쳐두었던 키의 코트를 들어올렸다. 코트를 옆에 내려놓은 세실은 먼바다를 쳐다보며 말했다.

"라트라인에 도착하기 전날 밤, 에름 후작이 재미있는 이야기를 해주더군. 그는 라이온에게서 그 이야기를 들었다고 하던데."

키는 아무 말 없이 하늘만 바라보았다. 세실은 입술을 한번 실쭉거린 다음 계속 말했다.

"라이온의 평가인지 에름 후작의 평가인지는 모르겠지만, 어쨌든 그에 의하면 너는 복수 그 자체라더군. 나는 그 말이 재미있다고 생각해."

"어떤 점에서."

"복수. 복수는 되돌려주는 것이지. 그렇다면……"

"그렇다면?"

"사랑도 복수라고 할 수 있겠지."

"뭐?"

"사랑은 대상이 있어야 되는 거야. 대상 없는 사랑은 없지. 눈에는 눈, 이에는 이, 아침 인사에는 아침 인사, 노래에는 환호, 키스에는 키스, 애정에는 애정……"

세실은 빙긋 웃었다.

"생각해 보니, 사람이 사람에게 주는 모든 좋은 것들은 복수군."

462

키는 조용히 하늘만 바라보고 있었다. 그리고 세실은 자신에게 말하듯이 조용히 중얼거렸다.

"사람들은 무의식중에 그것을 알고 있지. 복수라는 말이 섬뜩하면서도 뭔지 모를 아련한 그리움, 통쾌함 따위를 주는 것은 그 때문이겠지. 그리고 사람이 경멸이나 증오보다 무시를 더 참기 어려워하는 것도 그 때문일 테고. 경멸은 복수의 한 형태지만 무시는 아무것도 돌려주지 않으니까."

"노망인가."

"젠장, 집어치워, 이 빌어먹을 꼬마야. 잘난 건 알지만 정말 괘씸하군. 어쨌든 그 말이 사실이라면 너는 내 질문에 답을 줘야 하지. 무시하거나 거부하거나 도망치거나…… 모를 수도 없어. 넌 알고 답을 말해 줘야 하지. '질문에 답'이 복수니까."

"그런 말도 안 되는 소리를 하니까 노망이라고 하는 거다."

"흥. 시험해 볼까?"

"뭐."

세실은 싱긋 웃으며 말했다.

"키 드레이번. 나는 여기가 싫어. 그러니 나를 구해 줘."

"어떻게?"

"어떻게도 할 필요 없어. 벌써 그렇게 되었으니까. 그만 일어나, 짜식아."

키는 세실을 돌아보았고 그녀가 비웃음 같은 것을 흘리고 있음을 깨달았다. 그 비웃음의 원인을 추리해 보려던 키의 귀에 고함 소리가 들려온 것은 잠시 후였다.

"키 선장니—임!"

키는 벌떡 일어났다. 그가 하늘을 보고 있는 사이에 다가온 질풍호 위에서는 트로포스가 맹렬하게 손을 흔들고 있었다. 키는 어이가 없다는 얼굴로 질풍호를 바라보다가 세실을 돌아보았다. 세실은 자신만만한 얼굴로 키의 코트를 들어올리며 일어나고 있었다. 키에게 코트를 건넨 세실은 한쪽 눈을 찡긋해 보이고는 곧 큰소리로 웃었다.

북소리는 느릿하지만 끊임없이 이어지고 있었다.

고원 위를 별스러운 기세로 치닫던 바람이 모닥불에서 불티를 퍼올려 사방에 흩뿌렸다. 하지만 모닥불 주위에 정좌한 전사들은 꿈쩍도 하지 않은 채 모닥불을 바라보았다.

상의를 벗은 전사들의 구릿빛 몸 위로 모닥불의 반사광이 춤을 추었다. 불티를 퍼올리던 바람은 이제 그들의 머리카락을 흩날렸지만 전사들은 미동도 하지 않았다. 그들 중 일부가 바람을 피하는 척하며 저편의 황야를 훔쳐본 것은 그야말로 잠깐 동안의 일이었을 뿐이다. 그런 일은 있을 수 없다. 별을 읽는 무녀를 어떻게 훔쳐본다는 말인가.

그때 바위 위에 앉아 별을 바라보던 무녀가 몸을 일으켰다.

검은 옷과 검은 베일로 몸을 감춘 무녀는 지팡이를 이리저리 던지며 걸어왔다. 풍성한 옷에도 불구하고 가냘퍼 보이는 무녀는 전사들이 만

들고 있던 구릿빛 원진 속으로 성큼 들어왔다.

그때 바람이 검은 베일을 흔들었고 짧은 순간 무녀의 얼굴이 드러났다.

전사들은 재빨리 눈길을 피했지만 그래도 그들 중 몇몇은 무녀의 얼굴에서 대정령과의 합신을 나타내는 흔적을 보게 되었다. 짓무른 이마에 눈썹이라는 것은 뽑다만 털처럼 몇 가닥 매달려 있었고 코는 없어져 두 개의 구멍만 빼꼼 뚫려 있을 뿐이다. 일그러진 볼에서 흘러나오는 것이 땀인지 고름인지 구별하는 것은 모닥불빛만으로는 불가능한 일이다. 윗입술은 썩은 고깃덩이처럼 말려들어가 잇몸이 다 보였고 그 안에서는 흐물거리는 잇몸이 짧게 반짝였다. 당연한 일이다. 인간의 몸으로 위대한 대정령과 동침한 여성은 저렇게 될 수밖에 없다.

베일은 다시 가라앉았고, 전사들은 꼼짝도 하지 않았다.

모닥불 옆에 도착한 무녀는 잠시 숨을 고르듯 가만히 서 있었다. 조금 후 그녀의 오른손이 힘들게 올라갔다. 둘둘 말린 붕대 끝에서 비어져나온 파들거리는 손가락이 전사들 가운데를 가리켰다.

지적받은 노전사가 몸을 일으켰다.

다른 전사들과 마찬가지로 상의를 벗고 있었지만 그 드러난 상체에서는 탄탄한 전사의 근육만 찾아볼 수 있을 뿐 노쇠의 흔적은 찾아보기 어려웠다. 다만 희게 세고 있는 옆머리와 얼굴의 굵은 주름살에서, 그리고 온몸에 아로새겨진 흉터들에서 그의 연륜을 느낄 수 있었다.

북소리는 계속되고 있었다. 힘찬 걸음걸이로 무녀를 향해 걸어간 노전사는 무녀 앞에 정좌하여 앉았다. 그리고 두 무릎 위에 손을 얹은 채 허리를 똑바로 펴 모닥불을 바라보았다.

검은 무녀의 계속 떨리는 손끝이 다른 방향을 가리켰다.

어둠 속 어디에선가 아름다운 소녀가 걸어나왔다.

나이 열대여섯이나 되었을까. 더없이 아름다운 옷을 입고 몇 시간이나 다듬었을 것이 분명한 머리를 하고 있었지만, 불쌍하게도 정신이 반쯤 나가버린 상태였다. 어제 아침 자신이 무슨 일을 해야 되는지 알았을 때 소녀는 벌써 한번 기절했었고 지금까지도 침착을 되찾기는커녕 더욱 무서워하고 있었다. 물론 내일이 오면 소녀의 또래 친구들은 소녀를 감히 제대로 쳐다보지도 못하게 되겠지만 그건 내일의 일이다. 소녀는 가장 억센 전사들조차 감히 가까이하기 어려워하는 대정령의 애인을 향해 똑바로 걸어가고 있는 자기 자신을 거의 믿을 수 없었다. 그녀가 믿고 신뢰하는 것은 자신의 다리 사이에서 흘러나오는 피뿐이었다. 하긴 그 때문에 선택된 것이다. 피는 액막이가 되어 난폭한 대정령으로부터 소녀를 보호할 것이다.

소녀는 손에 받쳐든 쟁반을 똑바로 앞으로 내민 채 무녀의 앞에 섰다.

무녀의 손이 천천히 뻗어나왔을 때, 공포에도 불구하고 소녀는 소녀다운 호기심으로 눈을 크게 떴다. 그리고 소녀는 친구들의 말대로 무녀의 네 번째와 다섯 번째 손가락이 없음을 발견했다. 그리고 소녀는 재빨리 무녀의 손짓대로 쟁반을 노전사의 무릎 앞에 내려놓고는 그 옆에 무릎 꿇었다.

허리를 꼿꼿이 편 자세로 정좌하여 있던 노전사는 눈을 감았다. 소녀는 조심스럽게 손을 뻗어 노전사의 희게 센 옆머리를 한 움큼 쥐어들었다. 그리고 소녀는 '이 정도면 될까요?'라고 묻듯이 무녀를 올려다보았다. 하지만 검은 베일은 꼼짝도 하지 않았다. 소녀는 울고 싶은 마음과 기절해 버리고 싶은 마음을 절반씩 느끼며 가까스로 쟁반 위에서 빨간 끈을 들어올렸다. 그리고 소녀는 노전사가 아파하지 않기를 충심으로 기원하며 머리카락 끝을 빨간 끈으로 묶었다.

노전사는 눈을 떴다. 그리고 쟁반 위에 놓인 두 번째 물건인 가위를 집어들었다.

노전사는 묶인 머리카락을 서슴없이 잘라내었다.

머리카락은 묶인 그대로 툭 떨어졌다. 노전사는 가위를 도로 쟁반 위에 던졌고 소녀는 땅에 떨어진 머리카락을 조심스럽게 들어올려 쟁반 위에 놓았다. 그리고 그것을 들어올려 무녀의 발 앞에 살짝 내려놓았다.

느린 북소리는 여전히 계속되고 있었다. 일어난 소녀는 조심스럽게 전사들 틈을 빠져나왔다. 그리고 어둠 속으로 돌아온 소녀는 곧장 졸도해 버렸다. 물론 이런 경우 긴장이 풀린 소녀가 혼절해 버리는 일은 흔한 일이므로 어둠 속에서 기다리고 있던 그녀의 어머니와 이모, 고모들은 조용히 미소 지으며 소녀를 수습해 갔다. 내일이 되면 그녀들은 실수 없이 일을 마친 소녀를 크게 칭찬할 것이다.

모닥불 가에서는 무녀가 복잡한 작업을 하고 있었다.

성한 손으로도 간단한 일은 아니기에 무녀의 작업은 느렸다. 무녀는 쟁반 위에 놓인 세 번째 물건인 풀인형을 들어올렸다. 조금 전의 소녀가 어제 하루를 꼬박 사용하며 정성들여 만든 것이다. 무녀는 풀인형의 배 부분을 분해하여 그 속에 전사의 잘린 머리카락을 집어넣은 다음 그 위에 불그스름한 침을 뱉었다. 무녀는 풀인형을 다시 조립하여 몇 번 다듬었고 잠시 후 풀인형은 감쪽같이 원래의 모습으로 돌아갔다. 풀인형을 쟁반 위에 놓은 무녀는 지팡이를 들어올렸다.

북소리가 딱 멈췄다.

무녀는 지팡이를 빙글빙글 돌리며 주문을 외웠다. 음산한 목소리였다. 전사들은 꿈쩍도 하지 않았고 모닥불가에 앉아 있던 노전사 역시 마찬가지였다. 다른 전사들과 달리 모닥불가에 앉아 있는 노전사의 얼굴에서는 약간 귀찮아하는 표정도 찾아볼 수 있었다. 하지만 노전사는 무녀의 주문이 끝날 때까지 참을성 있게 기다렸다.

주문이 끝나자 노전사는 풀인형을 집어들었다. 그리고 노전사는 전사들의 원진 한쪽을 향해 걸어갔다. 그곳에는 다른 전사들과는 달리 화려한 옷을 걸친 늙은 전사가 찌푸린 얼굴로 기다리고 있었다. 노전사는 풀인형을 그에게 내밀었다.

"대족장. 내 맹약의 인형을 받아주소서."

전통에 따라 화려한 털가죽옷을 입고 있는 대족장은 내키지 않는 눈길로 인형을 바라보았다. 대족장은 전사의 어깨 너머 무녀를 바라보았지만 검은 무녀는 이제 아무 관심 없다는 몸짓으로 모닥불을 뒤적거리다가 아예 원진 바깥으로 걸어가고 있었다. 대족장은 다시 노전사를 바라보았다.

대족장은 인형을 받아들었다.

맹약은 성립되었다.

이제 노전사가 배신할 경우 대족장은 보관하고 있던 인형을 무녀에게 넘길 것이다. 그리고 정신이 제대로 박힌 전사라면 차라리 목숨을 내줄지언정 맹약의 인형이 무녀의 손에 들어가게끔 하지는 않을 것이다. 대족장은 긴 한숨을 내쉬었다.

대족장이 일어났다.

각 부족을 대표하는 전사들은 그렇잖아도 당당한 자세를 더욱 당당해 보이게끔 했다. 잔뜩 수축된 그들의 근육들에서 펑펑 소리가 날 것 같았다. 나란히 걸어간 대족장과 노전사는 이윽고 모닥불을 사이에 두고 섰다. 대족장은 모닥불 너머 노전사의 눈을 매섭게 바라보았지만 노전사 역시 날카롭게 그 눈길을 받아내었다.

대족장은 천천히 허리를 굽혔다.

대족장은 모닥불 아래쪽으로 손을 뻗어 재와 흙먼지를 집어들었다. 그리고 모닥불 너머로 그것을 집어던졌다. 반대쪽에 서 있던 노전사는 온몸에 재를 뒤집어쓰게 되었다.

"잘 싸워라, 타르타니어스. 성명판을 채우도록."

타르타니어스라 불린 노전사는 고개만 살짝 끄덕였다. 갑자기 북소리가 터져나오며 원진에서는 무시무시한 함성이 솟구쳐올랐다.

9월 36일. 다벨 공국에서 휘리 노이에스가 제국 기사단과의 정면대결을 고민하던 바로 그 시각, 제국 기사단 북좌가 떠나간 하르타틱 요새는 혼 족의 공격 아래 무너지고 있었다. 물론 제국 기사단 북좌는 방어군을 남겨놓고 떠났지만 그들은 14만이라는 어마어마한 숫자의 혼 족이 쳐내려올 것이라고는 생각도 못했을 것이다.

혼 족의 모든 부족이 참가하는 대동맹이 성립된 것이 제국에 알려진 것은 훨씬 뒤의 일이었지만, 14만이라는 그 엄청난 숫자만으로도 제국은 이미 그 사실을 짐작할 수 있었다. 그리고 제국은 그 대동맹이 누구의 손에 의해 만들어졌는지도 짐작해 냈다. 이합집산의 경향이 강한 혼족을 대동맹으로 이끌어 지휘할 수 있었던 사람은 한 사람뿐이다. 레프토리아 회전에서 하이낙스를 돕기 위해 대족장에게 맹약의 인형을 바쳤던 혼 족의 맹장은 다시 한번 맹약의 인형을 바치고 혼 족의 모든 부족의 협조를 얻어낸 것이다.

그리고 까마득한 하늘에서 분노의 벼락으로 산봉우리를 매만지던 산폭풍은 노호하며 제국의 기름진 평원으로 내려섰다.

〈5권에서 계속〉

폴라리스 랩소디 4

1판 1쇄 펴냄 2015년 12월 18일
1판 5쇄 펴냄 2020년 10월 13일

지은이 | 이영도
발행인 | 박근섭
편집인 | 김준혁
본문 일러스트 | 김종수
펴낸곳 | 황금가지

출판등록 | 2009. 10. 8 (제2009-000273호)
주소 | 135-887 서울 강남구 신사동 506 강남출판문화센터 5층
전화 | **영업부** 515-2000 **편집부** 3446-8774 **팩시밀리** 515-2007
홈페이지 | www.goldenbough.co.kr

도서 파본 등의 이유로 반송이 필요할 경우에는 구매처에서 교환하시고
출판사 교환이 필요할 경우에는 아래 주소로 반송 사유를 적어 도서와 함께 보내주세요.
06027 서울 강남구 도산대로 1길 62 강남출판문화센터 6층 민음인 마케팅부

ISBN 979-11-5888-035-4 04810
ISBN 979-11-5888-031-6 (세트)

㈜민음인은 민음사 출판 그룹의 자회사입니다.
황금가지는 ㈜민음인의 픽션 전문 출간 브랜드입니다.

이영도

1972년생. 경남대학교 국어국문학과 졸업. 1998년 여름, 컴퓨터 통신 게시판에 연재했던
첫 장편 『드래곤 라자』가 출간되어 100만 부를 돌파함으로써 한국에 판타지 시대를 열었다.
『드래곤 라자』는 일본, 중국, 대만 등에서도 출간되어 베스트셀러가 되었다.
라디오 드라마, 만화, 온라인 게임, 모바일 게임 등으로 만들어졌을 뿐 아니라,
고등학교 문학 교과서에 수록되며 그 가치를 인정받았다.
이후 『퓨처워커』, 『폴라리스 랩소디』, 단편집 『오버 더 호라이즌』을 차례로 발표하였으며,
장대한 구상 위에 집필하여 2003년 내놓은 대작 『눈물을 마시는 새』는 한국적 소재를 자연스럽게 녹여낸 판타지
대하 소설로 이영도 붐을 새롭게 했다. 2005년에는 후속작 『피를 마시는 새』가 출간되었다.
2009년에는 『드래곤 라자』와 『퓨처워커』의 뒤를 잇는 『그림자 자국』이 출간되어
문화관광부 우수 교양 도서에 선정되었다.